Fredrik Backman

Eine ganz dumme Idee

GOLDMANN

Fredrik Backman

Eine ganz dumme Idee

Roman

Aus dem Schwedischen
von Antje Rieck-Blankenburg

GOLDMANN

Die Originalausgabe erschien 2019 unter dem Titel
»Folk med Ångest« bei Bokförlaget Forum, Stockholm.

FSC
www.fsc.org
MIX
Papier aus verantwortungsvollen Quellen
FSC® C014496

Penguin Random House Verlagsgruppe FSC® N001967

1. Auflage
Taschenbuchausgabe November 2022

Published by agreement with Salomonsson Agency
Redaktion: Julie Hübner
Umschlaggestaltung: UNO Werbeagentur, München
Umschlagmotiv: FinePic®, München
Th · Herstellung: ik
Satz: Buch-Werkstatt GmbH, Bad Aibling
Druck und Bindung: GGP Media GmbH, Pößneck
Printed in Germany
ISBN: 978-3-442-49347-0

www.goldmann-verlag.de

Dieses Buch ist den Stimmen
in meinem Kopf gewidmet,
meinen verrücktesten Freunden.

Und meiner Frau,
die es mit uns aushalten muss.

Kapitel 1

Ein Bankraub. Ein Geiseldrama. Ein Pistolenschuss. Ein Treppenhaus voller Polizisten, die gerade eine Wohnung stürmen. In diese Situation zu geraten war ein Leichtes gewesen, viel leichter, als man hätte meinen können. Man musste eigentlich nur auf eine einzige richtig, richtig dumme Idee kommen.

In dieser Geschichte geht es um vieles, aber hauptsächlich um Idioten. Deshalb muss gleich von Anfang an klargestellt werden, wie einfach es ist, andere Menschen als Idioten abzustempeln, jedenfalls dann, wenn man vergisst, wie idiotisch schwer es meistens ist, ein Mensch zu sein. Insbesondere wenn man anderen ein einigermaßen guter Mitmensch sein möchte.

Jedem Menschen wird heutzutage pausenlos unfassbar viel abverlangt. Man muss eine Arbeit haben, und man muss eine Wohnung und eine Familie haben, und man muss Steuern zahlen und jeden Tag frische Unterwäsche anziehen und sich obendrein auch noch das Passwort für sein verfluchtes WLAN merken. Einigen von uns gelingt es nicht, die Kontrolle über dieses ganze Chaos zu erlangen, und dann lassen wir das Leben einfach so laufen, die Erde rauscht mit zwei Millionen Stundenkilometern durchs Weltall, und wir irren panikartig auf der Oberfläche umher wie verloren gegangene einzelne Socken. Unsere Herzen sind wie glitschige

Seifenstücke, die uns aus den Händen gleiten, sobald wir auch nur für eine Millisekunde den Griff lockern. Sie flattern davon und verlieben und entlieben sich einfach wieder. Wir verlieren den Überblick. Deshalb lernen wir, die ganze Zeit einfach nur etwas vorzugeben, im Job, in unserer Ehe, mit unseren Kindern und mit allem anderen auch. Vorzugeben, wir seien normal, wir hätten alles auf dem Schirm, wir wüssten, was Begriffe wie ›Abschreibungsquote‹ und ›Inflationsrate‹ bedeuten. Wir tun so, als wüssten wir, wie Sex funktioniert. Doch die Wahrheit lautet, dass wir genauso wenig über Sex wissen wie über USB-Sticks, und mit diesen kleinen miesen Teufeln benötigen wir jedes Mal vier Anläufe (Falsches Loch, falsches Loch, falsches Loch, JETZT passt er rein!). Wir tun so, als seien wir gute Eltern, während wir unsere Kinder eigentlich nur mit Kleidung und Essen versorgen und sie anmotzen, wenn sie ein Kaugummi in den Mund nehmen, das sie vom Boden aufgelesen haben. Wir hatten einmal Zierfische im Aquarium, die sind alle eingegangen. Und eigentlich wissen wir kein bisschen mehr über Kinder als über Aquariumsfische, was zur Folge hat, dass uns die Verantwortung für diese kleinen Wesen jeden Morgen fast erdrückt. Wir haben keinen Plan, wir versuchen nur irgendwie durch den Tag zu kommen, denn morgen erwartet uns schon wieder ein neuer Tag.

Manchmal haben wir Schmerzen, entsetzliche Schmerzen, und zwar nur deswegen, weil sich unsere Haut nicht wie unsere eigene anfühlt. Manchmal verfallen wir in Panik, weil irgendwelche Rechnungen bezahlt werden und wir erwachsen sein müssen, aber nicht wissen, wie wir es anstellen sollen, da es so verdammt schwer ist, am Erwachsensein nicht zu scheitern.

Alle Menschen lieben irgendwen, und alle, die irgendwen lieben, haben nachts schon verzweifelt wach gelegen und versucht herauszufinden, wie sie es schaffen sollen, Mensch zu bleiben. Manchmal bringt uns das sogar dazu, Dinge zu tun, die im Nachhinein zwar völlig unbegreiflich sind, uns aber in dem Moment als der einzige Ausweg erscheinen.

Eine einzige richtig, richtig dumme Idee. Das ist alles, was erforderlich ist.

Eines Morgens verließ zum Beispiel eine neununddreißigjährige Person ihre Wohnung mit einer Pistole in der Hand, was im Nachhinein betrachtet wirklich äußerst idiotisch war. Denn diese Geschichte handelt von einem Geiseldrama, allerdings einem unbeabsichtigten. Oder besser gesagt, ein Drama sollte es schon werden, aber eben kein Geiseldrama. Eigentlich hätte es ein simpler Bankraub werden sollen. Doch dann ging alles ein wenig den Bach runter, was bei Banküberfällen schon mal vorkommt. Der neununddreißigjährige Bankräuber flüchtete also, allerdings ohne einen Fluchtplan zu haben. Und mit Fluchtplänen verhält es sich genauso wie mit den mütterlichen Sprüchen, die der Bankräuber als kleines Kind immer zu hören bekam, wenn er die Eiswürfel und Zitronenscheiben in der Küche vergessen hatte und noch einmal zurücklaufen musste: »Was man nicht im Kopf hat, muss man in den Beinen haben!« (Hier sollte ergänzend erwähnt werden, dass die Mutter des Bankräubers zum Zeitpunkt ihres Todes so viele Gin Tonics intus hatte, dass man sich wegen der Explosionsgefahr nicht traute, ihre Leiche einzuäschern. Da war guter Rat teuer.) Nach dem Bankraub, der letztendlich gar keiner war, rückte natürlich die Polizei an, und da rannte der Bankräuber, so schnell ihn seine Beine trugen, hinaus auf den Bürgersteig und quer über die Straße, wo er die erstbeste Haustür aufstieß. Vielleicht scheint es etwas übertrieben, den Bankräuber nur deswegen einen *Idioten* zu schimpfen, aber ... na ja, du weißt schon. Superschlau war es jedenfalls nicht. Die Tür führte nämlich in ein Treppenhaus ohne weitere Ausgänge, sodass dem Bankräuber nichts anderes übrig blieb, als die Treppen hinaufzurennen.

Hinzu kommt, dass der Bankräuber die Kondition einer ganz gewöhnlichen neununddreißigjährigen Person hatte. Der Bankräuber war also keiner dieser neununddreißigjährigen Großstadt-Fitnessjunkies, die versuchen, ihre Vierziger-Krisen zu überwinden, indem sie sich sauteure Radlerhosen und Schwimmkappen zulegen, weil sie ein schwarzes Loch in ihrer Seele haben, das Instagram-Fotos verschlingt, sondern eher der Typ Neununddreißigjähriger, der täglich Kohlenhydrate und Fette in einer Menge konsumiert, die rein medizinisch betrachtet eher als Hilferuf denn als Diät eingestuft werden müsste. Der Bankräuber erreichte das Obergeschoss also schweißgebadet und mit einer Atemfrequenz, die man normalerweise eher mit der Art von Klubs in Verbindung bringt, an deren Eingangstür man ein geheimes Codewort durch eine Luke flüstern muss, um Zugang zu erhalten. Seine Chancen, der Polizei zu entkommen, waren in dieser Situation also, gelinde ausgedrückt, gleich null.

Doch zufällig wandte der Bankräuber genau in diesem Moment den Kopf und erblickte eine offen stehende Wohnungstür. Die betreffende Wohnung wurde nämlich gerade zum Verkauf angeboten, und drinnen fand eine Besichtigung mit einigen Kaufinteressenten statt. Dort stolperte der

Bankräuber also mit gezogener Pistole hinein, keuchend und völlig verschwitzt. So wurde daraus ein Geiseldrama.

Nun ja, und dann kam es, wie es kommen musste: Die Polizei umstellte das Gebäude, Journalisten tauchten auf, sogar das Fernsehen kam. Das Ganze dauerte mehrere Stunden, bis der Geiselnehmer schließlich aufgab. Letztendlich blieb ihm keine andere Wahl. Alle acht Personen, die er als Geiseln genommen hatte, sieben Kaufinteressenten und eine Maklerin, wurden freigelassen. Wenige Minuten später stürmte die Polizei die Wohnung. Doch zu diesem Zeitpunkt war sie leer.

Niemand weiß, wo der Geiselnehmer abgeblieben ist.

Das ist eigentlich schon alles, was du vorab wissen solltest. Und jetzt beginnt die Geschichte.

Kapitel 2

Vor zehn Jahren stand ein Mann auf einer Brücke. Diese Geschichte handelt allerdings nicht von diesem Mann. Du brauchst ihn also im Augenblick nicht weiter zu beachten. Tja, jetzt kannst du natürlich nicht mehr aufhören, an ihn zu denken, und es ist genau so, als hätte ich gesagt, »Denk jetzt nicht an Schokolade«, da musst du unweigerlich an Schokolade denken. Denk also nicht an Schokolade!

Du brauchst nur zu wissen, dass vor zehn Jahren ein Mann auf einer Brücke stand. Ganz oben auf dem Geländer, weit oberhalb des Wassers, am Ende seines Lebens. Aber denk jetzt nicht mehr daran. Denk einfach an irgendwas Schöneres.

Denk zum Beispiel an Schokolade.

Kapitel 3

Wir haben den Tag vor Silvester und befinden uns in einer nicht sonderlich großen Stadt. In einem Vernehmungsraum der Polizeiwache sitzen ein Polizist und eine Immobilienmaklerin. Der Polizist sieht zwar aus, als sei er noch keine zwanzig Jahre alt, ist aber vermutlich älter. Die Maklerin sieht aus, als hätte sie die vierzig schon überschritten, ist aber schätzungsweise jünger. Der Polizist trägt eine Uniform, die ihm etwas zu klein ist, die Maklerin trägt einen Blazer, der ihr etwas zu groß ist. Die Maklerin sieht aus, als wäre sie lieber irgendwo anders, und der Polizist sieht nach der bereits fünfzehn Minuten dauernden Unterredung mit ihr ebenfalls aus, als wünschte er, die Maklerin wäre irgendwo anders. Als die Frau nervös lächelt und den Mund öffnet, um etwas zu sagen, atmet der Polizist auf eine Art und Weise ein und aus, dass sich kaum ausmachen lässt, ob er seufzt oder schnaubt.

»Beantworten Sie einfach meine Frage«, bittet er sie.

Die Maklerin nickt rasch und ruft aus:

»Beste Lage!«

»Beantworten Sie meine Frage, habe ich gesagt!«, wiederholt der Polizist mit einem Gesichtsausdruck, den erwachsene Männer aufsetzen, wenn sie irgendwann in frühester Kindheit einmal vom Leben enttäuscht wurden und dieses Gefühl nie ganz abschütteln konnten.

»Sie haben gefragt, wie mein Immobilienbüro heißt!«, sagt die Maklerin mit Nachdruck und trommelt ungeduldig mit den Fingern auf die Tischplatte, was den Polizisten zu dem Wunsch verleitet, mit spitzen Gegenständen nach ihr zu werfen.

»Nein, das habe ich nicht. Ich habe gefragt, ob der Täter, der Sie als Geisel genommen hat …«

»Es heißt ›Beste Lage‹! Kapiert? Wenn Sie eine Wohnung kaufen, wollen Sie doch die BESTE LAGE, oder? Also melde ich mich am Telefon folgendermaßen: Hallo, hier spricht das ›Immobilienbüro Beste Lage‹! Wie ist die LAGE?«

Die Maklerin hat gerade erst ein traumatisches Erlebnis hinter sich, sie wurde mit einer Pistole bedroht und als Geisel genommen, was selbst die abgeklärteste Person dazu bringen kann, Blödsinn zu reden. Deshalb bemüht sich der Polizist um Geduld. Er presst seine Daumen fest auf beide Augenbrauen, als hoffe er, dass es zwei Reset-Knöpfe wären, mit denen sich die Wirklichkeit zurücksetzen ließe, sozusagen auf Werkseinstellung, wenn er sie nur zehn Sekunden lang gleichzeitig gedrückt hielte.

»O…kay. Aber jetzt muss ich Ihnen einige Fragen zur Wohnung und zum Täter stellen«, stöhnt er.

Auch er hat einen anstrengenden Tag hinter sich. Die Polizeiwache ist klein, und die Ressourcen sind gering, doch an Kompetenz mangelt es hier nicht. So hatte er es irgendeinem Vorgesetzten eines Vorgesetzten seines Chefs unmittelbar nach Beginn des Geiseldramas am Telefon zu erklären versucht, aber es war natürlich vergebens. Jetzt werden sie irgendeine Sonderermittlungsgruppe aus Stockholm schicken, die den Fall übernehmen soll. Als der betreffende Vorgesetzte ihm dies mitteilte, betonte er nicht das Wort »Sonderermittlungsgruppe«, sondern »Stockholm«, als ginge von der Hauptstadt eine geheime Superkraft aus. Stattdessen handelt es sich dabei ja wohl verflucht noch mal eher um eine Krankheit, denkt der Polizist. Er hält die Daumen weiter auf die Augenbrauen gepresst. Dies ist seine letzte Chance, all seinen Vorgesetzten zu beweisen, dass er den Fall selbst lösen kann. Nur wie, wenn man es mit lauter Zeugen zu tun hat wie dieser Maklertussi?

»Okidoki!«, zwitschert die Maklerin, als sei es ein ganz normales Wort.

Der Polizist schaut mit zusammengekniffenen Augen in seine Unterlagen.

»Ist heute nicht ein etwas ungünstiger Tag für eine Wohnungsbesichtigung? Einen Tag vor Silvester?«

Die Maklerin schüttelt den Kopf und grinst.

»Für das ›Immobilienbüro Beste Lage‹ gibt es keine ungünstigen Tage!«

Der Polizist atmet mehrmals tief durch.

»Okay. Dann machen wir weiter: Als Sie den Täter erblickten, wie war da Ihre erste Reak…«

»Wollten Sie nicht zuerst Fragen zur Wohnung stellen? Sie sagten, ›zur Wohnung und zum Täter‹, also dachte ich, dass die Wohnung zuerst …«

»Okay!«, brummt der Polizist.

»Okay!«, zwitschert die Maklerin.

»Also dann zur *Wohnung*: Sind Sie mit den Räumlichkeiten vertraut?«

»Selbstverständlich, ich bin schließlich die Maklerin!«, antwortet die Maklerin, wobei es ihr gelingt, den Zusatz »vom ›Immobilienbüro Beste Lage‹! Wie ist die LAGE?« wegzulassen, da der Polizist bereits den geheimen Wunsch zu hegen scheint, dass sich die Munition in seiner Dienstwaffe nicht so leicht zurückverfolgen ließe.

»Können Sie sie mir beschreiben?«

Die Miene der Maklerin hellt sich auf.

»Die Wohnung ist ein Traum! Wir sprechen hier von einer einzigartigen Möglichkeit, ein exklusives Appartement in einer ruhigen Wohngegend zu erwerben, das dennoch nah am Puls der Großstadt liegt. Offene Raumgestaltung! Großzügiger Lichteinfall!«

Der Polizist unterbricht sie.

»Ich meine, gibt es einen Speicher oder irgendwelche Stauräume, etwas in der Art …?«

»Sie mögen keine offene Raumgestaltung? Sie mögen lieber Wände? An Wänden ist ja auch nichts auszusetzen!«, entgegnet die Maklerin aufmunternd, aber dennoch mit einem Unterton, der besagt, dass Leute, die Wände mögen, ihrer Erfahrung nach Leute sind, die auch Mauern mögen.

»Gibt es zum Beispiel irgendwelche Wandschränke, die nicht …«

»Hatte ich den großzügigen Lichteinfall schon erwähnt?«

»Ja.«

»Es existieren nämlich wissenschaftliche Untersuchungen darüber, dass Licht uns glücklich macht! Wussten Sie das?«

Der Polizist sieht nicht so aus, als wolle er sich unbedingt Licht aufzwingen lassen. Manche Menschen möchten eben schlicht und einfach selbst entscheiden, wie glücklich sie sein wollen.

»Könnten wir wieder zur Sache kommen?«

»Okidoki!«

»Gibt es irgendwelche Stauräume in der Wohnung, die im Grundriss nicht eingezeichnet sind?«

»Und übrigens, die Gegend ist unglaublich kinderfreundlich!«

»Was hat das mit der Sache zu tun?«

»Ich wollte es nur noch mal betonen. Die LAGE, Sie wissen schon. Unglaublich kinderfreundlich! Oder, nun ja … natürlich einmal abgesehen von dem Überfall heute. Aber ansonsten: eine unglaublich kinderfreundliche Gegend! Und Kinder lieben Polizeiautos! Das ist ja klar.«

Die Maklerin lässt freudestrahlend einen Arm in der Luft kreisen, um eine Polizeisirene nachzuahmen.

»Ich glaube, das ist eher die Melodie des Eiswagens«, bemerkt der Polizist.

»Na ja, Sie wissen schon, was ich meine«, beharrt die Maklerin.

»Ich muss Sie bitten, nur auf meine Fragen zu antworten.«

»Sorry, aber wie lauteten die Fragen noch mal?«

»Wie groß ist die Wohnung genau?«

Die Maklerin lächelt irritiert.

»Wollten Sie nicht eigentlich nach dem Geiselnehmer fragen? Ich dachte, wir würden über die Geiselnahme sprechen, oder?«

Der Polizist presst seine Kieferknochen so fest aufeinander, dass es aussieht wie ein Versuch, durch die Zehennägel zu atmen.

»Natürlich. Okay. Erzählen Sie mir etwas über den Täter. Wie war Ihre erste Reaktion, als …«

Die Maklerin unterbricht ihn beflissen: »Der Geiselnehmer? Ja! Der Geiselnehmer ist also mitten in die Besichtigung reingeplatzt und hat mit seiner Pistole auf uns alle gezielt! Und wissen Sie auch, warum?«

»Nein.«

»Die offene Raumgestaltung! Sonst hätte er nicht auf uns alle *gleichzeitig* zielen können!«

Der Polizist massiert seine Augenbrauen.

»Okay, versuchen wir es so: Gibt es irgendwelche guten Verstecke in der Wohnung?«

Die Maklerin blinzelt wie in Zeitlupe, als hätte sie es gerade erst gelernt.

»Verstecke?«

Der Polizist legt den Kopf in den Nacken und starrt mit verbissener Miene an die Decke.

Seine Mutter hat früher immer behauptet, dass alle Polizisten im Grunde kleine Jungs seien, die sich nie von ihren Kindheitsträumen verabschiedet hätten. Jeder Junge wird irgendwann einmal gefragt »Was möchtest du werden, wenn du groß bist?«, und fast jeder antwortet »Polizist!«, doch die meisten von ihnen kommen im Laufe des Heranwachsens auf bessere Ideen. Jetzt wünscht er sich einen Augenblick lang, ihm wäre auch etwas Besseres eingefallen, denn dann wäre sein Leben vielleicht nicht ganz so kompliziert geworden und seine familiären Beziehungen unter Umständen auch nicht. Seine Mutter war immer stolz auf ihn, das muss er zugeben, und keineswegs unzufrieden mit seiner Berufswahl. Sie arbeitete als Pastorin, ebenfalls ein Beruf, der mehr ist als nur ein Broterwerb, deswegen konnte sie ihn verstehen. Aber sein Vater wollte nie, dass er eine Uniform trug. Und die Enttäuschung darüber belastet den jungen Polizisten vermutlich noch immer, denn als er die Maklerin jetzt anblickt, wirkt er erschöpft.

»Ja. Ich habe es Ihnen doch gerade versucht zu erklären: Wir glauben, dass der Täter noch in der Wohnung ist.«

Kapitel 4

Tatsache ist, dass alle Geiseln gemeinsam freigelassen wurden, als der Geiselnehmer aufgab. Die Maklerin und alle Kaufinteressenten. Als sie aus der Wohnung kamen, stand ein Polizist Wache vor der Tür, die sie sorgfältig hinter sich schlossen, bevor sie gefasst die Treppen hinuntergingen und auf die Straße hinaustraten, wo sie in bereitstehende Streifenwagen stiegen und auf die Wache gebracht wurden. Der Polizist wartete dort, bis seine Kollegen die Treppen hinaufkamen und ein Sonderermittler beim Geiselnehmer anrief. Kurz darauf stürmte die Polizei die Wohnung, nur um festzustellen, dass sie leer war. Die Balkontür war verschlossen, alle Fenster waren zu, und es gab ganz offensichtlich keine anderen Möglichkeiten hinauszugelangen.

Man musste verflucht noch mal nicht aus Stockholm kommen, um ziemlich schnell zu begreifen, dass entweder eine der Geiseln dem Geiselnehmer zur Flucht verholfen hatte oder der Geiselnehmer gar nicht geflohen war.

Kapitel 5

Okay. Ein Mann stand auf einer Brücke. Jetzt kannst du an ihn denken.

Er hatte einen Brief geschrieben und ihn abgeschickt. Anschließend hatte er seine Kinder zur Schule gebracht und kurz darauf das Brückengeländer erklommen, sich aufgerichtet und hinuntergeblickt. Zehn Jahre später nahm ein gescheiterter Bankräuber während einer Wohnungsbesichtigung acht Personen als Geiseln. Von der Brücke aus kann man in einiger Entfernung den Balkon jener Wohnung sehen.

All das hat natürlich nichts mit dir zu tun. Na ja, ein wenig schon. Denn du bist doch ein ganz normaler guter Mensch, oder? Was hättest du getan, wenn du jemanden dort auf dem Brückengeländer hättest stehen sehen? In einer Situation wie dieser kann man weder etwas Richtiges noch etwas Falsches sagen, oder? Du hättest einfach alles getan, um diesen Mann davon abzuhalten zu springen, auch wenn du ihn gar nicht gekannt hättest. Denn aus einem angeborenen Instinkt heraus können wir es noch nicht einmal bei einem Fremden zulassen, dass er sich das Leben nimmt.

Du hättest also versucht, mit ihm zu reden, sein Vertrauen zu gewinnen und ihn zu überzeugen, es nicht zu tun. Denn auch du hast bestimmt schon irgendwann einmal Angst gehabt. Hast Tage erlebt, an denen du unsägliche Schmerzen hattest, ohne dass der Grund dafür auf irgendwelchen Röntgenbildern sichtbar gewesen wäre oder du Worte gefunden hättest, um das, was dich bedrückt, wenigstens jenen Menschen anzuvertrauen, die dich lieben. Tief im Inneren, dort, wo jene Erinnerungen gespeichert sind, die wir gern vor uns selbst verstecken, wissen viele von uns, dass der Unterschied zwischen diesem Mann auf der Brücke und uns selbst geringer ist, als uns lieb ist. Die meisten Erwachsenen haben irgendwann schon rabenschwarze Momente erlebt, und selbst besonders glückliche Menschen sind nicht ausnahmslos glücklich, das weißt du sicher. Du hättest also versucht, ihn zu retten. Denn man kann sein Leben durchaus auch aus Versehen beenden, aber zu springen ist eine bewusste Entscheidung. Man muss erst irgendwo hinaufklettern und dann einen Schritt ins Nichts machen.

Du bist ein guter Mensch. Du hättest nicht einfach nur zugeschaut.

Kapitel 6

Der junge Polizist befühlt mit den Fingerspitzen seine Stirn. Dort prangt eine Beule von der Größe einer Babyfaust.

»Wo haben Sie sich die denn geholt?«, fragt die Maklerin und sieht definitiv so aus, als wolle sie ein weiteres ›Wie ist die LAGE?‹ hinterherschieben.

»Ach, ich hab irgendwas an den Kopf gekriegt«, grummelt der Polizist, bevor er auf seine Papiere hinunterschaut und fragt: »Wirkte der Täter auf Sie vertraut im Umgang mit Schusswaffen?«

Die Maklerin lächelt überrascht.

»Ach, Sie meinen ... die Pistole?«

»Ja. Wirkte er nervös oder eher so, als hätte er schon öfter eine Pistole in der Hand gehalten?«

Der Polizist will mit seiner Frage herausfinden, ob der Geiselnehmer gegebenenfalls eine militärische Ausbildung hat. Doch die Maklerin antwortet stattdessen fröhlich: »Oh nein, also die Pistole war gar nicht echt!«

Der Polizist blickt sie prüfend an, scheint aber nicht ausmachen zu können, ob dies ein Witz sein soll oder ob sie wirklich so naiv ist.

»Und wie kommen Sie darauf?«

»Man hat doch gesehen, dass es 'ne Spielzeugpistole war! Ich dachte, das wüssten alle.«

Der Polizist mustert die Maklerin lange. Es sollte also kein Witz sein. In seinen Blick schleicht sich ein Funken Sympathie.

»Sie hatten also … keine Angst?«

Die Maklerin schüttelt den Kopf.

»Nein, nein, nein. Ich hab gleich gecheckt, dass keinerlei Gefahr von ihm ausging. Der Geiselnehmer hätte nie im Leben irgendwen verletzen können!«

Der Polizist schaut in seine Unterlagen. Ihm wird klar, dass sie es nicht begriffen hat.

»Möchten Sie etwas trinken?«, fragt er mitfühlend.

»Nein, danke. Das haben Sie übrigens schon mal gefragt«, bemerkt die Maklerin unbekümmert.

Der Polizist beschließt, ihr trotzdem ein Glas Wasser zu holen.

Kapitel 7

Zugegebenermaßen wusste keine der Geiseln, was in der Zeitspanne geschah, nachdem sie selbst freigelassen worden waren und bevor die Polizei die Wohnung stürmte. Alle Geiseln waren bereits in die auf der Straße wartenden Polizeiwagen gestiegen und aufs Revier gebracht worden, als sich die Polizisten im Treppenhaus einfanden. Dann rief der extra einbestellte Sonderermittler in der Wohnung an, in der Hoffnung, dass sich der Geiselnehmer freiwillig ergeben und unbewaffnet herauskommen würde (der Vorgesetzte der Vorgesetzten der örtlichen Polizisten hatte den Sonderermittler aus Stockholm angefordert, da Stockholmer nach eigener Überzeugung offenbar die Einzigen sind, die telefonieren können). Doch der Geiselnehmer reagierte nicht. Stattdessen hörten sie einen Pistolenschuss. Als die Polizisten daraufhin die Wohnungstür aufbrachen, war es bereits zu spät. Beim Betreten des Wohnzimmers tappten sie geradeswegs in eine Blutlache.

Kapitel 8

Im Pausenraum der Polizeiwache trifft der junge Polizist auf einen älteren Kollegen. Der junge holt ein Glas Wasser, der ältere trinkt gerade Kaffee. Ihre Beziehung ist kompliziert, wie es bei Polizisten verschiedener Generationen häufig der Fall ist. Am Ende seiner Karriere sucht man nach einem Sinn, während man am Anfang eher nach einem Ziel sucht.

»Hallihallo!«, ruft der ältere erfreut aus.

»Hallo«, entgegnet der jüngere abweisend.

»Ich würde dir ja gern einen Kaffee anbieten, aber du trinkst wahrscheinlich immer noch keinen, oder?«, fragt der ältere Polizist grinsend, als handele es sich um den Grund für eine Berufsunfähigkeit.

»Nein«, antwortet der jüngere schroff, als sei ihm Menschenfleisch angeboten worden.

Der ältere und der jüngere haben bezüglich ihrer Ess- und Trinkgewohnheiten nicht gerade viel gemeinsam, aber eigentlich trifft das auch auf alles andere zu, was zu wiederkehrenden Konflikten führt, wenn sie um die Mittagszeit zusammen im Streifenwagen sitzen. Die Leibgerichte des älteren Polizisten sind Bratwurst mit Tüten-Kartoffelpüree von der Tankstelle und das freitägliche Mittagsbuffet im Restaurant um die Ecke. Wenn die Bedienung am All-you-can-eat-Freitag irgendwann Anstalten macht, seinen leergegessenen Teller abzuräumen, hält er ihn entrüstet mit beiden Händen fest und ruft: »Fertig? Ist heute nicht

Buffet-Tag? Ich bin erst fertig, wenn ich unterm Tisch liege und mich nicht mehr rühren kann! Das wissen Sie doch!« Das Lieblingsgericht des jüngeren Polizisten ist nach Auskunft des älteren »irgend so 'n künstlicher Pseudofraß wie Algen, Seegras und roher Fisch. Er glaubt nämlich verflucht noch mal, dass er 'n Einsiedlerkrebs ist.« Der eine liebt Kaffee, der andere Tee. Der eine guckt während der Arbeit auf die Uhr, um zu sehen, ob schon bald Mittagspause ist, der andere guckt während der Mittagspause auf die Uhr, um zu sehen, ob er nicht endlich weiterarbeiten kann. Der ältere hält es für das Wichtigste, als Polizist das Richtige zu tun, der jüngere hält es für wichtiger, sich korrekt zu verhalten.

»Sicher? Ich könnte dir so 'nen Frappuccino machen, oder wie das heißt. Ich hab sogar Sojamilch gekauft, aber ich will lieber nicht wissen, wen zum Teufel sie dafür gemolken haben!«, scherzt der ältere polternd, während er den jüngeren allerdings beunruhigt mustert.

»Mmh«, meint der jüngere, ohne zugehört zu haben.

»Und, wie läuft die Vernehmung der Maklertussi?«, fragt der ältere betont lässig, um nicht zu zeigen, dass er es eigentlich aus Fürsorglichkeit tut.

»Super!«, versichert der jüngere, der seine Irritation kaum noch verbergen kann, und steuert auf die Tür zu.

»Und sonst, alles in Ordnung?«, fragt der ältere.

»Ja, ja, alles in Ordnung!«, stöhnt der jüngere.

»Ich mein ja nur, nach allem, was passiert ist, ob du vielleicht reden …«

»Alles in Ordnung«, beharrt der jüngere.

»Sicher?«

»Sicher!«

»Und wie geht's damit …?«, fragt der ältere und deutet nickend auf die Beule an der Stirn des jüngeren.

»Alles gut, kein Problem. Ich muss jetzt los.«

»Ja, ja natürlich. Ach übrigens, wenn du Hilfe bei der Vernehmung dieser Maklertussi brauchst …«, meint der ältere und versucht zu lächeln, wobei er sich einen sorgenvollen Blick auf die Schuhe des jüngeren Polizisten verkneift.

»Ich komm allein zurecht.«

»Aber ich helfe dir gern.«

»Nein, danke!«

»Sicher?«, ruft ihm der ältere hinterher, erntet jedoch nur entschlossenes Schweigen.

Nachdem der jüngere hinausgegangen ist, steht der ältere allein im Pausenraum und trinkt seinen Kaffee. Ältere Männer wissen nur selten, wie sie jüngeren Männern vermitteln sollen, dass diese ihnen nicht egal sind. Und außerdem fällt es ihnen unsäglich schwer, die richtigen Worte zu finden, wenn sie eigentlich nur sagen wollen: »Ich sehe doch, wie sehr es dich belastet.«

An der Stelle, wo der jüngere Polizist gestanden hat, zeichnen sich jetzt blasse rotbraune Sohlenabdrücke auf dem Fußboden ab. An seinen Schuhen klebt also noch immer Blut, ohne dass er es gemerkt hat. Der ältere Polizist befeuchtet einen Wischlappen und reinigt behutsam den Boden. Seine Finger zittern. Mag sein, dass der jüngere tatsächlich die Wahrheit sagt und er wirklich okay ist. Was auf den älteren allerdings nicht zutrifft.

Kapitel 9

Der junge Polizist kehrt zurück in den Vernehmungsraum und stellt das Wasserglas auf den Tisch. Die Maklerin schaut auf. Er erinnert sie an Typen, die ihre Bierflaschen mittels Schnupftabaksdosen öffnen. Was nicht unbedingt verkehrt sein muss.

»Danke«, sagt sie zögerlich mit Blick auf das Wasserglas, um das sie nicht gebeten hat.

»Ich muss Ihnen leider noch ein paar weitere Fragen stellen«, entschuldigt sich der junge Polizist und entfaltet ein zerknittertes Blatt Papier. Es sieht aus wie eine Kinderzeichnung.

Die Maklerin nickt, kommt jedoch nicht dazu, etwas zu entgegnen, denn genau in diesem Augenblick wird die Tür behutsam geöffnet, und der ältere Polizist betritt leise den Raum. Die Maklerin stellt fest, dass seine Arme im Vergleich zu seinem Oberkörper etwas zu lang sind, und denkt, dass er sich die Haut seiner Unterschenkel verbrennen würde, wenn er jetzt seinen Kaffee verschüttete.

»Hallo … guten Tag! Ich wollte nur sehen, ob ich hier drinnen irgendwas helfen kann …«, sagt der ältere Polizist.

Der jüngere Polizist verdreht die Augen.

»Nein! Danke! Wie schon gerade eben gesagt hab ich alles unter Kontrolle.«

»Aha. Aha. Ich wollte ja nur meine Hilfe anbieten«, versucht es der ältere weiter.

»Nein, nein, verflucht noch mal … nein! Das ist wirklich unprofessionell! Du kannst hier nicht einfach mitten in die Vernehmung reinplatzen!«, schnauzt ihn der jüngere an.

»Mmh, tut mir leid, ich wollte ja nur fragen, wie weit du gekommen bist«, flüstert der ältere jetzt verlegen, unfähig, seine Fürsorglichkeit zu verbergen.

»Ich wollte gerade nach dem Bild fragen!«, antwortet der jüngere verächtlich, als wäre er beim heimlichen Rauchen erwischt worden und hätte sich damit gerechtfertigt, die Zigarette nur kurz für einen Freund gehalten zu haben.

»Wen fragen?«, will der ältere wissen.

»Die Maklerin!«, ruft der jüngere genervt aus und deutet auf die Frau.

Das wiederum inspiriert die Maklerin dazu, augenblicklich von ihrem Stuhl aufzuspringen und die Hand auszustrecken.

»Ich bin die Maklerin! Vom ›Immobilienbüro Beste Lage‹!«

Sie grinst und macht eine Kunstpause. Sie wirkt unglaublich selbstzufrieden.

»Oh mein Gott, nicht schon wieder …«, seufzt der jüngere Polizist, während die Maklerin Luft holt und trällert:

»Wie ist die LAGE?«

Der ältere Polizist blickt den jüngeren Polizisten fragend an.

»Das macht sie schon die ganze Zeit«, verkündet der jüngere, die Daumen auf die Augenbrauen gepresst.

Der ältere Polizist mustert die Maklerin mit zusammengekniffenen Augen. Diesen Blick setzt er immer dann auf, wenn er es mit unergründlichen Menschen zu tun hat. Und nach einem langen Berufsleben mit fast ausnahmslos zusammengekniffenen Augen hat die Haut darunter die Konsistenz von Softeis angenommen. Die Maklerin, offenbar überzeugt davon, beim ersten Mal überhört worden zu sein, verdeutlicht ungebeten: »Kapieren Sie? ›Immobilienbüro Beste Lage‹, wie ist die LAGE? Kapieren Sie? Man möchte ja schließlich die beste La...«

Der ältere Polizist kapiert es und lächelt sogar anerkennend. Doch der jüngere deutet mit dem Zeigefinger streng auf die Maklerin und bewegt ihn zwischen ihr und ihrem Stuhl auf und ab.

»Setzen!«, sagt er in einem Ton, den man nur bei Kindern, Hunden oder eben Maklern anschlägt.

Die Maklerin verkneift sich das Grinsen und setzt sich unbeholfen. Sie schaut abwechselnd vom einen Polizisten zum anderen.

»Entschuldigung. Das ist mein allererstes Polizeiverhör überhaupt. Sie werden doch jetzt wohl nicht ... na, Sie wissen schon ... dieses *good cop/bad cop*-Spiel mit mir spielen wollen, so wie im Film, oder? Dass einer von Ihnen rausgeht und Kaffee holt, während der andere mit dem Telefonbuch auf mich eindrischt und brüllt WO HABEN SIE DIE LEICHE VERSTECKT?, oder?«

Die Maklerin lacht nervös. Der ältere Polizist lächelt ebenfalls, während der jüngere keine Miene verzieht, sodass die Maklerin noch etwas nervöser hinzufügt: »Also das war natürlich ein Scherz. Heutzutage gibt es ja gar keine Telefonbücher mehr, und was sollten Sie denn sonst nehmen? Mich etwa mit Ihrem iPad verprügeln?«

Sie holt mit beiden Armen aus, um diese Art der Misshandlung zu simulieren, und verstellt ihre Stimme, anscheinend um den Tonfall der Polizisten nachzuahmen: »Oh nein, Scheiße auch, jetzt hab ich auf Instagram aus Versehen meine Ex gelikt! Unlike! Unlike!«

Der jüngere Polizist wirkt ganz und gar nicht amüsiert, was die Maklerin nachdenklich stimmt. Unterdessen beugt sich der ältere Polizist über die Aufzeichnungen des jüngeren und fragt ihn, als befände sich die Maklerin gar nicht im Raum: »Und, was hat sie zur Zeichnung gesagt?«

»Ich hab sie noch nicht fragen können, weil du reingekommen bist und mich unterbrochen hast!«, kontert der jüngere.

»Was ist denn mit dieser Zeichnung?«, fragt die Maklerin.

»Na ja, ich wollte es Ihnen gerade erklären, bevor wir unterbrochen wurden: Wir haben diese Zeichnung im Treppenhaus gefunden und glauben, dass der Täter sie verloren haben könnte. Wir hätten gerne, dass Sie …«, beginnt der jüngere Polizist, wird jedoch vom älteren unterbrochen.

»Hast du mit ihr eigentlich schon über die Pistole gesprochen?«

»Jetzt hör endlich auf, dich einzumischen!«, raunzt ihn der jüngere an.

Woraufhin der ältere hilflos die Arme ausbreitet und murmelt: »Ja, ja. Sorry, dass es mich überhaupt gibt.«

»Aber es war ja gar keine echte! Also die Pistole! Es war eine Spielzeugpistole!«, erklärt die Maklerin rasch.

Der ältere Polizist wirft erst ihr und dann dem jüngeren Polizisten einen befremdeten Blick zu, bevor er in einer Lautstärke flüstert, die nur Männer ab einem gewissen Alter für ein Flüstern halten: »Hast du es ihr denn … nicht erzählt?«

»Was denn erzählt?«, fragt die Maklerin.

Der jüngere Polizist seufzt und faltet die Zeichnung sorgfältig wieder zusammen, als sei es das Gesicht seines älteren Kollegen. Dann wendet er sich an die Maklerin.

»Na ja, ich wollte gerade darauf zu sprechen kommen … Sie verstehen, also nachdem der Täter Sie und die anderen Geiseln freigelassen hat und wir Sie alle aufs Revier gefahren haben …«

Der ältere Polizist unterbricht ihn hilfsbereit: »Der Täter, also der Geiselnehmer! Er hat sich erschossen!«

Der jüngere Polizist verschränkt die Hände fest ineinander, um sie daran zu hindern, den älteren zu erwürgen. Er sagt etwas, aber die Maklerin hört nichts mehr: In ihren Gehörgängen breitet sich bereits ein monotones Brummen aus, das zu einem lauten Rauschen anschwillt, während der Schock Kontrolle über ihr Nervensystem erlangt. Noch lange Zeit später wird sie schwören, dass Regen gegen das Fenster im Vernehmungsraum geprasselt sei, als sie darin saß, obwohl er fensterlos war. Sie starrt die beiden Polizisten mit offenem Mund an.

»Die … Pistole … war also …«, bringt sie hervor.

»Es war eine echte Pistole«, bestätigt der ältere Polizist.

»Ich …«, beginnt die Maklerin, doch ihr Mund ist wie ausgetrocknet.

»Hier! Trinken Sie einen Schluck Wasser!«, fordert der ältere Polizist sie auf, als hätte er das Glas eigenhändig geholt.

»Danke … ich … aber wenn die Pistole echt war, hätten wir ja alle … *tot* sein können!«, flüstert sie und trinkt, während der Schock sie endgültig einholt. Der ältere Polizist nickt zustimmend, nimmt die Aufzeichnungen des jüngeren an sich und notiert mit seinem Kugelschreiber etwas darauf.

»Vielleicht sollten wir diese Vernehmung noch einmal ganz von vorn anfangen«, meint der ältere zuvorkommend, woraufhin der jüngere um eine kurze Pause bittet und aus dem Raum stürmt, um draußen im Korridor mehrfach seine Stirn gegen die Wand zu rammen.

Als die Tür hinter ihm zuknallt, zuckt der ältere zusammen. Wenn man älter ist, fehlen einem oftmals die Worte, selbst wenn man einem jüngeren Kollegen nur sagen will: »Ich sehe doch, dass dir das Ganze zusetzt, und es tut mir in der Seele weh.« Die Schuhe des jüngeren Polizisten haben auf dem Fußboden unter seinem Stuhl blasse rotbraune Abdrücke eingetrockneten Bluts hinterlassen. Der ältere betrachtet sie bestürzt. Genau dies war der Grund für seine ablehnende Haltung gegenüber der Berufswahl seines Sohnes.

Kapitel 10

Der Erste, der den Mann auf der Brücke vor zehn Jahren erblickte, war ein Teenager, dessen Vater den Wunsch hegte, der Sohn würde sich von seinen Kindheitsträumen verabschieden. Der Junge hätte vielleicht Hilfe holen können, aber hättest du das getan? Wenn deine Mutter Pastorin und dein Vater Polizist gewesen wären und du mit der Selbstverständlichkeit aufgewachsen wärest, dass man Leuten hilft, wenn man kann, und niemanden im Stich lässt, wenn es nicht unbedingt nötig ist?

Nein.

Der Teenager rannte auf die Brücke und rief dem Mann etwas zu, woraufhin dieser innehielt. Der Teenager wusste nicht recht, was er tun sollte, und redete deshalb einfach drauflos. Er versuchte das Vertrauen des Mannes zu gewinnen. Ihn dazu zu bringen, zwei Schritte zurück statt einen vor zu machen. Der Wind ließ ihre Jacken leise knattern, Regen lag in der Luft, und auf der Haut konnte man schon den Winter erahnen. Der Junge versuchte Worte für all die schönen Dinge zu finden, die das Leben eigentlich lebenswert machen, auch wenn es einem nicht immer so vorkam.

Der Mann auf dem Geländer hatte zwei Kinder und erzählte dem Teenager von ihnen. Wahrscheinlich, weil ihn der

Junge an sie erinnerte. Der Junge rief panisch und jede einzelne Silbe betonend: »Bitte, springen Sie nicht!«

Der Mann schaute ihn ruhig, fast mitleidig an und entgegnete: »Weißt du, was das Schlimmste am Elternsein ist? Dass man immer nach seinen schlechtesten Augenblicken beurteilt wird. Man kann eine Million Dinge richtig machen und nur eine einzige Sache falsch. Trotzdem ist und bleibt man immer der Vater, der gerade auf sein Handy geschaut hat, als das eigene Kind im Park eine Schaukel gegen den Kopf gekriegt hat. Wir lassen unsere Kinder tagelang nicht aus den Augen, doch dann lesen wir eine einzige SMS, und damit sind all unsere guten Augenblicke vergessen. Niemand geht zum Psychologen, um über all die Male zu sprechen, bei denen er als Kind *keine* Schaukel an den Kopf gekriegt hat. Eltern werden nur an ihren Unzulänglichkeiten gemessen.«

Der Teenager erfasste den Sinn der Worte nicht, aber als er übers Brückengeländer hinunterlinste und dort unten geradewegs dem Tod ins Auge blickte, zitterten seine Hände. Der Mann lächelte schwach und machte einen halben Schritt auf ihn zu. In diesem Augenblick hätte der Teenager die ganze Welt umarmen können.

Dann erzählte ihm der Mann, dass er einmal einen ziemlich lukrativen Job gehabt, ein ziemlich erfolgreiches Unternehmen gegründet und darüber hinaus eine ziemlich exklusive Wohnung besessen hätte. Dass er all sein Erspartes in Aktien von Immobiliengesellschaften investiert hätte, damit sich seine Kinder später einmal noch lukrativere Jobs würden suchen und noch exklusivere Wohnungen würden leisten können, um sorgenfrei zu leben, anstatt jede Nacht völlig erschöpft mit dem Taschenrechner in der Hand einzuschlafen. Denn das ist die Aufgabe eines Vaters: seinen Kindern eine Schulter zu bieten. Auf der sie sitzen können, wenn sie klein sind, um von dort aus die Welt zu sehen. Auf der sie stehen können, wenn sie groß sind, um nach den Wolken zu greifen. Und an die sie sich anlehnen können, wenn sie ins Wanken geraten oder von Zweifeln geplagt werden. Sie vertrauen auf uns, was eine erdrückende Verantwortung mit sich bringt, denn sie begreifen noch nicht, dass wir eigentlich gar keinen Überblick haben.

Der Mann tat also, was wir alle tun: Er gab vor, den Überblick zu haben. Zum Beispiel, wenn seine Kinder ihn fragten, warum Scheiße ausgerechnet braun ist und was nach dem Tod geschieht oder warum Eisbären keine Pinguine fressen. Bis sie größer wurden. Manchmal vergaß er dies für einen Augenblick und wollte sie wieder an die Hand nehmen wie früher. Großer Gott, wie peinlich ihnen das war. Ihm übrigens auch. Es ist schwierig, einem Zwölfjährigen zu erklären, dass die schönsten Augenblicke im eigenen Leben die waren, in denen der Sohn als kleines Kind losrannte, um den vor ihm gehenden Vater einzuholen und dessen Hand zu ergreifen. Die Wärme seiner kurzen Fingerchen in der eigenen Handfläche. Lange bevor dem Sohn bewusst geworden war, wie viel der Vater falsch gemacht hatte.

Der Mann tat in allen Belangen so, als kenne er sich aus. Zudem versicherten ihm alle Wirtschaftsexperten, dass Aktien von Immobiliengesellschaften eine sichere Investition seien. Und schließlich wissen alle, dass Immobilien nie an Wert verlieren. Bis sie es eines Tages eben doch taten.

Draußen in der großen weiten Welt kam es zur Finanzkrise, und eine Bank in New York ging in Konkurs, woraufhin in einer Kleinstadt in einem ganz anderen Land ein

Mann alles verlor. Als er nach dem Telefonat mit seinem Anwalt den Hörer auf die Gabel legte, konnte er die Brücke von seinem Bürofenster aus sehen. Es war noch früh am Morgen, das Wetter windig und trocken, allerdings lag Regen in der Luft. Der Mann fuhr seine Kinder zur Schule, als sei nichts geschehen. Jedenfalls tat er so. Er flüsterte ihnen ins Ohr, dass er sie liebte, und als sie daraufhin die Augen verdrehten, brach es ihm das Herz. Dann fuhr er ans Wasser. Stellte seinen Wagen ins Parkverbot, ließ die Schlüssel stecken, betrat die Brücke und erklomm das Geländer.

All das erzählte er dem Teenager, und von da an wusste der Teenager, dass sich alles zum Guten wenden würde. Denn wenn ein Mann, der auf einem Brückengeländer steht, sich die Zeit nimmt, einem Fremden anzuvertrauen, wie sehr er seine Kinder liebt, weiß man, dass er eigentlich gar nicht beabsichtigt zu springen.

Und dann sprang er.

Kapitel 11

Zehn Jahre später steht der junge Polizist im Korridor vor dem Vernehmungsraum. Sein Vater befindet sich zusammen mit der Maklerin noch immer im Zimmer, und seine Mutter hatte natürlich recht gehabt: Er hätte nie mit seinem Vater zusammenarbeiten dürfen, es führte nur zu Streit. Aber er hat nicht auf sie gehört, hatte es noch nie getan. Die Mutter schaute ihren Sohn mitunter, wenn sie müde war oder nach zwei Gläsern Wein in Melancholie verfiel, an und sagte: »Manchmal hab ich das Gefühl, dass du nie wieder ganz von dieser Brücke zurückgekommen bist, mein Junge. Und dass du noch immer versuchst, diesen Mann auf dem Geländer zu retten, auch wenn es heute genauso unmöglich ist wie damals.« Vielleicht stimmt das ja, doch ihm fehlt die Kraft, in sich hineinzuspüren. Zehn Jahre nach dem Erlebnis wird er noch immer von denselben Albträumen geplagt. Zehn Jahre, in denen er seine Ausbildung an der Polizeihochschule und sein Examen gemacht hat, in denen er all die Früh-, Spät- und Nachtschichten und die viele Büroarbeit auf dem Revier erledigt hat, für die er von allen Kollegen außer seinem Vater so viel Lob erhielt. Zehn Jahre mit noch mehr langen Nächten und einem derart hohen Arbeitsaufkommen, dass er jegliche Freizeit zu hassen gelernt hat. Mit erschöpftem Nachhausewanken in der Morgendämmerung, wo ihn schon im Flur haufenweise Rechnungen und im Schlafzimmer ein leeres Bett sowie Schlaftabletten oder Alkohol erwarteten. In jenen Nächten, in denen es unerträglich war, verließ er die Wohnung und joggte Kilometer um Kilometer in der Dunkelheit und Kälte, umgeben von beängstigender Stille, und obwohl seine Füße in immer rascherer Abfolge auf den Asphalt trommelten, wollte er weder ein Ziel erreichen noch irgendeinen Nutzen daraus ziehen. Manche Männer joggen wie Jäger, aber er rannte, als sei er selbst die Beute. Völlig ermattet taumelte er schließlich wieder nach Hause, um sich am nächsten Tag erneut zur Arbeit zu schleppen, wo das Ganze von vorne begann. Manchmal genügten abends ein paar Gläser Whisky, um einschlafen zu können, und wenn er einen besonders guten Morgen erwischt hatte, reichte eine eiskalte Dusche aus, um wach zu werden, während er nachts alles Menschenmögliche unternahm, um die Schmerzempfindlichkeit seiner Haut herabzusetzen. Er unterdrückte die Tränen bereits im Brustkorb, lange bevor sie seinen Hals oder gar die Tränenkanäle erreichten. Doch die Albträume ließen sich einfach nicht abschütteln. Vom leisen Knattern der Jacke des Mannes im Wind, vom dumpfen Schaben, das seine vom Geländer hinabgleitenden Schuhsohlen erzeugten, von seinem eigenen entsetzten Aufschrei, der übers Wasser hallte, aber weder so klang noch sich so anfühlte wie sein eigener. Er war kaum zu hören gewesen, denn der Schock hatte ihn regelrecht übermannt und betäubt, tut es noch immer.

Nach der Befreiung aller Geiseln und dem Knall des Schusses hatte er die Wohnung heute als Erster betreten. Er war über den blutbesudelten Teppich quer durchs Wohnzimmer gestürmt und hatte unverzüglich die Balkontür aufgerissen, um letztlich dort draußen innezuhalten und verzweifelt übers Geländer hinwegzustarren. So unlogisch es seinen Kollegen auch erscheinen mochte, aber ihm hatte sich ganz automatisch ein einziger angsteinflößender Gedanke aufgedrängt: »Er ist auch gesprungen.« Unten auf der Straße konnte er außer einigen Journalisten und neugierigen Nachbarn, die alle durch ihre Handykameras zu ihm hinauflinsten, allerdings niemanden erblicken. Der Geiselnehmer war spurlos verschwunden, und der Polizist stand ganz allein auf dem Balkon. Von dort aus konnte er in der Ferne die Brücke sehen.

Jetzt steht er wie gelähmt im Korridor der Polizeiwache und kann sich noch nicht einmal aufraffen, das an seinen Schuhen klebende Blut abzuwischen.

Kapitel 12

Der Atem des älteren Polizisten ächzt wie ein schweres Möbelstück, das über einen unebenen Holzfußboden geschleift wird. Er atmet durch die Nase, sodass es in seiner Mundhöhle widerhallt. Ab einem bestimmten Alter und einem gewissen Gewicht hat es angefangen, bei ihm so zu klingen. Als seien alte Atemzüge zwangsläufig schwerer. Er lächelt der Maklerin schuldbewusst zu.

»Mein Kollege, er … er ist mein Sohn.«

»Oh!«, nickt die Maklerin, als wolle sie sagen, dass sie ebenfalls Kinder hat, oder vielmehr, dass sie zwar keine hat, aber während ihrer Ausbildung in irgendeinem Handbuch durchaus etwas über Kinder gelesen hat. Ihre Lieblingskinder sind jedenfalls die mit Spielzeug in Naturtönen, weil sie überall hineinpassen.

»Meine Frau meinte immer, dass es keine gute Idee wäre, wenn wir beide zusammenarbeiten«, gesteht der Polizist.

»Ich verstehe«, schwindelt die Maklerin.

»Sie sagte, dass ich ihn zu sehr verhätschele. Und dass ich ihr vorkomme wie einer dieser Pinguine, die auf einem Stein brüten, weil sie einfach nicht akzeptieren wollen, dass das Ei verschwunden ist. Sie fand, dass man seine Kinder nicht vor dem Leben schützen kann und das Leben sowieso unvorhersehbar ist.«

Die Maklerin erwägt, so zu tun, als begreife sie, fragt aber stattdessen ehrlich:

»Und was meinte sie damit?«

Der Polizist errötet.

»Ach, ich wollte nicht … es ist natürlich dumm von mir, hier zu sitzen und Ihnen mein Leid zu klagen, aber ich war schon immer dagegen, dass mein Sohn Polizist wird. Er ist viel zu sensibel. Sozusagen zu gut für diese Welt. Verstehen Sie? Er ist vor zehn Jahren einmal auf eine Brücke gerannt, um einen Selbstmörder davon abzuhalten runterzuspringen. Er hat alles getan, was in seiner Macht stand, wirklich alles! Aber der Mann ist trotzdem gesprungen. Verstehen Sie, was das mit einem Menschen macht? Mein Sohn … er will immer alle retten. Ich hatte gehofft, dass er nach dem Erlebnis vielleicht Abstand von seinem Berufswunsch nehmen würde, doch das Gegenteil war der Fall. Plötzlich wollte er mehr denn je Polizist werden. Er will unbedingt alle Menschen retten. Sogar Verbrecher.«

Der Brustkorb der Maklerin hebt und senkt sich fast unmerklich.

»Sie meinen, auch den Geiselnehmer?«

Der ältere Polizist nickt.

»Ja. Als wir die Wohnung stürmten, war der Fußboden blutüberströmt, und mein Sohn meinte, dass der Geiselnehmer sterben könnte, wenn wir ihn nicht rechtzeitig finden würden.«

Die Maklerin erkennt am traurigen Blinzeln des Polizisten, was dies in ihm auslöst. Er fährt mit den Fingernägeln über die Tischplatte und fügt mit erzwungener Förmlichkeit hinzu:

»Ich muss Sie übrigens daran erinnern, dass alles, was Sie während dieser Vernehmung aussagen, aufgezeichnet wird.«

»Capito«, beteuert die Maklerin.

»Es ist wichtig, dass Sie das verstehen. Alles, worüber wir jetzt sprechen, wird protokolliert und kann von all meinen Kollegen gelesen werden«, betont er.

»Alle können es lesen. Okay, verstanden.«

Dann entfaltet der ältere Polizist vorsichtig das Blatt Papier, das der jüngere Polizist auf dem Tisch liegen gelassen hat. Es ist ein Bild, gezeichnet von einem Kind, das entweder sehr talentiert oder auch völlig untalentiert ist, abhängig vom Alter. Es stellt offenbar drei Tiere dar.

»Sagt Ihnen dieses Bild etwas? Wir haben es wie gesagt im Treppenhaus gefunden.«

»Nein, tut mir leid«, antwortet die Maklerin und erweckt tatsächlich den Eindruck, als täte es ihr leid.

Der Polizist ringt sich ein Lächeln ab.

»Meine Kollegen meinen, dass es ein Affe, ein Frosch und ein Pferd sind. Aber ich finde, das hier sieht eher aus wie eine Giraffe als wie ein Pferd. Es hat ja gar keinen Schweif! Und Giraffen haben doch keinen, oder? Ich glaube jedenfalls, dass es eine Giraffe ist.«

Die Maklerin holt tief Luft und sagt dann etwas, das Frauen häufig im Gespräch mit jenen Männern äußern, denen scheinbar nicht bewusst ist, dass Wissensdefizite oftmals zu voreiligen Schlüssen führen.

»Sie haben wahrscheinlich recht.«

Kapitel 13

In Wahrheit war es nicht der Mann auf der Brücke, der den Teenager dazu verleitet hat, Polizist zu werden, sondern ein junges Mädchen, das eine Woche später auf demselben Geländer stand. Aber eben nicht sprang.

Kapitel 14

Der fliegende Kaffeebecher ist Ausdruck eines Wutanfalls. Er wird geradewegs über zwei Schreibtische hinweg durch die Luft geschleudert, wobei entgegen jeglicher Gesetzmäßigkeiten der Zentrifugalkraft in unergründlicher Weise fast sämtliche Flüssigkeit darin enthalten bleibt, bevor er beim heftigen Aufprall auf eine danach cappuccinofarbene Wand dahinter zersplittert.

Die beiden Polizisten starren einander an, der eine beschämt, der andere erschrocken. Der ältere Polizist heißt Jim. Der jüngere, sein Sohn, heißt Jack. Dieses Polizeirevier ist zu klein, um sich aus dem Weg gehen zu können, deshalb landeten die beiden Männer an zwei zusammengeschobenen Schreibtischen, wo sie sich gegenübersitzen, nur mäßig verborgen hinter ihrem jeweiligen Computerbildschirm. Denn Polizeiarbeit besteht heutzutage nur zu einem Zehntel aus echter Polizeiarbeit, der restliche Anteil umfasst das minutiöse Protokollieren dieser Polizeiarbeit.

Jim wurde in eine Generation hineingeboren, die Computer noch als Zauberei ansah, Jack in eine, die Computer von Kindesbeinen an als Selbstverständlichkeit betrachtete. Als Jim klein war, bestrafte man Kinder, indem man sie in ihr Zimmer schickte, heutzutage versucht man sie wieder herauszulocken. Eine Generation wurde dafür gerügt, dass sie nicht stillsitzen konnte, die nächste wird dafür gerügt, dass sie sich nicht bewegt. Wenn Jim einen Bericht schreibt, drückt er entschlossen jede Taste, um anschließend sofort auf dem Bildschirm zu kontrollieren, ob der Computer ihn auch nicht getäuscht hat, erst danach betätigt er die nächste Taste. Denn Jim lässt sich nicht so leicht täuschen. Jack schreibt im Gegenzug so wie alle jungen Männer, die nie in einer Welt ohne Internet gelebt haben. Er könnte es sogar mit verbundenen Augen tun, denn seine Finger fliegen förmlich über die Tasten, sodass nicht einmal ein verfluchtes forensisches Labor würde beweisen können, dass diese sie überhaupt berührt haben.

Beide Männer treiben einander schon mit den kleinsten Dingen in den Wahnsinn. Wenn der Sohn irgendetwas im Internet sucht, nennt er es schlicht und einfach *googeln*. Wenn sein Vater dasselbe tut, sagt der: »Das werde ich bei Google nachschlagen.« Wenn sie sich in irgendeiner Sache uneinig sind, behauptet der Vater »Doch, das ist so, ich hab es bei Google gelesen!«, woraufhin der Sohn aufbraust: »Man *liest* keine Infos bei Google, Papa, *man sucht* sie …«

Der Sohn regt sich gar nicht unbedingt über die Tatsache auf, dass sein Vater nicht begreift, wie man die moderne Technik anwendet, sondern eher darüber, dass der Vater es eben nur fast begreift. Jim weiß zum Beispiel nicht, wie man einen Screenshot ausführt, deshalb fotografiert er mit seinem Handy den Bildschirm, wenn er ein Foto von einer Abbildung machen möchte. Und wenn er ein Foto von einer Abbildung auf seinem Handydisplay ausdrucken möchte, legt er das Gerät auf den Kopierer. Ihren letzten heftigen Streit hatten Jim und Jack, als irgendein Vorgesetzter ihres Chefs auf die Idee kam, dass das Polizeikorps der Stadt zukünftig ›in den sozialen Medien präsenter‹ sein sollte (denn in Stockholm sind offenbar alle Polizisten rund um die Uhr wahnsinnig präsent), und sie bat, während eines gewöhnlichen Arbeitstages Fotos voneinander zu machen. Also fotografierte Jim seinen Sohn Jack am Steuer des Streifenwagens. In voller Fahrt. Mit Blitzlicht.

Jetzt sitzen sie einander gegenüber auf der Wache und tippen in jeweils unterschiedlicher Geschwindigkeit. Jim umständlich, Jack effizient. Jim erzählt eine Geschichte, Jack verfasst einen Bericht. Jim löscht und korrigiert, überdenkt das Geschriebene und formuliert es um, während Jack ungerührt drauflostextet, als ließe sich nichts auf der Welt in mehr als nur einer Weise beschreiben. Jim träumte in seiner Jugend immer davon, Schriftsteller zu werden. Übrigens noch bis weit in Jacks Jugend hinein. Doch irgendwann begann er schließlich davon zu träumen, dass statt seiner Jack Schriftsteller werden würde. Väter können allerdings vor lauter Scham nicht zugeben, eigentlich weder den Wunsch zu hegen, dass die Kinder ihre eigenen Träume leben, noch, dass sie in die Fußstapfen der Väter treten, was wiederum Söhne unmöglich verstehen können. Stattdessen wollen Väter vielmehr in die Fußstapfen ihrer Kinder treten, während diese die Träume der Väter leben.

Beide haben ein Foto von derselben Frau auf ihrem Schreibtisch stehen. Des einen Mutter, des anderen Ehefrau. Auf Jims Schreibtisch steht noch ein weiteres Foto, das einer jungen Frau, die sieben Jahre älter ist als Jack. Vater und Sohn sprechen nur selten von ihr, und sie lässt auch nur von sich hören, wenn sie Geld braucht. Jedes Jahr zu Beginn des Winters sagt Jim hoffnungsvoll »Vielleicht kommt deine Schwester ja an Weihnachten nach Hause«, und Jack entgegnet: »Ja, Papa, wir werden sehen.« Der Sohn wirft dem Vater nie vor, naiv zu sein, sondern erweist ihm stattdessen einen Liebesdienst. Dem Vater lastet eine unsichtbare Bürde auf den Schultern, wenn er jedes Jahr am späten Weihnachtsabend erklärt »Es ist nicht ihre Schuld, Jack, sie ist …«, und Jack vollendet jedes Mal seinen Satz: »… krank. Ich weiß, Papa. Sie ist krank. Möchtest du noch ein Bier?«

Mittlerweile steht so vieles zwischen dem älteren und dem jüngeren Polizisten, unabhängig davon, wie nah sie beieinander leben. Denn Jack hat im Unterschied zu seinem Vater irgendwann aufgehört, seiner Schwester hinterherzulaufen. Als Jims Tochter noch ein Teenager war, verglich Jim Kinder immer mit Papierdrachen. Und obwohl er die Schnur mit aller Kraft festhielt, trug der Wind seine Tochter irgendwann davon. Sie riss sich einfach los und flog gen Himmel. Man kann nie genau ausmachen, wann und wo Abhängigkeiten anfangen, deshalb belügen sich auch alle Betroffenen, wenn sie sagen »Ich hab es unter Kontrolle«. Drogen versetzen uns in einen Dämmerzustand, der uns die Illusion vermittelt, dass wir diejenigen sind, die entscheiden, wann das Licht ausgeht. Aber diese Macht besitzen wir gar nicht, denn die Dunkelheit übermannt uns, wann sie es will.

Vor einigen Jahren erfuhr Jim, dass Jack sein gesamtes Erspartes, von dem er eigentlich eine Eigentumswohnung hatte kaufen wollen, für die Aufnahme seiner Schwester in eine exklusive Entzugsklinik investiert hatte. Er brachte sie auch selbst dorthin, von wo sie jedoch nach zwei Wochen wieder türmte, zu spät, um das Geld zurückfordern zu können. Dann ließ sie ein halbes Jahr nichts mehr von sich hören, bis sie eines Nachts unvermittelt bei Jack anrief, als sei nichts geschehen, und fragte, ob er ihr »ein paar Tausender« leihen könne. Für ein Flugticket nach Hause, wie sie erklärte. Jack schickte ihr das Geld, aber sie kam nicht.

Ihr Vater läuft noch immer durch die Straßen, den Blick gen Himmel gerichtet, um den Drachen dort oben nicht aus den Augen zu verlieren. Das ist der Unterschied zwischen ihrem Vater und ihrem Bruder. Nächstes Weihnachten wird der eine wieder erklären »Sie ist …«, woraufhin der andere flüstern wird »Ich weiß, Papa« und ihm ein weiteres Bier holt.

Sie schaffen es sogar, sich über Bier zu streiten. Jack ist einer dieser Youngster, die neugierig auf Biere sind, die nach Grapefruit, Pfefferkuchen, Marshmallows oder allem möglichen anderen schmecken. Jim hingegen bevorzugt Bier, das nach Bier schmeckt. Mitunter bezeichnet er all diese neumodischen Sorten als »Stockholmbiere«, ohne es dabei jedoch zu übertreiben, weil sein Sohn sonst so wütend wird, dass Jim sein verfluchtes Bier wochenlang selbst kaufen muss. Manchmal kommt ihm der Gedanke, dass man unmöglich wissen kann, ob Kinder sich trotz ihres gemeinsamen Aufwachsens unterschiedlich entwickeln oder gerade deswegen. Jetzt linst er über seinen Bildschirm hinweg und verfolgt die Fingerkuppen seines Sohnes, die über die Tastatur fliegen. Das kleine Polizeirevier in ihrer nicht besonders großen Stadt ist eigentlich ein ziemlich ruhiger Ort. Hier passiert nicht viel, hier spielen sich normalerweise weder Geiseldramen noch sonst irgendwelche Dramen ab. Und Jim weiß, dass diese Geiselnahme Jacks große Chance ist, um seinen Vorgesetzten zu beweisen, was er kann und welches Potenzial in ihm steckt. Bevor die Kollegen aus Stockholm eintreffen.

Jacks Frust legt sich auf die Augenbrauen, und in seinem Inneren brodelt Rastlosigkeit. Schon seit der Wohnungsstürmung vorhin droht er vor Wut jeden Augenblick zu platzen. Er hat lange versucht sich zu beherrschen, aber nach der letzten Vernehmung kam er in die Kaffeeküche der Wache gepoltert und explodierte förmlich: »Irgendeiner von diesen Zeugen weiß genau, was passiert ist! Irgendeiner weiß es und lügt uns schamlos an! Kapieren die denn nicht, dass sich der Täter irgendwo versteckt hat und langsam, aber sicher verblutet? Wie zum Teufel kann man die Polizei nur so anlügen, während jemand anderes stirbt?«

Als er sich später wieder an seinen Computer setzte, sagte Jim kein Wort. Und als schließlich der Kaffeebecher gegen die Wand knallte, war nicht Jack derjenige, der ihn geworfen hatte. Obwohl sein Sohn wütend war, weil er den Täter offensichtlich nicht retten konnte, und noch dazu sauer, weil die verfluchten Stockholmer bald eintreffen und ihm die Ermittlungen aus den Händen reißen würden, war er nicht annähernd so frustriert wie sein Vater, der das alles hilflos mit ansehen musste.

Hinterher schweigen sie lange. Werfen einander verstohlene finstere Blicke zu, um dann die Augen rasch wieder hinunter auf ihre Tastaturen zu richten. Zu guter Letzt bringt Jim hervor: »Sorry. Ich wische das gleich weg. Ich wollte doch nur … ich verstehe ja, dass dich das Ganze in den Wahnsinn treibt. Aber eigentlich wollte ich dir nur zeigen, dass es mich genauso in den Wahnsinn treibt.«

Sowohl Jim als auch Jack sind den Grundriss der Wohnung Zentimeter für Zentimeter durchgegangen. Dort gibt es keinerlei Verstecke und auch keine weiteren Ausgänge. Jack betrachtet erst seinen Vater und dann die Scherben des

Kaffeebechers auf dem Fußboden hinter sich, bevor er mit leiser Stimme sagt: »Irgendwer muss ihm geholfen haben. Wir haben irgendwas übersehen.«

Jim starrt auf die Protokolle der Zeugenvernehmungen.

»Wir können nur unser Bestes geben, mein Junge.«

Wenn einem die Worte für alles andere im Leben fehlen, ist es leichter, über die Arbeit zu reden. Aber diese Worte beziehen sich natürlich auch auf alles andere. Jack muss seit der Geiselnahme unablässig an die Brücke denken, denn in seinen besten Nächten träumt er noch immer davon, dass der Mann nicht gesprungen ist und er ihn hat retten können. Jim muss ebenfalls ununterbrochen an dieselbe Brücke denken, denn in seinen schlimmsten Nächten träumt er, dass stattdessen Jack gesprungen ist.

»Entweder lügt einer der Zeugen, oder sie lügen alle miteinander. Irgendwer weiß, wo sich der Täter versteckt hat«, sagt Jack mechanisch und eher zu sich selbst.

Jim richtet den Blick auf den Zeigefinger seines Sohnes, der nervös auf die Tischplatte trommelt. Genau das hat auch seine Frau nach einer anstrengenden Nacht im Krankenhaus oder im Gefängnis immer getan. Doch inzwischen ist zu viel Zeit vergangen, um seinen Sohn noch darauf ansprechen zu können, wie es ihm eigentlich geht. Und auch für den Sohn, um es dem Vater erklären zu können. Der Abstand zwischen ihnen ist zu groß geworden, wird es vielleicht sogar für immer bleiben.

Als Jim mühsam von seinem Stuhl aufsteht, um die Wand abzuwischen und die Scherben seines Kaffeebechers aufzusammeln, übrigens begleitet von einer ganzen Symphonie aus den Ächz- und Stöhngeräuschen eines Mannes in fortgeschrittenen Jahren, springt Jack ebenfalls auf und geht in die Küche. Er kommt mit zwei frischen Kaffeebechern zurück. Nicht, dass Jack Kaffee trinken würde, aber mittlerweile hat er begriffen, dass es seinem Vater in manchen Situationen viel bedeutet, seinen nicht allein trinken zu müssen.

»Ich hätte mich nicht in deine Vernehmung einmischen dürfen«, gesteht Jim leise.

»Ist schon in Ordnung, Papa«, entgegnet Jack.

Allerdings meint keiner von beiden seine Worte ernst. Wir belügen diejenigen, die wir lieben. Beide beugen sich wieder über ihre Tastaturen, schreiben ihre Zeugenvernehmungsprotokolle ins Reine und lesen sie auf der Jagd nach irgendwelchen Hinweisen noch einmal durch.

Sie haben recht, beide. Die Zeugen sagen nicht die Wahrheit. Jedenfalls nicht die ganze. Zumindest nicht alle.

Kapitel 15

Zeugenvernehmung
Datum: 30. Dezember
Name der Zeugin: London

Jack: Vielleicht wäre es etwas bequemer, wenn Sie sich auf den Stuhl setzen würden statt auf den Boden.
London: Haben Sie grauen Star, oder was? Sie sehen doch, dass mein Handykabel nicht bis zum Stuhl reicht, oder?
Jack: Den Stuhl zu verschieben ist natürlich ausgeschlossen.
London: Hä?
Jack: Ach nichts.
London: Ihr habt hier drinnen übrigens 'nen Scheiß-Empfang. Nur ein Balken.
Jack: Ich hätte es sowieso gern, dass Sie Ihr Handy ausschalten, damit ich meine Fragen stellen kann.
London: Hindere ich Sie etwa daran? Stellen Sie doch einfach Ihre Fragen. Sind Sie übrigens wirklich 'n Bulle? Sie sehen viel zu jung aus dafür.
Jack: Sie heißen also London, ist das korrekt?
London: *Korrekt*. Wer redet denn so? Sie klingen ja wie 'n Typ in 'nem Rollenspiel, der auf Buchhalter steht.
Jack: Es wäre schön, wenn Sie versuchen würden, das Ganze etwas ernster zu nehmen. Sie heißen also L-o-n-d-o-n?
London: Ja, verflucht!

Jack: Ziemlich ungewöhnlicher Name, muss ich schon sagen. Na ja, vielleicht nicht unbedingt ungewöhnlich, aber interessant. Woher kommt er?
London: England.
Jack: Ja, das habe ich begriffen. Aber ich meinte eigentlich eher, ob es irgendeinen besonderen Grund dafür gibt, dass Sie so heißen.
London: Meine Eltern haben mich so genannt. Haben Sie was geraucht oder so?
Jack: Wissen Sie was? Wir vergessen das Ganze einfach und machen weiter.
London: Sind Sie jetzt etwa sauer?
Jack: Nein, ich bin nicht sauer.
London: Nee, Sie klingen ja auch kein bisschen sauer.
Jack: Konzentrieren wir uns auf folgende Fragen: Sie arbeiten in der Bank, ist das korrekt? Und Sie standen an der Kasse, als der Täter hereinkam?
London: Der Täter?
Jack: Na ja, der Bankräuber.
London: Ja. Das ist »korrekt«.
Jack: Sie brauchen nicht diese Bewegungen mit Ihren Fingern zu machen.
London: Doch, das sind Gänsefüßchen. Sie zeichnen ja alles auf, und deshalb will ich, dass Sie es in Gänsefüßchen setzen, wenn ich Gänsefüßchen mache. Dann kapieren alle, die diesen Wisch lesen, dass ich es ironisch meine. Ansonsten denken die noch, dass ich einen an der Klatsche habe!
Jack: Das heißt Anführungszeichen.
London: Ach ja? Ziemlicher Hall hier drinnen, oder?
Jack: Ich habe nur gesagt, wie es heißt.
London: Ich habe nur gesagt, wie es heißt!

Jack: So hab ich nicht geklungen.

London: So hab ich nicht geklungen!

Jack: Ich muss Sie um ein wenig mehr Ernst bitten. Können Sie mir etwas über den Bankraub erzählen?

London: Also, es war ja nicht mal 'n Bankraub. Die Bank ist schließlich bargeldlos.

Jack: Bitte erzählen Sie mir einfach, was geschehen ist.

London: Schreiben Sie, dass ich London heiße? Oder schreiben Sie nur »Zeugin«? Ich möchte, dass Sie meinen Namen ausschreiben. Wenn das im Internet landet, werde ich nämlich berühmt!

Jack: Das wird nicht ins Internet gelangen.

London: Alles gelangt ins Internet.

Jack: Okay, dann schreibe ich eben Ihren Namen.

London: Soft.

Jack: Wie bitte?

London: »Soft.« Kapieren Sie etwa nicht, was »soft« bedeutet? Das bedeutet so viel wie »gut«, okay?

Jack: Ich weiß, was das bedeutet. Ich habe es nur eben nicht gehört.

London: Ich habe es nur eben nicht gehööört.

Jack: Wie alt sind Sie?

London: Und wie alt sind SIE?

Jack: Ich frage, weil Sie mir für eine Bankangestellte noch ziemlich jung vorkommen.

London: Ich bin zwanzig. Und ich arbeite dort als Aushilfe, weil am Tag vor Silvester natürlich keiner Bock hat zu arbeiten. Eigentlich mach ich gerade 'ne Ausbildung zum Barkeeper.

Jack: Ich wusste gar nicht, dass man dafür eine Ausbildung braucht.

London: Ist jedenfalls um einiges schwerer, als Bulle zu werden.
Jack: Ganz bestimmt. Können Sie mir jetzt bitte etwas über den Bankraub erzählen?
London: Ja verflucht, quatschen Sie eigentlich immer so viel? Okay, ich erzähl Ihnen was über den »Bankraub« …

Kapitel 16

Es war ein Tag ohne Wetter. In manchen Winterwochen macht nicht einmal der Himmel in Mittelschweden Anstalten, uns zu beeindrucken, sondern taucht Wasserpfützen in die Farbe von Zeitungspapier, während der in der Dämmerung aufsteigende Nebel aussieht, als hätte jemand Geister angezündet. Kurzum, es war ein ungünstiger Tag für eine Wohnungsbesichtigung, weil bei diesem Wetter niemand irgendwo einziehen will, und außerdem, welcher Dummkopf beraumt schon am Tag vor Silvester eine Wohnungsbesichtigung an? Es war übrigens auch ein ungünstiger Tag für einen Bankraub, was, um das Wetter in Schutz zu nehmen, nicht am Wetter lag, sondern am Bankräuber.

Aber um genau zu sein, handelte es sich laut Definition nicht einmal um einen Bankraub. Was nicht bedeuten soll, dass der betreffende Bankräuber nicht die Absicht gehabt hätte, ein Bankräuber zu werden, denn genau diese Absicht hatte er definitiv. Nur konnte der Bankräuber keine Bank mit Bargeld finden. Was natürlich einen zentralen Punkt im Konzept des Bankraubs an sich darstellt.

Das lag allerdings nicht notwendigerweise am Bankräuber selbst, sondern an der Gesellschaft. Nicht weil die Gesellschaft die Schuld an den sozialen Ungerechtigkeiten trug, die den Bankräuber auf die schiefe Bahn gebracht hatten (was die Gesellschaft wohl dennoch tut, was im Augenblick aber nicht weiter relevant ist), sondern weil sich die Gesellschaft in den letzten Jahren zu einem Ort entwickelt hat, an dem nichts mehr das ist, was es zu sein verspricht. Es gab eine Zeit, da war ein Spaten ein Spaten, und eine Bank war eine Bank. Doch jetzt gibt es bekanntermaßen bargeldlose Banken, also Banken ohne Geld, und auf irgendeine verfluchte Ordnung muss man sich ja wohl verlassen können, oder? Kein Wunder, dass die Leute immer verwirrter werden und die Gesellschaft den Bach runtergeht, wenn man an jeder Ecke koffeinfreien Kaffee, glutenfreies Brot und alkoholfreies Bier kaufen kann. Und wenn einer von uns einen Spaten einen Spaten nennt, springt garantiert irgendein anderer Depp auf und ruft: »Nee, nee, nee, das ist eine *Schaufel*, okay?«

Der Bankräuber, dem es nicht gelungen war, ein Bankräuber zu werden, betrat also eine Bank, die sich eigentlich kaum als Bank bezeichnen lässt, und ließ mittels einer Pistole ziemlich deutlich seine Absichten erkennen. An der Kasse saß eine Zwanzigjährige namens London. Sie war tief versunken in einen der vielen Twitterkanäle auf ihrem Handy, deren manisches Verfolgen die sozialen Kompetenzen so weit herunterschrauben, dass London beim Anblick des Bankräubers instinktiv ausrief: »Sind Sie ein Witz, oder was?« (Dass sie nicht »Das soll ja wohl ein Witz sein!« rief, sondern geradewegs zur Sache kam und fragte »Sind *Sie* ein Witz, oder was?«, entlarvt innerhalb der jüngeren Generation natürlich einen gewissen Mangel an Respekt für gestandene Bankräuber.) Der Bankräuber warf ihr einen Enttäuschter-Vater-Blick zu, richtete die Pistole auf die junge Frau und schob ihr einen Zettel mit der Aufschrift hin: »Dies ist ein Raubüberfall! Geben Sie mir 6500 Kronen!«

London runzelte nicht nur die Stirn, sondern gleich das

gesamte Gesicht, und fragte schnippisch: »Sechstausendfünfhundert? Haben Sie zwei Nullen vergessen, oder was? Und außerdem sind wir 'ne bargeldlose Bank. Haben Sie etwa vor, 'ne bargeldlose Bank auszurauben? Sind Sie denn völlig meschugge?«

Der Bankräuber räusperte sich leicht betreten und murmelte etwas Unverständliches. London breitete genervt die Arme aus und fragte: »Ist das da überhaupt 'ne echte Pistole? Also 'ne wirklich echte? Ich hab nämlich mal 'ne Serie geguckt, wo 'n Typ vor Gericht nicht wegen bewaffneten Raubüberfalls verurteilt werden konnte, weil seine Pistole gar nicht echt war!«

Der Bankräuber kam sich nach diesem Wortwechsel ziemlich alt vor, denn sein zwanzigjähriges Gegenüber wirkte eher wie gerade mal vierzehn. So jung war die Frau natürlich nicht mehr, aber der Bankräuber war neununddreißig und hatte damit ein Alter erreicht, in dem einem die Differenz zwischen vierzehn und zwanzig auf einmal äußerst gering vorkommt. Was einem das Gefühl vermittelt, selbst steinalt zu sein.

»HALLO? Könnten Sie vielleicht mal ANTWORTEN?«, blaffte London ihn ungeduldig an, wobei es ziemlich unbedacht erscheint, einen bewaffneten Bankräuber mit Sturmhaube anzuschreien, aber im Nachhinein hat man natürlich immer leicht reden. Wer London kannte, wusste, dass ihr Verhalten ganz und gar nicht auf Dummheit beruhte, sie war nur einfach eine richtige Zicke. Deshalb hatte sie noch nicht einmal in den sozialen Medien richtige Freunde und verbrachte stattdessen einen Großteil ihrer Zeit damit, sich darüber zu ärgern, dass irgendwelche Promis, die sie schändlich verachtete, noch immer nicht öffentlich bloßgestellt worden waren. In dem Augenblick, als der Täter die Bank betreten hatte, war sie gerade eingehend damit beschäftigt gewesen, ein Update auf ihrem Internetbrowser zu installieren, um in Erfahrung zu bringen, ob zwei berühmte Schauspieler sich nun endlich voneinander scheiden ließen oder nicht. Sie hoffte es inständig, denn manchmal ist es leichter, die eigenen Ängste zu ertragen, wenn man zumindest weiß, dass alle anderen auch nicht glücklich sind.

Aber ihr Gegenüber antwortete nicht. Zugegebenermaßen kam er sich inzwischen ziemlich dumm vor und bereute sein Vorhaben sogar. Eine Bank auszurauben war, wie sich herausstellte, schon von Anfang an eine äußerst dämliche Idee gewesen. Der Bankräuber wollte es der Frau namens London gerade erklären und sich entschuldigen, um danach das Weite zu suchen. Dann wäre womöglich alles, was hinterher passierte, gar nicht erst geschehen. Doch dem Bankräuber wurde diese Möglichkeit verwehrt, weil London stattdessen ohne Umschweife verkündete: »Jetzt ruf ich aber wirklich die Bullen!«

In dem Augenblick geriet der Bankräuber in Panik und rannte geradewegs durch die Tür hinaus.

Kapitel 17

Jack: Können Sie den Täter etwas genauer beschreiben?
London: Sie meinen, den Bankräuber?
Jack: Ja.
London: Warum sagen Sie das nicht gleich?
Jack: Können Sie den »Bankräuber« etwas genauer beschreiben?
London: Inwiefern?
Jack: Erinnern Sie sich an sein Aussehen?
London: Mein Gott, was für 'ne oberflächliche Frage! Sie haben ja 'ne ziemlich kranke binäre Auffassung von Geschlechtsidentitäten.
Jack: Entschuldigung. Dann erzählen Sie mir bitte etwas über »die Person«.
London: Sie brauchen das nicht in Anführungszeichen zu setzen.
Jack: Doch, in diesem Fall bestehe ich darauf. Können Sie mir jetzt etwas über das Aussehen des BANKRÄUBERS erzählen? War er klein oder eher groß?
London: Also ich bewerte Menschen grundsätzlich nicht nach ihrer Größe. Das ist ausgrenzend. Ich bin zum Beispiel klein, und ich weiß, dass das vielen großen Menschen Komplexe bereitet.
Jack: Wie bitte?
London: Große Menschen haben auch Gefühle.

Jack: Okay. Aha. Dann noch einmal Entschuldigung. Lassen Sie es mich anders formulieren: Sah der Bankräuber aus, als hätte er Komplexe?

London: Warum reiben Sie sich eigentlich andauernd die Augenbrauen? Das ist ziemlich creepy.

Jack: Entschuldigung. Wie war Ihr erster Eindruck von dem Bankräuber?

London: Also gut. Mein erster »Eindruck« war, dass der »Bankräuber« ’n absoluter Vollidiot war.

Jack: Dann ist es Ihrer Meinung nach also völlig in Ordnung, eine binäre Auffassung von Intelligenz zu haben.

London: Was?

Jack: Ach nichts. Und worauf gründen Sie Ihre Annahme, dass er ein »Vollidiot« war?

London: Er schob mir ’nen Zettel rüber, auf dem stand »Geben Sie mir sechstausendfünfhundert Kronen«. Wer zum Teufel raubt schon ’ne BANK aus wegen sechstausendfünfhundert Flocken? Wenn man schon ’ne Bank ausraubt, will man doch wohl eher zehn Mille. Aber wenn einer nur genau sechstausendfünfhundert Kronen will, muss er schon ’nen echt krassen Grund haben. Oder?

Jack: Zugegebenermaßen habe ich daran noch nicht gedacht.

London: Sie sollten vielleicht etwas mehr denken, haben Sie daran schon mal gedacht?

Jack: Ich werde tun, was ich kann. Dürfte ich Sie jetzt bitten, einen Blick auf dieses Blatt Papier zu werfen und mir zu sagen, ob Ihnen das irgendwie bekannt vorkommt?

London: Das hier? Sieht voll aus wie ’ne Kinderzeichnung. Was soll das denn darstellen?

Jack: Ich glaube, es soll einen Affen, einen Frosch und ein Pferd abbilden.

London: Das da ist ja wohl verflucht noch mal kein Pferd. Das ist 'n Elch!

Jack: Glauben Sie? All meine Kollegen haben entweder auf ein Pferd oder eine Giraffe getippt.

London: Warten Sie. Ich hab grad 'nen Flash auf mein Handy gekriegt.

Jack: Nein, konzentrieren Sie sich jetzt, London. Sie glauben also, dass es ein Elch ist? Hallo? Legen Sie Ihr Handy zur Seite und antworten Sie auf meine Frage!

London: YES!

Jack: Wie bitte?

London: Endlich! ENDLICH!

Jack: Ich verstehe nicht ganz.

London: Sie lassen sich endlich scheiden!

Kapitel 18

Die Wahrheit? Die Wahrheit lautet, dass der Bankräuber längst erwachsen war. Nichts entlarvt die Persönlichkeit eines Bankräubers mehr als diese Tatsache. Denn das Schlimme am Erwachsenwerden ist die damit verbundene Einsicht, dass sich nun keiner mehr um einen kümmert. Wir müssen allein mit allem klarkommen und selbst herausfinden, wie die Welt funktioniert. Wir müssen arbeiten und Rechnungen bezahlen, Zahnseide benutzen und pünktlich zu Meetings erscheinen, uns in der Schlange anstellen und Formulare ausfüllen, Kabel in die Steckdose stecken und Möbel zusammenschrauben. Außerdem dürfen wir nicht vergessen, bei unserem Auto die Reifen zu wechseln, das Handy aufzuladen, die Kaffeemaschine auszuschalten und unsere Kinder für den Schwimmkurs anzumelden. Wenn wir morgens die Augen öffnen, droht bereits eine Lawine von »Denk drans!« und »Nicht vergessens!« über uns hereinzubrechen. Wir kommen nicht mal dazu, nachzudenken oder wenigstens durchzuatmen, sondern kämpfen uns bis an die Oberfläche vor, denn morgen bricht schon die nächste Lawine über uns herein. Wenn wir uns umschauen, an unserem Arbeitsplatz, beim Elternabend oder auch draußen auf der Straße, müssen wir erschrocken feststellen, dass alle anderen alles im Griff zu haben scheinen. Alle anderen haben genug Geld, genügend Energie und letztlich auch den absoluten Überblick. Und außerdem können deren Kinder schon längst schwimmen.

Aber wir waren noch nicht bereit, erwachsen zu werden. Irgendjemand hätte uns daran hindern müssen.

Die Wahrheit? Die Wahrheit lautet, dass genau in dem Moment, als der Bankräuber auf die Straße hinausrannte, ein Polizist seinen Weg kreuzte. Später sollte sich allerdings herausstellen, dass der Bankräuber zu diesem Zeitpunkt noch gar nicht polizeilich gesucht wurde. Der Notruf war noch nicht über Funk rausgegangen, denn die zwanzigjährige London und der Telefonist in der Notrufzentrale verschwendeten ziemlich viel Zeit damit, sich vorher gegenseitig zu beleidigen. (London meldete einen Bankraub, woraufhin der Telefonist fragte »Und wo?«, woraufhin London ihm die Adresse der Bank nannte, woraufhin der Telefonist fragte »Ist das nicht eine bargeldlose Bank? Was will denn da jemand rauben?«, woraufhin London entgegnete »Ja genau, oder?«, woraufhin der Rezeptionist fragte »Wie ›ja genau‹?«, woraufhin London schnippisch meinte »Wie, ›wie ja genau‹?«, woraufhin der Telefonist zurückschnauzte »SIE haben doch gesagt ›Ja genau‹, oder?«, woraufhin London ihn anblaffte »Nein, SIE haben gesagt …«, und dann eskalierte die Diskussion ziemlich rasch.) Im Nachhinein sollte sich allerdings herausstellen, dass der Polizist, den der Bankräuber auf der Straße gesehen hatte, gar kein Streifenpolizist, sondern ein Verkehrspolizist war. Und wenn der Bankräuber nicht so gestresst und unkonzentriert gewesen wäre, hätte er es auch bemerkt und einfach eine andere Richtung eingeschlagen. Und dann wäre diese Geschichte weitaus kürzer ausgefallen.

Stattdessen flüchtete der Bankräuber also durch die erstbeste offene Haustür in ein Treppenhaus, und in einem Treppenhaus gibt es außer dem Weg nach oben meist nicht gerade viele andere Wege. Im obersten Stockwerk stand eine Wohnungstür weit offen, und der Bankräuber stürzte völlig atemlos und schweißgebadet hinein, die Sturmhaube inzwischen so schief auf dem Kopf hängend, dass er nur noch mit einem Auge etwas sehen konnte. Erst in dem Augenblick registrierte er, dass im Flur jede Menge Schuhe standen und die Wohnung voller Leute in Strümpfen war. Als drinnen eine Frau seine Pistole erblickte, schrie sie: »Oh mein Gott, wir werden ausgeraubt!«, zugleich hörte der Bankräuber, wie jemand hinter ihm die Treppen hinauflief, und nahm an, dass es sich um einen Polizisten handelte (es war jedoch der Briefträger). Deshalb schloss der Bankräuber mangels Alternativen die Tür hinter sich ab, fuchtelte mit seiner Pistole herum und rief »NEIN … NEIN! DAS IST KEIN RAUBÜBERFALL … ICH WOLLTE NUR …« Dann korrigierte er sich keuchend: »ODER … NA JA … EIGENTLICH SOLLTE ES SCHON EIN RAUBÜBERFALL WERDEN! NUR NICHT HIER! ABER JETZT IST ES WOHL EHER EINE GEISELNAHME GEWORDEN! ICH BITTE UM ENTSCHULDIGUNG! ABER ICH HATTE EINEN ETWAS ANSTRENGENDEN TAG!«

Damit hatte der Bankräuber recht. Es geht nicht darum, den Bankräuber in Schutz zu nehmen, aber man kann ja durchaus mal einen schlechten Tag erwischen. Hand aufs Herz, wer von uns hätte nach einer Auseinandersetzung mit einer Zwanzigjährigen nicht gern schon mal eine Waffe gezogen?

Ein paar Minuten später hatten sich unten auf der Straße vor dem Haus die ersten Journalisten mit ihren Kameras positioniert, und kurz darauf rückte auch die Polizei an. Dass die meisten Journalisten vor der Polizei eintrafen, darf nicht notwendigerweise als Zeichen mangelnder Kompetenz des Polizeikorps gewertet werden. In diesem Fall liegt es zum einen eher daran, dass die Polizisten Wichtigeres zu tun und die Journalisten mehr Zeit gehabt hatten, sich in den sozialen Medien zu informieren, und zum anderen daran, dass die unhöfliche Frau in der Bank, die eigentlich keine Bank war, sich auf Twitter offenbar etwas gewählter ausdrückte als am Telefon. Dort berichtete sie nämlich, dass sie den Bankräuber durch die bodentiefen Fenster der Bank hindurch ins Wohnhaus auf der gegenüberliegenden Straßenseite hatte fliehen sehen, während die Polizisten den Notruf erst erhielten, nachdem der Briefträger, der den maskierten Mann mit der Pistole im Treppenhaus gesehen hatte, seine Frau anrief, die zufällig in einem Café gegenüber der Polizeiwache arbeitete und kurzerhand über die Straße rannte. Erst daraufhin wurde folgende Suchmeldung herausgegeben:

Männlich aussehende Person mit pistolenähnlichem Gegenstand in der Hand und Kopfbedeckung (Sturmhaube) hat bei einer Wohnungsbesichtigung alle sechs Kaufinteressenten und die Maklerin als Geiseln genommen und sich in der Wohnung verschanzt.

So kam es, dass ein verhinderter Bankräuber zu einem erfolgreichen Geiselnehmer wurde. Das Leben läuft eben nicht immer nach Plan.

Kurz bevor der Bankräuber die Wohnungstür hinter sich zuzog, glitt ihm ein Blatt Papier aus der Jackentasche und segelte hinunter auf den Boden des Treppenhauses. Es war eine Kinderzeichnung, die einen Affen, einen Frosch und einen Elch darstellte.

Kein Pferd und definitiv keine Giraffe, sondern einen Elch. Das ist wichtig.

Auch wenn sich Zwanzigjährige des Öfteren täuschen (und alle von uns, die keine zwanzig mehr sind, können sich wohl darauf einigen, dass sich ein Großteil aller Zwanzigjährigen so oft täuscht, dass die meisten von ihnen eine Frage mit zwei alternativen Antwortmöglichkeiten nur zu fünfundzwanzig Prozent richtig beantworten), hatte diese Zwanzigjährige in einer Sache recht: Normalerweise verlangen Bankräuber höhere Beträge und runde Summen. Jeder potenzielle Bankräuber ruft doch wohl eher: »Geben Sie mir zehn Millionen, sonst schieße ich!« Aber wenn eine bewaffnete Person äußerst nervös eine Bank betritt und genau sechstausendfünfhundert Kronen verlangt, muss sie schon einen triftigen Grund haben.

Oder auch zwei.

Kapitel 19

Wenn du Gott zum Lachen bringen willst, erzähl ihm von deinen Plänen, lautet ein Sprichwort. Aber offenbar lernen wir nicht daraus.

Der Mann auf der Brücke von vor zehn Jahren und der Bankräuber, der bei einer Wohnungsbesichtigung gerade mehrere Geiseln genommen hat, haben nichts miteinander zu tun. Sie sind einander nie begegnet. Das Einzige, was sie verbindet, ist das moralische Risiko. »Moralisches Risiko« ist ein Begriff aus der Bankenwelt. Irgendwer musste ihn erfinden, um zu beschreiben, wie der Finanzmarkt funktioniert, denn für uns ist es offenbar so selbstverständlich, dass Banken unmoralisch agieren, dass es nicht ausreichte, sie als »unmoralisch« zu bezeichnen. Es brauchte einen Begriff, der beschreibt, wie gering die Wahrscheinlichkeit eines moralischen Verhaltens bei Banken ist, dass man es schon als Risiko ansehen muss, wenn sie es auch nur in Erwägung ziehen. Der Mann auf der Brücke brachte sein Geld zu einer Bank, um damit »sichere Investitionen« tätigen zu lassen, denn damals waren noch alle Investitionen sicher. Diese Investitionen dienten dem Mann als Sicherheit, um einen Kredit aufnehmen zu können, was dazu führte, dass er weitere Kredite aufnehmen musste, um erstere abstottern zu können. »Das machen alle so«, erklärte der Bankberater, und der Mann dachte: »Er muss es ja wissen.« Bis eines Tages plötzlich gar nichts mehr sicher war. Man bezeichnet es als Finanzmarktkrise und Bankencrash, obwohl die Einzigen, die dabei abstürzten, Menschen waren. Die Banken blieben stehen, und der Finanzmarkt hatte natürlich kein Herz, das zerbrechen könnte, während sich die gesamten Ersparnisse des Mannes auf einen Schlag in einen Schuldenberg verwandelten und ihm niemand erklären konnte, wie es dazu gekommen war. Als sich der Mann letztlich auf das Versprechen der Bank berief, »absolut risikolose« Investitionen zu tätigen, breitete der Bankberater hilflos die Arme aus und entgegnete: »Es gibt keine risikolosen Investitionen. Sie hätten wissen müssen, worauf Sie sich einlassen, und uns Ihr Geld nicht anvertrauen dürfen.«

Daraufhin ging der Mann zu einer anderen Bank, um einen Kredit aufzunehmen, mit dem er die Schulden tilgen wollte, die er angehäuft hatte, weil die erste Bank seine gesamten Ersparnisse verloren hatte. Er erklärte der Bankberaterin, dass er sonst seine Firma und wahrscheinlich auch seine Wohnung verlieren würde, und fügte hinzu, dass er zwei Kinder hatte. Sie begriff, worum es ging, nickte und erklärte: »Sie sind dem moralischen Risiko zum Opfer gefallen.«

Als der Mann nicht verstand, was das bedeutete, erklärte ihm die Frau kühl, dass ein moralisches Risiko vorliegt, »wenn einer der beiden Vertragspartner von den negativen Konsequenzen seines eigenen Handelns verschont bleibt«. Als der Mann noch immer nicht begriff, seufzte die Frau und erläuterte: »Stellen Sie sich zwei Volltrottel vor, die auf einem angesägten Ast sitzen, und derjenige, der näher am Stamm sitzt, hält die Säge in der Hand.« Als der Mann verständnislos blinzelte, verdrehte sie die Augen und verdeutlichte: »Sie sind der Volltrottel ganz außen auf dem Ast. Die Bank wird den Ast absägen, um sich selbst zu retten. Die Bank hat ja schließlich nicht ihr eigenes Geld verloren, sondern nur Ihres, und Sie haben der Bank die Säge überlassen.« Dann sammelte sie in aller Ruhe die ausgebreiteten Unterlagen des Mannes zusammen, reichte sie ihm zurück und verkündete, dass sie ihm keinen Kredit gewähren könne.

»Aber es ist ja wohl nicht meine Schuld, dass die all mein Geld verloren haben!«, rief der Mann aus.

Die Frau betrachtete ihn eiskalt und entgegnete: »Doch. Sie hätten denen Ihr Geld nicht anvertrauen dürfen.«

Zehn Jahre später platzt ein Bankräuber mitten in eine Wohnungsbesichtigung hinein. Der Bankräuber hat zwar nie genügend Geld besessen, um sich von einer Bankberaterin über moralische Risiken aufklären lassen zu können. Aber er hatte eine Mutter, die oft zu ihm sagte: »Wenn du Gott zum Lachen bringen willst, erzähl ihm von deinen Plänen.« Und manchmal läuft beides auf dasselbe hinaus. Der Bankräuber hörte den Spruch zum ersten Mal mit sieben Jahren, vielleicht noch etwas früh für ein siebenjähriges Kind, doch im Prinzip bedeutet es so viel wie »Das Leben hat seinen eigenen Gang, aber meistens geht es bergab«, und das begreifen selbst Siebenjährige. Selbst, wenn die eigene Mutter behauptet, lieber keine Pläne schmieden zu wollen, und selbst, wenn sie also nie geplant hat, sich zu betrinken, es aber dennoch etwas zu oft vorkommt, um als Zufall durchzugehen. Das siebenjährige Kind schwor sich daraufhin, nie im Leben Alkohol zu trinken und auch nie erwachsen zu werden, wovon es allerdings nur die Hälfte einhalten konnte. Erwachsen wird man leider trotzdem.

Und das moralische Risiko? Das erfuhr das siebenjährige Kind schon kurz vor Weihnachten desselben Jahres am eigenen Leib. Und zwar, als die Mutter eines Abends in die Küche getorkelt kam und schluchzend in den Armen des Kindes zusammenbrach, wobei Zigarettenasche auf sein Haar hinunterrieselte. »Bitte sei mir nicht böse, Schätzchen, schimpf nicht mit mir, es war nun wirklich nicht meine Schuld.« Das Kind verstand nicht recht, was das bedeuten sollte. Bis ihm allmählich dämmerte, dass sich ihre Worte auf den Erlös vom Verkauf der Weihnachtszeitungen beziehen könnten, den es der Mutter überlassen hatte, um davon die Weihnachtseinkäufe bezahlen zu können. Das Kind hatte die Zeitungen einen ganzen Monat lang täglich nach Schulschluss verkauft. Jetzt schaute es in die Augen der Mutter, die vor lauter Alkohol, Tränen und nicht zuletzt Selbsthass ganz glasig waren. Die Mutter weinte in den Armen ihres Kindes, während eine Batterie von Spirituosen im Kühlschrank stand, aber kein Weihnachtsessen, und brachte flüsternd hervor: »Du hättest mir das Geld nicht geben dürfen.« Mehr als diese Worte kamen der Frau niemals über die Lippen, um sich bei ihrem eigenen Kind zu entschuldigen.

Der Bankräuber muss noch immer oft daran zurückdenken. Nicht daran, wie schlimm es war, sondern daran, wie merkwürdig es doch ist, die Mutter noch immer nicht dafür hassen zu können. Und dass es ihm auch heute noch nicht so vorkommt, als sei es ihre Schuld gewesen.

Im Februar darauf wurden sie aus der Wohnung geworfen. Der Bankräuber schwor sich, selbst nie Kinder zu bekommen, und als es dann anders kam, schwor er sich, zumindest nicht so chaotisch zu werden. Er wollte keiner werden, der nie erwachsen wird und es nicht schafft, seine Rechnungen zu bezahlen oder seinen Kindern ein Dach über dem Kopf zu bieten.

Und Gott lachte.

Der Mann auf der Brücke schrieb einen Brief an jene Bankberaterin, die ihn über das moralische Risiko aufgeklärt hatte. Er wählte klare und deutliche Worte. Und kurz darauf sprang er. Die Bankberaterin trägt diesen Brief seit zehn Jahren in ihrer Handtasche mit sich herum. Bis sie dem Bankräuber begegnet.

Kapitel 20

Jim und Jack trafen als erste Polizisten vor dem Haus ein. Was allerdings weniger an ihrer Kompetenz lag als an der Größe der Stadt, denn so viele Polizisten waren in der Gegend nicht unterwegs, insbesondere nicht am Tag vor Silvester. Zudem lautete einer der gängigen Sprüche auf der Wache, wenn ein Polizist über Funk um Verstärkung bat: »Der Kollege sitzt gerade auf der Toilette, kann er zurückrufen?«

Die Journalisten waren natürlich bereits vor Ort. Ob es sich bei ihnen nicht vielleicht sogar größtenteils um Nachbarn und andere Schaulustige handelte, ließ sich nur schwer sagen, weil heutzutage alle Leute ständig filmen, Fotos schießen und ihr gesamtes Leben dokumentieren, als besäße jeder von ihnen seinen eigenen Fernsehkanal. Alle richteten ihre Blicke erwartungsvoll auf Jim und Jack, als wüssten die Polizisten genau, was zu tun sei. Aber sie wussten es nicht. In dieser Stadt war es noch nie zuvor zu einer Geiselnahme gekommen, und es waren auch noch keine Banken ausgeraubt worden, schon gar nicht, seitdem diese bargeldlos waren.

»Und was denkst du, was machen wir jetzt am besten?«, fragte Jack.

»Ich? *Ich* weiß nicht. Keine Ahnung. *Du* hast doch sonst immer den Überblick«, antwortete Jim aufrichtig.

Jack warf ihm einen resignierten Blick zu.

»Ich hab aber noch nie ein Geiseldrama erlebt.«

»Ich auch nicht, mein Junge. Hast du nicht letztens so einen Kurs besucht? Diesen Zuhör-Lehrgang?«

»Aktives Zuhören«, brummte Jack. Es war tatsächlich ein professioneller Lehrgang gewesen, nur dass ihm dieser jetzt von Nutzen sein könnte, bezweifelte er.

»Da habt ihr doch bestimmt gelernt, wie man mit Geiselnehmern spricht, oder?«, hakte Jim nach.

»Ja schon, aber um zuhören zu können, brauche ich ja wohl wenigstens ein Gegenüber. Wie sollen wir bloß Kontakt zum Täter da drinnen aufnehmen?«, fragte Jack, da sie weder irgendeine Mitteilung noch eine Lösegeldforderung erhalten hatten. Nichts. Und wenn dieser *Aktives Zuhören*-Kurs nun tatsächlich so wahnsinnig effektiv gewesen wäre, wie der Kursleiter behauptet hatte, hätte er selbst schon längst eine Freundin gehabt, mutmaßte Jack.

»Keine Ahnung«, gestand Jim erneut.

Jack seufzte.

»Du bist schließlich ein Leben lang Polizist gewesen, Papa, du musst doch irgendwas darüber wissen.«

Jim versuchte wenigstens den Eindruck zu erwecken, irgendetwas zu wissen. Väter wollen ihren Söhnen gern etwas beibringen, denn in dem Augenblick, wo sie es nicht mehr können, unterliegen die Söhne nicht mehr ihrer Verantwortung, sondern umgekehrt. Deshalb räusperte sich der Vater, wandte sich ab und zückte sein Handy. Er stand eine ganze Weile so da und hoffte, von jeglichen kritischen Bemerkungen seines Sohnes verschont zu bleiben. Die natürlich prompt kamen.

»Mensch Papa …«, fauchte Jack über seine Schulter hinweg.

»Mhm«, entgegnete Jim.

»Stehst du etwa allen Ernstes da und googelst ›Was macht man bei einer Geiselnahme?‹?«

»Ja, kann schon sein.«

Jack stöhnte und stützte die Hände auf die Oberschenkel. Innerlich tobte er, weil er genau wusste, was seine Chefs und die Vorgesetzten von deren Vorgesetzten als Erstes äußern würden, wenn sie gleich anriefen. Und zwar die widerwärtigsten Worte, die Jack kannte: »Sollen wir nicht doch die Stockholmer um Hilfe bitten?« Na klar, dachte Jack, wie wäre es eigentlich, wenn wir irgendwann mal irgendwas in dieser Stadt selbst auf die Reihe kriegen würden? Er warf einen Blick hinauf zum Balkon der Wohnung, in der sich der Geiselnehmer verschanzt hatte, und fluchte. Letztlich fehlte ihm nur irgendein Aufhänger, irgendeine Möglichkeit der Kontaktaufnahme.

»Papa?«, seufzte er schließlich.

»Ja, mein Junge?«, entgegnete Jim.

»Und, was steht bei Google?«

Jim las laut vor, dass man zuerst die Identität des Geiselnehmers in Erfahrung bringen solle und danach dessen Forderungen.

Kapitel 21

Okay. Ein Bankräuber raubt eine Bank aus. Jetzt kannst du an ihn denken.

Das alles hat natürlich nichts mit dir zu tun. Genauso wenig wie ein Mann, der von einer Brücke springt. Denn du bist ein ganz normaler guter Mensch, und du würdest niemals eine Bank ausrauben. Es gibt einfach gewisse Dinge, von denen alle normalen Menschen wissen, dass man sie unter keinen Umständen tun darf. Man darf nicht lügen, nicht stehlen, nicht töten und auch nicht mit Steinen auf Vögel werfen. Darin sind wir uns einig.

Außer vielleicht auf Schwäne, denn Schwäne können unterschwellig aggressive kleine Scheißer sein. Aber außer auf Schwäne darf man nicht mit Steinen auf Vögel werfen. Und man darf nicht lügen. Na ja … man darf es schon, mitunter muss man es sogar, zum Beispiel, wenn die eigenen Kinder einen fragen: »Warum riecht es hier eigentlich so nach Lakritz? ISST DU ETWA LAKRITZ?«

Aber man darf zumindest nicht stehlen und auch nicht töten, darin sind wir uns einig. Na ja, man darf zumindest keinen Menschen töten. In den meisten Fällen darf man nicht einmal Schwäne töten, auch nicht, wenn sie kleine Scheißer sind, aber gewisse andere Tiere, zum Beispiel solche, die im Wald stehen und ein Geweih haben, darf man schon töten.

Und solche, aus denen man Speck machen kann. Menschen darf man jedoch nicht töten.

Na ja, wenn es nicht gerade Hitler ist. Hitler dürfte man nämlich töten, wenn man eine Zeitmaschine und die Möglichkeit dazu hätte. Um mehrere Millionen andere Menschen zu retten und einen Weltkrieg zu verhindern, muss man jemanden töten dürfen, das kapiert doch jeder. Aber wie viele andere Menschen muss man retten, um einen Menschen töten zu dürfen? Eine Million? Hundertfünfzig? Zwei? Einen? Keinen einzigen? Du hast natürlich keine eindeutige Antwort darauf parat, denn niemand hat eine.

Nehmen wir ein weitaus einfacheres Beispiel: Darf man stehlen? Nein, das darf man nicht. Darin sind wir uns einig. Außer, wenn man jemandem das Herz stiehlt, denn das ist romantisch. Oder wenn auf einer Party jemand Mundharmonika spielt und man sie ihm entwendet, denn das ist Zivilcourage. Oder auch wenn man irgendeine Klitzekleinigkeit stiehlt, weil man es unbedingt muss. Das ist doch wohl in Ordnung, oder nicht? Aber darf man auch etwas Größeres stehlen? Und wer entscheidet in dem Fall, wie groß es sein darf? Und wenn man nun unbedingt etwas stehlen muss, wie dringend müsste es sein, um etwas richtig Großes stehlen zu dürfen? Wenn man zum Beispiel zu der Überzeugung gelangt, dass man es unbedingt tun muss, und dabei keiner zu Schaden kommt: Darf man dann eine Bank ausrauben?

Nein, das darf man natürlich nicht. Und damit hast du vermutlich recht. Denn du würdest nie eine Bank ausrauben, folglich hast du auch nichts mit diesem Bankräuber gemeinsam.

Außer möglicherweise die Angst. Vielleicht hast du irgendwann schon einmal verdammt große Angst gehabt, genauso wie der Bankräuber auch. Eventuell liegt es daran, dass der Bankräuber kleine Kinder hat und somit große Ängste. Für den Fall, dass du auch Kinder hast, ist dir bestimmt klar, dass man andauernd Angst hat, weil man nicht alles weiß, nicht alles schafft und auch nicht alles kann. Aber letztlich gewöhnen wir uns so sehr an das Gefühl des Scheiterns, dass wir jedes Mal, wenn wir unsere Kinder *nicht* enttäuschen, insgeheim fassungslos sind. Und das merken die Kinder anscheinend. Deshalb erweisen sie uns auch in den absurdesten Situationen gelegentlich kleine Liebesdienste, wie um uns neuen Atem einzuhauchen. Nur um uns gerade noch vor dem Ertrinken zu retten.

Der Bankräuber verließ eines Morgens seine Wohnung mit einer Zeichnung in der Jackentasche, ohne davon zu wissen. Die Zeichnung stellte einen Frosch, einen Affen und einen Elch dar, und das Mädchen, von dem sie stammte, hatte sie heimlich dort hineingeschoben. Dieses Mädchen hat eine große Schwester, und normalerweise müssten sich die beiden streiten, wie man es sonst von Schwestern kennt, aber das kommt bei ihnen nur ganz selten vor. Die kleine Schwester darf im Zimmer der großen spielen, ohne von ihr angefaucht zu werden. Und die große kann mit ihren eigenen Spielsachen spielen, ohne dass die kleine diese absichtlich kaputtmacht. Als die beiden noch ganz klein waren, witzelten ihre Eltern immer »Wir haben sie eigentlich gar nicht verdient.« Und sie sollten recht behalten.

Jetzt, nach der Scheidung, wohnen die Mädchen eine Woche bei dem einen Elternteil und hören jeden Morgen auf dem Schulweg im Auto die Nachrichten. Heute geht es darin unter anderem um ihren anderen Elternteil, was sie allerdings noch nicht wissen. Und sie wissen auch nicht, dass dieser Elternteil gerade zu einem Bankräuber geworden ist.

In der anderen Woche, in der sie beim Bankräuber-Elternteil wohnen, fahren sie hingegen mit dem Bus. Das lieben sie, denn unterwegs denken sie sich immer irgendwelche kleinen Geschichten über die fremden Menschen auf den Sitzen vor ihnen aus: Der da ist bestimmt Feuerwehrmann, mutmaßt der Elternteil. Und die da ist wahrscheinlich 'ne Außerirdische, sagt die jüngste Tochter. Dann ist die älteste Tochter an der Reihe und sagt so laut, dass alle es hören können: »Aber der da ist doch ganz sicher 'n gesuchter Serienmörder mit 'nem abgehackten Schädel im Rucksack, oder?« Die älteren Damen auf den benachbarten Sitzen erbleichen, woraufhin beide Töchter so heftig kichern müssen, dass ihnen die Luft wegbleibt, und der Elternteil mit aufgesetzter und todernster Miene in Richtung der Damen seinen Töchtern erklären muss, dass er dies nun wirklich nicht gerade lustig fand.

Die drei sind morgens fast immer spät dran, und wenn sie das letzte Stück über die Brücke rennen, weil der Bus gerade auf der anderen Straßenseite in die Haltestelle einbiegt, kreischen die Mädchen vor Lachen: »Hier kommt der Elch! Hier kommt der Elch!« Denn die Beine des Bankräuber-Elternteils sind im Vergleich zum Oberkörper zu lang, was beim Laufen ziemlich lustig aussieht. Bevor die Mädchen auf die Welt kamen, war es noch niemandem aufgefallen, aber Kinder nehmen die körperlichen Proportionen eines Menschen ganz anders wahr als Erwachsene. Vielleicht weil sie uns immer von schräg unten ansehen, also aus dem unvorteilhaftesten Winkel. Und weil sie somit Zugang zu unserem zerbrechlichsten Inneren haben, sind diese kleinen gescheiten Zwerge auch so gut in Sachen Mobbing. Dennoch verzeihen sie uns fast alles.

Das Erstaunlichste am Elternsein ist, dass man trotz aller Unzulänglichkeiten geliebt wird. Und das trifft nicht nur auf Bankräuber-Eltern zu, sondern auf alle Eltern. Noch bis ins fortgeschrittene Alter hinein scheinen die meisten Menschen ihre eigenen Eltern überraschenderweise für blitzgescheit, wahnsinnig lustig und noch dazu unsterblich zu halten, und das nur aus einem einzigen Grund: Weil sie ihre Eltern sind. Mag sein, dass diese bedingungslose und besinnungslose Liebe zu den Eltern biologisch bedingt ist. Zugegebenermaßen ein guter Schachzug der Biologie.

Der Bankräuber-Elternteil nennt seine beiden Töchter nie bei ihren Taufnamen. Ein Phänomen, das man erst bemerkt, wenn man selbst Mutter oder Vater geworden ist: Ausgerechnet wir, die wir unseren Kindern Namen gegeben haben, benutzen diese am allerwenigsten. Vielmehr nennen wir diejenigen, die wir lieben, eher beim Spitznamen, denn die Liebe zu den Menschen, die zu uns gehören, verlangt nach äußerst persönlichen Begriffen. Deshalb nennt der Bankräuber-Elternteil seine Töchter immer so, wie sich ihre ersten Tritte im Mutterleib vor sechs beziehungsweise acht Jahren angefühlt hatten. Das eine Kind schien darin zu hüpfen, das andere zu klettern. Ein Fröschchen und ein Äffchen. Und ein Elch, der bereit ist, alles für die beiden zu tun. Selbst die idiotischsten Dinge. Schätzungsweise habt ihr das ebenfalls gemeinsam, trotz allem. In deinem Leben gibt es bestimmt auch irgendwen, für den du idiotische Dinge tun würdest.

Dennoch würdest du höchstwahrscheinlich nie eine Bank ausrauben. Selbstverständlich nicht.

Aber vielleicht bist du schon einmal verliebt gewesen? Fast alle waren es schon mal. Und aus Liebe neigt man dazu, ziemlich viele idiotische Dinge zu tun. Man kann zum Beispiel heiraten, Kinder kriegen, eine Familie gründen und eine glückliche Ehe führen. Oder Letzteres zumindest annehmen. Und wenn schon keine glückliche, dann zumindest eine zufriedenstellende. Eine zufriedenstellende Ehe. Denn wie stellt man es eigentlich an, unentwegt glücklich zu sein? Wie soll man das schaffen, wenn man ununterbrochen darum kämpfen muss, den Tag zu überstehen? Vermutlich kennst du solche Tage auch. Womöglich hast du bereits eine Reihe davon hinter dir. Und dann kann es passieren, dass du eines Morgens über die Schulter zurückschaust und feststellst, dass du allein bist, weil dein Ehepartner irgendwo unterwegs abgesprungen ist. Am Ende entlarvst du noch eine Lüge. Bei dem Bankräuber war es jedenfalls so. Ein Seitensprung wurde zugegeben. Doch selbst wenn dir das noch nie passiert ist, verstehst du vielleicht, dass so etwas einen umhauen kann.

Wenn es nur ein Seitensprung gewesen ist, dann nicht zwangsläufig, aber bei einer Affäre, die schon länger andauert, schon eher. Du bist also nicht nur betrogen, sondern auch hintergangen worden. Wer sich einen Seitensprung leistet, verschwendet dabei nicht notwendigerweise einen Gedanken an den Partner. Aber eine Affäre muss man planen. Und wahrscheinlich tut genau das am meisten weh, all die Millionen von kleinen Hinweisen, denen du keine Beachtung geschenkt hast. Eventuell hätte es dich noch mehr umgehauen, wenn dein Partner seine Untreue noch nicht einmal plausibel hätte erklären können. Du hättest ihn zum Beispiel eher verstanden, wenn es um Einsamkeit oder Sehnsucht gegangen wäre, ein Argument wie »Du arbeitest ja jeden Tag von früh bis spät, und wir haben nie Zeit füreinander«. Aber wenn die Erklärung stattdessen nur lautet »Mmh, also, wenn ich ganz ehrlich sein soll, hab ich was mit deinem Boss«, tut man sich als Betroffener unter Umständen schwerer damit. Denn in dem Fall ist der Grund dafür, dass du so viele Überstunden gemacht hast, identisch mit dem Grund dafür, dass du jetzt keine Ehe mehr hast. Wenn du am Montag nach der Trennung wieder zur Arbeit kommst, sagt dir dein Boss: »Mmh, also, die Sache ist natürlich für alle Beteiligten unerfreulich ... dementsprechend ... wäre es vielleicht angemessen, wenn Sie nicht mehr hier arbeiten würden.« Am Freitag warst du noch verheiratet und hattest einen Job, und am Montag hast du plötzlich weder eine Wohnung noch eine Arbeit. Was wirst du also tun? Dir einen Anwalt nehmen? Irgendwen anzeigen?

Nein.

Denn der Bankräuber bekam zu hören: »Mach mir jetzt bloß keine Szene. Und richte bitte kein Chaos an. Den Kindern zuliebe!« Der Bankräuber machte keine Szene und richtete auch kein Chaos an, denn er wollte kein schlechter Elternteil sein. Er verließ die gemeinsame Wohnung, gab seinen Job auf, kniff die Augen zusammen und biss sich auf die Lippe. Den Kindern zuliebe. Vielleicht hättest du es genauso getan. Einmal meinte das Mädchen mit dem Spitznamen Fröschchen, ein Erwachsener im Bus hätte behauptet, dass Liebe wehtue, und das Mädchen mit dem Spitznamen Äffchen entgegnete, dass Herzen ja auch eine Spitze besäßen und es damit zusammenhängen könnte. Aber wie erklärt man seinen Kindern danach, dass man sich scheiden lassen wird? Wie erzählt man ihnen vom Seitensprung? Wie kann man es am besten vermeiden, dass sie zu kleinen Zynikern werden? Verliebtsein ist schließlich etwas Wunderbares, Romantisches, Himmelsstürmendes … doch Verliebtsein und Liebe sind zwei unterschiedliche Dinge. Oder? Ist es nicht so? Niemandem gelingt es, jahrein, jahraus verliebt zu sein. Wenn man verliebt ist, kann man an nichts anderes mehr denken. Man vernachlässigt seine Freunde, seine Arbeit und sogar das Mittagessen. Wenn wir durchgehend verliebt wären, würden wir also verhungern. Liebe bedeutet demnach, hin und wieder verliebt zu sein und zwischenzeitlich wieder etwas davon runterzukommen. Das Problem besteht nur darin, dass alles relativ ist. Glück beruht letztlich auf Erwartungen, und außerdem leben wir im Zeitalter des Internets, wo uns die ganze Welt ununterbrochen fragt: »Ist dein Leben wirklich perfekt, so wie es ist? Immer noch? Tatsächlich? Ist es auch WIRKLICH perfekt? Sonst musst du etwas ändern!«

Die Wahrheit lautet natürlich, dass die Menschen nicht so wahnsinnig oft im Internet unterwegs wären, wenn sie tatsächlich so glücklich wären, wie sie uns in den sozialen Medien erscheinen, denn kein Mensch, der einen superschönen Tag verlebt, verplempert die Hälfte der Zeit damit, Selfies zu schießen. Alle können rund um die Uhr irgendwelche Mythen über sich verbreiten, sofern diese genügend Nahrung erhalten. Und wenn einem das Gras auf der anderen Seite des Zaunes grüner erscheint, liegt das vermutlich daran, dass der Boden dort völlig überdüngt ist. Aber das ist uns egal, denn inzwischen haben wir gelernt zu fordern, dass jeder Tag ein besonderer sein muss. Jeder einzelne.

Und auf einmal lebt man nebeneinanderher anstatt miteinander. Einer von uns glaubt erstaunlich lange, dass unsere Ehe gut läuft. Oder zumindest nicht schlechter als andere. Jedenfalls zufriedenstellend. Doch dann zeigt sich, dass der andere mehr möchte, weil es ihm nicht ausreicht, einfach nur irgendwie den Tag zu überstehen. Einer von uns ging über lange Zeit morgens früh zur Arbeit und kam abends spät wieder nach Hause, Tag für Tag, und versuchte an beiden Orten, es allen recht zu machen. Und irgendwann stellte sich heraus, dass der andere, unser Ehepartner, und der eigene Boss es sich währenddessen ebenfalls gegenseitig recht machten.

»Einander zu lieben, bis dass der Tod uns scheidet«, haben wir nicht genau das gesagt? Haben wir einander das nicht versprochen? Vielleicht erinnere ich mich nicht mehr genau. Oder lautete unser Gelöbnis eventuell doch eher so: »Oder zumindest so lange, bis sich einer von uns langweilt?«

Jetzt wohnen das Äffchen und das Fröschchen gemeinsam mit einem Elternteil und dem Boss in der Wohnung, während der Bankräuber-Elternteil nirgends wohnt. Die Wohnung war nur auf einen Elternteil gemeldet, und der Bankräuber-Elternteil wollte weder eine Szene machen noch Chaos anrichten. Aber in diesem Teil der Stadt eine Wohnung zu finden, ohne Job oder Erspartes, ist nicht gerade leicht, was übrigens auf viele andere Städte auch zutrifft. Und wenn man verheiratet ist und eine Familie hat, lässt man sich nicht unbedingt bei Wohnungsbaugesellschaften auf die Warteliste setzen, denn man rechnet schlicht und einfach nicht damit, an einem einzigen Nachmittag alles verlieren zu können. Das Schlimmste an einer Scheidung ist allerdings nicht, dass einem jegliche Zeit, die man in die Beziehung investiert hat, vergeudet scheint, sondern dass sie jegliche Zukunftspläne zunichtemacht.

An einen Wohnungskauf war natürlich nicht zu denken, wie die Bank mitteilte, denn wer würde einem Mittellosen schon Geld leihen? Geld verleiht man nur an Menschen, die es eigentlich gar nicht nötig haben. Aber wo soll man denn dann wohnen?, kann man sich fragen. »Sie müssen wohl eine Wohnung mieten«, erklärte die Bank. Doch wer als Arbeitsloser in dieser Stadt eine Wohnung mieten möchte, muss mehrere Monatsmieten als Kaution hinterlegen, die er erst nach dem Auszug wieder zurückbekommt. Wozu auch immer das gut sein soll.

Dann kam eine Mail von einem Rechtsanwalt. Darin stand, dass der andere Elternteil beschlossen hatte, das alleinige Sorgerecht für die Kinder zu beantragen, weil »die jetzige Situation nicht haltbar« sei, da »der zweite Erziehungsberechtigte weder eine Wohnung noch ein festes Einkommen« habe. »Wir müssen schließlich an die Kinder denken.« Als würde man als Elternteil ohne Wohnung und festes Einkommen je an irgendetwas anderes denken.

Der andere Elternteil schickte dem Bankräuber-Elternteil ebenfalls eine Mail, in der stand: »Hol bitte deine Sachen ab.« Was natürlich bedeutet, dass du all jene Sachen abholen sollst, die der andere Elternteil und dein ehemaliger Boss als wertlos ansehen, nachdem sie sich alle wertvollen Dinge unter den Nagel gerissen haben. Die Sachen stehen bereits im Keller. Was tust du also? Vermutlich suchst du spätabends das Mietshaus auf, um peinliche Begegnungen mit irgendwelchen Nachbarn zu vermeiden, und dabei stellst du vielleicht fest, dass du gar nicht weißt, wohin mit den Sachen. Du weißt ja nicht einmal, wo du die kommende Nacht verbringen sollst, und weil es draußen allmählich kalt wird, bleibst du einfach im Keller sitzen.

Im zufällig unverschlossenen Kellerabteil eines Nachbarn steht ein Karton voller Wolldecken. Du schnappst sie dir, um nicht frieren zu müssen. Unter den Decken liegt aus irgendeinem Grund eine Spielzeugpistole, die du ebenfalls an dich nimmst, weil du befürchtest, dass dir irgendein verrückter Einbrecher auflauern könnte und du dich vielleicht verteidigen musst. Dann brichst du in Tränen aus, weil du feststellst, dass du selbst dieser verrückte Einbrecher bist.

Am nächsten Morgen legst du die Decken wieder zurück in den Karton, behältst aber die Spielzeugpistole, weil du keine Ahnung hast, wo du von nun an übernachten sollst, und sie dir im Falle eines Falles nützlich sein kann. So geht es eine Woche lang weiter. Vielleicht weißt du nicht genau, wie es sich anfühlt, aber vermutlich hast du auch schon einmal eine Situation erlebt, in der du in den Spiegel schautest und dachtest: »So hatte ich mir das Leben eigentlich nicht vorgestellt.« Was einem Todesangst einjagen kann. Und eines Morgens tut man dann aus lauter Verzweiflung etwas Dummes. Na ja, du vielleicht nicht. Du hättest bestimmt alles anders gemacht, dich genau über deine Rechte und Ansprüche informiert und dir einen Anwalt genommen, um vor Gericht zu ziehen. Oder auch nicht. Weil du vor deinen Töchtern weder Streit hättest anfangen noch Chaos hättest anrichten wollen. Du hättest wahrscheinlich eher gedacht: »Wenn es doch nur irgendeinen Ausweg gäbe, würde ich die Situation schon irgendwie wuppen, ohne meine Kinder zu enttäuschen.«

Und wenn dann ganz in der Nähe der Wohnung deiner Töchter gleich unten an der Brücke eine kleine Wohnung frei wird, die man aus dritter oder vierter Hand für sechstausendfünfhundert Kronen im Monat schwarz anmieten kann, denkst du: »Wenn ich wenigstens eine Monatsmiete aufbringen würde, bekäme ich eventuell 'nen Job, und dann können sie mir die Kinder nicht mehr wegnehmen. Wenn ich doch nur eine Wohnung hätte.« Du leerst also dein Bankkonto, verkaufst dein letztes Hemd und kriegst am Ende tatsächlich eine Monatsmiete zusammen, liegst aber die folgenden dreißig Nächte wach, weil du dich fragst, wie du noch eine weitere Monatsmiete aufbringen sollst. Und du schaffst es nicht.

In einer solchen Situation müsste man sich eigentlich ans Sozialamt wenden. Aber wenn man dann vor dem Eingang des Gebäudes steht, muss man an seine eigene Mutter denken und daran, wie es einem damals als Kind die Kehle zuschnürte, während man mit einem Nummernzettel zwischen den Fingern drinnen auf einer Holzbank saß und der Mutter zuliebe jede Menge Lügen erfinden musste. Wie viele Lügen man als Kind für seine Eltern in Kauf genommen hat. Und am Ende bringt man es nicht übers Herz hineinzugehen. Der größte Irrglaube von Menschen, die alles haben, besteht darin, dass Menschen, die gar nichts haben, zu stolz seien, um andere um Hilfe zu bitten. Doch das trifft nur äußerst selten zu.

Suchtopfer können meistens gut lügen, aber nie so gut wie ihre eigenen Kinder. Eigentlich sind es ihre Töchter und Söhne, die lernen müssen, immer neue Entschuldigungen zu erfinden, allerdings weder zu spektakuläre noch zu unglaubwürdige, sondern eher alltägliche, damit niemand sie hinterfragt. Das Schulheft mit den Hausaufgaben wurde dem Kind eines Suchtopfers nicht von einem Hund stibitzt und aufgefressen, sondern es hat nur seinen Schulranzen zu Hause vergessen. Die Mutter hat den Elternabend nicht verpasst, weil sie von Ninjas entführt wurde, sondern weil sie schlicht und einfach Überstunden machen musste. Allerdings weiß das Kind nicht so genau, wo die Mutter arbeitet. »Sie ist als Aushilfe eingesprungen und tut alles, um uns zu versorgen, jetzt, wo Papa nicht mehr da ist, Sie wissen schon.« Man lernt, seine Entschuldigungen so vorzubringen, dass keine Folgefragen kommen. Man lernt auch, dass die fiesen Tanten im Sozialamt die Macht haben, einen von seiner Mutter zu trennen, wenn sie herausfinden, dass in der letzten Wohnung ein Feuer ausgebrochen ist, nachdem die Mutter im Suff mit einer Zigarette in der Hand eingeschlafen ist. Oder auch wenn sie erfahren, dass die Mutter im Supermarkt einen Weihnachtsschinken hat mitgehen lassen. Deshalb lügt man den Ladendetektiv an, nimmt der Mutter den Schinken aus der Hand und gesteht: »Ich war's, ich hab ihn geklaut.« Bei einem Kind ruft niemand die Polizei, schon gar nicht an Weihnachten. Man darf also zusammen mit der Mutter wieder nach Hause gehen, zwar hungrig, aber wenigstens nicht allein.

Wenn du so etwas als Kind erlebt und dann als Erwachsener irgendwann selbst Kinder bekommen hättest, hättest du sie einer solchen Situation niemals ausgesetzt. Du hättest dir geschworen, alles zu tun, damit sie unter keinen Umständen zu derart brillanten Lügnern heranwachsen. Du verzichtest also darauf, dich ans Sozialamt zu wenden, aus Angst, man könnte dir deine Kinder wegnehmen. Du akzeptierst die Scheidung und kämpfst weder um deinen Job noch um die Wohnung, weil du nicht möchtest, dass deine Mädchen Eltern haben, die miteinander im Clinch liegen. Stattdessen versuchst du alles allein zu stemmen, und am Ende hast du Glück: Du findest entgegen allen Erwartungen einen Job, zwar keinen, von dem man leben kann, aber zumindest einen zum einstweiligen Überleben. Das ist alles, was du brauchst, eine Chance. Doch auf der Arbeit erklärt man dir, dass der erste Lohn einbehalten und erst nach dem zweiten Beschäftigungsmonat ausbezahlt wird, als bräuchte man ihn nicht gerade nach dem ersten Monat am dringendsten.

Du gehst also zur Bank, wo du um einen Kredit bittest und bettelst, damit du die Zeit ohne Lohn überbrücken kannst, aber die Bank verweigert ihn dir, weil du nicht festangestellt bist und dementsprechend jederzeit wieder gefeuert werden könntest. Wie sollten sie dann ihr Geld zurückbekommen? Du hast ja keines! Daraufhin versuchst du ihnen zu erklären, dass du, wenn du Geld gehabt hättest, ja schließlich keinen Kredit benötigen würdest, doch diese Logik begreift man bei der Bank nicht.

Was tust du also? Du kämpfst weiter und hoffst, irgendwie über die Runden zu kommen. Doch dann bekommst du einen weiteren Drohbrief vom Anwalt. Du weißt zwar weder ein noch aus, aber du willst auf keinen Fall Streit anfangen. Also rennst du weiterhin jeden Morgen mit deinen Mädchen zum Bus und hoffst, dass sie nicht merken, wie schlecht es dir geht. Aber natürlich merken sie es doch. Du siehst ihnen förmlich an, dass sie am liebsten Weihnachtszeitungen verkaufen und dir den gesamten Erlös überlassen würden. Deshalb verdrückst du dich, nachdem du sie zur Schule gebracht hast, in die nächstbeste Seitenstraße und kauerst dich auf den Bordstein, wo du in Tränen ausbrichst, weil du nicht aufhören kannst zu denken: »Ihr hättet mich nie lieben dürfen.«

Ein Leben lang hast du dir geschworen, allein zurechtzukommen. Kein chaotischer Mensch zu werden. Nicht um Hilfe bitten zu müssen. Doch dann nahen die Weihnachtstage, die du in verzweifelter Einsamkeit durchleidest, weil die Mädchen erst an Silvester wieder bei dir sein werden. Am Tag vor Silvester steckst du dann den letzten Brief des Anwalts, der dir die Kinder wegnehmen will, in die Tasche, wo er neben dem Brief deines Vermieters landet, in dem steht, dass du aus der Wohnung fliegst, wenn du nicht heute noch die Miete bezahlst. In diesem Moment braucht es fast nichts weiter, um dich umzuhauen. Eine einzige richtig dumme Idee reicht schon aus. Du betrachtest die Spielzeugpistole, die aussieht wie eine echte. Du schneidest Löcher in eine schwarze Mütze und streifst sie dir übers Gesicht, du betrittst die Bankfiliale, die dir keinen Kredit gewähren wollte, weil du im Gegenzug kein Vermögen als Sicherheit bieten konntest, und du beabsichtigst, die sechstausendfünfhundert Kronen für die Miete zu fordern. Und sobald dir der einbehaltene Lohn ausgezahlt wird, kommst du wieder her und zahlst das Geld zurück. »Wie soll das gehen?«, würde ein Pedant jetzt vielleicht fragen. Nun ja … so weit hast du möglicherweise noch gar nicht gedacht. Unter Umständen glaubst du, einfach mit derselben Sturmhaube über dem Gesicht und derselben Pistole in der Hand wiederkommen zu können, um sie zu zwingen, das Geld anzunehmen. Denn du brauchst ja nur eine Monatsmiete. Du benötigst nur eine einzige Chance, um das Problem zu lösen.

Doch am Ende stellt sich heraus, dass diese verfluchte Spielzeugpistole, die fast wie eine echte aussah, nur deswegen echt aussah, weil sie eben echt war. Im Treppenhaus flattert eine Zeichnung mit einem Elch, einem Frosch und einem Affen umher, und in einer Wohnung im obersten Stockwerk ist ein Teppich blutdurchtränkt.

So hat man sich das Leben eigentlich nicht vorgestellt.

Kapitel 22

Es war keine Bombe.

Es war ein Karton mit Weihnachtsbeleuchtung, die einer der Nachbarn von seinem Balkon abgehängt hatte. Eigentlich hatte er diese noch bis nach Silvester hängen lassen wollen, aber dann war er in einen Streit mit seiner Ehefrau geraten. Sie meinte »Findest du nicht, dass es viel zu viele Lichter sind? Warum können wir nicht einfach Lichterketten mit ganz normalen weißen Lämpchen aufhängen wie alle anderen auch? Müssen wir unbedingt diese bunt blinkenden Lämpchen haben, sodass es aussieht, als hätten wir ein Bordell eröffnet?« Darauf entgegnete er brummelnd »Was für Bordelle hast du eigentlich besucht, in denen es blinkende Lampen gibt?«, woraufhin sie mit hochgezogenen Augenbrauen auf einmal wissen wollte »Und was für Bordelle hast DU besucht, dass du offenbar GENAU weißt, wie es dort aus…« Der Streit hatte damit geendet, dass er kurzerhand auf den Balkon hinausstürmte und die verfluchten Lichterketten abnahm. Und weil er keine Lust hatte, den Karton in den Keller hinunterzubringen, stellte er ihn erst einmal vor die Wohnungstür ins Treppenhaus. Anschließend fuhren seine Frau und er zu ihren Eltern, wo sie Silvester feierten und sich weiter über Bordelle stritten. Währenddessen stand der Karton vor der Tür im Stockwerk unter der Wohnung, in der es kurz darauf zu einer Geiselnahme kam.

Als der Briefträger zu Beginn dieser Geschichte nichts Böses ahnend die Treppe hinauflief und unvermittelt eine bewaffnete Gestalt in die Wohnung stürmen sah, in der gerade eine Wohnungsbesichtigung stattfand, hatte er es natürlich eilig, wieder herunterzukommen, wobei er über den Karton stolperte, sodass die Kabel herausfielen und sich über den Boden ausbreiteten.

Es sah nicht gerade aus wie eine Bombe, keineswegs, sondern eher wie ein umgekippter Karton mit Weihnachtsbeleuchtung. Aus einem Bordell. Doch zu Jims Verteidigung hätte man es dem Anschein nach für eine Bombe halten können. Zumindest wenn man bisher nur von Bomben gehört, aber noch nie eine gesehen hat. Gleiches gilt für ein Bordell. Es verhält sich ganz ähnlich wie mit der Angst vor Schlangen. Man sitzt auf der Toilette und spürt unvermittelt einen leichten Luftzug am Hintern, sodass man unmittelbar denkt: »Hilfe, eine Schlange!« Das ist natürlich weder logisch noch wahrscheinlich, aber wenn Phobien logisch oder wahrscheinlich wären, wären sie ja keine Phobien. Jim hatte jedenfalls deutlich mehr Angst vor Bomben als vor Weihnachtsbeleuchtung, und in diesem Fall wichen die Wahrnehmung seines Gehirns und die seiner Augen offenbar voneinander ab.

Die beiden Polizisten hatten also unten auf der Straße gestanden. Jim hatte etwas bei Google nachgeschlagen, und Jack hatte die Eigentümerin der Wohnung angerufen, in der sich die Geiseln befanden, um in Erfahrung zu bringen, um wie viele Personen es sich handeln könnte. Doch die Eigentümerin lebte gemeinsam mit ihren kleinen Kindern in einer anderen Stadt und erklärte ihm, die Wohnung zwar geerbt, aber selbst schon lange nicht mehr dort gewesen zu sein. Über die Wohnungsbesichtigung wusste sie nur wenig. »Das hat alles die Maklerin organisiert«, sagte sie. Danach rief Jack auf dem Revier an und ließ sich mit der Frau des Briefträgers verbinden, die die Polizei alarmiert hatte. Von ihr erhielt er nur die folgende, nicht gerade aussagekräftige Information: »Der Bankräuber trug eine Sturmhaube und war ziemlich klein! Oder na ja, nicht gerade winzig, aber eben klein! Vielleicht eher durchschnittlich klein als ziemlich klein! Aber was ist schon … durchschnittlich?« Jack versuchte anhand dieser dürftigen Informationen einen Plan zu erstellen, kam jedoch nicht dazu, weil zwischenzeitlich sein Chef anrief, und als Jack ihm nicht unverzüglich einen Plan präsentieren konnte, rief der Chef seinen Vorgesetzten an, der wiederum seinen Vorgesetzten anrief. Alle Chefs stimmten logischerweise darin überein, dass es das Beste sei, umgehend in Stockholm anzurufen. Alle, außer natürlich Jack selbst, der wenigstens einmal im Leben einen Fall allein lösen wollte. Deshalb schlug er seinen Vorgesetzten vor, Jim und ihn ins Haus gehen zu lassen, um Kontakt zum Geiselnehmer in der Wohnung aufzunehmen. Die Vorgesetzten ließen sich, wenn auch skeptisch, darauf ein, denn Jack war schlicht und einfach ein vertrauenswürdiger Polizist. Jim stand direkt neben ihm und hörte einen der besagten Vorgesetzten ins Telefon brüllen, dass sie »verdammt vorsichtig« sein sollten, weil im Treppenhaus jemand »Sprengstoff oder so ’nen Scheiß« deponiert haben könnte und es sich offenbar gar nicht um eine Geiselnahme, sondern vielmehr um einen »Terroranschlag« handelte. »Habt ihr vielleicht irgendwo einen verdächtigen Rucksack gesehen? Oder ’nen Mann mit Bart?« Jack schenkte diesen Fragen keine weitere Beachtung, denn er war noch jung. Doch Jim tat es umso mehr, denn als Vater trug er schließlich eine gewisse Verantwortung.

Der Aufzug war gerade außer Betrieb, also nahmen er und Jack die Treppen und klingelten in jedem Stockwerk an den Türen, um sicherzugehen, dass sich auch wirklich niemand mehr im Haus befand. Das war der Fall, denn am Tag vor Silvester arbeiteten nur noch diejenigen, die unbedingt arbeiten mussten, und alle, die freihatten, hatten etwas Besseres vor, als zu Hause zu bleiben. Selbst jene, auf die das nicht zutraf, hatten bereits die Martinshörner gehört und von ihren Balkonen aus das Aufgebot von Polizisten und Journalisten auf der Straße gesehen. Und waren schleunigst hinausgerannt, um zu erfahren, was los war. (Einige von ihnen hatten übrigens am meisten Angst davor, dass sich eine Schlange ins Haus geschlichen haben könnte, weil vor Kurzem im Internet das Gerücht verbreitet worden war, dass man in einem Mietshaus in der Nachbarstadt eine Schlange in einer Toilette entdeckt hatte. Ungefähr auf diesem Niveau lag also die Wahrscheinlichkeit für eine Geiselnahme in der Gegend.)

Als Jack und Jim das Stockwerk mit dem Karton und den Kabeln erreicht hatten, zuckte Jim so erschrocken zusammen, dass er sich einen Muskel am Rücken zerrte (hier muss allerdings angemerkt werden, dass Jim sich gerade erst vor Kurzem denselben Rückenmuskel gezerrt hatte, weil er unerwartet hatte niesen müssen). Er packte Jack am Ärmel und rief: »Achtung! Bombe!«

Jack verdrehte die Augen, so wie nur Söhne es tun können, und entgegnete: »Das da ist ganz sicher keine Bombe.«

»Und woher weißt du das?«, fragte Jim.

»Bomben sehen nicht so aus«, antwortete Jack.

»Aber vielleicht will derjenige, der die Bombe gebaut hat, ja genau das bezwecken.«

»Papa, jetzt reiß dich zusammen, das ist keine …«

Jeden anderen Kollegen hätte Jim weiter die Treppe hochgehen lassen. Deswegen behaupten manche Leute wohl auch, dass es keine gute Idee sei, wenn Väter und Söhne zusammenarbeiten. Denn nun entgegnete Jim: »Nein. Jetzt ruf ich aber wirklich in Stockholm an.«

Jack hat ihm dies nie ganz verziehen.

Ihre Chefs und die Vorgesetzten dieser Chefs und wer weiß, wer in der Hierarchie nicht noch alles über ihnen stand und Befehle erteilen konnte, befahlen den beiden Polizisten, augenblicklich wieder auf die Straße hinunterzugehen und dort auf Verstärkung zu warten. Natürlich war es nicht leicht, Verstärkung zu bekommen. Nicht einmal in den Großstädten ist es leicht, denn wer zum Teufel raubt schon am Tag vor Silvester eine Bank aus? Und wer zum Teufel nimmt während einer Wohnungsbesichtigung Geiseln? »Und wer zum Teufel beraumt am Tag vor Silvester überhaupt eine Wohnungsbesichtigung an …?«, fragte einer der Vorgesetzten, und so ging es am Telefon noch eine ganze Weile weiter. Bis schließlich ein Sonderermittler aus Stockholm auf Jacks Handy anrief und ihm mitteilte, dass er selbst kommen und den gesamten Einsatz übernehmen würde. Im Augenblick saß er zwar noch mehrere Autostunden entfernt in seinem Wagen, doch Jack sollte sich verflucht noch mal völlig im Klaren darüber sein, dass von ihm im Augenblick nur erwartet wurde, »die Situation unter Kontrolle zu behalten«, bis der Ermittler vor Ort eintreffen würde. Der Ermittler hatte einen für Stockholm ziemlich untypischen Dialekt, doch das spielte für Jim und Jack keinerlei Rolle, denn wenn man die beiden fragte, war ein »Stockholmer« eher eine Verhaltensweise als eine Herkunftsbezeichnung. »Nicht alle Idioten sind Stockholmer, aber alle Stockholmer sind Idioten«, pflegte man auf der Wache zu sagen. Was natürlich äußerst ungerecht war, denn man kann zwar aufhören, ein Idiot zu sein, aber Stockholmer bleibt man sein Leben lang.

Nachdem Jack mit dem Sonderermittler telefoniert hatte, war er jedenfalls um einiges wütender als nach seinem letzten Gespräch mit dem Kundendienst seines Internetproviders. Jim plagten derweil Schuldgefühle, weil er seinem Sohn gerade die Möglichkeit vermasselt hatte zu beweisen, dass er den Geiselnehmer allein dingfest machen konnte. Alle weiteren Entscheidungen im Verlauf des Tages wurden demzufolge von diesen Gefühlen gesteuert.

»Es tut mir leid, mein Junge, ich wollte nicht …«, begann Jim niedergeschlagen, wusste jedoch nicht, wie er den Satz beenden sollte, ohne dabei zugeben zu müssen, dass er selbst genauso wenig an eine Bombe geglaubt hätte, wenn Jack nicht sein Sohn gewesen wäre. Und wenn der eigene Sohn involviert ist, geht man lieber kein Risiko ein.

»Nicht jetzt, Papa!«, entgegnete Jack säuerlich, da er erneut mit dem Vorgesetzten seines Chefs telefonierte.

»Okay, was ist als Nächstes zu tun?«, fragte Jim, weil er den dringenden Wunsch verspürte, gebraucht zu werden.

»Du kannst ja schon mal damit anfangen, die Eigentümer der oberen Wohnungen abzutelefonieren, die wir wegen dir und deiner Pseudo-Bombe jetzt nicht mehr aufsuchen können. Wir müssen sichergehen, dass das Haus auch wirklich leer ist!«, antwortete Jack gereizt.

Jim nickte tief getroffen und schlug die jeweiligen Telefonnummern bei Google nach. Zuerst rief er den Eigentümer der Wohnung an, vor der Jim die Bombe entdeckt hatte.

Ein Mann meldete sich und erklärte, dass seine Frau und er verreist seien, und als die Frau im Hintergrund rief »Wer ist das?«, rief der Mann genervt zurück: »Das ist das Bordell!« Jim wusste nicht genau, was das bedeuten sollte, deshalb beschränkte er sich auf die Frage, ob sich sonst noch irgendwer in der Wohnung aufhielt. Als der Mann das verneinte, wollte Jim ihn nicht weiter mit der Thematik um die Bombe beunruhigen, doch der Mann konnte in dem Augenblick logischerweise nicht wissen, dass die Situation völlig anders ausgesehen hätte, wenn er gesagt hätte »Dieser Karton vor der Wohnungstür enthält übrigens nur Weihnachtsbeleuchtung.« Deshalb fragte der Mann nur »Wollten Sie sonst noch etwas?«, und Jim antwortete »Nein, nein, das war es auch schon«, bevor er sich für die Auskunft bedankte und auflegte.

Dann rief er bei den Eigentümern der Dachwohnung an, die unmittelbar neben der Wohnung lag, in der die Geiseln festgehalten wurden. Die Eigentümer waren ein junges Paar, beide knapp über zwanzig, allerdings frisch getrennt und bereits ausgezogen. »Die Wohnung steht also leer?«, fragte Jim erleichtert. Das stimmte. In den beiden aufeinanderfolgenden Telefonaten mit den Ex-Eheleuten erfuhr Jim daraufhin zwangsläufig, aus welchem Grund sie sich getrennt hatten, weil diese offenbar annahmen, dass es Jim dringend interessierte. Wie sich herausstellte, konnte die Frau nicht damit leben, dass der Mann so wahnsinnig hässliche Schuhe trug, während sich der Mann daran störte, dass seine Partnerin beim Zähneputzen sabberte. Außerdem bevorzugten beide eigentlich eher einen etwas größeren Partner. Der Mann berichtete, dass die Beziehung schlicht und einfach nicht funktioniert hätte, weil die Frau auf Koriander stand, woraufhin Jim einwarf »Aber Sie nicht?« und zur Antwort erhielt: »Doch! Aber eben nicht so exzessiv wie sie!« Die Frau berichtete hingegen, dass die beiden nach einem Streit über den Kauf einer Saftpresse ernsthaft begonnen hätten, einander zu hassen. Sie hatten offenbar einfach kein Modell finden können, dessen Farbe sie sowohl beide als Individuen als auch als Paar widerspiegeln würde, wenn Jim es richtig verstanden hatte. Und in dem Moment hatten sie festgestellt, dass sie keine Minute länger zusammenleben konnten, und jetzt hassten sie einander abgrundtief. Jim fand, dass die heutige Jugend einfach zu viele Wahlmöglichkeiten hatte und genau darin das Problem bestand. Wenn es zu dem Zeitpunkt, als Jim seine Frau kennengelernt hatte, schon diese modernen Dating-Apps gegeben hätte, wäre sie ganz sicher nie seine Frau geworden. Wenn es immer irgendwelche Alternativen gibt, kann man sich doch verflucht noch mal nicht entscheiden, dachte Jim. Wie soll man denn zum Beispiel den Stress aushalten, wenn der Partner einfach nur mit dem Zeigefinger nach rechts oder links zu wischen braucht, um seinen Seelenverwandten zu finden, während man selbst gerade auf der Toilette sitzt? Eine ganze Generation wird sich noch Harnwegsinfektionen zuziehen, weil sie nicht aufs Klo gehen kann, bevor der Handy-Akku des Partners leer ist. Aber Jim sagte natürlich nichts dergleichen, sondern fragte zur Sicherheit nur noch einmal nach: »Die Wohnung ist also … leer?«

Beide Gesprächspartner bestätigten dies und fügten hinzu, dass darin nur noch eine Saftpresse in der falschen Farbe stünde. Die Wohnung sollte nach Neujahr über ein Immobilienbüro zum Verkauf angeboten werden, an dessen Namen sich der Mann zwar nicht mehr genau erinnerte, den er aber »total abgedroschen« fand. »Typischer Elternhumor halt!« Die Frau bestätigte dies mit den Worten: »Also die Maklertussi, die sich diesen Namen ausgedacht hat, ist offenbar noch einfallsloser als alle Friseurtussis zusammen! Wissen Sie eigentlich, dass es in der Innenstadt einen Friseur namens Schnipp-Schnapp gibt? Hallo, geht's noch? Fehlt nur noch der Anruf vom Guinnessbuch der Rekorde, weil sie den Deppen-Rekord gebrochen haben!«

Dann legte Jim auf. Er fand es schade, dass die beiden Schluss gemacht hatten, denn sie hätten einander wirklich verdient gehabt.

Er ging auf Jack zu, um ihm alles zu berichten, aber Jack brummte nur: »Nicht jetzt, Papa! Hast du die Eigentümer alle erreicht?«

Jim nickte.

»Und, ist noch irgendwer im Haus?«, fragte Jack.

Jim schüttelte den Kopf. »Ich wollte eigentlich nur sagen, dass …«, begann er, doch Jack winkte entschieden ab und wandte sich wieder dem Telefonat mit seinem Chef zu.

»Nicht jetzt, Papa!«

Deshalb sagte Jim nichts mehr.

Und dann? Ja dann lief alles irgendwie aus dem Ruder. Das Geiseldrama dauerte mehrere Stunden. Der Sonderermittler steckte im Stau, verursacht durch den bislang schlimmsten Auffahrunfall des Jahres auf der Autobahn (»Typisch Stockholmer, wieder mal ohne vernünftige Winterreifen unterwegs«, lautete Jims Überzeugung), und kam deshalb nie an. Jim und Jack mussten die Situation wohl oder übel alleine meistern, was wahrlich nicht ganz unkompliziert war, weil es allein schon eine ganze Weile dauerte, bis es ihnen überhaupt gelang, Kontakt zum Geiselnehmer aufzunehmen (was damit endete, dass sich Jack eine dicke Beule am Kopf zuzog, was wiederum eine ziemlich lange Geschichte ist). Schließlich gelang es ihnen trotz allem, ein Handy in die Wohnung einzuschleusen (was eine noch längere Geschichte ist). Aber nachdem der Geiselnehmer alle Geiseln freigelassen hatte und der Sonderermittler auf besagtem Handy anrief, hörte man von drinnen einen Pistolenschuss.

Einige Stunden später saßen Jack und Jim noch immer auf dem Revier und verhörten alle Zeugen. Allerdings ohne jeglichen Erfolg, denn mindestens einer von ihnen sagte die Unwahrheit.

Kapitel 23

Der Bankräuber tat zugegebenermaßen sein Bestes, um die Pistole nicht auf die Leute in der Wohnung zu richten, denn er wollte ihnen keine Angst einjagen. Doch die erste Person, auf die seine Pistole aus Versehen zeigte, heißt Zara. Sie ist irgendetwas zwischen fünfzig und sechzig und trägt teure Kleidung, wie es Menschen oftmals tun, die von den finanziellen Abhängigkeiten anderer Menschen unabhängig sind.

Das Erstaunliche war nur, dass Zara nicht einmal ängstlich wirkte, als der Bankräuber die Wohnung stürmte und dabei ins Stolpern geriet, sodass sie für einen kurzen Moment geradewegs in die Mündung seiner Waffe blickte. Eine andere Frau hingegen rief panisch: »Oh mein Gott, wir werden ausgeraubt!« Was in dem Augenblick etwas merkwürdig anmutete, da der Bankräuber an diesem Ort überhaupt nicht vorgehabt hatte, irgendwen auszurauben. Kein Mensch möchte gern irgendwelchen Vorurteilen ausgesetzt sein, nur, weil er eine Pistole in der Hand hält. Deswegen muss man ja noch lange kein Räuber sein, und selbst, wenn man es tatsächlich ist, kann man schließlich ein Räuber sein, ohne darüber hinaus zwingend Menschen auszurauben. Als die Frau also ihrem Ehemann zurief »Gib ihm Geld, Roger!«, war der Bankräuber fast etwas gekränkt. Zu Recht. Daraufhin brummte ein Mann mittleren Alters in einem karierten Oberhemd vom Fenster her verärgert: »Wir haben kein Bargeld!«

Der Bankräuber wollte gerade protestieren, als er in der Balkontür sein Spiegelbild erblickte. Er sah sein maskiertes Gesicht, die Waffe in seiner Hand und nicht zuletzt auch all die Menschen im Raum. Unter anderem eine sehr alte Frau. Eine andere weitaus jüngere, die schwanger war. Und eine dritte, die aussah, als würde sie jeden Moment in Tränen ausbrechen. Alle starrten mit vor Angst aufgerissenen Augen auf die Pistole, aber keiner dieser Blicke war erschrockener als der durch die Löcher in der Sturmhaube, der ebenfalls von der Balkontür reflektiert wurde. Letztlich traf den Bankräuber die vernichtende Einsicht mit voller Wucht: »Jetzt sind nicht mehr die anderen die Geiseln, sondern ich bin es.«

Diejenige, die allerdings überhaupt keine Angst zu haben schien, war Zara. Kurz darauf ertönte unten auf der Straße die erste Polizeisirene.

Kapitel 24

Zeugenvernehmung
Datum: 30. Dezember
Name der Zeugin: Zara

Jim: Hallo! Ich heiße Jim!
Zara: Ja, ja, ja, guter Mann. Kommen Sie zur Sache.
Jim: Ich werde nun Ihre Angaben über das Geschehen zu Protokoll nehmen. Geben Sie es bitte in Ihren eigenen Worten wieder.
Zara: In wessen Worten sollte ich es auch sonst wiedergeben?
Jim: Nein, nein, natürlich. Das ist ja nur eine Redewendung. Aber zuerst möchte ich Sie darauf aufmerksam machen, dass alles, was Sie sagen, aufgezeichnet wird. Sie haben übrigens das Recht auf einen Anwalt, wenn Sie wollen.
Zara: Und warum sollte ich das wollen?
Jim: Ich bin angehalten, Sie darüber zu informieren. Meine Chefs meinen jedenfalls, dass deren Vorgesetzte es für wichtig halten, damit alles seine Ordnung hat. Demnächst wird nämlich ein Sonderermittler aus Stockholm hier eintreffen und den Fall übernehmen. Deshalb wollte ich Sie ausdrücklich über Ihre Rechte aufklären.
Zara: Ich brauche dann einen Anwalt, wenn ICH die Leute mit einer Pistole bedrohe. Und nicht, wenn ich selbst bedroht werde, Sie Schlaumeier.

Jim: Ich verstehe. Ich wollte nicht unhöflich sein, wollte ich nicht. Ich weiß, dass Sie einen anstrengenden Tag hinter sich haben, weiß ich. Sie sollten nur so ehrlich wie möglich auf alle Fragen antworten. Möchten Sie einen Kaffee?

Zara: Wollen Sie diese Plörre etwa als Kaffee bezeichnen? Ich hab doch gesehen, was aus der Maschine da draußen rauskommt. Ich würde das Zeug ja nicht mal trinken, wenn Sie und ich die letzten Menschen auf der Erde wären und Sie mir versprechen würden, dass es Gift ist.

Jim: Ich weiß nicht, ob ich das als Verunglimpfung des Kaffees oder eher meiner Person auffassen soll.

Zara: Sie sagten, dass ich ehrlich auf alle Fragen antworten soll.

Jim: Ja. Ja. Natürlich. Das sagte ich, ja. Dürfte ich Sie dann als Erstes fragen, warum Sie sich in der Wohnung aufhielten?

Zara: Was für eine dämliche Frage. Waren nicht Sie derjenige, der im Treppenhaus stand, als wir freigelassen wurden?

Jim: Ja, das war ich.

Zara: Dann kamen Sie also als Erster nach uns in die Wohnung? Und trotzdem ist Ihnen der Geiselnehmer entwischt?

Jim: Ich war nicht als Erster in der Wohnung. Ich habe auf meinen Kollegen Jack gewartet. Sie sind ihm vermutlich vorhin draußen im Flur begegnet. Er hat die Wohnung als Erster betreten.

Zara: Ihr Polizisten seht doch alle gleich aus, wisst ihr das eigentlich?

Jim: Jack ist mein Sohn. Vielleicht liegt es daran.

Zara: Jim und Jack?

Jim: Ja. Wie Jim Beam und Jack Daniels.

Zara: Soll das ein Witz sein?

Jim: Nein. Nein. Meine Frau fand es übrigens auch nicht besonders witzig.
Zara: Dann sind Sie also verheiratet? Tüchtiges Kerlchen.
Jim: Ja, ja, oder nein, aber das ist hier und jetzt nicht unbedingt relevant. Können Sie mir kurz erzählen, warum Sie zu dieser Wohnungsbesichtigung kamen?
Zara: Es war eine Wohnungsbesichtigung, ist Ihnen dieses Wort unbekannt?
Jim: Sie waren also dort, um sich die Wohnung anzuschauen?
Zara: Ihr Intellekt ist so messerscharf wie eine Tüte feuchte Cornflakes.
Jim: Bedeutet das »Ja«?
Zara: Das bedeutet, was es bedeutet.
Jim: Ich wollte eigentlich fragen, ob Sie die Absicht hatten, die Wohnung zu KAUFEN.
Zara: Sind Sie jetzt Immobilienmakler oder Polizist?
Jim: Ich meine ja nur, dass man leicht den Eindruck gewinnen könnte, Sie seien etwas zu wohlhabend, um Interesse an dieser Wohnung zu haben.
Zara: Aha, das könnte »man« also, könnte »man« das?
Jim: Ja, oder nein, eigentlich meinte ich, dass meine Kollegen den Eindruck gewinnen könnten. Oder besser gesagt ein Kollege. Also mein Sohn. Aufgrund gewisser Zeugenaussagen. Ich meinte damit, dass Sie den Eindruck erwecken, wohlhabend zu sein. Und diese Wohnung scheint auf den ersten Blick nicht unbedingt ein Objekt zu sein, das jemand wie Sie kaufen würde.
Zara: Guter Mann, das Problem der Mittelschicht ist, dass alle offenbar glauben, man könnte zu reich für etwas sein. Aber das stimmt nicht. Man kann letztlich nur zu arm sein.

Jim: Aha. Aha. Ich denke, wir machen lieber weiter. Habe ich Ihren Nachnamen in den Unterlagen übrigens richtig geschrieben?
Zara: Nein.
Jim: Nein?
Zara: Aber es gibt eine äußerst logische Erklärung für Ihre Annahme.
Jim: Aha?
Zara: Ja, und sie lautet, dass Sie ein Idiot sind.
Jim: Entschuldigung. Könnten Sie es bitte buchstabieren?
Zara: I-d-i-o-t.
Jim: Ich meine Ihren Namen.
Zara: Dann sitzen wir wahrscheinlich noch die ganze Nacht hier. Aber einige von uns müssen morgen schließlich wieder einem anspruchsvollen Job nachgehen und wichtige gesellschaftliche Funktionen erfüllen, Sie Klugscheißer. Deshalb lassen Sie mich die Situation kurz für Sie zusammenfassen: Irgendein Irrer hat mich und einige weitere weniger begüterte und äußerst bedauernswerte Personen mittels einer Pistole für einen halben Tag als Geiseln genommen, woraufhin Sie und Ihre Kollegen das Gebäude umstellten und das Geschehen noch dazu vom Fernsehen gefilmt wurde. Und trotzdem ist Ihnen der Geiselnehmer durch die Lappen gegangen. Sie hätten natürlich der Suche nach besagtem Täter Vorrang geben können, aber stattdessen sitzen Sie hier und kommen heftig ins Schwitzen, weil Sie noch nie in Ihrem Leben einen Nachnamen mit mehr als drei Konsonanten gesehen haben. Ihre Vorgesetzten hätten meine Steuergelder nicht viel schneller zu Asche verbrennen können, selbst wenn ich ihnen Streichhölzer angeboten hätte.
Jim: Ich verstehe ja, dass Sie aufgebracht sind.

Zara: Tüchtiges Kerlchen.

Jim: Ich meine ja nur, dass Sie bestimmt unter Schock stehen. Während einer Wohnungsbesichtigung rechnet man ja auch nicht gerade damit, mit einer Pistole bedroht zu werden. Auch wenn in allen Zeitungen steht, dass der Wohnungsmarkt im Augenblick hart umkämpft ist, aber eine Geiselnahme geht doch wohl entschieden zu weit, oder? Ich meine, heute steht in den Zeitungen, dass der Markt gerade günstig für Käufer ist, und morgen, dass er günstig für Verkäufer ist, aber am Ende ist der Markt ja wohl immer am günstigsten für die verfluchten Banken, oder? Oder etwa nicht?

Zara: Soll das ein Witz sein?

Jim: Nein, nein, wohl eher Small Talk. Ich meine ja nur, dass, so wie unsere Gesellschaft aussieht, die Polizei für die Jagd nach dem Geiselnehmer wohl bedeutend weniger Ressourcen eingesetzt hätte, wenn es ihm gelungen wäre, diese Bank auszurauben, als jetzt, wo er Sie alle als Geiseln genommen hat. Sie wissen ja, wir alle hassen die Banken. Und Sie kennen doch diesen Spruch: »Manchmal ist es schwer zu sagen, wer die größten Schurken sind, Bankräuber oder Bankdirektoren.«

Zara: Aha, sagt man das?

Jim: Ja. Das sagt man doch, oder? Sagt man das nicht? Ich meine ja nur, dass ich gerade gestern wieder in der Zeitung gelesen habe, wie viel diese Bankdirektoren verdienen. Sie wohnen in Villen für fünfzig Millionen, die so groß sind wie Schlösser, während andere Leute kaum ihre Wohnungskredite abstottern können.

Zara: Darf ich Ihnen eine Frage stellen?

Jim: Selbstverständlich.

Zara: Wie kommt es eigentlich, dass Leute wie Sie immer

meinen, erfolgreiche Menschen für ihren Erfolg bestrafen zu müssen?

Jim: Wie bitte?

Zara: Waren Sie auf der Polizeihochschule vielleicht Teil irgendeiner ausgeklügelten Verschwörung, bei der man Ihnen eingeredet hat, dass Polizisten dasselbe Gehalt beziehen wie Bankdirektoren, oder fehlte es Ihnen schlicht und einfach an den grundlegenden Kenntnissen der Mathematik?

Jim: Ja. Natürlich. Oder nein. Also …

Zara: Oder glauben Sie einfach nur, dass die Welt Ihnen noch etwas schuldig ist?

Jim: Mir fällt gerade ein, dass ich Sie noch gar nicht gefragt habe, was Sie beruflich machen.

Zara: Ich bin Bankdirektorin.

Kapitel 25

Die Wahrheit lautet, dass Zara, die schätzungsweise auf die fünfundfünfzig zugeht, was sich aber keiner nachzufragen traut, nie auch nur das geringste Interesse daran hatte, die Wohnung zu kaufen. Nicht, weil sie zu teuer gewesen wäre, natürlich nicht, sie hätte diese Wohnung vermutlich locker von dem Kleingeld kaufen können, das sie zwischen den Polstern ihres Sofas hätte finden können. (Allerdings sah Zara Münzen als ekelhafte kleine Bakterienherde an, die schon durch Gott weiß wie viele Mittelschichtfinger geflossen waren, und hätte eher ihre Sofapolster verbrannt, als eine davon aufzulesen. Oder besser gesagt: Sie hätte sich diese Wohnung definitiv für eines ihrer Sofapolster kaufen können.) Sie kam zu dieser Wohnungsbesichtigung also mit gerümpfter Nase und mit Diamantohrringen behängt, die so groß waren, dass man ein Kind damit hätte erschlagen können, falls es denn nötig gewesen wäre. Doch wenn man sie genau beobachtete, konnten nicht einmal die Diamanten ihre abgrundtiefe Traurigkeit kaschieren.

Um dies zu verstehen, muss man vielleicht wissen, dass Zara seit Neuestem eine Psychologin konsultierte. Denn Zara hat die Art von Karriere eingeschlagen, bei der es, wenn man eine gewisse Position erreicht hat, mitunter angeraten ist, professionelle Hilfe in Anspruch zu nehmen, um zu erfahren, was man neben seiner Karriere noch mit dem eigenen

Leben anfangen könnte. Die erste Sitzung bei dieser Psychologin gestaltete sich allerdings keineswegs angenehm, im Gegenteil. Zara erdreistete sich gleich zu Beginn, ein gerahmtes Foto vom Schreibtisch der Therapeutin zu nehmen und zu fragen: »Wer ist das denn?«

Die Psychologin antwortete: »Meine Mutter.«

Zara fragte: »Haben Sie ein gutes Verhältnis zu ihr?«

Die Psychologin antwortete: »Sie ist kürzlich verstorben.«

Zara fragte: »Und wie war Ihre Beziehung davor?«

Die Psychologin hätte es angemessener gefunden, wenn die Klientin ihr Beileid zum Ausdruck gebracht hätte, wahrte jedoch die Fassung und entgegnete: »Wir sind doch nicht hier, um über mich zu sprechen.«

Worauf Zara wiederum entgegnete: »Wenn ich mein Auto in die Werkstatt bringe, will ich ja auch als Erstes wissen, ob das Fahrzeug des Kfz-Mechanikers nicht eher ein wertloser Schrotthaufen ist.«

Die Psychologin holte tief Luft und sagte: »Das kann ich nachvollziehen. Aber ich kann Ihnen versichern, dass meine Mutter und ich eine sehr gute Beziehung zueinander hatten. Beruhigt Sie das?«

Zara nickte skeptisch und fragte: »Hat sich schon mal irgendeiner von Ihren Klienten das Leben genommen?«

Der Psychologin verschlug es für einen Moment die Sprache. Dann antwortete sie: »Nein.«

Zara fügte achselzuckend hinzu: »Soweit Sie es wissen.«

So etwas zu einer Psychologin zu sagen ist ziemlich provokant. Doch die Psychologin fing sich rasch wieder, um hinzuzufügen: »Ich habe gerade erst vor Kurzem meine Ausbildung abgeschlossen und dementsprechend noch nicht so viele Klienten betreut. Warum stellen Sie all diese Fragen?«

Zara betrachtete das einzige Bild an der Wand im Empfangszimmer, schürzte nachdenklich die Lippen und antwortete überraschend ehrlich: »Ich möchte abklären, ob Sie mir helfen können.«

Die Psychologin nahm ihren Stift zur Hand, setzte ihr professionelles Lächeln auf und fragte: »Und womit?«

Zara antwortete, dass sie unter Schlafproblemen leide. Ein Arzt hatte ihr Schlaftabletten verordnet, weigerte sich jedoch, weitere zu verschreiben, bevor sie nicht einen Psychologen aufgesucht hätte. »Und jetzt bin ich hier«, sagte Zara und tippte mit dem Zeigefinger auf ihre Armbanduhr, als sei sie anstelle der Psychologin diejenige, die pro Stunde bezahlt würde.

Die Psychologin fragte: »Glauben Sie, dass diese Schlafstörungen im Zusammenhang mit Ihrer Arbeit stehen? Als Sie anriefen, erzählten Sie mir, dass Sie Bankdirektorin sind. Das klingt nach einem Job mit jeder Menge Stress und Druck.«

Zara antwortete: »Nee.«

Die Psychologin seufzte und fragte stattdessen: »Und was erhoffen Sie sich von unseren Sitzungen?«

Zara fragte umgehend zurück: »Bin ich hier beim Psychiater oder beim Psychologen?«

Die Psychologin fragte daraufhin: »Worin besteht in Ihren Augen der Unterschied?«

Zara antwortete: »Na ja, einen Psychologen braucht man, wenn man glaubt, ein Delfin zu sein. Und einen Psychiater braucht man, wenn man alle Delfine abgemurkst hat.«

Die Psychologin wirkte unangenehm berührt. Bei der nächsten Sitzung trug sie keine Delfinbrosche mehr.

Während ihrer zweiten Sitzung fragte Zara überraschend: »Wie würden Sie Panikattacken definieren?«

Die Miene der Psychologin hellte sich auf, wie man es auf eine solche Frage hin nur von Psychologen erwartet, und antwortete: »Dieser Begriff ist schwer zu definieren! Aber nach Ansicht der meisten Experten handelt es sich bei Panikattacken um einen Zustand, der …«

Zara unterbrach sie: »Nein. Ich möchte gerne wissen, wie *Sie* es definieren!«

Die Psychologin wand sich unangenehm berührt, ging im Geiste mehrere Antwortvarianten durch und entschied sich dann für folgende: »Ich würde sagen, dass Panikattacken Ausdruck psychischer Schmerzen sind, die irgendwann so stark werden, dass sie sich rein physisch manifestieren. Die Angst wird so erdrückend, dass das Gehirn kein … tja, in Ermangelung eines besseren Ausdrucks würde ich sagen, das Hirn besitzt nicht … die ausreichende Bandbreite, um alle Informationen parallel zu verarbeiten. Die Firewall bricht sozusagen zusammen, und dann übermannt uns die Angst.«

»Sie machen Ihren Job nicht gerade besonders gut«, entgegnete Zara trocken.

»Inwiefern?«

»Ich weiß inzwischen schon mehr über Sie als Sie über mich.«

»Aha?«

»Ihre Eltern waren in der Computerbranche. Vermutlich Programmierer.«

»Wie … woher zum … ich habe doch gar nichts … woher wussten Sie das?«

»Hat Ihnen diese Schmach sehr zugesetzt? Dass Ihre Eltern mit Dingen arbeiten, die man im wirklichen Leben anwenden kann, während Sie nur mit …«

Zara verstummte und schien nach einer angemessenen Formulierung zu suchen. Derweil beendete die Psychologin den Satz leicht gekränkt: »… Gefühlen arbeiten? Ich arbeite mit Gefühlen.«

»Ich wollte eigentlich ›überspannten Fantastereien‹ sagen. Aber okay. Nennen Sie es gern ›Gefühle‹, wenn Ihnen dabei wohler ist.«

»Mein Vater war Programmierer und meine Mutter Informatikerin. Woher wussten Sie das?«

Zara stöhnte, als müsse sie einem Toaster das Lesen beibringen.

»Spielt das eine Rolle?«

»Ja!«

Zara stöhnte erneut angesichts des begriffsstutzigen Toasters.

»Als ich Sie darum gebeten habe, mir den Begriff Panikattacken mit eigenen Worten zu erklären und nicht die Definition herunterzuleiern, die Sie auf der Uni gelernt haben, benutzten Sie Ausdrücke wie ›Bandbreite‹, ›parallel verarbeiten‹ und ›Firewall‹. Und Begriffe, die ganz offenkundig nicht zum gewöhnlichen Wortschatz einer bestimmten Person gehören, stammen meistens von den Eltern. Wenn man eine gute Beziehung zu ihnen hat.«

Die Psychologin versuchte erneut die Oberhand zu gewinnen, indem sie fragte: »Ist das der Grund dafür, dass Sie

Ihren Job bei der Bank so gut machen? Dass Sie Menschen durchschauen?«

Zara streckte ihren Rücken wie eine gelangweilte Katze.

»Na ja, so wahnsinnig schwer sind Sie nicht zu durchschauen, meine Liebe. Leute wie Sie sind keineswegs so vielschichtig, wie sie selbst zu sein hoffen, insbesondere nicht, wenn sie die Universität besucht haben. Ihre Generation will dort nämlich gar nicht irgendwelche Fächer studieren, sondern nur sich selbst.«

Die Psychologin reagierte leicht verärgert. Vielleicht sogar etwas mehr als nur leicht.

»Wir sind eigentlich hier, um über *Sie* zu sprechen, Zara. Was ist Ihr Anliegen?«

»Schlaftabletten, hab ich doch gesagt. Und gerne welche, die sich gut mit Rotwein vertragen.«

»Ich kann Ihnen keine Schlaftabletten verschreiben. Das kann nur Ihr Hausarzt.«

»Und weshalb bin ich dann hier?«, fauchte Zara.

»Darauf können nur Sie eine Antwort geben«, entgegnete die Psychologin.

Auf dieser Ebene begann ihre Beziehung. Und im weiteren Verlauf ging es zumeist nur noch weiter bergab. Aber um es gleich vorweg zu sagen, der Psychologin fiel es nicht sonderlich schwer, eine Diagnose zu stellen: Ihre Klientin Zara litt unter Einsamkeit. Doch anstatt es auszusprechen (die Psychologin hatte nicht für die Dauer von mehr als einem halben Jahrzehnt ein Studiendarlehen aufgenommen, nur um zu lernen, dass man ausspricht, was man denkt), erklärte sie Zara, dass sie gewisse Zeichen einer Erschöpfungsdepression aufwies.

Zara wandte den Blick nicht vom Newsfeed in ihrem Smartphone ab, als sie entgegnete: »Ja, ja, ja, ich bin erschöpft, weil ich nicht schlafen kann, also besorgen Sie mir jetzt endlich die Pillen!«

Das lehnte die Psychologin allerdings ab. Stattdessen begann sie Fragen zu stellen, damit Zara ihre Ängste in einen größeren Zusammenhang stellen könnte. Eine dieser Fragen lautete: »Machen Sie sich Sorgen über den Fortbestand der Erde?«

Zara antwortete: »Nee.«

Die Psychologin lächelte warmherzig.

»Dann lassen Sie es mich so formulieren: Was, glauben Sie, ist das größte Problem in der Welt?«

Zara nickte rasch und antwortete, als sei es eine Selbstverständlichkeit: »Arme Leute.«

Die Psychologin korrigierte sie freundlich: »Sie meinen also … *Armut.*«

Zara zuckte die Achseln. »Okay. Wenn Ihnen dabei wohler ist.«

Zum Abschied gab Zara der Psychologin nicht die Hand. Darüber hinaus verschob sie auf dem Weg nach draußen ein Foto im Bücherregal und stellte drei Bücher woandershin. Psychologen dürfen eigentlich keine Lieblingsklienten haben, aber wenn diese Psychologin eine Lieblingsklientin gehabt hätte, wäre es definitiv nicht Zara gewesen.

Erst nach der dritten Sitzung begriff die Psychologin, wie krank Zara wirklich war. Nachdem Zara erklärt hatte, dass »die Demokratie zum Tode verurteilt« sei, »weil all die Idioten da draußen an alles Mögliche« glaubten, »solange es nur eine gute Geschichte« abgäbe, ging es ihr auf. Die

Psychologin tat ihr Bestes, um diese Äußerung zu ignorieren, und stellte Zara stattdessen Fragen zu deren Kindheit und Arbeitsleben, wobei sie jedes Mal wissen wollte, was Zara dabei empfand. Was empfinden Sie dabei, wenn das geschieht? Was empfinden Sie dabei, wenn Sie darüber sprechen? Was empfinden Sie dabei, wenn Sie in sich hineinhorchen, um zu ergründen, was Sie empfinden? Haben Sie dabei tiefe Empfindungen? Bis Zara schließlich etwas empfand.

Sie hatten bereits eine Weile über ganz andere Dinge gesprochen, als sich Zaras Blick unvermittelt tief nach innen richtete und sie folgende Worte mit einer Stimme flüsterte, die nicht mehr ihre eigene zu sein schien.

»Ich habe Krebs.«

In dem Moment wurde es so still im Raum, dass man förmlich hören konnte, wie es beiden Frauen einen Schlag versetzte. Die Finger der Psychologin sanken kraftlos auf ihren Notizblock herab, ihre Atemzüge wurden oberflächlicher, und ihre Lunge füllte sich bei jedem Einatmen nur zu einem Drittel, aus Angst, sie könnte unkontrolliert pfeifen.

»Es tut mir wirklich sehr, sehr, sehr leid, das zu hören«, sagte die Psychologin irgendwann mit zittriger Betonung auf den vielen »Sehrs« und aufgesetzter akademischer Einfühlsamkeit.

»Mir auch. Und es deprimiert mich«, sagte Zara und trocknete die Tränen in ihren Augen.

»Und … welche Art von Krebs ist es?«, fragte die Psychologin.

»Spielt das irgendeine Rolle?«, flüsterte Zara.

»Nein. Nein, das tut es natürlich nicht. Entschuldigung. Das war unsensibel von mir.«

Zara schaute lange aus dem Fenster, ohne dabei irgendetwas Bestimmtes zu fixieren, bis sich die Lichtverhältnisse draußen zu verändern schienen und es nicht mehr Morgen, sondern Vormittag war. Dann hob sie das Kinn ein paar Zentimeter und sagte: »Sie brauchen sich nicht zu entschuldigen. Den Krebs habe ich nur erfunden.«

»Wie … bitte?«

»Ich habe keinen Krebs. Ich hab gelogen. Aber wie ich schon sagte: Demokratie funktioniert nicht!«

Das war der Augenblick, in dem die Psychologin begriff, welch ein kranker Mensch Zara wirklich war.

»Darüber Witze zu machen ist wirklich äußerst taktlos«, brachte sie hervor.

Zaras Augenbrauen hüpften nach oben.

»Es wäre also besser gewesen, wenn ich Krebs gehabt hätte?«

»Nein! Was? Natürlich nicht, aber …«

»Es ist doch wohl weitaus besser, Witze darüber zu machen, als wirklich Krebs zu haben, oder? Oder hätten Sie mir den Krebs etwa gewünscht?«

Auf dem Hals der Psychologin zeichneten sich vor lauter Entrüstung rote Flecken ab.

»Aber … Nein! Ich wünsche Ihnen den Krebs natürlich auf gar keinen Fall!«

Zara faltete die Hände im Schoß und brachte mit ernster Miene hervor: »Aber so EMPFINDE ich es nun mal.«

In der folgenden Nacht litt die Psychologin unter Schlafstörungen. Zara hatte diese Wirkung auf andere. Als Zara die Praxis der Psychologin das nächste Mal aufsuchte, stand das Foto der Mutter nicht mehr auf dem Schreibtisch, und während der Sitzung erwog Zara für einen Augenblick, den wahren Grund für ihre Schlafprobleme auszusprechen. In ihrer Handtasche steckte ein Brief, der alles erklärte, und wenn sie ihn der Psychologin gezeigt hätte, wäre vielleicht alles, was danach geschah, anders gekommen. Stattdessen saß sie lange da und starrte auf das Bild an der Wand. Es stellte eine Frau dar, die über ein unendliches Meer in Richtung Horizont blickte. Die Psychologin befeuchtete ihre Lippen und fragte einfühlsam: »Was denken Sie, wenn Sie das Bild betrachten?«

»Ich denke Folgendes: Wenn ich nur ein Bild an die Wand hängen dürfte, hätte ich mich bestimmt nicht für dieses entschieden.«

Die Psychologin lächelte angestrengt.

»Ich frage viele meiner Klienten, was sie denken, wenn sie die Frau auf dem Bild sehen. Wer ist sie? Ist sie glücklich? Was glauben Sie?«

Zara zuckte teilnahmslos die Achseln.

»Ich weiß schließlich nicht, was Glück für sie bedeutet.«

Die Psychologin schwieg lange, bevor sie zugab: »Diese Antwort habe ich noch nie zu hören bekommen.«

Zara schnaubte verächtlich.

»Tja, weil Sie die Frage so stellen, als gäbe es nur eine Art von Glück. Aber Glück ist wie Geld.«

Die Psychologin lächelte überlegen, wie es nur Leute tun, die sich selbst für äußerst tiefsinnig halten.

»Das klingt recht oberflächlich.«

Zara stöhnte wie ein Teenager, der seinen Eltern etwas zu erklären versucht.

»Ich habe nicht gesagt, dass Geld Glück ist. Ich sagte, dass Glück *wie* Geld ist. Ein erfundener Wert für etwas, das wir weder wiegen noch messen können.«

Der Psychologin versagte die Stimme, doch sie fing sich rasch wieder.

»Ja … ja, mag sein. Aber den Preis für eine Depression können wir wiegen und messen. Und wir wissen auch, dass depressive Menschen oftmals Angst davor haben, glücklich zu sein. Selbst eine Depression kann ein sicherer Zufluchtsort sein, an dem man sich gegebenenfalls fragt: Wenn ich nicht traurig bin und auch nicht wütend … wer bin ich denn dann noch?«

Zara rümpfte die Nase.

»Glauben Sie etwa daran?«

»Ja.«

»Das hängt damit zusammen, dass Leute wie Sie immer auf andere Menschen schauen, die mehr Geld haben als sie selbst, und jammern: ›Na ja, die mögen vielleicht reich sein, aber sind sie auch glücklich?‹ Als bestünde der Sinn des Lebens für alle, außer natürlich für Vollidioten, darin, unentwegt glücklich zu sein.«

Die Psychologin machte sich Notizen und fragte, den Blick noch immer auf ihren Block gerichtet: »Und was ist der Sinn des Lebens? Ihrer Auffassung nach?«

Zaras Antwort war die eines Menschen, der schon viele Jahre darüber nachgedacht hatte. Die Antwort einer Frau, die irgendwann beschlossen hatte, dass ihr beruflicher Erfolg wichtiger war als ein ausgefülltes Leben.

»Ein Ziel zu haben. Einen Sinn. Eine Richtung. Und soll ich Ihnen die Wahrheit sagen? Die Wahrheit lautet, dass die allermeisten Menschen viel lieber reich wären als glücklich.«

Die Psychologin lächelte wieder.

»Sagt die Bankdirektorin zur Psychologin.«

Zara schnaubte erneut verächtlich.

»Helfen Sie mir auf die Sprünge, wie hoch ist noch mal Ihr Honorar? Kann ich dann umsonst herkommen, wenn es mich glücklich macht?«

Die Psychologin lachte unfreiwillig auf, zugegebenermaßen ein recht unprofessionelles Verhalten, wobei sie errötete, weil es sie selbst am meisten überrumpelte. Sie sammelte sich etwas unbeholfen wieder und brachte hervor: »Nein. Aber unter Umständen würde ich Sie umsonst herkommen lassen, wenn es *mich* glücklich machen würde.«

Da musste Zara plötzlich auch lachen, oder besser gesagt, das Lachen brach förmlich aus ihr heraus. Es war schon eine Weile her, dass sie gelacht hatte.

Danach saßen beide verlegen da und schwiegen lange, bis Zara schließlich nickend auf die Wand deutete.

»Und, was glauben Sie, was die Frau auf dem Bild macht?«

Die Psychologin betrachtete das Bild und blinzelte bedächtig.

»Dasselbe wie wir anderen auch. Sie sucht etwas.«

»Und was?«

Die Schultern der Psychologin bewegten sich erst einen Zentimeter nach oben und dann zwei nach unten.

»Sie sucht nach einem Halt im Leben. Etwas, wofür es sich lohnt zu kämpfen. Etwas, auf das sie sich freuen kann.«

Zara wandte den Blick vom Bild ab und schaute an der Psychologin vorbei aus dem Fenster.

»Und wenn sie darüber nachdenkt, sich das Leben zu nehmen?«

Die Psychologin wandte den Blick nicht vom Bild ab, sondern lächelte nur und zeigte mit keiner Miene, was in ihrem Inneren vor sich ging. Denn dort stürzte gerade alles in sich zusammen. Um nach dieser Bemerkung noch die Fassade wahren zu können, ist zum einen jahrelanges Training erforderlich, und zum anderen muss man seine Eltern so lieben, dass man ihnen keinen Kummer bereiten will.

»Und warum glauben Sie, dass sie darüber nachdenkt?«

»Denken nicht alle intelligenten Menschen irgendwann mal darüber nach?«

Die Psychologin wollte gerade irgendeine einstudierte Phrase zum Besten geben, begriff jedoch tief in ihrem Inneren, dass es nichts bringen würde. Stattdessen antwortete sie ehrlich: »Doch. Schon möglich. Und was, glauben Sie, hindert uns daran, es zu tun?«

Zara beugte sich vor und verschob zwei Stifte auf dem Schreibtisch, bis sie parallel zueinander lagen. Dann antwortete sie: »Höhenangst.«

Kein Mensch auf diesem Planeten hätte in dem Augenblick mit Sicherheit sagen können, ob dies eventuell ein Scherz gewesen sein sollte. Die Psychologin dachte lange über ihre nächste Frage nach.

»Darf ich erfahren, Zara, ob Sie irgendein Hobby haben?«

»Ein Hobby?«, wiederholte Zara, allerdings nicht unbedingt herablassend. Die Psychologin verdeutlichte ihre Frage: »Ja. Oder engagieren Sie sich möglicherweise in einer Wohltätigkeitsorganisation oder dergleichen?«

Zara schüttelte schweigend den Kopf. Die Psychologin fasste die Tatsache, dass Zara nicht herablassend reagierte, zunächst als Kompliment auf, bis Zaras Blick schließlich Zweifel in ihr weckte, denn es schien, als hätte ihre Frage sie verletzt.

»Alles in Ordnung? Habe ich etwas Falsches gesagt?«, fragte die Psychologin beunruhigt, doch Zara hatte bereits auf die Uhr geschaut und war hastig aufgestanden und zur Tür gegangen. Die Psychologin, die ihren Beruf noch nicht lange genug ausübte, um nicht in Panik zu verfallen, sobald sie annahm, einen Klienten verloren zu haben, gab in diesem Augenblick etwas äußerst Unprofessionelles von sich: »Tun Sie jetzt bloß nichts Dummes!«

Zara blieb überrascht im Türrahmen stehen.

»Das da wäre?«

Die Psychologin wusste darauf keine Antwort, deshalb lächelte sie beschämt und sagte: »Tun Sie jedenfalls nichts Dummes, bevor … bevor Sie meine Rechnung bezahlt haben.«

Zara musste unvermittelt lachen. Die Psychologin ebenfalls. In diesem Fall ließ sich allerdings nur schwer abschätzen, ob es wirklich unprofessionell war.

Als Zara schon im Aufzug stand, saß die Psychologin noch immer in ihrem Therapieraum und betrachtete die vom Himmel umgebene Frau auf dem Bild. Zara war die Erste gewesen, die je gemutmaßt hatte, dass sich die Frau das Leben nehmen wollte. Kein anderer Klient außer ihr hatte es bislang so gesehen.

Die Psychologin selbst hatte dem Blick dieser Frau immer nur zwei Gefühle zugeschrieben: Sehnsucht und Furcht. Sie hatte das Bild selbst gemalt, um sich genau das in Erinnerung zu rufen. Es war ein Motiv, das Psychologen geradezu lieben, weil man es unglaublich lange anschauen kann, ohne dabei notwendigerweise das Naheliegendste zu sehen. Nämlich, dass die Frau auf einer Brücke steht.

Kapitel 26

Jim: Jetzt komme ich mir ziemlich dumm vor.
Zara: Ich kann mir kaum vorstellen, dass dieses Gefühl neu für Sie ist.
Jim: Wenn ich gewusst hätte, dass Sie Bankdirektorin sind, hätte ich so etwas natürlich nie gesagt. Oder ich meine, ich hätte es sowieso nie sagen sollen. Jetzt weiß ich allerdings nicht recht, was ich noch sagen soll.
Zara: Aha. Vielleicht, dass ich jetzt gehen könnte?
Jim: Nein, warten Sie. Also, das Ganze ist mir wirklich ziemlich peinlich. Meine Frau hat mir oft geraten, am besten mal die Klappe zu halten. Ich werde Ihnen jetzt also nur noch meine Fragen stellen, in Ordnung?
Zara: Lassen wir es auf einen Versuch ankommen.
Jim: Können Sie den Geiselnehmer beschreiben? Nennen Sie bitte alles, woran Sie sich im Zusammenhang mit dem Mann erinnern und was Ihrer Auffassung nach von Bedeutung für die Ermittlungen sein könnte.
Zara: Das Wichtigste scheinen Sie ja schon zu wissen.
Jim: Und das wäre?
Zara: Sie sprachen von »dem Mann«, das heißt, Sie wissen offenbar, dass es ein Mann war. Das erklärt einiges.
Jim: Ich ahne jetzt schon, dass ich es bereuen werde, wenn ich nach dem Warum frage.
Zara: Ihr Männer könnt ja offenbar noch nicht mal pissen, ohne die Kloschüssel zu verfehlen. Und wenn man Ihnen

eine Pistole in die Hand drückt, ist doch von vornherein klar, dass der Schuss nach hinten losgeht.
Jim: Darf ich Ihre Antwort so deuten, dass Sie sich an das Aussehen des Mannes nicht mehr erinnern?
Zara: Wenn jemand eine Sturmhaube trägt und mit einer Pistole auf Sie zielt, wäre es nach Einschätzung eines Psychologen so ähnlich, als würden Sie jeden Moment von einem Lastwagen überfahren werden: Dann erinnern Sie sich vermutlich auch nicht mehr an das Kennzeichen.
Jim: Das ist zugegebenermaßen eine äußerst treffende Formulierung.
Zara: Wie schön. An Ihrer Meinung ist mir nämlich unglaublich viel gelegen. Kann ich jetzt gehen?
Jim: Leider noch nicht. Haben Sie dieses Bild schon einmal gesehen?
Zara: Das soll ein Bild sein? Sieht eher aus wie eine verschüttete Urinprobe.
Jim: Ich deute Ihre Antwort also als Nein.
Zara: Schlaues Kerlchen.
Jim: Wo in der Wohnung befanden Sie sich, als der Geiselnehmer hereinkam?
Zara: An der Balkontür.
Jim: Und wo befanden Sie sich während der restlichen Zeit?
Zara: Was tut das zur Sache?
Jim: Einiges.
Zara: Das kann ich mir kaum vorstellen.
Jim: Ich bitte Sie, Sie gelten nicht als verdächtig. Jedenfalls bislang nicht.
Zara: Wie bitte?
Jim: Ja. Na ja, eigentlich will ich Ihnen damit nur zu verstehen geben, dass mein Kollege davon ausgeht, dass eine der

Geiseln dem Geiselnehmer zur Flucht verholfen hat. Begreifen Sie? Und dass ausgerechnet Sie in der Wohnung waren, mutet etwas seltsam an. Zum einen hatten Sie kein Interesse daran, die Wohnung zu kaufen. Zum anderen schienen Sie nicht einmal Angst zu haben, als der Geiselnehmer die Pistole auf Sie richtete.

Zara: Sie hegen also den Verdacht, dass ICH dem Geiselnehmer zur Flucht verholfen habe?

Jim: Nein. Nein, natürlich nicht. Sie werden überhaupt nicht verdächtigt. Oder na ja, jedenfalls bislang nicht. Also, um es klar zu sagen, Sie werden nicht verdächtigt! Aber meinem Kollegen kommt das alles recht eigenartig vor.

Zara: Aha? Und wissen Sie, wie mir Ihr Kollege vorkommt?

Jim: Könnten Sie mir jetzt vielleicht einfach nur erzählen, was in der Wohnung vorgefallen ist? Damit ich es aufzeichnen kann. Das ist nämlich mein Job.

Zara: Natürlich.

Jim: Okay. Wie viele Kaufinteressenten befanden sich in der Wohnung?

Zara: Definieren Sie »Kaufinteressenten«.

Jim: Ich meine, wie viele Personen wollten die Wohnung kaufen?

Zara: Fünf.

Jim: Fünf.

Zara: Zwei Paare und eine ältere Dame.

Jim: Plus Sie und die Maklerin. Also insgesamt sieben Geiseln?

Zara: Fünf plus zwei ist sieben, ja. Gut gemacht.

Jim: Aber es wurden doch acht Personen als Geiseln gehalten, oder?

Zara: Sie haben das Kaninchen nicht mitgerechnet.

Jim: Das Kaninchen?
Zara: Sie haben genau gehört, was ich gesagt habe.
Jim: Welches Kaninchen?
Zara: Wollen Sie jetzt, dass ich Ihnen erzähle, was vorgefallen ist, oder nicht?
Jim: Entschuldigung.
Zara: Glauben Sie ernsthaft, dass eine der Geiseln dem Geiselnehmer zur Flucht verholfen hat?
Jim: Glauben Sie das nicht?
Zara: Nein.
Jim: Und warum nicht?
Zara: Das waren doch alles Idioten.
Jim: Und der Geiselnehmer?
Zara: Was soll mit dem Geiselnehmer sein?
Jim: Glauben Sie, dass er sich vorsätzlich erschossen hat oder eher aus Versehen?
Zara: Wovon reden Sie?
Jim: Wir haben einen Pistolenschuss in der Wohnung gehört, nachdem Sie freigelassen worden waren. Und als wir dann in die Wohnung kamen, war der Boden voller Blut.
Zara: Blut? Wo?
Jim: Auf dem Teppich und dem Fußboden im Wohnzimmer.
Zara: Aha. Und nur dort?
Jim: Ja.
Zara: Oh.
Jim: Wie bitte?
Zara: Was?
Jim: Es klang, als hätten Sie »oh« gesagt und wollten noch etwas hinzufügen.
Zara: Nein, nichts.

Jim: Entschuldigung. Mein Kollege ist jedenfalls der festen Überzeugung, dass sich der Geiselnehmer dort im Wohnzimmer erschossen hat. Das wollte ich nur sagen.
Zara: Und Sie haben noch immer keine Ahnung, wo er jetzt ist?
Jim: Nein.
Zara: Guter Mann, wenn Sie mir nicht gleich erklären, wie Sie darauf kommen, dass ich unter Verdacht stehe, an der Sache beteiligt zu sein, werden Sie sich händeringend wünschen, dass ich vorhin meinen Anwalt angerufen hätte.
Jim: Keiner verdächtigt Sie! Mein Kollege möchte nur wissen, warum Sie sich in der Wohnung aufhielten, wenn Sie letztlich gar kein Interesse daran hatten, sie zu kaufen.
Zara: Meine Psychologin meinte, dass ich ein Hobby bräuchte.
Jim: Sind Wohnungsbesichtigungen also Ihr Hobby?
Zara: Leute wie Sie sind interessanter, als man meinen könnte.
Jim: Leute wie ich?
Zara: Leute aus der Mittelschicht. Es ist interessant zu sehen, wie Sie wohnen. Wie Sie das aushalten. Anfänglich habe ich nur hin und wieder ein paar Wohnungen besichtigt, aber dann wurden es immer mehr. Es ist wie mit Heroin. Haben Sie schon mal Heroin probiert? Irgendwann ekelt man sich zwar vor sich selbst, aber man schafft es einfach nicht aufzuhören.
Jim: Versuchen Sie mir gerade zu erzählen, dass Sie eine Abhängigkeit entwickelt haben, zu Wohnungsbesichtigungen von Leuten zu gehen, die entschieden weniger Geld haben als Sie?
Zara: Ja. Wahrscheinlich ist es so wie mit Kindern, die diese kleinen Vögel in Glasgefäßen fangen. Dieselbe perfide Anziehungskraft.

Jim: Sie meinen Schmetterlinge? So etwas macht man mit Schmetterlingen.
Zara: Natürlich. Wenn Sie meinen.
Jim: Diese Wohnungsbesichtigungen sind also ein Hobby von Ihnen?
Zara: Ist diese Tätowierung auf Ihrem Unterarm eigentlich echt?
Jim: Ja.
Zara: Soll sie einen Anker darstellen?
Jim: Ja.
Zara: Haben Sie etwa eine Wette verloren?
Jim: Was meinen Sie damit?
Zara: Kann es sein, dass irgendwer Ihre Familie bedroht hat? Oder haben Sie das freiwillig getan?
Jim: Freiwillig.
Zara: Sie haben sich das also für Geld antun lassen?
Jim: Ja.
Zara: Warum verachten Leute wie Sie eigentlich Geld so sträflich?
Jim: Darauf werde ich jetzt nicht eingehen. Ich möchte vielmehr, dass endlich aufs Band kommt, warum Sie beim Anblick der Pistole des Geiselnehmers überhaupt keine Angst zu haben schienen. Das sagten zumindest andere Zeugen aus. Glaubten Sie, dass es keine echte war?
Zara: Ich begriff sofort, dass sie echt war. Deshalb hatte ich ja auch keine Angst. Ich war nur überrascht.
Jim: Eine sonderbare Reaktion auf eine Pistole.
Zara: Für Sie vielleicht. Aber ich trage mich schon lange mit dem Gedanken, mir das Leben zu nehmen, und deshalb war ich überrascht, als ich die Pistole sah.

Jim: Jetzt fehlen mir ehrlich gesagt die Worte. Entschuldigung. Sie denken darüber nach, sich das Leben zu nehmen?
Zara: Ja. Und ich war nur überrascht, weil ich plötzlich feststellte, dass ich doch gar nicht sterben wollte. Es kam wie ein Schock.
Jim: Waren Ihre Selbstmordfantasien ausschlaggebend dafür, dass Sie eine Psychologin aufgesucht haben?
Zara: Nein. Ich brauchte die Psychologin, weil ich unter Schlafstörungen litt. Weil ich nachts wach lag und darüber nachdachte, wie ich mich umbringen würde, wenn ich nur genügend Schlaftabletten hätte.
Jim: Und die Psychologin hat Ihnen daraufhin vorgeschlagen, sich ein Hobby zuzulegen?
Zara: Ja. Nachdem ich ihr von meiner Krebsdiagnose erzählt habe.
Jim: Oh. Das tut mir wirklich leid zu hören. Das ist sehr bedauerlich.
Zara: Armer, armer Mann.

Kapitel 27

Als Zara das nächste Mal ihre Psychologin aufsuchte, erzählte sie ihr, dass sie jetzt ein Hobby gefunden hätte. Sie hatte angefangen, »Wohnungsbesichtigungen bei der Mittelschicht« zu besuchen, und beschrieb diese als »spannend«, weil mehrere der Wohnungen aussahen, »als würden die Leute, die darin leben, sie selbst putzen«. Die Psychologin versuchte zu erklären, dass sie mit einem Hobby oder Engagement in einer Wohltätigkeitsorganisation nicht unbedingt das gemeint hatte, doch Zara wandte ein, dass sie bei einer dieser Besichtigungen sogar einem Mann begegnet sei, der vorhatte, die betreffende Wohnung selbst zu renovieren. »Mit seinen eigenen HÄNDEN, denselben Händen, mit denen er LEBENSMITTEL anfasst. Und jetzt kommen Sie mir bloß nicht damit, dass ich nicht alles tun würde, um mich den Elenden dieser Welt zuzuwenden!« Die Psychologin wusste nicht einmal ansatzweise, was sie darauf entgegnen sollte. Zara registrierte ihr Stirnrunzeln sowie die vor Erstaunen heruntergeklappte Kinnlade und schnaubte verächtlich: »Sind Sie jetzt beleidigt, oder was? Mein Gott, Leute wie Sie sind ja schon beleidigt, sobald man auch nur den Mund öffnet.«

Die Psychologin nickte geduldig und bereute ihre nächste Frage sofort: »Können Sie mir ein Beispiel für andere Situationen geben, in denen Leute wie *ich* beleidigt reagieren, ohne dass Sie es beabsichtigt haben?«

Zara erzählte ihr achselzuckend von einem Einstellungsgespräch bei der Bank, in dem ein junger Bewerber sie als »voreingenommen« bezeichnet hatte, nur weil sie bei seinem Anblick ausgerufen hatte: »Ups! Ich hätte eher erwartet, dass Sie sich in der IT-Abteilung bewerben, Leute wie Sie sind doch bestimmt versiert im Umgang mit Computern, oder?«

Zara erklärte der Psychologin ausführlich, dass es sich um ein Kompliment gehandelt hätte. Ist man jetzt etwa schon voreingenommen, nur weil man jemandem ein Kompliment macht?

Die Psychologin suchte nach einer Möglichkeit, um auf das Thema einzugehen, ohne zu direkt zu werden, deshalb sagte sie: »Sie scheinen oft in Konflikte zu geraten, Zara. Eine Technik, die ich in diesem Fall gerne als Hilfestellung empfehle, besteht darin, sich selbst drei Fragen zu stellen, bevor man aufbraust: 1. Handelt die betreffende Person mit der Absicht, mich persönlich zu verletzen? 2. Besitze ich alle nötigen Informationen über die Situation? 3. Hat dieser Konflikt irgendeinen Nutzen für mich?«

Zara legte den Kopf schräg, sodass es in ihrem Nacken knackte. Obwohl sie jedes Wort verstand, erschien ihr der Zusammenhang eher wie ein aus dem Hut gezaubertes Kaninchen.

»Und warum sollte ich eine Hilfestellung benötigen, um nicht in Konflikte zu geraten? Konflikte sind doch etwas Gutes. Nur schwache Menschen glauben an Harmonie. Die dürfen dann zur Belohnung ein bisschen herumstolzieren und sich moralisch überlegen fühlen, während wir anderen die Zeit für sinnvollere Dinge nutzen können.«

»Die da wären?«, fragte die Psychologin.

»Wir tragen am Ende den Sieg davon.«

»Und das ist wichtig?«

»Sie werden es nicht weit bringen, wenn Sie nicht gewinnen wollen, meine Liebe. Niemand landet aus purem Zufall in einem Vorstand oder einer Regierung.«

Die Psychologin bemühte sich krampfhaft, zu ihrer ursprünglichen Frage zurückzukehren, wie auch immer sie nun lautete.

»Und … Sieger verdienen viel Geld, das ist ebenfalls wichtig für Sie, wie ich vermute? Wofür verwenden Sie Ihr Geld?«

»Ich erkaufe mir Abstand von gewöhnlichen Leuten.«

Diese Antwort hatte die Psychologin noch nie gehört.

»Wie meinen Sie das?«

»In Nobelrestaurants ist der Abstand zwischen den Tischen größer, in Flugzeugen gibt es in der Ersten Klasse keine Mittelsitze, und Luxushotels haben separate Eingänge für ihre Suiten-Gäste. Das Teuerste, was man an den bevölkerungsreichsten Orten der Welt kaufen kann, ist Abstand.«

Die Psychologin lehnte sich auf ihrem Stuhl zurück. Zaras Persönlichkeit entsprach exakt einer Beschreibung aus dem Lehrbuch: Sie vermied jeglichen Augenkontakt ebenso wie Händeschütteln, war gelinde gesagt empathisch überfordert und schien darüber hinaus keine Unordnung ertragen zu können. Vielleicht hatte sie sich deswegen für einen Beruf mit Zahlen entschieden. Sie rückte sogar bei jedem Besuch das Foto im Bücherregal wieder zurecht, das die Psychologin vorher absichtlich verschoben hatte. Eine Person wie Zara konnte man allerdings schlecht direkt darauf ansprechen, deshalb fragte die Psychologin stattdessen: »Warum mögen Sie Ihren Job?«

»Weil ich Analytikerin bin. Die meisten Leute in meiner Position sind Betriebswirte«, antwortete Zara rasch.

»Und worin besteht der Unterschied?«

»Betriebswirte betrachten die Probleme zu einseitig. Deswegen können sie auch keinen Börsencrash vorhersehen.«

»Aber Analytiker schon?«

»Analytiker rechnen geradezu mit einem Börsencrash. Betriebswirte verdienen nur Geld, wenn es ihren Kunden gut geht, während Analytiker immer Geld verdienen.«

»Bereitet Ihnen das ein schlechtes Gewissen?«, fragte die Psychologin, hauptsächlich um herauszufinden, ob diese Wortwahl bei Zara irgendein Gefühl auslöste oder sie sie womöglich eher für eine Getreidesorte hielt.

»Ist es etwa die Schuld des Croupiers, wenn Sie Ihr ganzes Geld im Casino verspielen?«, fragte Zara zurück.

»Ich bin mir nicht sicher, ob das ein angemessener Vergleich ist.«

»Inwiefern?«

»Weil Sie einen Begriff wie ›Börsencrash‹ benutzt haben, dabei ist es weder die Börse noch die Bank, die abstürzt. Sondern es sind die Menschen.«

»Es gibt eine ziemlich logische Erklärung für Ihre Theorie.«

»Aha?«

»Und zwar, dass die Welt Ihnen, wie Sie glauben, noch etwas schuldig wäre. Aber das ist sie nicht.«

»Sie haben noch immer nicht auf meine Frage geantwortet. Ich wollte eigentlich wissen, warum Sie Ihren Job mögen. Sie haben mir bislang nur erzählt, warum Sie gut darin sind.«

»Nur schwache Menschen mögen ihren Job.«

»Ich glaube nicht, dass das stimmt.«

»Das liegt daran, dass Sie Ihren Job mögen.«

»Sie sagen das, als wäre es etwas Schlechtes.«

»Sind Sie jetzt irritiert? Leute wie Sie sind ja offenbar ständig irritiert, und wissen Sie auch warum?«

»Nein.«

»Weil sie es sich einbilden. Wenn sie nicht andauernd falschliegen würden, wären sie auch nicht so irritiert.«

Die Psychologin schaute auf die Uhr. Sie war noch immer davon überzeugt, dass Zaras größtes Problem die Einsamkeit war. Doch vielleicht bestand ein Unterschied zwischen Einsamkeit und selbst gewählter Zurückgezogenheit. Aber anstatt es auszusprechen, murmelte die Psychologin resigniert: »Wissen Sie … ich glaube, wir sollten hier besser einen Punkt machen.«

Zara nickte ungerührt und stand auf. Sie rückte ihren Stuhl zurecht, bis er rechtwinklig zum Schreibtisch stand. Als die nachfolgenden Worte aus ihrem Mund kamen, war sie schon halb im Gehen, als hätte sie gar nicht beabsichtigt, sie zu äußern.

»Glauben Sie, dass es schlechte Menschen gibt?«

Die Psychologin bemühte sich, nicht überrascht zu wirken, und brachte hervor: »Fragen Sie mich als Psychologin oder eher aus einer rein philosophischen Perspektive?«

Zara sah aus, als hätte sie es wieder mit einem Toaster zu tun.

»Hat man Ihnen als Kind ein Wörterbuch in den Arsch geschoben, oder sind Sie von allein so geworden? Antworten Sie auf meine Frage: Glauben Sie, dass es schlechte Menschen gibt?«

Die Psychologin wand sich so stark, dass ihr Rock fast verkehrt herum saß.

»Ich muss leider sagen … ja. Ich glaube, dass es schlechte Menschen gibt.«

»Und glauben Sie auch, dass diese selbst darum wissen?«

»Wie meinen Sie das?«

Zaras Blick fiel auf das Bild mit der Brücke.

»Aus eigener Erfahrung weiß ich, dass es zahlreiche Leute gibt, die richtige Arschlöcher sind. Gefühlskalte und rücksichtslose Personen. Aber noch nicht einmal wir wollen vor uns selbst zugeben, dass wir schlecht sind.«

Die Psychologin dachte ausgiebig über Zaras Bemerkung nach, bevor sie entgegnete: »Ja. Wenn ich ehrlich sein soll, glaube ich, dass fast alle Menschen sich einreden, zu einer besseren Welt beizutragen. Oder sie zumindest nicht schlechter zu machen. Auf der richtigen Seite zu stehen. Dass selbst unsere … ich weiß nicht genau … aber, dass selbst unsere negativsten Verhaltensweisen irgendeinem höheren Ziel dienen. Denn fast alle sehen einen Unterschied zwischen dem, was sie als gut oder schlecht erleben, und wenn wir gegen unseren eigenen moralischen Code verstoßen, müssen wir vor uns selbst eine Entschuldigung dafür finden. Wenn ich mich recht entsinne, bezeichnet man das in der Kriminologie als Neutralisierungstechnik. Es kann sich auf religiöse oder politische Überzeugungen beziehen oder auch auf ein Gefühl, etwas nur unter Zwang getan zu haben, denn wir brauchen irgendetwas, das unsere negativen Verhaltensweisen rechtfertigt. Ich glaube, dass nur sehr wenige Menschen mit dem Wissen leben können, schlecht zu sein.«

Zara schwieg. Sie nahm ihre überdimensionale Tasche hoch, schob eine Hand halbwegs hinein zu dem Brief und erweckte für einen Augenblick den Eindruck, ein Geständnis machen zu wollen. Dabei spielte sie vielleicht sogar für einen kurzen Moment mit dem Gedanken zu offenbaren, dass sie bezüglich ihres Hobbys gelogen hatte. Sie hatte nämlich nicht gerade erst angefangen, zu Wohnungsbesichtigungen zu gehen, sondern tat dies schon seit zehn Jahren. Es war kein Hobby, sondern eine reine Besessenheit.

Doch aus ihrem Mund drang kein Wort. Sie schloss die Handtasche wieder, hinter ihr fiel die Tür ins Schloss, und im Raum wurde es still. Die Psychologin saß noch immer am Schreibtisch, verwirrt darüber, wie durcheinander sie war. Eigentlich wollte sie sich Notizen für die nächste Sitzung machen, aber stattdessen sah sie sich vor dem aufgeklappten Laptop sitzen und Wohnungsanzeigen studieren. Sie versuchte herauszufinden, welche Wohnung Zara als Nächstes besuchen würde. Was natürlich ein Ding der Unmöglichkeit war, aber letztlich um einiges einfacher gewesen wäre, wenn Zara ihr erzählt hätte, dass alle Wohnungen, die sie besichtigte, Balkone besaßen und man von diesen Balkonen aus besagte Brücke sehen konnte.

Währenddessen stand Zara im Aufzug. Auf halber Strecke betätigte sie den Notschalter, um in Ruhe weinen zu können. Der Brief in ihrer Handtasche war noch immer ungeöffnet, Zara hatte sich nie getraut, ihn zu lesen, weil sie längst wusste, dass die Psychologin recht hatte. Zara war eine von denen, die tief in ihrem Inneren davon überzeugt waren, mit diesem Wissen um sich selbst nicht leben zu können.

Kapitel 28

Dies ist eine Geschichte über einen Bankraub, eine Wohnungsbesichtigung und ein Geiseldrama. Aber vielleicht noch viel mehr eine Geschichte über Idioten. Allerdings eben nicht nur.

Vor zehn Jahren schrieb ein Mann einen Brief und schickte ihn an eine Frau bei einer Bank. Dann brachte er seine Kinder zur Schule, flüsterte ihnen ins Ohr, dass er sie liebte, fuhr davon, parkte sein Auto am Wasser, erklomm das Geländer einer Brücke und sprang. Eine Woche später stand ein Mädchen im Teenageralter auf derselben Brücke.

Für dich spielt es natürlich keine Rolle, wer dieses Mädchen war. Sie war nur irgendein Mensch unter mehreren Milliarden Menschen, von denen wir die meisten nicht einmal als Menschen wahrnehmen. Für uns sind es einfach nur irgendwelche Leute. Letztlich sind wir alle nur Fremde, die einander irgendwo im Gedrängel auf der Straße begegnen, wobei deine Angst flüchtig meine streift, wenn sich die Stofffasern unserer Mäntel für einen kurzen Augenblick berühren und aneinanderreiben. Wir werden nie genau erfahren, was diese Berührung mit uns macht und was sie bei dem anderen auslöst. Das Mädchen auf der Brücke hieß Nadia. Eine Woche, nachdem der Mann vom Geländer aus in den Tod gesprungen war, stand sie selbst dort oben. Sie wusste kaum etwas über ihn, besuchte jedoch dieselbe Schule wie seine Kinder, wo dieses Thema natürlich in aller Munde war. Dadurch war sie auch auf die Idee gekommen. Keiner kann genau erklären, was einen Teenager dazu verleitet, sterben zu wollen. Aber manchmal, in gewissen Lebensphasen, ist das Dasein einfach zu schmerzhaft. Wenn man sich selbst nicht mehr versteht und sich in seinem eigenen Körper unwohl fühlt. Man schaut in den Spiegel und fragt sich, wessen Augen einen da eigentlich anblicken, und stellt sich immer wieder dieselbe Frage: »Was ist nur mit mir los? Warum fühle ich mich so wahnsinnig schlecht?«

Sie litt weder unter einem Trauma noch unter irgendeinem erkennbaren Verlust, sondern war einfach nur ständig deprimiert. In ihrer Brust wütete ein kleines bösartiges Geschöpf, das auf keinem Röntgenbild zu erkennen war. Es rauschte durch das Blut in ihren Adern und flüsterte ihr immerzu ein, dass sie nichts taugte, dass sie schwach und hässlich sei und es auch für immer und ewig bleiben würde. Wenn man einfach nicht mehr aufhören kann zu weinen, wenn sich die Stimmen im Inneren, die niemand außer einem selbst hört, nicht zum Schweigen bringen lassen und man nirgends das Gefühl hat, normal zu sein, egal wo man sich befindet, kann es durchaus passieren, dass man auf unglaublich dumme Ideen kommt. Denn am Ende zermürben einen die ständige Enge in der Brust, die dauerhaft hochgezogenen Schultern und die geballten Fäuste, deren weiße Fingerknöchel ewig an den Wänden entlangstreichen, weil man zum einen Angst davor hat, wahrgenommen, und zum anderen, nicht beachtet zu werden.

Nadia wusste nur, dass sie keinerlei Gemeinsamkeiten mit anderen Gleichaltrigen hatte und niemandem ihre Gefühle anvertrauen konnte. Sie saß zusammen mit ihren Mitschülern im Klassenzimmer und machte rein äußerlich den Eindruck, als ginge es ihr gut, doch innerlich stand sie mitten in einem finsteren Wald und brüllte ihre Angst heraus, bis ihr Herz zerbrach. Die Bäume um sie herum wuchsen und wuchsen, und eines Tages gelangte kein Sonnenstrahl mehr durchs Laubwerk, und die Dunkelheit wurde undurchdringlich.

Deshalb stellte sie sich auf eine Brücke und blickte übers Geländer auf das tief unter ihr liegende Wasser. Sie wusste, dass der Aufprall so stark sein würde wie auf Beton und sie nicht ertrinken, sondern vielmehr zu Tode stürzen würde. Dieser Gedanke tröstete sie, denn schon seit frühester Kindheit hatte sie Angst vorm Ertrinken gehabt. Nicht vor dem Tod an sich, sondern eher vor den Sekunden davor. Vor der eigenen Panik und Machtlosigkeit. Irgendein Erwachsener hatte ihr in einem unbedachten Moment einmal erklärt, dass man Ertrinkende nicht als solche erkennt. »In dem Augenblick, in dem man untergeht, kann man nicht mehr um Hilfe rufen oder mit den Armen wedeln, man gleitet einfach in die Tiefe. Deine Familie kann am Ufer stehen und dir fröhlich zuwinken, ohne zu merken, dass du gerade stirbst.«

Nadia hatte es ein Leben lang so empfunden. Sie hatte tagein, tagaus mit ihren Eltern zusammengelebt, abends zum Essen gemeinsam mit ihnen am Tisch gesessen und sich gefragt: »Seht ihr es denn nicht?« Sie sahen es tatsächlich nicht, und sie selbst sagte nichts. Eines Morgens schwänzte sie einfach die Schule. Sie räumte stattdessen ihr Zimmer auf und machte das Bett, um anschließend ohne Jacke das Haus zu verlassen, weil sie nun keine mehr brauchen würde. Sie fror den ganzen Tag, während sie durch die Stadt stromerte. Es war, als wollte sie noch ein allerletztes Mal von ihr wahrgenommen werden, damit die Stadt begriff, was sie ihr angetan hatte, weil sie die Schreie in Nadias Innerem einfach überhört hatte. Nadia hatte keinen ausgeklügelten Plan, sondern nur ein vages Ziel. Jedenfalls fand sie sich bei Sonnenuntergang auf dem Brückengeländer stehend wieder. Es war ganz einfach. Sie bräuchte nur einen Fuß anzuheben und danach den anderen.

Ein Teenager namens Jack war derjenige, der sie erblickte. Er konnte nicht erklären, warum er die Brücke Abend für Abend aufs Neue aufsuchte, seine Eltern hatten es ihm ausdrücklich verboten, aber er scherte sich nicht darum. Er stahl sich trotzdem hinaus und lief zur Brücke, als hoffte er darauf, den Mann erneut dort oben stehen zu sehen, damit er die Zeit zurückdrehen und diesmal alles richtig machen könnte. Doch als er stattdessen das Mädchen auf dem Geländer sah, hatte er keine Ahnung, was er ihr zurufen sollte. Er rannte intuitiv zum Scheitelpunkt der Brücke hinauf und riss sie ohne ein Wort mit solcher Kraft vom Geländer herunter, dass sie sich den Hinterkopf auf dem Asphalt aufschlug und das Bewusstsein verlor.

Sie erwachte im Krankenhaus. Alles war so schnell gegangen, sie hatte den heranstürmenden Jungen nur ganz flüchtig im Augenwinkel wahrgenommen. Als die Schwestern sie fragten, was passiert sei, wusste sie es selbst nicht einmal mehr genau. Da jedoch ihr Hinterkopf blutete, erklärte sie, dass sie aufs Geländer geklettert sei, um den Sonnenuntergang zu fotografieren, und dabei rücklings gestürzt sei. Sie hatte sich längst daran gewöhnt, immer genau das zu sagen, was die anderen hören wollten, und in diesem Fall wollte sie niemanden damit beunruhigen, dass es in Wirklichkeit aus einem reinen Instinkt heraus geschehen war. Die Schwestern wirkten dennoch alarmiert und misstrauisch. Aber sie war eine gute Lügnerin und hatte ihre Fähigkeiten im Lauf der Jahre perfektioniert. Schließlich ermahnten sie sie: »Einfach so aufs Geländer zu klettern, was für eine Dummheit. Zum Glück bist du nicht vornübergefallen!« Sie nickte mit spröden Lippen und feuchten Augen. Ja, zum Glück.

Sie hätte vom Krankenhaus aus direkt wieder zur Brücke zurückkehren können, tat es aber nicht. Sie hatte selbst keine Erklärung dafür, denn sie wusste nicht einmal mit Sicherheit, was sie getan hätte, wenn der Junge sie nicht heruntergezogen hätte. Hätte sie einen Schritt vor oder eher einen zurück gemacht? Hinterher versuchte sie jeden Tag aufs Neue zu ergründen, worin der Unterschied zwischen dem Mann, der gesprungen war, und ihr selbst bestand. Diese Gedanken hatten letztlich zur Folge, dass sie sich für einen Beruf, eine Karriere, ein ganzes Leben entschied. Sie wurde Psychologin. Ihre schmerzgeplagten Klienten wähnten sich allesamt auf einem Brückengeländer stehend, den einen Fuß schon in der Luft, während die Psychologin sie von ihrem Sessel aus mit einem Blick bedachte, der ausdrückte: »Ich war ebenfalls dort oben, aber ich kenne einen besseren Weg hinunter.«

Gelegentlich musste sie natürlich noch an die Beweggründe für ihre Suizidabsichten zurückdenken, an all das, was im Spiegel nicht sichtbar gewesen war, und an ihre Einsamkeit am Abendbrottisch. Im Lauf der Zeit lernte sie jedoch, es mit sich selbst auszuhalten, grub Tunnel aus den Tiefen ihrer Seele hinaus ans Licht und seilte sich aus luftiger Höhe ab hinunter auf festen Boden. Manche Menschen akzeptieren, dass sie ihre Ängste zwar nie ganz loswerden, aber lernen können, sie zu ertragen. Und genau das war ihr Ziel. Sie war der Überzeugung, dass man freundlich zu seinen Mitmenschen sein muss, auch zu den unangenehmen, weil man nie weiß, welch schwere Last sie tragen. Und irgendwann kam sie zu dem Schluss, dass sich letztlich fast alle Menschen tief in ihrem Inneren dieselben Fragen stellen: »Bin ich ein guter Mensch? Schaffe ich es, andere stolz zu machen? Bin ich der Gesellschaft von Nutzen? Mache ich meinen Job gut? Bin ich großzügig und fürsorglich? Tauge ich jemandem als Freund? Bin ich eine gute Partie? Wäre ich eine gute Mutter, ein guter Vater? Bin ich ein guter Mensch?«

Tief in seinem Inneren möchte man gut sein. Nett. Das Problem besteht allerdings darin, dass man zu Idioten nicht unbedingt immer nett sein kann, weil sie eben Idioten sind. Und so wurde dieses Bestreben für Nadia zu einem Lebensprojekt, wie für uns andere in gewisser Weise auch.

Sie hat den Jungen von der Brücke nie wiedergesehen. Und manchmal glaubt sie tatsächlich, sich seine Anwesenheit nur eingebildet zu haben. Als sei er eine Art Schutzengel gewesen. Jack sah Nadia ebenfalls nie wieder. Auch die Brücke suchte er nie wieder auf. Dennoch beschloss er an jenem Tag, Polizist zu werden, weil ihm bewusst geworden war, dass er etwas bewirken konnte.

Zehn Jahre später wird Nadia nach ihrem Psychologiestudium wieder zurück in ihre Heimatstadt ziehen, wo eine Klientin namens Zara sie konsultiert. Zara wird eine Wohnung besichtigen und dabei mitten in eine Geiselnahme geraten. Der Polizist Jack und sein Vater Jim werden anschließend alle Zeugen dieser Geiselnahme vernehmen. Die

Wohnung, in der sich das Drama abspielt, hat einen Balkon, von dem aus man die Brücke sehen kann. Deswegen ist Zara dort. Vor zehn Jahren fand sie einen Brief auf ihrer Fußmatte, geschrieben von einem Mann, der gesprungen war. Sein Name stand deutlich lesbar auf der Rückseite des Kuverts. Sie erinnerte sich noch gut an ihre Begegnung in der Bank, und obwohl die Zeitungen die Identität der Leiche, die von der Polizei im Wasser gefunden worden war, nicht veröffentlicht hatten, war diese Stadt zu klein, als dass Zara sie nicht längst erfahren hätte.

Zara trug den Brief jeden Tag in ihrer Handtasche bei sich. Seitdem war sie nur ein einziges Mal unten an der Brücke gewesen. Es war in der Woche, nachdem der Mann das Geländer erklommen hatte. Doch nun erblickte sie ein Mädchen, dasselbe Geländer erklimmend, und kurz darauf einen Jungen, der sie rettete. Zara konnte sich kaum rühren, sie stand, verborgen im Dunkeln, wie angewurzelt da und zitterte. Als der Rettungswagen kam und das Mädchen ins Krankenhaus brachte, stand sie noch immer dort. Der Junge verschwand irgendwann. Kurz darauf betrat Zara die Brücke, wo sie das Portemonnaie des Mädchens auflas. Aus ihrem Personalausweis erfuhr sie ihren Namen. Nadia.

Zehn Jahre lang hat Zara heimlich Nadias Leben, ihre Ausbildung und ihre berufliche Karriere aus der Entfernung verfolgt, weil sie sich nicht traute, sie persönlich aufzusuchen. Zehn Jahre lang hat sie nur aus der Ferne auf die Brücke geschaut, bei Wohnungsbesichtigungen von den Balkonen aus. Aus demselben Grund. Sie befürchtete, dass womöglich noch ein weiterer Mensch springen könnte, wenn sie noch einmal zu dieser Brücke ginge. Wenn sie Nadia persönlich aufsuchte und die Wahrheit über sich selbst erführe, würde sie vermutlich selbst diejenige sein. Denn Zara ist empfindsam genug, um den Unterschied zwischen diesem Mann und Nadia erfahren zu wollen, auch wenn sie längst begriffen hat, dass sie es eigentlich gar nicht wissen will. Dass sie die Schuld daran trägt. Dass sie ein schlechter Mensch ist. Eigentlich wollen alle Menschen genau das über sich selbst erfahren und doch wieder nicht. Deshalb hat Zara den Brief noch immer nicht geöffnet.

Dies ist eine komplizierte und recht unwahrscheinliche Geschichte. Möglicherweise hängt es damit zusammen, dass Geschichten oftmals gar nicht von dem handeln, was wir annehmen. Dies ist zum Beispiel keineswegs eine Geschichte über einen Bankraub oder eine Wohnungsbesichtigung oder gar ein Geiseldrama. Vielleicht sogar nicht einmal eine Geschichte über Idioten.

Es wird immer offensichtlicher, dass dies eine Geschichte über eine Brücke ist.

Kapitel 29

Die Wahrheit? Die Wahrheit lautet, dass diese verfluchte Maklerin eine verflucht schlechte Maklerin war und die Wohnungsbesichtigung vom allerersten Augenblick an ein Fiasko darstellte. Auch wenn sich die Kaufinteressenten in nichts anderem einigen konnten, so konnten sie sich doch zumindest auf eines einigen, denn nichts schweißt eine Gruppe Fremder nachhaltiger zusammen als die Möglichkeit, gemeinsam über einen Volltrottel zu lästern.

Allein schon das Inserat, wenn man es denn überhaupt so nennen konnte, war eine Katastrophe aus Rechtschreibfehlern und unscharfen Bildern, die anscheinend irgendein Hobbyfotograf geschossen hatte, indem er seine Kamera wahllos durch den Raum warf in der Annahme, damit einen Panoramablick zu erzeugen. »Immobilienbüro Beste Lage! Wie ist die LAGE?«, stand oberhalb des Datums. Welcher Blödmann kam überhaupt auf die Idee, eine Wohnungsbesichtigung am Tag vor Silvester abzuhalten? Im Badezimmer stand eine Duftkerze und auf dem Couchtisch eine Schale mit Limetten, ein tapferer Versuch von jemandem, der zwar schon einmal von einer Wohnungsbesichtigung gehört, aber offenbar noch nie eine selbst organisiert hatte. Die Garderobe im Flur hing voller Mäntel und Jacken, und auf dem Fußboden im Schlafzimmer stand ein Paar Pantoffeln, das aussah, als hätte es jemand das letzte halbe Jahrhundert hindurch ununterbrochen getragen, ohne dabei je die Füße anzuheben. Das Bücherregal war vollgestopft und die Titel noch nicht einmal nach Farben sortiert. Außerdem lagen überall auf den Fensterbänken und sogar auf dem Küchentisch Bücherstapel herum. Am Kühlschrank hingen mehrere vergilbte Kinderzeichnungen. Zara hatte zu diesem Zeitpunkt schon genügend Wohnungen besichtigt, um einen lausigen Amateur entlarven zu können: Eine Wohnung durfte bei einer Besichtigung nicht den Eindruck erwecken, als wohne jemand darin – das lockt nur Serienmörder an –, sondern als *könnte* jemand darin wohnen. Die Leute wollen kein Bild kaufen, sondern einen Rahmen. Notfalls können sie sich auch mit Büchern in einem Bücherregal arrangieren, aber eben nicht auf einem Küchentisch. Zara hätte die Maklerin natürlich darauf hinweisen können, wenn diese nicht zufällig ein Mensch gewesen wäre. Aber Zara verabscheute Menschen, insbesondere wenn sie den Mund aufmachten.

Stattdessen drehte Zara eine Runde durch die Wohnung und gab sich interessiert, so wie sie es bei anderen Kaufinteressenten zuvor beobachtet hatte. Für sie stellte dies allerdings eine große Herausforderung dar, denn ihrer Auffassung nach konnten nur Drogenabhängige und besessene Fingernägelkauer ein Interesse daran haben, ausgerechnet hier zu wohnen. Deshalb trat Zara auf den Balkon hinaus, als gerade niemand hinschaute, stellte sich ans Geländer und starrte in Richtung Brücke, bis sie am ganzen Körper unkontrolliert zu zittern begann. Dieselbe Reaktion wie jedes Mal seit zehn Jahren. Der Brief, den sie nie geöffnet hatte, lag in ihrer Handtasche. Inzwischen hatte sie aus praktischen Gründen gelernt, tränenlos zu weinen.

Die Balkontür war angelehnt, und sie hörte Stimmen, nicht nur die in ihrem Kopf, sondern auch jene aus der Wohnung. Zwei verheiratete Paare durchstreiften die Räume, wobei sie versuchten, all die hässlichen Möbel zu ignorieren und sich stattdessen ihre eigenen, vermutlich noch hässlicheren Möbel darin vorzustellen. Das ältere Paar war zweifelsohne schon lange verheiratet, während ihr die Ehe des jüngeren noch vergleichsweise frisch erschien. So etwas kann man immer daran festmachen, wie zwei Liebende miteinander streiten. Je länger man schon zusammen ist, desto weniger Worte sind nötig, um in einen Disput zu geraten.

Die älteren Eheleute hießen Anna-Lena und Roger. Beide waren schon seit einigen Jahren in Rente, aber offenbar noch nicht lange genug, um sich daran gewöhnt zu haben. Sie wirkten noch immer gestresst, obgleich nichts Eiliges mehr auf sie wartete. Anna-Lena war eine äußerst gefühlsbetonte Frau, Roger hingegen ein Mann mit unverrückbaren Ansichten. Wer sich je fragen sollte, wer eigentlich bei diversen Werkzeugen und Haushaltsgeräten (oder auch Theaterstücken, Klebestreifenspendern oder kleinen gläsernen Dekokatzen) all diese etwas zu ausführlich geratenen Ein-Stern-Bewertungen (von fünf möglichen) im Internet verfasst, kann mit einiger Sicherheit davon ausgehen, dass es Anna-Lena und Roger sind. Manche dieser Werkzeuge oder Haushaltsgeräte hatten sie zwar gar nicht selbst getestet, doch die beiden gehörten nicht jenem Menschentyp an, der sich durch so etwas davon abhalten ließ, eine bissige Rezension zu schreiben. Wenn man andauernd irgendwelche Geräte ausprobieren und Abhandlungen lesen sowie alles auf Herz und Nieren prüfen sollte, käme man ja nie dazu, sich eine eigene Meinung zu bilden. Anna-Lena trug einen Pulli, dessen Farbe man sonst nur von Parkettfußböden kennt, Roger eine Jeans und ein kariertes Hemd, das eine vernichtende Einer-von-fünf-Sternen-Rezension im Internet erhalten hatte, weil es »mehrere Zentimeter eingelaufen ist!« Übrigens nicht lange nachdem Rogers Badezimmerwaage die Beurteilung »offensichtlich falsch geeicht!« bekommen hatte. Anna-Lena zupfte am Stoff einer Gardine und rief aus: »Grüne Gardinen? Wer in Gottes Namen hat denn heute noch grüne Gardinen? Also wie sich die Leute heutzutage ausstatten … Aber vielleicht sind sie ja farbenblind. Oder eben Iren.« Sie sagte es nicht zu einer bestimmten Person, sondern hatte sich einfach nur angewöhnt, laut zu denken, weil es einfacher ist für eine Frau, die in den letzten Jahren feststellen musste, dass ihr sowieso keiner mehr zuhörte.

Roger trat gegen die Fußleisten und brummte gerade »Diese hier ist lose«, deshalb hörte er Anna-Lenas Worte nicht. Die Fußleisten waren allerdings womöglich nur deshalb lose, weil Roger schon seit zehn Minuten dagegentrat, aber für einen Mann wie Roger ist und bleibt eine Wahrheit eine Wahrheit, unabhängig von ihrer Ursache. In regelmäßigen Abständen flüsterte Anna-Lena ihm zu, was sie von den anderen Kaufinteressenten in der Wohnung hielt. Doch Anna-Lena war leider Gottes ebenso schlecht darin zu flüstern wie darin, leise zu denken, sodass daraus eine Art Theaterflüstern wurde. Vergleichbar mit dem Absondern eines Furzes im Flugzeug, der nach eigener Auffassung nicht stinkt, wenn man ihn nach und nach herauslässt. Es gelingt einem in den seltensten Fällen, so diskret zu sein, wie man es sich einbildet.

»Diese Frau da draußen auf dem Balkon, Roger, was will

die denn mit dieser Wohnung? Man sieht ihr doch an, dass sie viel zu reich ist, um hier wohnen zu wollen. Also, was hat die hier verloren? Und außerdem hat sie ihre Schuhe anbehalten. Bei Wohnungsbesichtigungen muss man immer seine Schuhe ausziehen, das weiß schließlich jeder!« Roger antwortete nicht. Anna-Lena warf Zara einen finsteren Blick zu, als hätte diese gefurzt. Dann schob sie ihren Kopf noch etwas näher an Rogers heran und flüsterte: »Und diese beiden Tussen da im Flur, die sehen doch nun wirklich nicht aus, als könnten sie sich die Wohnung leisten! Oder?«

In dem Moment hielt Roger mit seinem Treten gegen die Fußleisten inne und wandte sich stattdessen seiner Frau zu, um ihr tief in die Augen zu schauen und dabei vier kurze Worte von sich zu geben, die er noch zu keiner anderen Frau auf dieser Welt gesagt hatte. Sie lauteten: »Verdammt noch mal, Schatz.«

Die beiden streiten sich nicht länger, oder möglicherweise tun sie es auch ununterbrochen, denn wenn man lange genug zusammen ist, sieht es manchmal so aus, als hätte man mit dem Streiten aufgehört, obwohl der Grund dafür eher darin liegt, dass einem der andere eigentlich längst egal ist.

»Verdammt noch mal, Schatz, vergiss nur nicht, allen, mit denen du sprichst, zu sagen, dass es hier einen enormen Renovierungsbedarf gibt! Dann werden sie bestimmt kein Kaufangebot abgeben«, fuhr Roger fort.

Anna-Lena blickte verwirrt drein: »Aber das ist doch gut, oder?«

Roger seufzte. »Verdammt noch mal, Schatz. Gut für uns, ja. Wir *können* nämlich renovieren. Aber die anderen … Denen sieht man ja schon von Weitem an, dass sie keinen blassen Schimmer vom Renovieren haben.«

Anna-Lena nickte, rümpfte die Nase, legte den Kopf in den Nacken und schnupperte demonstrativ. »Irgendwie riecht es hier doch ein bisschen feucht, nicht wahr? Vielleicht sogar nach Schimmel, oder?« Roger hatte ihr nämlich beigebracht, dass sie jeden Makler darauf ansprechen sollte, damit die anderen Kaufinteressenten es hören sollten und nervös würden.

Roger schloss frustriert die Augen.

»Verdammt noch mal, Schatz, das sollst du die Maklerin fragen und nicht mich.«

Anna-Lena nickte beleidigt und dachte laut: »Ich hab es ja nur noch mal geübt.«

Zara hörte die beiden reden, während sie selbst übers Balkongeländer hinwegstarrte. Jedes Mal, wenn sie die Brücke sah, befiel sie eine wilde Panik, sodass ihr übel wurde und ihre Fingerspitzen zu zittern begannen. Sie bildete sich ein, dass es irgendwann besser werden würde, oder ihretwegen auch schlechter, bis es eines Tages so unerträglich wäre, dass sie einfach selbst sprang. Sie schaute vom Balkon hinunter, war sich jedoch nicht sicher, ob er hoch genug war. Das ist aber auch schon das Einzige, was einen Menschen, der weiterleben möchte, mit einem, der unbedingt sterben will, verbindet: Wenn man schon irgendwo hinunterspringt, will man absolut sichergehen, was die Höhe anbelangt. Zara wusste nur nicht, welche von beiden Möglichkeiten ihr eher entsprach, denn nur weil einem das Leben nicht lebenswert erscheint, muss man sich ja noch lange nicht für den Tod entscheiden. Seit einem Jahrzehnt suchte sie nun schon diverse Wohnungen auf, nur um auf deren Balkonen zu stehen und auf die Brücke zu starren, während sie innerlich immer wieder denselben Kampf um diese gedanklichen Alternativen ausfocht.

Dann hörte sie andere Stimmen aus der Wohnung: Das zweite, jüngere Ehepaar, sie hießen Julia und Ro. Die eine war blond, die andere schwarzhaarig, und sie blafften sich lauthals an, wie man es tut, wenn man noch jung ist und glaubt, dass jedes Gefühl, das einem gerade durch den Körper flattert, einzigartig ist. Julia war schwanger, Ro war nervtötend. Die Kleidung der einen sah aus, als hätte sie sie aus den Mänteln eines ins Jenseits beförderten Magiers genäht, die der anderen, als würde sie vor einer Bowlinghalle Drogen verticken. Ro (so lautete natürlich ihr Spitzname, den sie allerdings schon so lange trug, dass sie sich sogar selbst so vorstellte; was nur einer von vielen Gründen dafür war, dass Zara sie nervtötend fand) lief, ihr Handy in der Luft herumwedelnd, durch den Raum und wiederholte verdattert »Hier gibt's *nirgends* Empfang!«, woraufhin Julia zurückfauchte: »Nein, was für eine Scheiße auch, dann müssen wir ja sogar miteinander *reden*, wenn wir hier wohnen! Aber hör jetzt auf, andauernd das Thema zu wechseln, wir müssen endlich eine Entscheidung wegen der Vögel treffen!«

Die beiden waren sich übrigens fast nie in irgendeiner Sache einig, aber zu Ros Verteidigung sei gesagt, dass sie es meist selbst nicht bemerkte. Wenn sie Julia fragte »Bist du jetzt sauer?«, antwortete Julia nämlich »NEIN!!!«, und dann zuckte Ro die Achseln, sorglos wie die Mitglieder der glücklichen Familie in einer Putzmittelreklame, was natürlich dazu führte, dass Julia noch mehr in Rage geriet, denn es war natürlich völlig klar, dass sie sauer war. Diesmal hingegen merkte sogar Ro, dass sie uneins waren, denn jetzt ging es wie gesagt um die Vögel. Ro hielt nämlich zu dem Zeitpunkt, als Julia und sie ein Paar wurden, Vögel. Nicht zum Essen, sondern als Haustiere. »Ist sie etwa eine Piratin?«, hatte Julias Mutter gefragt, als das Thema zum ersten Mal zur Sprache kam, doch Julia ertrug die Vögel gezwungenermaßen, weil sie zum einen verliebt war und zum anderen davon ausging, dass Vögel nicht unbedingt endlos lange leben.

Wie sich herausstellte, lebten sie jedoch verdammt lange. Als Julia dies bewusst wurde und sie daraufhin versuchte, die Situation erwachsen zu behandeln, indem sie eines Nachts heimlich aufstand, um die Vögel durchs offene Fenster hinauszulassen, stürzte einer dieser kleinen Kotzbrocken geradewegs auf die Straße und verendete. Ein VOGEL! Julia sah sich gezwungen, am nächsten Tag, als Ro bei der Arbeit war, ein paar Nachbarskinder auf ein Glas Saft in die Wohnung einzuladen, nur um ihnen die Schuld in die Schuhe schieben zu können, wenn Ro entdeckte, dass der Käfig offen stand. Und die anderen Piepmätze? Die waren brav im Käfig hocken geblieben. Welch Hohn gegenüber der Evolution, dass es derlei Geschöpfen überhaupt gelingt, am Leben zu bleiben.

»Ich hab nicht vor, die Vögel zu töten, und ich will auch nicht mehr darüber reden«, entgegnete Ro jetzt gekränkt und schaute sich weiter in der Wohnung um, die Hände tief in die Taschen ihres Kleides geschoben. Sie trug nämlich ein Kleid mit Taschen, weil sie es einerseits liebte, sich schick anzuziehen, andererseits aber oft nicht wusste, wohin mit ihren Händen.

»Okay, okay, okay. Und wie gefällt dir die Wohnung? Ich finde, wir nehmen sie!«, meinte Julia, die noch immer völlig außer Atem war, weil der Aufzug nicht funktionierte und sie Ro außerdem jedes Mal, wenn diese Verwandten oder Freunden mitteilte »Wir sind schwanger«, als handele es sich um das gemeinsam erzielte Ergebnis bei einem Mannschaftssport, am liebsten im Schlaf Kerzenwachs in die Ohren geträufelt hätte. Nicht, dass Julia Ro nicht geliebt hätte, im Gegenteil, sie liebte sie so sehr, dass sie es manchmal kaum aushielt, aber in den vergangenen zwei Wochen hatten sie sich bereits mehr als zwanzig Wohnungen angesehen, und Ro hatte ausnahmslos an jeder etwas auszusetzen gehabt. Julia schien es, als wollte Ro gar nicht umziehen. Gleichzeitig wachte Julia aber in ihrer jetzigen Wohnung jede Nacht auf, um gezwungenermaßen das Lieblingsratespiel aller Schwangeren zu spielen (»Tritte oder Blähungen?«), und konnte dann nicht wieder einschlafen, weil sowohl Ro als auch die Vögel schnarchten. Deshalb war sie inzwischen mehr als bereit, überall einzuziehen, wo es mehr als nur ein Schlafzimmer gab.

»Kein Handyempfang«, wiederholte Ro verdrossen.

»Scheiß drauf, wir nehmen sie!«, beharrte Julia.

»Nee. Ich bin mir noch nicht sicher. Ich muss mir erst den Hobbyraum ansehen«, entgegnete Ro.

»Das ist ein begehbarer Kleiderschrank«, stellte Julia richtig.

»*Oder* ein Hobbyraum! Ich hol nur kurz den Zollstock!«, nickte Ro fröhlich, denn einer ihrer charmantesten und zugleich mit Abstand anstrengendsten Charakterzüge war, dass sie unabhängig davon, worüber sie sich gerade gestritten hatten, in der nächsten Sekunde strahlender Laune sein konnte, sobald sie nur an ihren Käse dachte.

»Du weißt ganz genau, dass du in meinem begehbaren Kleiderschrank keinen Käse herstellen darfst«, erklärte Julia mit verbissener Miene, da zu ihrer jetzigen Wohnung ein kleines Kellerabteil gehörte, das Julia als »Museum Für Aufgegebene Freizeitbeschäftigungen« bezeichnete. Alle drei Monate entwickelte Ro eine Besessenheit für irgendetwas: Kleider aus den 1950er Jahren, Muschelsuppe, antike Kaffeeservices, Crossfit, Bonsaibäumchen oder auch einen Podcast über den Zweiten Weltkrieg. Dann verbrachte sie ein Vierteljahr damit, das jeweilige Spezialgebiet mit unerschütterlicher Hingabe über Internetforen zu studieren, welche von Typen betrieben wurden, die sich in irgendwelchen gummizellenartigen Kabuffs verschanzten und deren Wifi-Verbindung man eigentlich kappen müsste. Bis sie unvermittelt die Lust verlor und ebenso rasch wieder von etwas anderem besessen war. Seitdem sie sich kennengelernt hatten, bestand Ros einziges konstant gebliebenes Interesse darin, Schuhe zu sammeln, und nichts charakterisiert eine Frau besser, als wenn sie zweihundert Paar Schuhe besitzt und dennoch bei Regen und Schnee immer die falschen trägt.

»Nein, das weiß ich natürlich nicht! Ich habe ihn schließlich noch nicht ausgemessen, und deshalb weiß ich auch nicht, ob der Käse überhaupt Platz darin findet! Und meine Pflanzen müssen ja auch …«, begann Ro jetzt, denn sie hatte kürzlich beschlossen, Pflanzen mithilfe von Wärmelampen zu züchten. Im Hobbyraum, der eigentlich ein begehbarer Kleiderschrank war. Oder auch ein …

Und so ging es immer weiter.

Währenddessen befingerte Anna-Lena ein Sofakissen und musste an Haie denken. In letzter Zeit dachte sie ziemlich oft an Haie, denn Rogers und ihre Ehe erinnerte zunehmend an die Beziehung zwischen Haien. Zu Anna-Lenas stummem Leidwesen. Sie fingerte weiter am Kissen herum und lenkte sich ein wenig ab, indem sie laut dachte: »Ist das hier nicht von Ikea? Ja, es ist von Ikea, das ist es. Ich erkenne es doch wieder. Das gibt es nämlich auch in geblümt. Und in geblümt ist es viel hübscher. Aber die Leute haben einfach keinen Geschmack.«

Man hätte Anna-Lena mitten in der Nacht wecken und sie bitten können, den Ikea-Katalog herunterzuleiern. Wozu auch immer das nun gut sein sollte, aber man hätte es durchaus tun können, das ist der Punkt. Denn Anna-Lena und Roger hatten bereits alle Ikea-Warenhäuser im ganzen Land besucht. Roger hat durchaus viele Fehler und Laster, und Anna-Lena weiß, dass die Leute so über ihn denken, aber bei Ikea wird Anna-Lena immer daran erinnert, dass er sie liebt. Wenn man schon sehr lange zusammen ist, sind es die kleinen Dinge, die wirklich etwas bedeuten. In einer langen Ehe braucht man keine Worte mehr, um sich zu streiten, aber auch keine mehr, um zu sagen »Ich liebe dich«. Als sie erst kürzlich wieder bei Ikea gewesen waren und zum Mittagessen in der Cafeteria saßen, schlug Roger vor, anschließend doch noch ein kleines Stückchen Torte zu essen. Denn er begriff, dass es ein wichtiger Tag für Anna-Lena war und es ihr viel bedeutete, dass dieser Tag auch ihm wichtig war. Das war seine Art, sie zu lieben.

Sie fingerte noch ein wenig länger an dem Sofakissen herum, das in geblümt schöner war, und warf einen diskreten Blick (zumindest hielt Anna-Lena ihn für diskret) auf die beiden Frauen, die Schwangere und ihre Ehefrau. Roger tat es ihr gleich. Er hielt die Maklerbroschüre mit dem Grundriss der Wohnung in der Hand und brummelte: »Verdammt noch mal, Schatz, schau mal! Warum müssen sie dieses kleine Zimmer denn ausgerechnet als ›Kinderzimmer‹ ausweisen? Sie hätten ja auch verflucht noch mal einfach ›Schlafzimmer‹ schreiben können, oder?«

Roger gefiel es nicht, wenn Schwangere zu Wohnungsbesichtigungen kamen, denn Schwangere verderben jedes Mal den Preis. Außerdem mochte er keine Kinderzimmer. Deshalb stellt Anna-Lena ihm auch jedes Mal unzählige Fragen, wenn sie bei Ikea die Kinderabteilung passieren. Sie will ihn von einer unergründlichen Trauer ablenken. Das ist ihre Art, ihn zu lieben.

Ro erblickte Roger und grinste, als seien sie keineswegs Konkurrenten.

»Hallo! Ich heiße Ro, und die da hinten ist meine Frau Jullan. Dürfte ich mal kurz Ihren Zollstock ausleihen? Hab meinen vergessen!«

»Auf keinen Fall!«, schnauzte Roger sie an und umschloss seinen Zollstock, den Taschenrechner und den Notizblock so fest mit der Hand, dass seine Augenbrauen unkontrolliert zu zucken begannen.

»Also wirklich, ich will ihn ja nur …«, begann Ro.

»Hier ist jeder für sich selbst verantwortlich!«, unterbrach Anna-Lena sie schroff.

Ro wirkte vor den Kopf gestoßen. Zurückweisung machte sie nervös, und Nervosität machte sie hungrig. Doch da sie gerade nichts Essbares bei sich hatte, streckte sie ihre Hand nach der Schale auf dem Couchtisch aus und griff sich eine Limette. Anna-Lena rief entrüstet aus: »Aber was machen Sie denn da? Die dürfen Sie nicht essen! Das sind Deko-Limetten!«

Ro ließ von der Limette ab und schob die Hände in die Taschen ihres Kleides. Dann ging sie zurück zu ihrer Frau und murmelte: »Nee. Diese Wohnung ist nichts für uns, Liebling. Sie ist zwar ganz schön und so, aber irgendwie strahlt sie 'ne negative Energie aus. Hier können wir beide uns nicht wirklich entfalten. Erinnerst du dich noch daran, als ich dir von dieser Sache mit den Partnerschaftsenergien erzählt hab, damals in der Phase, als ich Innenarchitektin werden wollte? Als ich gelernt hab, dass man in Richtung Osten schlafen muss? Aber dann hatte ich plötzlich vergessen, ob sich das auf den Kopf oder die Füße bezieht … ach … vergiss es! Ich will diese Wohnung nicht. Können wir nicht einfach wieder gehen?«

Zara stand noch immer draußen auf dem Balkon. Sie sammelte all ihre Gefühlssplitter zu einer verächtlichen Miene zusammen und ging zurück in die Wohnung. Genau in diesem Moment begann die schwangere Frau loszuschreien. Anfänglich klang es wie das wütende Brüllen eines Tieres, das getreten worden war, doch irgendwann konnte sie einzelne Worte unterscheiden.

»NEIN! JETZT REICHT ES, RO! ICH AKZEPTIERE DEINE VÖGEL, UND ICH AKZEPTIERE DEINEN MIESEN MUSIKGESCHMACK UND AUCH JEDE MENGE ANDEREN SCHEISS, ABER ICH GEHE NICHT VON HIER WEG, BEVOR WIR NICHT DIESE WOHNUNG GEKAUFT HABEN, UND WENN ICH UNSER KIND HIER AUF DEM FUSSBODEN ZUR WELT BRINGEN MUSS!«

In der Wohnung wurde es mucksmäuschenstill. Alle starrten Julia an. Die einzige Ausnahme bildete Zara, denn sie stand unmittelbar vor der Balkontür und starrte den maskierten Eindringling an. Dieser wiederum starrte erschrocken und wie gelähmt zurück. Eine Sekunde verging, dann eine zweite, in denen Zara die Einzige im Raum war, die begriffen hatte, was gleich geschehen würde.

Dann erblickte auch Anna-Lena die Gestalt mit der Sturmhaube im Flur und rief aus: »Oh mein Gott, wir werden ausgeraubt!« Alle Münder wurden gleichzeitig aufgerissen, aber aus keinem drangen irgendwelche Worte. Beim Anblick einer Pistole kann es schon mal passieren, dass die Angst einen Menschen lähmt. Alle Hirnfunktionen werden bis auf die allernotwendigsten Signale abgeschaltet, und alle Hintergrundgeräusche verstummen. Eine weitere Sekunde verstrich und noch eine, in denen alle Anwesenden nur ihren eigenen Puls hörten. Zuerst bleibt das Herz stehen, dann pocht es wie wild. Erst setzt der Schock ein, weil man nicht versteht, was gerade passiert, und dann kommt unmittelbar der nächste Schock, weil man *genau* versteht, was passiert. Überlebensinstinkt und Todesangst ringen miteinander und lassen derweil Raum für erstaunlich irrationale Gedanken. Wenn jemand eine Pistole auf einen richtet, ist es nicht ungewöhnlich, dass man denkt »Habe ich heute Morgen auch wirklich die Kaffeemaschine ausgeschaltet?«, statt »Was wird nur aus meinen Kindern werden?«

Selbst der Eindringling blieb stumm. Er wirkte genauso verängstigt wie alle anderen auch. Ganz allmählich ging der Schock in Verwirrung über. Anna-Lena stammelte: »Oder? Sie sind doch hier, um uns auszurauben, oder?« Der Eindringling sah aus, als wollte er protestieren, kam jedoch nicht dazu, weil Anna-Lena ihren Mann an der Schulter zog, als sei er eine grüne Gardine, und schrie: »Gib ihm Geld, Roger!«

Roger kniff die Augen zusammen und betrachtete den Geiselnehmer skeptisch. Er focht offenbar einen komplizierten inneren Kampf aus, denn einerseits war Roger überaus geizig, andererseits missfiel ihm aber der Gedanke, ausgerechnet in einer Wohnung mit einem dermaßen großen Renovierungsbedarf zu sterben. Deshalb zog er das Portemonnaie aus seiner Gesäßtasche, wo Männer wie er ihre Portemonnaies für gewöhnlich verwahren (außer wenn sie sich an einem Badestrand aufhalten, wo sie es in den Schuh stecken), konnte darin jedoch nichts von Wert finden. Deshalb wandte er sich an die erstbeste Person in seiner Nähe, in diesem Fall die vor der Balkontür stehende Zara, und fragte: »Haben Sie vielleicht etwas Bargeld bei sich?«

Zara wirkte schockiert, wobei sich allerdings nur schwer ausmachen ließ, ob es an seiner Frage oder eher an der Pistole lag.

»Bargeld? Mein Lieber, sehe ich etwa aus wie ein Drogendealer?«

Der Blick des Eindringlings flackerte. Er blinzelte sich den Schweiß aus den Augen, rückte die Löcher seiner Sturmhaube zurecht und rief: »NEIN … NEIN! DAS IST KEIN RAUBÜBERFALL … ICH WOLLTE NUR …«, korrigierte sich dann aber keuchend: »ODER … NA JA … EIGENTLICH SOLLTE ES SCHON EIN RAUBÜBERFALL WERDEN! NUR NICHT HIER! ABER JETZT IST ES WOHL EHER EINE GEISELNAHME GEWORDEN! ICH BITTE UM ENTSCHULDIGUNG! ABER ICH HATTE EINEN ETWAS ANSTRENGENDEN TAG!«

So fing alles an.

Kapitel 30

Zeugenvernehmung
Datum: 30. Dezember
Name der Zeugin: Anna-Lena

Jack: Hallo, ich heiße Jack.
Anna-Lena: Ich will nicht schon wieder mit einem Polizisten reden.
Jack: Dafür habe ich vollstes Verständnis. Ich möchte Ihnen auch nur ein paar kurze Fragen stellen.
Anna-Lena: Wenn Roger jetzt hier wäre, hätte er Sie allesamt als Trottel bezeichnet. Einen Geiselnehmer aus einer verschlossenen Wohnung entkommen zu lassen, unglaublich!
Jack: Genau, deswegen meine Fragen. Damit wir den Geiselnehmer dingfest machen können.
Anna-Lena: Ich will nach Hause.
Jack: Das verstehe ich gut, glauben Sie mir. Aber wir wollen letztendlich ja nur verstehen, was sich in der Wohnung abgespielt hat. Können Sie mir erzählen, was passiert ist, nachdem der Täter mit der Pistole in der Hand die Wohnung betreten hatte?
Anna-Lena: Diese Frau namens Zara hat die Wohnung mit Schuhen betreten. Und diese Ro hat von den Limetten gegessen. So etwas tut man bei einer Wohnungsbesichtigung doch nicht. Das ist ein ungeschriebenes Gesetz!

Jack: Ich verstehe nicht ganz.

Anna-Lena: Sie hat von den Limetten gegessen. Den Deko-Limetten! Das kann man doch nicht einfach machen, die Maklerin hat sie schließlich als Dekoration hingestellt und nicht zum Essen. Eigentlich wollte ich mich auch bei der Maklerin beschweren, damit sie diese Person rausschmeißt, so darf man sich einfach nicht benehmen. Aber genau in dem Augenblick kam ja dieser Wahnsinnige mit seiner Pistole zur Tür reingestürmt.

Jack: Ja genau! Und was geschah dann?

Anna-Lena: Sie sollten besser mit Roger sprechen. Er hat ein brillantes Gedächtnis.

Jack: Roger ist Ihr Ehemann? Sie haben sich die Wohnung gemeinsam angeschaut?

Anna-Lena: Ja. Roger meinte, dass es eine äußerst gute Investition wäre. Ist dieser Tisch hier eigentlich von Ikea? Ja, der ist von Ikea, das ist er. Ich erkenne ihn wieder. Den gibt es übrigens auch in Cremefarben. Dann hätte er besser zur Wandfarbe gepasst.

Jack: Ich muss zugeben, dass ich für die Einrichtung unserer Vernehmungsräume nicht zuständig bin.

Anna-Lena: Auch wenn es ein Vernehmungsraum ist, kann er ja trotzdem ansprechend aussehen, oder? Sie waren ja sowieso schon bei Ikea. Der in Cremefarben steht in der SB-Halle direkt neben diesem hier. Aber Sie haben sich eben für den anderen entschieden. Na ja, jeder nach seiner Fasson.

Jack: Ich werde es an meinen Chef weitergeben.

Anna-Lena: Ganz wie Sie wollen.

Jack: Als Roger sagte, dass die Wohnung eine »gute Investition« sei, meinte er damit, dass Sie nicht die Absicht hatten, darin zu wohnen? Sie wollten sie also nur kaufen, um sie dann weiterzuverkaufen?

Anna-Lena: Warum fragen Sie das?

Jack: Ich versuche nur zu verstehen, wer sich aus welchem Grund in der Wohnung aufhielt, damit wir ausschließen können, dass eine der Geiseln mit dem Täter in Verbindung stand.

Anna-Lena: In Verbindung stand?

Jack: Ja, wir glauben, dass ihm vielleicht jemand geholfen hat.

Anna-Lena: Und Sie glauben also, dass es Roger und ich waren?

Jack: Nein. Nein. Es handelt sich um reine Routinefragen. Das ist alles.

Anna-Lena: Sie glauben also, dass es diese Zara war?

Jack: Das habe ich nicht gesagt.

Anna-Lena: Sie sagten aber, dass Sie glauben, jemand hätte dem Geiselnehmer geholfen. Und diese Zara war mir sowieso nicht ganz geheuer, schon vom ersten Augenblick an, das habe ich gleich gesagt. Sie war doch ganz offensichtlich viel zu reich, um Interesse an dieser Wohnung zu haben. Und außerdem habe ich gehört, wie diese Schwangere zu ihrer Frau gesagt hat, dass Zara aussieht wie Cruella de Vil. Ich glaube, die ist aus irgendeinem Disney-Film. Wie auch immer, es klingt jedenfalls ziemlich anrüchig. Oder glauben Sie etwa, dass Estelle dem Geiselnehmer geholfen hat? Ja? Sie ist fast neunzig, verdächtigen Sie jetzt sogar schon Neunzigjährige, irgendwelchen Banditen zu helfen? Nennt man das moderne Polizeiarbeit?

Jack: Ich verdächtige gar keinen.

Anna-Lena: Roger und ich helfen nie irgendwem bei einer

Wohnungsbesichtigung, das kann ich Ihnen versprechen. Roger sagt immer, dass, sobald wir die Schwelle übertreten haben, Krieg herrscht und wir umgeben sind von Feinden. Deshalb will er auch, dass ich vor allen Anwesenden erwähne, wie groß der Renovierungsbedarf ist und dass es ziemlich kostspielig werden kann. Und auch, dass es in der Wohnung irgendwie feucht riecht. Solche Sachen. Roger ist ein äußerst versierter Verhandlungsführer. Und wir haben schon sehr lukrative Investitionen getätigt.

Jack: Sie haben so etwas also schon mal gemacht? Eine Wohnung nur gekauft, um sie weiterzuverkaufen?

Anna-Lena: Eine Investition macht keinen Sinn, wenn man danach nicht verkauft, sagt Roger immer. Deshalb kaufen wir sie, Roger renoviert sie, ich richte sie ein, und anschließend verkaufen wir sie wieder und kaufen die nächste.

Jack: Klingt recht ungewöhnlich für zwei Rentner.

Anna-Lena: Roger und ich finden es eben gut, ein gemeinsames Projekt zu haben.

Jack: Alles in Ordnung mit Ihnen?

Anna-Lena: Ja.

Jack: Sie sehen aus, als würden Sie weinen.

Anna-Lena: Ich habe ja schließlich auch einen ziemlich anstrengenden Tag hinter mir!

Jack: Entschuldigung. Das war taktlos von mir.

Anna-Lena: Ich weiß, dass Roger auf andere nicht gerade besonders einfühlsam wirkt, aber das ist er. Er möchte, dass wir ein gemeinsames Projekt haben, weil er Angst hat, dass uns sonst der Gesprächsstoff ausgeht. Er findet mich offenbar nicht mehr interessant genug, um tagein, tagaus mit mir zusammenzuleben, ohne Projekt.

Jack: Ich bin mir sicher, dass das nicht stimmt.

Anna-Lena: Was wissen Sie denn schon davon?
Jack: Ich nehme an, gar nichts. Entschuldigen Sie. Aber ich würde Ihnen jetzt gerne ein paar Fragen zu den anderen Kaufinteressenten stellen.
Anna-Lena: Roger ist einfühlsamer, als er nach außen hin erscheint.
Jack: Okay. Können Sie mir etwas über die anderen Kaufinteressenten erzählen?
Anna-Lena: Sie wollten ein Dach über dem Kopf.
Jack: Ein Dach über dem Kopf?
Anna-Lena: Roger sagt, dass es zwei Arten von Käufern gibt. Diejenigen, die investieren wollen, und diejenigen, die nur ein Dach über dem Kopf wollen. Letztere sind seiner Meinung nach sentimentale Hohlköpfe, die jeden Preis bezahlen, nur weil sie glauben, dass sich all ihre Probleme in Luft auflösen, wenn sie in genau diese Wohnung einziehen.
Jack: Ich verstehe nicht ganz, was Sie damit sagen wollen.
Anna-Lena: Roger und ich lassen uns nicht von Gefühlen leiten, wenn wir eine Investition tätigen. Alle anderen hingegen schon. Wie diese beiden Frauen bei der Besichtigung, die Schwangere und die andere.
Jack: Julia und Ro?
Anna-Lena: Ja!
Jack: Und Sie glauben, die wollten nur »ein Dach über dem Kopf«?
Anna-Lena: Ja, ganz offensichtlich. Solche Leute kommen zu einer Wohnungsbesichtigung und denken, dass alles besser werden wird, wenn sie nur dort wohnen könnten. Dass sie dann morgens ohne Atemnot aufwachen oder sich die erdrückende Last auf ihren Schultern verflüchtigt, wenn sie vorm Badezimmerspiegel stehen, oder sie sich womöglich

sogar weniger streiten. Dass sie wieder Händchen halten, wie sie es zu Beginn ihrer Ehe getan haben, als es noch ganz natürlich für sie war. Das ist es, was sie glauben.

Jack: Entschuldigen Sie, dass ich frage, aber jetzt sieht es schon wieder so aus, als würden Sie weinen. Oder täusche ich mich?

Anna-Lena: Mischen Sie sich nicht in meine Angelegenheiten ein!

Jack: Okay, okay. Aber wenn ich Sie richtig verstehe, setzen Sie sich schon länger mit der Gefühlslage von Menschen bei Wohnungsbesichtigungen auseinander, kann man das so sagen?

Anna-Lena: Eigentlich trifft das eher auf Roger zu. Roger ist nämlich hochintelligent, damit das klar ist. Er sagt, dass man seinen Feind kennen muss, und der Feind will die Sache möglichst schnell zum Abschluss bringen. Die Leute wollen einfach nur einziehen, ohne große Umstände, um danach nie wieder umziehen zu müssen. Doch so einer ist Roger nicht. Einmal haben wir im Fernsehen eine Doku über Haie gesehen, Roger interessiert sich sehr für Dokus, und es gibt eine bestimmte Art von Haien, die verenden, wenn sie aufhören zu schwimmen. Es hat irgendwas mit der Sauerstoffversorgung zu tun. Sie bekommen keine Luft mehr, sobald sie sich nicht bewegen. Und genau so ist es mit unserer Ehe inzwischen auch.

Jack: Entschuldigung. Jetzt kann ich Ihnen nicht ganz folgen.

Anna-Lena: Wissen Sie, was das Schlimmste am Rentnerdasein ist?

Jack: Nein.

Anna-Lena: Dass man viel Zeit zum Nachdenken hat. Man

braucht ein Projekt, und deshalb wurden Roger und ich zu Haien. Wenn wir nicht in Bewegung bleiben, bekommt unsere Ehe keinen Sauerstoff mehr. Deshalb kaufen wir, renovieren und verkaufen wieder, kaufen, renovieren und verkaufen, immer aufs Neue. Ich habe ihm vorgeschlagen, es stattdessen mal mit Golfspielen zu versuchen, aber Roger mag Golf nicht.

Jack: Noch einmal Entschuldigung, wenn ich Sie unterbreche, aber ich denke, wir sind gerade etwas vom Thema abgekommen. Sie brauchen mir nur von der Geiselnahme zu erzählen. Nicht von Ihnen und Ihrem Mann.

Anna-Lena: Das ist ja gerade das Problem.

Jack: Welches Problem?

Anna-Lena: Dass er es offenbar nicht länger sein will, mein Mann.

Jack: Und wie kommen Sie darauf?

Anna-Lena: Wissen Sie, wie viele Ikea-Warenhäuser es in Schweden gibt?

Jack: Nein.

Anna-Lena: Zwanzig. Und wissen Sie, wie viele Roger und ich schon besucht haben?

Jack: Nein.

Anna-Lena: Alle. Jedes einzelne. Gerade erst neulich haben wir das letzte besucht. Ich hätte nicht gedacht, dass Roger mitgezählt hat, aber als wir zum Mittagessen in die Cafeteria gingen, blieb Roger plötzlich stehen und fragte »Sollen wir uns nicht noch ein kleines Stückchen Torte holen?« Normalerweise essen wir nämlich nie Torte bei Ikea. Wir essen immer zu Mittag, aber nie Torte. Und in dem Augenblick wusste ich, dass er mitgezählt hatte. Ich weiß, dass Roger nach außen hin nicht besonders romantisch wirkt, aber manchmal ist er der romantischste Mann auf der ganzen Welt, damit das klar ist.

Jack: Das klingt wirklich sehr romantisch.

Anna-Lena: Mitunter wirkt er vielleicht etwas schroff, dabei hasst er Kinder gar nicht.

Jack: Wie bitte?

Anna-Lena: Alle glauben, dass er Kinder hasst, nur weil er immer wütend wird, wenn die Makler das Wort »Kinderzimmer« in den Grundriss schreiben. Aber er wird nur deshalb wütend, weil Kinder seiner Meinung nach den Quadratmeterpreis höllisch nach oben treiben. Er hasst Kinder nicht. Im Gegenteil, er liebt Kinder. Deshalb muss ich ihn ja auch jedes Mal ablenken, wenn wir bei Ikea an der Kinderabteilung vorbeikommen.

Jack: Das tut mir leid.

Anna-Lena: Aber warum?

Jack: Ich meine, na ja, ich deute es so, dass Sie keine Kinder bekommen konnten. Und das tut mir leid.

Anna-Lena: Aber wir haben zwei Kinder!

Jack: Oh, Entschuldigung. Dann habe ich Sie missverstanden.

Anna-Lena: Haben Sie Kinder?

Jack: Nein.

Anna-Lena: Unsere sind übrigens in Ihrem Alter, aber sie wollen selbst keine eigenen Kinder. Unser Sohn will stattdessen lieber seine Karriere vorantreiben, und unsere Tochter meint, dass die Erde eh schon überbevölkert ist.

Jack: Oh.

Anna-Lena: Können Sie sich vorstellen, was für schlechte Eltern wir gewesen sein müssen, dass nicht einmal die eigenen Kinder Eltern werden wollen?

Jack: So habe ich das noch nie gesehen.

Anna-Lena: Roger hätte wirklich einen unglaublich guten Opa abgegeben, damit das klar ist. Aber jetzt will er ja nicht mal mehr mein Mann sein.

Jack: Ich bin mir sicher, dass sich zwischen Ihnen alles klären wird, was auch immer geschehen ist.

Anna-Lena: Sie wissen ja noch nicht mal, was wirklich geschehen ist. Sie ahnen ja nicht, was ich getan habe. Es war alles meine Schuld. Aber ich wollte die Sache einfach mal zum Abschluss bringen. Immer kam eine Wohnung nach der anderen, jahrein, jahraus, bis ich irgendwann die Nase voll hatte. Ich möchte nämlich auch endlich ein Dach über dem Kopf haben. Und trotzdem hatte ich nicht das Recht, Roger das anzutun. Ich hätte nie auch nur eine Öre für dieses verfluchte Kaninchen ausgeben dürfen.

Kapitel 31

Eine Geiselnahme ist weitaus schwieriger zu bewältigen, als man denkt, wenn es sich bei den Geiseln um lauter Idioten handelt.

Der Geiselnehmer zögerte, seine Sturmhaube kratzte, und alle starrten ihn an. Er überlegte fieberhaft, was er als Nächstes sagen sollte, wurde jedoch von Roger unterbrochen, der ihm die leere Hand hinstreckte und ausrief: »Wir haben kein Bargeld!«

Anna-Lena stand schräg hinter ihm und wiederholte unmittelbar über seine Schulter hinweg: »Wir haben kein *Geld*, verstehen Sie?« Dabei rieb sie die Kuppen ihres Daumens und Zeigefingers aneinander, denn Anna-Lena schien immer davon auszugehen, dass Roger eine Sprache sprach, die nur sie verstand. Als sei er ein Zirkuspferd und Anna-Lena die Dompteurin. Deshalb versuchte sie ständig, seine Worte für andere zu deuten. Wenn sie im Restaurant saßen und Roger um die Rechnung bat, wandte sich Anna-Lena umgehend an den Kellner und formte die Lippen zu einem lautlosen »D-i-e R-e-c-h-n-u-n-g b-i-t-t-e!«, während sie vorgab, etwas in ihre Handfläche zu schreiben. Roger wäre es bestimmt unglaublich auf den Wecker gegangen, wenn er Anna-Lena je zugehört hätte.

»Ich will Ihr Geld nicht … aber könnten Sie bitte etwas leiser sein … ich versuche nämlich gerade zu hören, ob …«, wandte der Geiselnehmer ein und horchte an der Wohnungstür, um herauszufinden, ob sich im Treppenhaus nicht womöglich längst ein ganzer Polizeitrupp postiert hatte.

»Und was tun Sie dann hier, wenn Sie gar kein Geld wollen? Wenn das eine Geiselnahme werden soll, sollten Sie Ihre Forderungen besser etwas spezifizieren«, schnaubte Zara von der Balkontür aus verächtlich, weil sie den Geiselnehmer offenbar für einen Vollidioten hielt.

»Könnten Sie mir vielleicht eine Minute Bedenkzeit geben?«, bat der Geiselnehmer.

Wie sich herausstellte, waren die Personen in dieser Wohnung allerdings keineswegs bereit dazu. Eigentlich sollte man meinen, dass jeder, der mit einer Pistole bedroht wird, alle Anweisungen genauestens befolgt. Aber manche Menschen, zum Beispiel solche, die noch nie zuvor eine Pistole gesehen haben, halten es schlicht und einfach für unwahrscheinlich, dass ihnen etwas passiert. Und wenn es dann doch der Fall sein sollte, können sie es kaum fassen.

Roger hatte bislang selbst im Fernsehen kaum je eine Pistole gesehen, denn er bevorzugte Dokumentarfilme über Haie. Deshalb streckte er nun erneut seine Hand aus (jetzt allerdings die andere, um zu zeigen, dass er es ernst meinte) und fragte klar und deutlich: »Ist das jetzt ein *Raubüberfall*, oder nicht? Oder ist es jetzt plötzlich eine *Geiselnahme*? Wie hätten Sie es denn gern?«

Anna-Lena schien der Handwechsel ihres Mannes leicht zu beunruhigen, denn immer, wenn Roger bislang irgendwem innerhalb weniger Minuten beide Hände hingestreckt hatte, war nichts Gutes dabei herausgekommen. Deshalb flüsterte sie jetzt deutlich hörbar: »Wir sollten ihn besser nicht provozieren, Roger, oder?«

»Verdammt noch mal, Schatz, wir haben doch zumindest ein Recht auf korrekte Informationen«, entgegnete Roger gereizt, wandte sich erneut an den Geiselnehmer und wiederholte: »Ist das jetzt ein Raubüberfall, oder NICHT?«

Anna-Lena reckte den Kopf über die Schulter ihres Mannes hinweg, spreizte demonstrativ Daumen und Zeigefinger ab und wedelte damit bedeutungsschwanger in der Luft herum, während sie die Lippen erst zu einem »Peng-peng« und dann zu einem hilfreichen »Raubüberfall« formte.

Der Geiselnehmer atmete mit zusammengekniffenen Augen mehrfach tief durch, so wie man es tut, wenn sich die eigenen Kinder auf der Rückbank des Autos lauthals streiten. Man verliert vor lauter Stress die Fassung und schnauzt sie etwas lauter an, als man eigentlich beabsichtigte, worauf sie so eingeschüchtert reagieren, dass sie plötzlich mucksmäuschenstill sind. Und dann hasst man sich selbst, weil man nie so sein wollte. Unmittelbar danach schlägt man diesen bestimmten Ton an, um sich bei den Kids zu entschuldigen und ihnen zu versichern, dass man sie lieb hat, auch wenn man sich jetzt unbedingt auf den Verkehr konzentrieren muss. In diesem Ton bat der Geiselnehmer jetzt alle Anwesenden: »Könnten Sie … dürfte ich Sie vielleicht bitten, sich kurz auf den Boden zu legen und einen Moment leise zu sein? Damit ich … in Ruhe nachdenken kann?«

Keiner kam seiner Bitte nach. Roger weigerte sich mit der Begründung: »Nicht, bevor wir zuverlässige Informationen bekommen haben!« Und Zara verweigerte es mit folgendem Argument: »Sehen Sie denn nicht, wie dieser Fußboden aussieht? Genau das ist doch der Grund dafür, dass sich Leute aus der Mittelschicht Haustiere halten können. Für sie macht es schließlich keinen Unterschied!« Und für

Julia kam es aus rein praktischen Gründen gar nicht erst infrage: »Also bei mir dauert es ja allein schon zwanzig Minuten, um aus einem Sessel wieder aufzustehen. Ich lege mich nirgends hin.«

Erst in diesem Augenblick wurde dem Geiselnehmer bewusst, dass Julia schwanger war. Ro sprang ihr umgehend bei, stellte sich mit erhobenen Händen vor sie und lächelte abwiegelnd: »Hören Sie nicht auf meine Frau, sie kann manchmal etwas aufbrausend sein. Schießen Sie nicht! Wir werden alles tun, was Sie sagen!«

»Ich bin überhaupt nicht aufbrau…«, protestierte Julia.

»Mensch, der Typ hat 'ne P-i-s-t-o-l-e«, fauchte Ro. So erschrocken hatte sie nicht mehr dreingeblickt, seit sie letztens mit dem Handy ihre Schuhe fotografieren wollte und dabei aus Versehen ein Selfie geknipst hatte.

»Aber die sieht ja nicht mal echt aus«, meinte Julia, als sei das Gefährlichste am Erschossenwerden, dass man eine Nickelallergie bekommen könnte.

»Na super, dann lassen wir es halt drauf ankommen, wir setzen ja nur das Leben unseres Kindes aufs Spiel«, spottete Ro. In dem Augenblick fand selbst der Geiselnehmer, dass jetzt das Maß voll war, und deutete deshalb auf Julia.

»Ich … ich hab gar nicht gesehen, dass Sie schwanger sind. Sie können gerne gehen. Ich möchte niemanden verletzen und schon gar nicht ein Kind. Ich brauche nur etwas Zeit zum Nachdenken.«

Roger kam bei diesen Worten eine dermaßen brillante Idee, die letztendlich nur Roger kommen konnte.

»Ja! Tun Sie das! Gehen Sie!«, rief er. Dann trat er auf den Geiselnehmer zu und fügte mit ernster Miene hinzu: »Ich meine, Sie könnten die anderen ja auch gehen lassen. Eigentlich brauchen Sie doch nur eine Geisel, oder? Das wäre ja wohl das Einfachste, nicht wahr?«

Roger deutete mit dem Daumen entschlossen auf seinen eigenen Brustkorb, um zu unterstreichen, welche Geisel es sein sollte, und fügte hinzu: »Plus die Maklerin. Die Maklerin und ich, wir können gern bleiben.«

Julia beäugte ihn misstrauisch und konterte: »Das könnte Ihnen so passen. Damit Sie in aller Ruhe ein Angebot für die Wohnung abgeben können, während wir weg sind!«

»Mischen Sie sich da nicht ein!«, forderte Roger.

»Vergessen Sie's. Wir lassen Sie hier nicht mit der Maklerin allein«, unterstrich Julia.

Roger schüttelte beleidigt den Kopf und damit auch jegliche schlaffen Hautpartien im unteren Gesichtsbereich.

»Diese Wohnung ist sowieso nichts für Sie! Hier ist unbedingt jemand mit HANDWERKLICHEM GESCHICK vonnöten!«

Julia war etwas zu kämpferisch, um sich das bieten zu lassen, deshalb brüllte sie zurück: »MEINE FRAU IST VERFLUCHT NOCH MAL HANDWERKLICH GESCHICKT!«

»Was?«, fragte Ro, die offenbar nicht mitbekommen hatte, dass sie gemeint war.

Anna-Lena dachte laut: »Schreien Sie doch nicht so. Denken Sie an das Kind.«

Roger nickte streitlustig: »Ja genau! Denken Sie an das Kind.«

Anna-Lena wirkte glücklich, weil Roger ihre Worte offenbar gehört hatte, aber Julias Blick verfinsterte sich.

»Ich gehe nirgendwohin, bevor ich nicht diese Wohnung gekauft habe, Sie verfluchter Mistkerl.«

Ro zog jetzt verzweifelt an ihrem Arm und zischte: »Warum musst du eigentlich immer mit allen Leuten Streit anfangen?«

Ro hatte diesen Blick natürlich schon oft an Julia gesehen. Bei ihrem allerersten Date vor mehreren Jahren stand Julia rauchend draußen vor einer Bar, während Ro drinnen Getränke bestellte. Zwei Minuten später kam ein Türsteher auf Ro zu, deutete durchs Fenster nach draußen und fragte: »Gehört ihr beide zusammen?« Als Ro nickte, wurde sie umgehend rausgeschmissen. Wie sich herausstellte, gab es nämlich vor der Bar eine ausgewiesene Raucherecke, innerhalb deren Begrenzung man beim Rauchen zu stehen hatte, doch Julia hatte zwei Meter außerhalb dieser Grenze gestanden. Nachdem der Türsteher sie darauf aufmerksam gemacht hatte, war Julia über die eingezeichnete Linie gesprungen, immer hin und her, und hatte spöttisch gefragt: »Also hier? Darf ich HIER stehen? Wenn ich die Kippe nach drinnen halte, aber selbst draußen stehe? Oder hier vielleicht? Wenn die *Kippe* draußen ist, aber ich den *Rauch* reinblase?« Wenn Julia etwas getrunken hatte, fiel es ihr nicht ganz leicht, Autoritäten zu respektieren, ein ziemlich negativer Charakterzug, der schon gleich beim ersten Date ein schlechtes Licht auf sie hätte werfen können. Als Ro rausgeschmissen wurde, fragte sie den Türsteher, woher er gewusst hatte, dass Julia und sie gemeinsam gekommen waren, worauf dieser genervt antwortete: »Als ich sie bat, das Lokal zu verlassen, zeigte sie mit dem Finger durchs Fenster auf dich und rief: ›Das ist meine bessere Hälfte, ohne sie gehe ich nicht!‹« An diesem Abend war Ro zum ersten Mal die bessere Hälfte einer anderen Frau gewesen. Und so kam es, dass sie nicht mehr nur unsterblich in Julia verknallt war, sondern sie unwiderruflich liebte.

Später sollte sich herausstellen, dass Julias Persönlichkeit als Schwangere ziemlich genau ihrer Persönlichkeit im betrunkenen Zustand entsprach, weshalb auch achteinhalb recht kämpferische Monate hinter ihnen lagen. Das Leben ist eben voller Überraschungen.

»Bitte, Jullan«, versuchte Ro es jetzt.

Julia fauchte zurück: »Wenn wir uns jetzt aus dem Staub machen, ist die Wohnung verkauft, wenn wir zurückkommen! Wie viele Wohnungen haben wir uns jetzt schon angeguckt? Zwanzig? Und du hast bei jeder einzelnen irgendwas auszusetzen gehabt. Ich halte das nicht mehr aus, und jetzt will ich diese hier verflucht noch mal haben. Keiner soll kommen und mir weismachen, dass ich nicht …«

»P-i-s-t-o-l-e!«, wiederholte Ro.

»Bist du etwa diejenige, die jeden Augenblick 'nen Fünf-Kilo-Pfropfen aus dem Rohr pressen muss, Ro? Nee! Also halt die Klappe!«

»Es ist ungerecht, wenn du jedes Mal bei 'nem Streit die Schwangerenkarte ziehst, Jullan, darüber haben wir doch schon geredet …«, murrte Ro und schob die Hände tief in ihre Kleidertaschen. In dem Moment begriff Julia, dass sie offenbar zu weit gegangen war, denn so tief in die Taschen hatte Ro ihre Hände bislang nur einmal geschoben, nämlich als die Nachbarskinder ihren Vogel getötet hatten.

»Entschuldigung? Ich will ja nicht stören, aber …«, räusperte sich der Geiselnehmer und hielt die Pistole etwas sichtbarer, um die beiden in die Gegenwart zurückzuholen.

Julia verschränkte die Arme vor dem Bauch und stellte ein für alle Mal klar: »Ich geh nirgendwohin.«

Daraufhin stieß Ro einen derart tiefen Seufzer aus, dass man auf dem Grund womöglich sogar Öl hätte finden können. Dann nickte sie jedoch entschlossen und sagte: »Und ich geh ohne sie auch nirgendwohin.«

Es wäre ein äußerst rührender Moment gewesen, wenn Zara ihn nicht sofort wieder zerstört hätte, indem sie Ro anblickte und verächtlich schnaubte: »Ihnen hat auch keiner angeboten zu gehen. Sie haben ja schließlich keinen Braten in der Röhre.«

Daraufhin schob Ro die Hände so tief in die Kleidertaschen, dass die Nähte platzten, und murmelte: »Es ist aber eine gemeinsame Reise.«

Roger, der zunehmend frustriert war, weil sich keiner der Anwesenden auf die wirklich wichtigen Dinge konzentrierte (nämlich, dass er noch immer keine Informationen bekommen hatte), deutete jetzt mit beiden Händen gleichzeitig auf den Geiselnehmer: »Was wollen Sie denn dann? Hä? Wollen Sie etwa die Wohnung?«

Anna-Lena formte wie eine Pantomimin, die das Wort »Wohnung« zu illustrieren versucht, die Hände zu einem Viereck in der Luft. Der Geiselnehmer stöhnte resigniert über die beiden Alten.

»Warum sollte ich … man kann doch nicht … meinen Sie etwa, ich will die Wohnung rauben?«

Jetzt, da es ausgesprochen war, schien Roger selbst zu hören, wie unlogisch es klang, aber da Roger ein Mann war, der nie unrecht hatte, selbst wenn das ganz offensichtlich der Fall war, erklärte er: »Sie! Die Wohnung hat einen enormen Renovierungsbedarf!«

Anna-Lena stand hinter ihm und schlug vielsagend mit einem kleinen imaginären Hammer in die Luft.

Der Geiselnehmer räusperte sich ein weiteres Mal, jetzt mit beginnenden Kopfschmerzen, und versuchte es erneut:

»Können Sie sich nicht einfach … auf den Boden legen? Nur ganz kurz? Ich hatte nämlich gar nicht … also, ich wollte eigentlich eine Bank ausrauben, aber ich hatte nicht vor … das hier war nicht meine Absicht!«

Aus unterschiedlichen Gründen wurde es plötzlich so still, dass nur noch das Schluchzen des Geiselnehmers zu hören war. Wenn jemand mit einer Schusswaffe in der Hand unerwartet zu weinen beginnt, wird einem immer etwas mulmig, und dementsprechend wusste keiner der Anwesenden so recht, wie er sich verhalten sollte. Ro stieß Julia an und murmelte »Sieh doch, was du angerichtet hast«, woraufhin Julia zurückmurmelte »Aber DU hast doch …« Roger wandte sich an Anna-Lena und flüsterte »Die Wohnung hat tatsächlich einen enormen Renovierungsbedarf!«, und Anna-Lena entgegnete wie aus der Pistole geschossen »Ja, natürlich, oder? Natürlich hat sie das! Ich denke, du hast definitiv recht! Aber … riecht es hier drinnen nicht auch etwas feucht? Vielleicht sogar nach Schimmel?«

Der Geiselnehmer schluchzte noch immer. Alle wandten den Blick ab, weil bewaffnete Gefühlsausbrüche wie gesagt immer etwas beunruhigend sind. Deshalb war es Estelle, die schließlich behutsam auf ihn zu trippelte. Entweder wusste sie es nicht besser, oder möglicherweise wusste sie es sogar sehr viel besser. Der eine oder andere von euch wundert sich wahrscheinlich darüber, dass Estelle in dieser Geschichte bislang nur am Rande erwähnt wurde. Was allerdings nicht daran liegt, dass Estelle leicht zu übersehen ist, sondern vielmehr daran, dass man sich nur äußerst schwer an sie erinnert, denn Estelle besitzt eine sogenannte durchsichtige Persönlichkeit. Siebenundachtzigjährig und mit einem knorrigen gekrümmten Körper, der an die Silhouette einer Ingwerwurzel erinnerte, schlich sie jedenfalls auf den Geiselnehmer zu und fragte freundlich: »Alles in Ordnung mit Ihnen?« Als der Geiselnehmer nicht gleich antwortete, plapperte sie unbekümmert weiter: »Ich heiße Estelle, und ich bin hier, um mir die Wohnung im Auftrag meiner Tochter anzuschauen, verstehen Sie? Mein Mann Knut parkt gerade den Wagen. Ja, es ist wahrlich nicht ganz leicht, in dieser Gegend einen Parkplatz zu finden, und jetzt, wo die ganze Straße voller Polizeiwagen ist, wird es nicht gerade leichter. Oh Entschuldigung, jetzt sehen Sie leicht gestresst aus. Ich wollte Ihnen natürlich nicht die Schuld daran geben, dass Knut keinen Parkplatz findet. Geht es Ihnen nicht gut? Möchten Sie vielleicht ein Glas Wasser?«

Die Pistole schien Estelle keine Angst einzujagen, im Gegenteil, so liebenswürdig, wie sie war, hätte sie es bestimmt vielmehr als Kompliment aufgefasst, ermordet zu werden, weil man sie überhaupt beachtete. Der Geiselnehmer trocknete seine Tränen und brachte hervor: »Ja, gern.«

»Wir haben auch Limetten!«, rief Ro und deutete in Richtung der Schale auf dem Couchtisch, in der bestimmt zwei Dutzend Limetten lagen. Diese Früchte stellten bei Wohnungsbesichtigungen offenbar ein so beliebtes Einrichtungsdetail dar, dass im Falle eines Berufsverbots für Immobilienmakler die Erdoberfläche innerhalb einer Saison mit einer dicken Limettenschicht überzogen würde und nur junge Leute mit ziemlich kleinen Messern und einer außergewöhnlich großen Liebe zu mexikanischem Bier überleben würden.

Estelle holte ein Glas Wasser, und der Geiselnehmer schob seine Sturmhaube etwas hoch, um trinken zu können.

»Geht es jetzt etwas besser?«, fragte Estelle.

Der Geiselnehmer nickte leicht und gab ihr das leere Glas zurück.

»Ach … es tut mir alles so leid.«

»Oh, lieber Freund, das macht doch nichts«, entgegnete Estelle. »Ich für meinen Teil kann nur betonen, wie clever es von Ihnen war, dass Sie nicht hergekommen sind, um die Wohnung zu rauben. Das wäre nämlich nicht besonders clever gewesen, weil die Polizei dann sofort gewusst hätte, wo Sie wohnen! Hatten Sie übrigens vor, die Bank hier unten in der Straße auszurauben? Ist die nicht mittlerweile bargeldlos?«

»Ja. Danke. Ich hab es selbst gemerkt«, antwortete der Geiselnehmer gepresst.

»Wirklich clever!«, kommentierte Zara.

In diesem Moment verlor der Geiselnehmer völlig die Fassung und schrie sie an, wie man seine Kinder anschreit, wenn sie sich auf der Rückbank im Auto streiten: »Ich WUSSTE es schließlich nicht, okay? Alle begehen mal einen FEHLER!«

Roger, der rein intuitiv immer versuchte, andere Schreihälse zu übertönen, schrie daraufhin: »JETZT WILL ICH ABER ENDLICH MEHR INFORMATIONEN HABEN!«

Woraufhin der Geiselnehmer schreiend entgegnete: »LASSEN SIE MICH DOCH ERST IN RUHE NACHDENKEN!«

Was Roger zu folgendem gebrülltem Konter veranlasste: »SIE SIND WIRKLICH EIN HUNDSMISERABLER DIEB!«

Woraufhin der Geiselnehmer mit der Pistole herumfuchtelte und schrie: »GLÜCK FÜR SIE!«

Daraufhin sprang Ro in zwei raschen Sätzen vor und rief: »JETZT HÖREN SIE DOCH ENDLICH AUF ZU SCHREIEN! DAS IST NICHT GUT FÜRS KIND!«

Was in der Tat stimmte, denn Kinder werden vom Schreien

unausgeglichen, das hatte Ro in demselben Buch gelesen, in dem auch stand, dass eine Schwangerschaft eine gemeinsame Reise sei. Nach diesen Worten wandte sie sich an Julia, als erwarte sie dafür eine Medaille. Julia verdrehte jedoch nur die Augen. »Also wirklich, Ro! Der Typ hat 'ne Knarre in der Hand, und du machst dir Sorgen darüber, dass irgendwer zu laut sein könnte.«

Estelle tätschelte währenddessen den Pistolenarm des Geiselnehmers und erklärte: »Tja, die beiden erwarten ein Kind, verstehen Sie? Obwohl sie … na ja, Sie wissen schon.«

Sie blinzelte dem Geiselnehmer vielsagend zu, als würde dieser ihren Wink unmittelbar verstehen. Doch dem war nicht so. Deshalb strich Estelle ihren Rock glatt und versuchte es auf andere Weise: »Ich finde jedenfalls, dass wir uns nicht gleich streiten sollten. Wollen wir uns nicht lieber erst mal gegenseitig vorstellen? Ich heiße Estelle. Sie haben mir ja noch gar nicht Ihren Namen genannt.«

Der Geiselnehmer legte den Kopf schräg und deutete erklärend auf seine Sturmhaube.

»Ich … also … wieso sollte ich …?«

Estelle nickte sofort entschuldigend und wandte sich den anderen zu.

»Natürlich, natürlich, wir sollten verstehen, dass unser Freund anonym bleiben möchte. Aber vielleicht können Sie uns erzählen, wie Sie heißen?« Sie nickte Roger zu.

»Roger«, brummte Roger.

»Und ich heiße Anna-Lena!«, stellte sich Anna-Lena vor, die es gewohnt war, nie gefragt zu werden.

»Ich heiße Ro, und das ist meine Frau Julia«, sagte Ro.

Der Geiselnehmer schaute alle nacheinander an und nickte kurz.

»Okay. Hallo.«

»Dann kennen wir einander jetzt! Wie schön!«, stellte Estelle fest und war so glücklich darüber, dass sie in die Hände klatschte. Dafür, dass sie ein ziemlich kleines Persönchen war, konnte sie überraschend fest in die Hände klatschen. Was in einem Raum, in dem jemand eine Pistole in der Hand hält, übrigens nicht unbedingt die allerbeste Idee ist. Denn alle um sie herum glaubten, dass das unerwartete Klatschen ein Pistolenschuss gewesen sei, und warfen sich unversehens auf den Boden. Der Geiselnehmer betrachtete die vor ihm liegenden Personen erstaunt und kratzte sich am Kopf. Dann wandte er sich an Estelle und sagte: »Danke. Das war nett von Ihnen.«

Anna-Lena blieb fast eine halbe Minute lang zusammengekrümmt neben dem Sofa auf dem Teppich liegen und bekam kaum Luft, bis sie feststellte, dass sich Roger schützend auf sie geworfen hatte, als er den vermeintlichen Pistolenschuss vernahm.

Kapitel 32

Zeugenvernehmung
Datum: 30. Dezember
Name der Zeugin: Estelle

Jim: Das alles tut mir wirklich sehr leid. Wir bringen Sie sobald wie möglich wieder nach Hause.
Estelle: Ach, das macht doch nichts. Es war sogar ziemlich belebend, wenn ich das so sagen darf. Mit knapp neunzig passiert ja im eigenen Alltag nicht mehr so viel!
Jim: Ja, nein, natürlich nicht. Zuallererst bittet mein Kollege darum, dass Sie sich einmal diese Zeichnung anschauen. Wir haben sie im Treppenhaus gefunden und glauben, dass sie einen Affen, einen Frosch und einen Elch darstellt. Kennen Sie sie?
Estelle: Nein. Nein, leider nicht. Ist das da wirklich ein Elch?
Jim: Ich weiß es nicht, wirklich nicht. Aber darauf kommt es jetzt auch nicht an, wenn ich ehrlich sein soll. Könnten Sie mir vielleicht in kurzen Worten erklären, warum Sie die Wohnung besichtigt haben?
Estelle: Ich war mit meinem Mann Knut dort. Das heißt, er war noch nicht da. Er hat gerade das Auto geparkt. Wir wollten uns die Wohnung für unsere Tochter anschauen.
Jim: Ist Ihnen an den anderen Kaufinteressenten irgendet-

was Besonderes aufgefallen, ich meine, bevor der Geiselnehmer die Wohnung stürmte?

Estelle: Oh, nein, davor habe ich nur kurz mit den beiden netten Frauen gesprochen, die ... Sie wissen schon ... die beiden Stockholmer.

Jim: Welche beiden Frauen?

Estelle: Ach, Sie wissen schon. Die »aus Stockholm«.

Jim: Sie blinzeln so, als müsste ich verstehen, was das bedeutet.

Estelle: Ro und Jullan. Die beiden, die ein Kind bekommen. Obwohl sie aus, na Sie wissen schon, »Stockholm« sind.

Jim: Sie meinen, dass sie homosexuell sind?

Estelle: Das ist doch nichts Schlimmes.

Jim: Das habe ich auch nicht gesagt, oder?

Estelle: Heutzutage ist das völlig in Ordnung.

Jim: Natürlich ist es das. Ich habe auch nichts anderes behauptet.

Estelle: Also ich persönlich finde es herrlich, dass die Liebe heutzutage frei ist.

Jim: Ich möchte betonen, dass ich diese Auffassung ausdrücklich teile.

Estelle: Zu meiner Zeit galt es als äußerst aufsehenerregend, müssen Sie wissen, wenn zwei, na ja, Sie wissen schon, offiziell zusammen waren und Kinder bekamen.

Jim: Zwei Stockholmer?

Estelle: Ja. Aber ich für meinen Teil habe Stockholm immer geliebt. Die Leute sollen ihr Leben so leben, wie sie es wollen. Ich meine, nicht, dass ich selbst je in Stockholm gewesen wäre, leider nicht. Und ich bin auch nicht ..., also, ich habe nicht ..., ich bin glücklich verheiratet. Mit Knut. Und ich bin sehr zufrieden mit meinem Leben.

Jim: Jetzt habe ich irgendwie den Faden verloren.

Kapitel 33

Als draußen auf der Straße die erste Polizeisirene ertönte, stürzte der Geiselnehmer hinaus auf den Balkon und warf einen Blick übers Geländer. So gelangten die ersten verschwommenen Handyfotos des »maskierten Pistolenmannes« ins Internet. Kurz darauf folgten weitere Streifenwagen.

»Scheiße auch, Scheiße, Scheiße, Scheiße auch«, fluchte der Geiselnehmer vor sich hin und lief zurück in die Wohnung, wo alle außer Julia noch immer auf dem Boden lagen.

»Ich konnte einfach nicht länger liegen bleiben. Ich muss dringend auf die Toilette! Oder wollen Sie etwa, dass ich auf den Boden pisse?«, fauchte Julia zu ihrer Verteidigung, ohne dass der Geiselnehmer auch nur den Mund geöffnet hatte.

»Einen großen Unterschied würde es auch nicht mehr machen«, sagte Zara und hob angeekelt das Gesicht vom Parkettfußboden.

Ro, die offenbar langjährige Erfahrung darin besaß, grundlos beschimpft zu werden, setzte sich auf und tätschelte dem Geiselnehmer aufmunternd das Bein.

»Nehmen Sie es nicht persönlich, wenn Jullan sich im Ton vergreift. Sie ist nur etwas empfindlich, weil das Baby bei ihr so furchtbare Blähungen verursacht, Sie wissen schon.«

»Privatsphäre, Ro!!!«, brüllte Julia.

Julia und Ro hatten tatsächlich eine Privatsphäre, auch wenn nur Julia wusste, wo genau sie anfing.

»Du hast nur gesagt, dass ich nicht mit anderen Kaufinteressenten sprechen soll. Aber jetzt rede ich ja mit dem Geiselnehmer«, verteidigte sich Ro.

»Eigentlich bin ich doch gar kein …«, begann der Geiselnehmer, wurde aber von Julia übertönt.

»Das ist völlig egal, Ro, hör einfach auf, dich bei den Leuten einzuschleimen! Ich weiß doch genau, wie das endet. Sie erzählen dir ihre ganze Lebensgeschichte, und später, wenn wir sie mit dem Kaufpreis überbieten, bekommst du ein schlechtes Gewissen!«

»Das ist erst EIN Mal passiert«, rief Ro ihr hinterher.

»D-R-E-I Mal«, brüllte Julia und zog am Griff der Toilettentür.

Ro stand vom Boden auf und sagte entschuldigend zum Geiselnehmer: »Jullan meint, dass ich so 'n Typ Mensch bin, der sich weigert, Fischstäbchen zu essen, nachdem er im Zoo die Delfinshow gesehen hat.«

Der Geiselnehmer nickte verständnisvoll. »Genauso sind meine Töchter auch.«

Ro lächelte. »Haben Sie Töchter? Wie alt sind sie denn?«

Dem Geiselnehmer versagte fast die Stimme, als er antwortete: »Sechs und acht.«

In dem Moment räusperte sich Zara und fragte: »Und die beiden sollen mal das Familienunternehmen erben?«

Der Geiselnehmer blinzelte gekränkt und musterte die Pistole in seiner Hand. »Ich hab … so was noch nie vorher gemacht. Ich bin nicht … kriminell.«

»Das will ich auch hoffen, Sie sind nämlich unfassbar schlecht darin«, erklärte Zara.

»Warum müssen Sie eigentlich immer so feindselig sein?«, fuhr Ro sie an.

»Ich bin nicht feindselig, ich wollte nur ein Feedback geben«, erklärte Zara.

»Sie wären doch bestimmt auch nicht so wahnsinnig gut darin gewesen, Leute auszurauben«, sagte Ro.

»Ich raube keine Leute aus, sondern Banken«, wandte der Geiselnehmer ein.

»Und wie gut sind Sie darin, auf einer Skala von eins bis zehn?«, fragte Zara.

Der Geiselnehmer schaute sie betreten an. »Eine Zwei vielleicht.«

»Haben Sie überhaupt einen Plan, wie Sie hier wieder rauskommen wollen?«, fragte Zara.

»Jetzt seien Sie doch nicht so negativ! Kritik macht es auch nicht besser!«, kritisierte Ro.

Zara blickte sie forschend an. »Ist das etwa Ihre wahre Persönlichkeit? Und damit sind Sie wirklich zufrieden?«

»Müssen SIE gerade sagen …«, begann Ro, worauf der Geiselnehmer die beiden zu beruhigen versuchte:

»Könnten Sie nicht bitte einfach …? Ich hab keinen Plan. Ich versuche gerade nachzudenken. Aber so hatte ich es mir eigentlich nicht vorgestellt.«

»Was genau?«, fragte Ro.

»Das Leben«, schluchzte der Geiselnehmer.

Zara zog ihr Handy aus der Tasche und erklärte: »Jetzt rufen wir aber die Polizei, damit hier wieder ein wenig Ordnung einkehrt.«

»Nein! Tun Sie das nicht!«, bat der Geiselnehmer.

Zara verdrehte die Augen.

»Wovor haben Sie denn Angst? Glauben Sie nicht, dass die längst wissen, wo Sie sind? Sie müssen zumindest bei denen anrufen und Lösegeld fordern.«

»Wir können nirgends anrufen, hier drinnen gibt es keinen Empfang«, informierte Ro.

»Sind wir hier etwa in der Wüste, oder was?«, fragte Zara und wedelte mit dem Handy in der Luft herum, als ob das helfen würde.

Ro schob die Hände in die Taschen ihres Kleides und überlegte laut: »Aber eigentlich hat es ja auch was Gutes. Ich hab nämlich gelesen, dass Kinder, die in handyfreien Zonen aufwachsen, intelligenter werden. Technologie hemmt die Entwicklung des Gehirns.«

Zara nickte sarkastisch.

»Ach ja? Erzählen Sie mir mehr von all den Nobelpreisträgern, die in Amish-Dörfern aufgewachsen sind.«

»Ich hab jedenfalls was über wissenschaftliche Forschungen gelesen, die besagen, dass Handywellen Krebs verursachen«, beharrte Ro.

»Aha, und wenn plötzlich ein Notfall eintritt? Stellen Sie sich vor, Sie ziehen hier ein, und Ihrem Kind bleibt eine Nuss im Hals stecken. Am Ende erstickt es, nur weil Sie keinen Krankenwagen rufen können«, sagte Zara.

»Was reden Sie denn da? Woher sollte das Kind denn die Nuss überhaupt haben?«

»Vielleicht hat sie ja irgendjemand nachts durch den Briefschlitz geschoben.«

»Sind Sie jetzt völlig gaga, oder was?«

»ICH bin schließlich nicht diejenige, die Ihr Kind ersticken lässt …«

Sie wurden von Julia unterbrochen.

»Worüber streitet ihr denn jetzt schon wieder?«

»Sie hat angefangen! Ich wollte einfach nur nett zu ihr sein«, brüllte Ro abwehrend und deutete auf Zara. »Und übrigens, nur dass du's weißt, es hängt NICHT damit zusammen, dass ich keine Fischstäbchen essen wollte.«

Julia stöhnte und warf Zara einen entschuldigenden Blick zu.

»Hat Ro Ihnen etwa von unserem Besuch im Zoo erzählt? Delfine sind ja noch nicht mal richtige Fische.«

»Was hat das denn mit der Sache zu tun? Wolltest du nicht eigentlich aufs Klo gehen?«, konterte Ro.

»Besetzt«, antwortete Julia und zuckte die Achseln.

Der Geiselnehmer kratzte sich an der Sturmhaube und zählte die Personen im Raum. Dann stammelte er: »Wa... warten Sie ... wie, besetzt?«

»Besetzt!«, wiederholte Julia, als erklärte das alles.

Der Geiselnehmer näherte sich der Toilette und betätigte die Klinke. Die Tür war abgeschlossen.

So kam es, dass aus der Geschichte eine über ein Kaninchen wurde.

Kapitel 34

Estelle: Ich möchte wirklich betonen, dass ich Stockholm für eine außerordentlich schöne Stadt halte. Jedenfalls wenn man die Stockholmer mag. Und ich muss Ihnen sagen, dass auch Knut ganz sicher keine Vorurteile gegen Stockholmer hat. Als ich nämlich in jungen Jahren einmal sein Büro aufgeräumt habe, fand ich in einer Schublade eine ganze Zeitung aus Stockholm.

Jim: Wie schön.

Estelle: Na ja, das sah ich damals nicht so. Wir hatten einen heftigen Streit deswegen, Knut und ich.

Jim: Ich verstehe. Sie unterhielten sich also mit Ro und Julia, bevor der Geiselnehmer die Wohnung stürmte?

Estelle: Die beiden haben Vögel. Und sie haben sich die ganze Zeit gestritten. Allerdings auf nette Weise. Ja, das andere Ehepaar hat sich übrigens auch gestritten, Roger und Anna-Lena, aber das war nicht so nett.

Jim: Und worüber haben sich Roger und Anna-Lena gestritten?

Estelle: Über das Kaninchen.

Jim: Welches Kaninchen?

Estelle: Oha, das ist eine lange Geschichte, wenn ich ehrlich sein soll. Aber sie haben sich auch über den Quadratmeterpreis gestritten, verstehen Sie? Roger befürchtete, dass alle den Quadratmeterpreis nach oben treiben würden. Er meinte, dass die verfluchten Makler und die verfluchten

Banker und die verfluchten Stockholmer den Wohnungsmarkt manipulieren.

Jim: Warten Sie, meinte er, dass Homosexuelle den Wohnungsmarkt manipulieren?

Estelle: Homosexuelle? Warum sollten sie das tun? So etwas Unverschämtes habe ich ja noch nie gehört! Wer hat denn das behauptet?

Jim: Sie sagten, dass die Stockholmer es täten.

Estelle: Ja, aber damit meinte ich doch die Stockholmer. Nicht die »Stockholmer«.

Jim: Gibt es da einen Unterschied?

Estelle: Ja, das eine sind die Stockholmer und das andere die »Stockholmer«.

Jim: Entschuldigung, aber jetzt bin ich etwas durcheinander. Lassen Sie mich versuchen, alles in der richtigen Reihenfolge zu notieren.

Estelle: Nehmen Sie sich ruhig Zeit, das ist völlig in Ordnung, ich habe es überhaupt nicht eilig.

Jim: Tut mir leid, aber ich denke, wir sollten noch einmal auf meine erste Frage zurückkommen.

Estelle: Wie lautete sie noch mal?

Jim: Ist Ihnen an den anderen Kaufinteressenten irgendetwas Besonderes aufgefallen?

Estelle: Zara wirkte ziemlich traurig. Und Anna-Lena mochte die grünen Gardinen nicht. Und Ro befürchtete, dass das Ankleidezimmer nicht groß genug sein würde. Aber heutzutage nennt man das ja offenbar begehbarer Kleiderschrank. Die Bezeichnung kannte ich gar nicht, bevor ich sie von Jullan gehört habe.

Jim: Nein, warten Sie, das kann nicht stimmen. Im Grundriss ist kein begehbarer Kleiderschrank eingezeichnet.

Estelle: Vielleicht sieht er darin nur kleiner aus.

Jim: Aber der Grundriss muss ja wohl maßstabsgetreu sein.

Estelle: Aha, muss er das?

Jim: Im Grundriss ist dieser Raum nicht einmal einen halben Quadratmeter groß. Darf ich fragen, wie groß dieser begehbare Kleiderschrank tatsächlich ist?

Estelle: Ich bin nicht gerade gut, was Maße angeht. Aber Ro sagte, dass sie ihn als Hobbyraum nutzen wollte. Sie stellt nämlich selbst Käse her, müssen Sie wissen. Und sie züchtet Blumen. Oder jedenfalls irgendwelche Pflanzen. Jullan gefällt das ganz und gar nicht. Einmal hat Ro sogar versucht, selbst Champagner zu keltern, aber davon ist wohl einiges in Jullans Schublade mit der Unterwäsche gespritzt, was nach Ros Worten ziemlichen »Trouble« verursachte.

Jim: Entschuldigung, könnten wir uns bitte wieder auf die Größe dieses Raums konzentrieren?

Estelle: Also Jullan hat Wert darauf gelegt, dass es »begehbarer Kleiderschrank« heißt.

Jim: Ist er denn groß genug, dass man sich darin verstecken könnte?

Estelle: Das kommt darauf an, wen Sie meinen.

Jim: Na ja, irgendwen.

Estelle: Ich vermute schon. Ist das wichtig?

Jim: Nein. Nein, wahrscheinlich nicht. Aber mein Kollege meinte, dass ich sämtliche Zeugen unbedingt nach möglichen Verstecken fragen soll. Möchten Sie übrigens einen Kaffee?

Estelle: Oh ja, ein Kaffee würde mir jetzt schrecklich guttun, das kann ich nicht verhehlen.

Kapitel 35

Der Geiselnehmer starrte erst auf die abgeschlossene Toilettentür und dann auf die im Wohnzimmer versammelten Geiseln. Schließlich fragte er: »Glauben Sie, dass jemand da drinnen ist?«

Zara fragte in einem Ton zurück, den man durchaus als sarkastisch auffassen könnte: »Was glauben Sie denn selbst?«

Der Geiselnehmer blinzelte so oft hintereinander, dass es aussah, als versuche er Morsezeichen zu senden.

»Sie glauben es also?«

»Hatten Ihre Eltern vielleicht schon denselben Nachnamen, bevor sie sich zusammengetan haben?«, fragte Zara, was Ro ihr stellvertretend für den Geiselnehmer übelnahm und sie anblaffte: »Warum sind Sie eigentlich so schnippisch?«

Worauf Julia ihr gegens Schienbein trat und fauchte: »Misch dich nicht überall ein, Ro!«

»Aua! *Du* redest doch immer davon, dass wir unserem Kind beibringen müssen, sich gegen Mobber zu wehren! Ich kann jedenfalls nicht zulassen, dass sie so umspringt mit dem …«, protestierte Ro.

»Mit wem? Mit dem Geiselnehmer? Hältst du das für Mobbing? Meine Güte, wirklich bitter, wenn jemand, der uns mit einer Schusswaffe bedroht, beleidigt wird«, stöhnte Julia.

»Ich bin kein …«, begann der Geiselnehmer, doch Julia hob warnend den Zeigefinger.

»Wissen Sie was? Sie sind schließlich derjenige, der all das hier verbockt hat. Jetzt halten Sie mal schön die Klappe.«

Zara, die den Staub auf ihrer Kleidung so angeekelt beäugte, als sei sie gerade einem Misthaufen entstiegen, meinte: »Zum Glück wird Ihr Kind wenigstens *eine* Mutter haben, die keine Kommunistin ist.«

Julia schnellte herum und rief: »Und *Sie* halten jetzt auch die Klappe.«

Zara hielt tatsächlich den Mund. Was niemanden mehr erstaunte als sie selbst.

Währenddessen erhob sich Roger vorsichtig und half auch Anna-Lena auf die Füße. Sie schaute ihm in die Augen, und er wusste nicht recht, wohin mit dem Blick, denn die beiden waren es längst nicht mehr gewöhnt, einander im Hellen zu berühren. Anna-Lena errötete prompt, während Roger sich umdrehte und zerstreut anfing, gegen die Wände zu klopfen, um sich beschäftigt zu geben. Er klopfte bei jeder Wohnungsbesichtigung an die Wände, Anna-Lena war sich nicht ganz sicher, aus welchem Grund. Doch er hatte ihr erklärt, damit in Erfahrung bringen zu wollen, ob sie »sich zum Bohren eigneten«. Roger war es ebenso wichtig, dass man hineinbohren konnte, wie zu erfahren, ob es sich um eine tragende Wand handelte. Wenn man tragende Wände einreißt, stürzt nämlich das gesamte Dach ein. Offenbar konnte man es am Klopfen hören, oder zumindest Roger konnte es, deshalb tat er es auch bei jeder Wohnungsbesichtigung: Er klopfte und klopfte und klopfte. Anna-Lena dachte manchmal, dass alle Menschen in gewissen Momenten offenbaren, wer sie wirklich sind, und einem für einen kurzen Augenblick Einblick in ihre Seele gewähren. Bei Roger war es dieses Klopfen. Denn manchmal blieb er nach dem Klopfen noch etwas stehen und betrachtete sehnsuchtsvoll die Wand, das hatte bislang nur Anna-Lena und sonst niemand auf der Welt beobachten können. Und dann wurde er wieder zum Kind, als hoffte er darauf, dass eines Tages irgendwer zurückklopfen würde. So gefiel er Anna-Lena am besten.

Klopf, klopf, klopf. Klopf. Klopf. Klopf.

Mitten in einem Klopfen hielt er unvermittelt inne. Denn jetzt hörte er den Wortwechsel zwischen Ro, Julia und Zara über die abgeschlossene Toilettentür. Als ihm aufging, dass sich dahinter womöglich sein ärgster Feind versteckt hielt, nämlich ein weiterer Kaufinteressent, lief ihm ein eiskalter Schauer über den Rücken. Deshalb beschloss er, augenblicklich das Kommando zu übernehmen. Er näherte sich beherzten Schrittes der verschlossenen Tür und hatte gerade die Hand gehoben, um anzuklopfen, als Anna-Lena rief: »NEIN!«

Roger drehte sich um und blickte seine Frau erstaunt an. Sie zitterte am ganzen Körper und errötete bis in die Haarspitzen.

»Bitte … öffne sie nicht«, flüsterte sie. Roger hatte sie noch nie so verängstigt erlebt und konnte einfach nicht begreifen, wovor sie solche Angst hatte. Zara stand daneben und schaute von einem zum anderen. Dann steuerte sie geradewegs auf die Toilettentür zu und klopfte an. Kurz darauf klopfte jemand zurück.

In dem Moment tropften dicke Tränen von Anna-Lenas Kinn.

Kapitel 36

Zeugenvernehmung
Datum: 30. Dezember
Name des Zeugen: Roger

Jack: Alles in Ordnung?
Roger: Weshalb fragen Sie?
Jack: Es sieht aus, als hätten Sie Nasenbluten.
Roger: Ja, ja, ja, das habe ich manchmal. Mein Arzt, dieser Quacksalber, meint, dass es vom Stress kommt. Aber egal, stellen Sie Ihre Fragen.
Jack: Okay. Sie kamen also gemeinsam mit Ihrer Frau Anna-Lena zur Wohnungsbesichtigung?
Roger: Woher wissen Sie das?
Jack: Das steht in meinen Unterlagen.
Roger: Und wie kommen Sie an Informationen über meine Frau?
Jack: Wir vernehmen alle Zeugen.
Roger: Sie sollten aber keine Informationen über meine Frau haben.
Jack: Ganz ruhig.
Roger: Ich bin verflucht noch mal ruhig.
Jack: Das behaupten alle, die aufgebracht sind, das weiß ich aus Erfahrung.

Roger: Ich werde jedenfalls keine Fragen zu meiner Frau beantworten!

Jack: Nein, nein, okay. Könnten Sie dann vielleicht ein paar Fragen zum Täter beantworten?

Roger: Das kann ich ja wohl erst sagen, wenn Sie sie gestellt haben.

Jack: Also die erste lautet: Wo, vermuten Sie, hält er sich versteckt?

Roger: Wer denn?

Jack: Was glauben Sie denn?

Roger: Der Geiselnehmer?

Jack: Nein, Walter.

Roger: Und wer ist das?

Jack: Wissen Sie etwa nicht, wer ... ach egal, das ist die Hauptfigur in einem alten Kinderbuch mit dem Titel »Wo ist Walter?«. Das war eine sarkastische Bemerkung, vergessen Sie's einfach.

Roger: Ich lese keine Kinderbücher.

Jack: Ich bitte um Entschuldigung. Können Sie mir jetzt sagen, wo sich der *Täter* Ihres Wissens nach versteckt hält?

Roger: Woher soll ich das wissen?

Jack: Sie müssen entschuldigen, aber wir haben gute Gründe anzunehmen, dass sich der Täter noch in der Wohnung befindet. Ich dachte, dass Sie uns vielleicht helfen könnten, weil Ihre Frau meinte, dass Sie vor jeder Wohnungsbesichtigung sorgfältig recherchieren. Und dann vor Ort alle Maße im Grundriss zur Kontrolle noch einmal nachmessen.

Roger: Stimmt, auf die Makler ist ja heutzutage kein Verlass mehr. Manche von ihnen schaffen es ja noch nicht mal, ein Lineal mit einem anderen Lineal auszumessen.

Jack: Genau das meinte ich. Haben Sie in dieser Wohnung zufällig irgendetwas Besonderes festgestellt?
Roger: Ja. Die Maklerin war eine Dilettantin.
Jack: Und warum?
Roger: Im Grundriss fehlte ein Meter, zwischen den Wänden.
Jack: Ernsthaft? Zwischen welchen Wänden? Könnten Sie es mir in diesem Plan zeigen?
Roger: Dort. Man hört es, wenn man dagegen klopft. Ein Zwischenraum.
Jack: Und aus welchem Grund könnte das so sein?
Roger: Vermutlich, weil diese Wohnung und die Wohnung nebenan früher einmal eine einzige große Wohnung gewesen sind. Als die Leute in der Stadt noch reicher und die Wohnungen billiger waren. Aber jetzt wird der gesamte Markt manipuliert, und die unbescholtenen Bürger werden hinters Licht geführt. Das liegt zweifellos an den Maklern. Und an den Banken. Und an den Stockholmern. Die treiben nämlich die Preise immer weiter in die Höhe. Wieso zum Teufel verdrehen Sie die Augen?
Jack: Entschuldigung. Ich will mich ja nicht einmischen, aber haben Sie und Ihre Frau nicht in den letzten Jahren auch diverse Wohnungen als Spekulationsobjekte gekauft und wieder verkauft? Das treibt die Preise doch auch nach oben, oder etwa nicht?
Roger: Jetzt ist es also schon verwerflich, Geld zu verdienen?
Jack: Das habe ich nicht gesagt.
Roger: Ich bin ein guter Verhandlungsführer, und das ist ja wohl noch lange kein Verbrechen, klar?
Jack: Nein, nein, das ist es nicht.

Roger: Jedenfalls dachte ich, dass ich ein guter Verhandlungsführer wäre.
Jack: Jetzt kann ich Ihnen nicht ganz folgen.
Roger: Ich war eigentlich Ingenieur, bevor ich in Rente gegangen bin. Steht das auch in Ihren Unterlagen?
Jack: Was? Nein.
Roger: Das war also nicht relevant, ja, ist es nicht so? Ein ganzes Berufsleben, und das ist in Ihren Unterlagen nicht relevant? Wissen Sie eigentlich, was die mir in den letzten Jahren angetan haben?
Jack: Nein.
Roger: Die haben alles nur gefakt. Genau wie sie auch.
Jack: Ihre Frau?
Roger: Nein, Walter.
Jack: Wie bitte?
Roger: Glauben Sie etwa, dass nur Ihre Generation sarkastisch sein kann, Sie kleiner Rotzlöffel?

Kapitel 37

Julia nickte in Richtung Toilettentür, streckte dem Geiselnehmer die Hand hin und forderte: »Geben Sie mir die Pistole.«

»Das … das kommt nicht infrage! Was haben Sie denn vor?«, fragte der Geiselnehmer verunsichert und verbarg die Pistole unter seiner Jacke, als wäre sie ein Katzenjunges und man hätte ihn gerade gefragt, ob er zufällig irgendwo ein Katzenjunges gesehen hätte.

»Ich bin hochschwanger und muss dringend zur Toilette. Geben Sie mir die Pistole, damit ich das Türschloss sprengen kann«, wiederholte Julia.

»Nein«, jammerte der Geiselnehmer.

Julia breitete ungeduldig die Arme aus.

»Dann müssen Sie es eben selbst tun. Zielen Sie einfach auf das Schloss.«

»Nein, das tue ich nicht.«

Julias Augen zogen sich zu unheilvollen schmalen Schlitzen zusammen.

»Was heißt hier, das tue ich nicht? Sie halten uns alle hier drinnen als Geiseln gefangen, draußen vor der Tür steht die Polizei, und in der Toilette versteckt sich ein Unbekannter. Es könnte ja sonst wer sein. Sie müssen sich jetzt Respekt verschaffen! Wie wollen Sie das sonst je erfolgreich durchziehen? Sie können doch nicht einfach nur darauf warten, dass die Leute Ihnen sagen, was Sie tun sollen!«

»Aber *Sie* sagen mir doch gerade, was ich tun soll …«, begann der Geiselnehmer, woraufhin Julia fauchte:

»Jetzt schießen Sie endlich, wie ich es Ihnen gesagt habe!«

Der Geiselnehmer schien für einen Moment keinen anderen Ausweg zu sehen, als zu gehorchen. Aber dazu sollte es nicht mehr kommen. Denn plötzlich vernahmen sie ein leises Klicken hinter der Tür, gefolgt vom vorsichtigen Herunterdrücken des Türgriffs, während eine Stimme von drinnen rief: »Schießen Sie nicht. Bitte schießen Sie nicht.«

Kurz darauf trat ein Mann im Bunny-Kostüm heraus. Oder um genau zu sein, trug er kein Ganzkörperkostüm, sondern eigentlich nur einen Kaninchenkopf. Ansonsten war der Mann nur mit einer Unterhose und Strümpfen bekleidet. Er war in den Fünfzigern, und die geringe Anzahl der Kleidungsstücke in Relation zur Menge an Haut schmeichelte seinem Körper nicht besonders, um es diplomatisch auszudrücken.

»Bitte tun Sie mir nichts, ich mache nur meinen Job!«, jaulte der Mann unter der Kaninchenhaube mit Stockholmer Dialekt und reckte die Hände in die Luft. Wie sich herausstellte, war er Stockholmer. Also in Stockholm geboren und nicht die Art von »Stockholmer«, die für Jim und Jack Idioten sind. (Was natürlich nicht bedeutet, dass der Mann nicht auch ein Idiot sein könnte, natürlich nicht, wir leben ja schließlich in einem freien Land.) Er war sicherlich auch keiner von den »Stockholmern«, die Estelle meinte, wenn sie die Art von Familienstruktur umschrieb, an der nun wirklich rein gar nichts auszusetzen ist (und wenn er es doch gewesen wäre, wäre daran natürlich auch ganz und gar nichts auszusetzen gewesen!). Er war schlicht und einfach ein gewöhnlicher Stockholmer, der jetzt erschrocken unter seiner

Kaninchenhaube ausrief: »Anna-Lena, sagen Sie denen, dass sie nicht schießen sollen!«

Alle verstummten, jedoch keiner augenfälliger als Roger. Er starrte Anna-Lena an, die wiederum weinend das Kaninchen anstarrte, um Rogers überraschtem Blick auszuweichen, wobei sie sich mit den Fingern nervös um die Hüften strich. Sie konnte sich nicht daran erinnern, wann sie ihren Mann zum letzten Mal überrascht hatte, und für gewöhnlich kommt so etwas auch nicht vor, wenn man schon so lange verheiratet ist. Üblicherweise wird der Ehepartner nach und nach zu einer festen Konstante im Leben, die man irgendwann als selbstverständlich hinnimmt. Doch jetzt, in diesem Augenblick, brach für Roger eine Welt zusammen, das wusste Anna-Lena. Sie flüsterte verzweifelt: »Tu ihm nichts an. Das ist Lennart.«

»KENNST du den Mann etwa?«, schnaubte Roger.

Anna-Lena nickte verzweifelt.

»Ja, aber es ist nicht so, wie du denkst, Roger!«

»Ist er … ist er etwa …«, brachte Roger angriffslustig hervor, bis er zu guter Letzt aussprach, was nicht sein durfte: »… ein weiterer Kaufinteressent?«

Anna-Lena war nicht imstande zu antworten, woraufhin Roger herumschnellte und wutentbrannt auf die Toilette zustürzte, sodass sowohl Julia als auch Ro (Zara sprang in hilfsbereiter Manier einfach zur Seite) gezwungen waren, ihn mit vereinten Kräften zurückzuhalten, um zu verhindern, dass er das Kaninchen erwürgte.

»Warum weint meine Frau plötzlich? Wer sind Sie? Sind Sie ein Kaufinteressent? Antworten Sie auf der Stelle!«, brüllte Roger.

Auch auf diese Fragen bekam er keine sofortige Antwort, was Anna-Lena ebenfalls einen Stich versetzte. Roger hatte beruflich einen wichtigen Posten innegehabt und war von allen Kollegen respektiert worden, sogar seine Vorgesetzten hatten auf ihn gehört. Aber letzten Endes war er nicht einfach in Rente gegangen, sondern sie hatten ihn regelrecht ausgebootet. In den ersten Monaten war er mitunter mehrmals am Tag an der Firma vorbeigefahren, weil er innerlich gehofft hatte, schon von außen sehen zu können, dass sie ohne ihn nicht klarkamen. Doch sie kamen klar. Es war keinesfalls schwierig gewesen, ihn zu ersetzen, und das Unternehmen existierte nach seinem Weggang einfach weiter. Diese Einsicht setzte Roger schwer zu und verlangsamte all sein Tun.

»ANTWORTEN SIE!«, forderte er das Kaninchen auf, das allerdings gerade mit seiner Haube kämpfte, deren Verschluss sich offenbar verhakt hatte. Auf seinem bloßen Rücken hüpften stressbedingte Schweißperlen wie bei einem Flipperspiel von einem Härchen zum nächsten, und seine Unterhose hing auf halb acht.

Der Geiselnehmer stand schweigend daneben, doch Zara erwartete offenbar etwas mehr Feedback und knuffte ihn in die Seite.

»Wollen Sie denn nichts unternehmen?«

»Und was?«, fragte der Geiselnehmer.

»Na, zum Beispiel ein Machtwort sprechen! Was für ein mieser Geiselnehmer sind Sie eigentlich?«, fragte Zara.

»Ich bin kein Geiselnehmer, ich bin Bankräuber«, stöhnte der Geiselnehmer.

»Das ist nun aber wirklich etwas zu hoch gegriffen, oder?«

»Würden Sie bitte aufhören, an mir rumzunörgeln?«

»Also wirklich! Jetzt schießen Sie doch endlich auf das Kaninchen, damit hier Ordnung einkehrt. Und verschaffen Sie sich Respekt. Ein Schuss ins Bein reicht ja völlig aus.«

»NEIN, SCHIESSEN SIE NICHT!«, rief das Kaninchen panisch.

»Hören Sie auf, mir Befehle zu erteilen«, bat der Geiselnehmer.

»Er könnte ja Polizist sein«, warnte Zara.

»Ich will aber nicht …«

»Dann geben Sie mir die Knarre.«

»Nein!«

Zara wandte sich unbekümmert an das Kaninchen: »Wer sind Sie? Sind Sie Bulle, oder was? Antworten Sie, sonst schießen wir.«

»Wenn hier einer schießt, dann ICH! Oder eben auch NICHT!«, protestierte der Geiselnehmer.

Zara tätschelte ihm herablassend den Arm.

»Mhm, na klar, ganz sicher.«

Der Geiselnehmer stampfte frustriert mit dem Fuß auf.

»Keiner hört auf mich! Sie sind wirklich die schlechtesten Geiseln, die es je gegeben hat!«

»Bitte schießen Sie nicht, mein Kopf hat sich verheddert«, rief Lennart aus den Tiefen der Kaninchenhaube und fügte hinzu: »Anna-Lena kann alles erklären, wir sind … ich bin … wegen ihr hier.«

Roger blieb die Luft weg. Er wandte sich wieder Anna-Lena zu, diesmal jedoch so langsam, wie er es ihrer Erinnerung nach seit Anfang der 1990er Jahre nicht mehr getan hatte, als er einmal feststellte, dass sie nach der falschen VHS-Kassette gegriffen hatte, um eine Folge ihrer Doku-Soap aufzunehmen, und dabei aus Versehen eine äußerst wichtige Dokumentation über Antilopen gelöscht hatte. Roger fand keine Worte für ihren Verrat, weder damals noch heute. Den beiden war es noch nie besonders leichtgefallen, über Gefühle zu reden, und Anna-Lena hatte anfänglich gehofft, dass es besser werden würde, wenn sie erst einmal Kinder hätten, doch stattdessen wurde es nur noch schlimmer. Wenn man Kinder hat, nehmen die Belange der Kleinen häufig über Jahre hinweg so großen Raum ein, dass den Eltern kaum Zeit zum Luftholen bleibt. In dieser emotional so intensiven Phase kommen die Erwachsenen oft nicht dazu, ihre eigenen Gefühle zu äußern. Und wenn sich diese Zeitspanne weit genug ausdehnt, kann es sein, dass man schlicht und einfach vergisst, wie man es macht.

Rogers Liebe zu Anna-Lena äußerte sich auf andere Weise. In vielen kleinen Dingen. Er kontrollierte zum Beispiel jeden Tag die Schrauben und Scharniere an der Tür ihres Spiegelschränkchens im Badezimmer, damit diese sich immer ohne den geringsten Widerstand öffnen und schließen ließ. Wenn Anna-Lena morgens ihren Spiegelschrank öffnete, war sie nämlich nicht empfänglich für Widerstände, das wusste Roger. Anna-Lena hatte ihr Interesse an Inneneinrichtungen zwar erst spät im Leben entdeckt, aber irgendwann hatte sie in einem Buch gelesen, dass jeder Innenarchitekt in einem neuen Objekt erst einmal einen gewissen Fixpunkt ausmachen muss. Etwas Beständiges, Unverrückbares, das allem anderen Halt gibt und aus dem sich die weitere Raumgestaltung dann zirkelförmig ableitet. Für Anna-Lena war dieser Fixpunkt das Spiegelschränkchen, das begriff Roger, weil ihm die Bedeutung von unverrückbaren Objekten wie zum Beispiel tragenden Wänden einleuchtete. Diese kann man nicht einfach beliebig anpassen, sondern man muss sich ihnen anpassen. Deshalb schraubte Roger auch das Spiegelschränkchen im Badezimmer vor jedem Umzug immer als Letztes ab und schraubte es in der neuen Wohnung als Erstes wieder an. Auf diese Weise liebte er sie. Doch jetzt stand sie hier, voller Überraschungen, und gestand: »Das ist Lennart, er und ich … ja, also, wir sind … wir haben … eigentlich solltest du gar nichts davon erfahren, Schatz!«

Schweigen. Verrat.

»Ihr beide … du und … ihr habt also … hinter meinem Rücken?«, presste Roger mühsam hervor.

»Es ist nicht so, wie du denkst«, beharrte Anna-Lena.

»Nicht so, wie Sie denken«, bestätigte das Kaninchen.

»Ganz und gar nicht«, fügte Anna-Lena hinzu.

»Oder … vielleicht schon ein wenig so, wie Sie denken, das hängt natürlich davon ab, was genau Sie denken«, gab das Kaninchen zu.

»Jetzt seien Sie ruhig, Lennart!«, forderte Anna-Lena.

»Dann erzählen Sie ihm doch einfach die Wahrheit«, bat das Kaninchen.

Anna-Lena atmete tief durch die Nase ein und schloss die Augen.

»Lennart ist nur ein … wir sind übers Internet in Kontakt getreten. Ich wollte eigentlich gar nicht … es ist einfach passiert, Roger.«

Rogers Arme hingen schlaff an seinem Körper herunter. Schließlich wandte er sich an den Geiselnehmer, deutete auf das Kaninchen und flüsterte: »Wie viel wollen Sie dafür haben, dass Sie ihn abknallen?«

»Können Sie nicht einfach aufhören, mir zu befehlen, wen ich erschießen soll?«, jammerte der Geiselnehmer.

»Wir können es ja so aussehen lassen, als wäre es ein Unfall gewesen«, versprach Roger.

Anna-Lena machte ein paar verzweifelte Schritte auf Roger zu und versuchte seine Fingerspitzen zu berühren.

»Lieber Roger, bitte beruhige dich …«

Aber Roger machte keinerlei Anstalten, sich zu beruhigen. Er deutete mit dem ausgestreckten Arm auf das Kaninchen und sagte ihm auf den Kopf zu: »Sie! Sie werden sterben, kapiert? Sterben werden Sie!«

Daraufhin suchte Anna-Lena panisch nach irgendwelchen Worten, die ihn möglichenfalls aufhorchen lassen würden, und rief letztlich: »Roger, warte! Wenn hier drinnen jemand gewaltsam stirbt, wird die Wohnung zu einem Tatort, und dann schnellt der Quadratmeterpreis unweigerlich in die Höhe! Die Leute sind doch ganz verrückt nach Tatorten!«

In diesem Augenblick hielt Roger inne, seine Fäuste vibrierten zwar noch, aber er holte tief Luft und schien sich etwas zu beruhigen. Quadratmeterpreis war immerhin Quadratmeterpreis. Seine Schultern sanken herab, und danach folgte sein restlicher Körper, sowohl äußerlich als auch innerlich. Den Blick zu Boden gerichtet, flüsterte er: »Wie lange geht das schon so? Zwischen dir und diesem … verflixten Kaninchen?«

»Ein Jahr«, antwortete Anna-Lena.

»EIN Jahr!?«

»Ja, liebster Roger, aber ich hab es nur für dich getan.«

Rogers Wangen begannen vor lauter Verzweiflung und Verwirrung zu zittern. Er bewegte leicht die Lippen, doch seine innersten Gefühle behielt er für sich. Der Mann mit dem Kaninchenkopf schien indessen seine Chance gekommen zu sehen, zu erklären, wie sich die Dinge wirklich verhielten. Was er in einem Tonfall tat, der nur von einem Mann mittleren Alters mit autobahnbreitem Stockholmdialekt stammen kann: »Hören Sie mal, Roggan, darf ich Sie Roggan nennen? Nehmen Sie sich die Sache nicht so zu Herzen! Es ist ganz normal, dass sich Frauen an mich wenden, verstehen Sie, schließlich bin ich ja für genau die Dinge zuständig, die sie von ihren Männern eher nicht erwarten können.«

Rogers Gesicht legte sich nun vollständig in Falten.

»Was für Dinge? Was für eine Beziehung haben Sie eigentlich?«

»Eine Geschäftsbeziehung, ich bin professionell!«, antwortete das Kaninchen.

»Professionell? Hast du ihn etwa BEZAHLT, um mit ihm schlafen zu dürfen, Anna-Lena?«, schrie Roger.

Anna-Lenas Augen weiteten sich, bis sie fast die doppelte Größe annahmen.

»Bist du nicht mehr ganz bei Trost?«, zischte sie.

Das Kaninchen machte einen Schritt auf Roger zu, um das Missverständnis auszuräumen.

»Nein, nein, nicht diese Art von Professionalität. Ich schlafe nicht mit meinen Kunden. Jedenfalls nicht professionell. Ich bin Besichtigungszerstörer, professioneller Wohnungsbesichtigungszerstörer, hier ist meine Karte.« Das Kaninchen fischte eine Visitenkarte aus seinem Strumpf. Darauf stand *Lennart Ohne Grenzen*. Oder besser gesagt *Lennart Ohne Grenzen AG*, um die Seriosität seiner Tätigkeit zu unterstreichen.

Anna-Lena biss sich auf die Lippe und wiederholte: »Ja. Lennart hat mir geholfen. Uns!«

»Wie bitte?«, rief Roger aus.

Das Kaninchen nickte stolz.

»Ja, in der Tat, Roggan. Manchmal spiele ich den besoffenen Nachbarn, manchmal miete ich aber auch nur die Wohnung über der an, die gerade besichtigt wird, und schaue mir in ohrenbetäubender Lautstärke einen Porno an. Das hier ist allerdings mein teuerstes Paket.« Er deutete von seinen Tennissocken über die Unterhose und den bloßen Oberkörper bis hinauf zu seinem Kaninchenkopf, der sich einfach nicht abnehmen ließ. Dann sagte er: »Das hier ist ›Das scheißende Kaninchen‹, verstehen Sie? Das Premiumpaket. Wenn man das bestellt, schleiche ich mich noch vor allen anderen Besuchern in die Wohnung und verstecke mich auf der Toilette. Wenn dann die anderen Kaufinteressenten die Tür öffnen, kriegen sie einen erwachsenen nackten Mann mit Kaninchenkopf zu sehen, der auf dem Klo sitzt und scheißt. Darüber kommen die Leute nie hinweg. Hässliche Fußböden oder abgewetzte Tapeten kann man ja vor dem Einzug austauschen oder auch einfach verdrängen, nicht wahr? Aber ein scheißendes Kaninchen?« Das Kaninchen klopfte sich demonstrativ an die Stirn seiner Kaninchenhaube: »Das bleibt im Kopf hängen! Dort will man nicht wohnen!« Was sämtlichen Anwesenden beim Anblick des Kaninchens absolut einleuchtete.

Anna-Lena streckte die Hand nach Rogers Arm aus, doch Roger zuckte erschrocken zusammen, als hätte er sich verbrannt. Sie schluchzte: »Lieber Roger, erinnerst du dich vielleicht noch an die Wohnungsbesichtigung letztes Jahr in dem kürzlich sanierten roten Haus aus der Jahrhundertwende, wo ganz plötzlich ein betrunkener Nachbar auftauchte, der alle Kaufinteressenten mit Spaghetti und Hackfleischsoße bewarf?«

Roger schnaubte so gekränkt, dass seine Lippen ganz feucht wurden.

»Natürlich! Wir haben die Wohnung immerhin für ganze dreihundertfünfundzwanzigtausend unter dem Marktwert gekauft!«

Das Kaninchen nickte zufrieden.

»Ich will ja nicht prahlen, aber der betrunkene, mit Spaghetti um sich werfende Nachbar ist eine meiner beliebtesten Figuren.«

Roger starrte Anna-Lena an.

»Willst du damit sagen, dass ... aber ... all meine Verhandlungen mit dem Makler ... meine ganze Taktik?«

Anna-Lena brachte es nicht über sich, seinem Blick zu begegnen.

»Du bist doch immer so enttäuscht, wenn wir bei einer Auktion leer ausgehen. Und ich wollte unbedingt, dass du ... den Zuschlag bekommst.«

Einen Teil der Wahrheit ließ sie jedoch aus: dass sie sich eigentlich nach einem Dach über dem Kopf sehnte, endlich fertig werden wollte, endlich einmal ins Kino gehen wollte, um sich dort irgendeine Schnulze anzuschauen, anstatt eine weitere Dokumentation im Fernsehen über sich ergehen zu lassen. Sie wollte kein Hai sein. Aber sie befürchtete, dass dieser Verrat das Fass für Roger zum Überlaufen bringen würde.

»Und wie oft?«, flüsterte Roger am Boden zerstört.

»Dreimal«, log Anna-Lena.

»Nein, sechs! Ich weiß die Adressen auswendig, das erste Mal ...«, berichtigte das Kaninchen.

»Seien Sie still, Lennart!«, schluchzte Anna-Lena.

Lennart nickte gehorsam und begann erneut an seiner Kaninchenhaube zu ziehen und zu zerren, bis er nach einer halben Ewigkeit glücklich ausrief: »Jetzt ist der Verschluss endlich aufgegangen, glaube ich!«

Roger starrte unterdessen auf den Boden, die Zehen fest zusammengekrallt, denn Roger war ein Mann, dessen Gefühle in den Füßen steckten. Er lief in einem Halbkreis auf die Balkontür zu und stieß sich dabei an einer Fußleiste den kleinen Zeh, woraufhin er vor sich hin schimpfte, sowohl über die verdammte Leiste als auch über das verflixte Kaninchen.

»Sie verfluchter … verfluchter … Sie verfluchter …«, murmelte er, als suche er nach einer endgültig vernichtenden Verunglimpfung. Schließlich fiel sie ihm ein: »Sie verfluchter Stockholmer.« Sein Zeh tat ihm genauso weh wie sein Herz, deshalb ballte er beide Hände zur Faust, hob den Blick und machte so blitzartig kehrt, dass niemand ihn auch nur ansatzweise daran hindern konnte, das Kaninchen niederzuschlagen. Mit all seiner Liebe und Kraft und einem einzigen Schlag.

Das Kaninchen fiel der Länge nach rücklings über die Schwelle der Toilette. Glücklicherweise fing die weiche Kaninchenhaube Rogers Faustschlag ein wenig ab, und Lennarts ansonsten gut gepolsterter Körper (der die Konsistenz eines Kloßes hatte) tat das Übrige. Als er die Augen wieder öffnete und an die Decke starrte, beugte sich Julia über ihn.

»Sind Sie noch am Leben?«, fragte sie.

»Mein Kopf hat sich wieder verheddert«, antwortete er.

»Sind Sie verletzt?«

»Ich glaube nicht.«

»Gut. Dann lassen Sie mich jetzt bitte allein. Ich muss pinkeln.«

Das Kaninchen brachte widerstrebend eine Entschuldigung hervor und kroch aus der Toilette. Vorher überreichte es Julia allerdings noch seine Visitenkarte, den Blick auf ihren Babybauch gerichtet und dabei so heftig nickend, dass ihm die langen Ohren über die Augen fielen. »Ich richte übrigens auch Kindergeburtstage aus. Für den Fall, dass einem die Blagen zu sehr auf der Nase rumtanzen«, lautete sein Kommentar.

Julia schloss die Tür hinter ihm, behielt jedoch die Visitenkarte, was letztlich alle normalen Eltern getan hätten.

Anna-Lena schaute Roger an, doch der weigerte sich, ihren Blick zu erwidern. Aus seiner Nase tropfte Blut, der Arzt hatte Anna-Lena erklärt, dass Roger unter einem Burnout litt und sein Nasenbluten eine Stressreaktion war.

»Du blutest ja, ich hol schnell ein paar Taschentücher«, flüsterte sie, aber Roger wischte das Blut kurzerhand mit dem Hemdsärmel weg.

»Ich bin verdammt noch mal einfach nur erschöpft!«

Er ging entschlossenen Schrittes in den Flur hinaus, hauptsächlich um Abstand zu gewinnen, und er verfluchte die offene Raumgestaltung. Anna-Lena wollte ihm folgen, begriff jedoch, dass er allein sein wollte. Deshalb machte sie kehrt und steuerte den begehbaren Kleiderschrank an, der am weitesten entfernt lag. Dort setzte sie sich auf einen kleinen Hocker und brach in Tränen aus. Sie merkte nicht, dass von irgendwoher ein kalter Luftzug hereinwehte, ganz so, als stünde ein Fenster offen. Wie auch immer das nun in einem Kleiderschrank möglich sein konnte.

Im Wohnzimmer stand noch immer der Geiselnehmer, umgeben von lauter Stockholmern, sowohl buchstäblich als auch im übertragenen Sinn. »Stockholm« ist schließlich viel mehr als eine Stadt, sowohl für Männer wie Roger als auch für die meisten von uns. Ein symbolischer Begriff für alle nervenaufreibenden Menschen, die unserem Glück im Wege stehen. Die meinen, etwas Besseres zu sein als wir. Bankdirektoren, die keine Kredite gewähren, Psychologen, die unangenehme Fragen stellen, auch wenn wir nur Schlaftabletten wollen, rechthaberische Typen, die uns das Renovierungsobjekt vor der Nase wegschnappen, oder Kaninchen, die sich an unsere Ehefrau heranmachen. All diejenigen, die unser wahres Ich nicht sehen, die nicht begreifen, wie wir ticken, und sich letztlich einen Dreck um uns scheren. Jeder Mensch kennt irgendeinen Stockholmer, sogar Stockholmer haben ihre eigenen Stockholmer, auch wenn es für sie eher »die Leute aus New York« oder »die Politiker in Brüssel« oder irgendwelche anderen Idioten an irgendwelchen anderen Orten sind, in denen die Leute glauben, etwas noch Besseres zu sein, als die Stockholmer es für sich selbst reklamieren.

Alle Anwesenden in der Wohnung hatten jeweils ihre eigenen Komplexe und kämpften mit ihren inneren Dämonen und ihrer Angst: Roger war verletzt, Anna-Lena sehnte sich nach einem Dach über dem Kopf, Lennart konnte seine Kaninchenhaube nicht abnehmen, Julia war todmüde, Ro unendlich besorgt, Zara hatte Schmerzen, und Estelle … tja … eigentlich wusste keiner so genau, was mit Estelle los war. Vielleicht sogar nicht einmal sie selbst. Aber manchmal ist der Begriff »Stockholm« ja auch ein Kompliment: Der Traum von einer größeren Stadt, in der wir zu einem anderen Menschen werden können. Etwas, wonach wir uns sehnen, uns aber nicht trauen, es zuzugeben. Alle in der Wohnung plagten sich mit ihren eigenen Geschichten herum.

»Entschuldigung«, sagte der Geiselnehmer unvermittelt in die Stille hinein. In dem Augenblick hatte es den Anschein, als bekäme es keiner mit, doch das stimmte nicht, alle bekamen es sehr wohl mit. Dank der dünnen Wände und der verfluchten offenen Raumgestaltung hörte man es sogar bis in den begehbaren Kleiderschrank hinein, bis nach draußen in den Flur und sogar durch die Toilettentür hindurch. Auch wenn die Anwesenden nicht gerade vieles miteinander gemeinsam hatten, wussten sie doch alle, wie es sich anfühlt, einen Fehler begangen zu haben.

»Entschuldigung«, wiederholte der Geiselnehmer etwas leiser, und auch wenn keiner die Entschuldigung explizit annahm, brach sich in diesem Augenblick etwas Bahn: Die Wahrheit darüber, wie es dem Geiselnehmer letztlich gelang, aus der Wohnung zu entkommen. Der Geiselnehmer hatte das Bedürfnis, sich zu entschuldigen, und alle Menschen, die es hörten, hatten das Bedürfnis, jemandem zu verzeihen.

»Stockholm« kann nämlich auch ein Syndrom sein.

Kapitel 38

Jack: Okay. Okay. Können wir uns vielleicht wieder auf meine Fragen konzentrieren?
Roger: Also gut, dieses verflixte Kaninchen. Solche Leute wie er sind es doch, die den Markt manipulieren. Die Banken, die Makler und die verflixten Kaninchen. Sie manipulieren alles. Alles ist nur ein einziger Fake.
Jack: Sie reden jetzt also von Lennart? Er steht zwar auf meiner Zeugenliste, aber als er aus der Wohnung kam, trug er keine Kaninchenmaske. Was meinen Sie damit, dass alles nur ein »Fake« ist?
Roger: Alles. Die ganze Welt ist ein Fake. Sogar auf meiner Arbeit haben sie alles gefakt.
Jack: Ich meine, bezogen auf die Wohnungsbesichtigung.
Roger: Aha, ja, ja, natürlich, man hat mich als arbeitsunfähig abgestempelt, aber das ist Ihnen natürlich auch egal, oder? Die Menschen in dieser verfluchten Konsumgesellschaft sind allesamt austauschbar, ist es nicht so?
Jack: Nein, nein, so meinte ich das nicht.
Roger: Ich hatte ’nen verfluchten Quacksalber als Arzt, der behauptete, dass ich »ausgebrannt« wäre. Aber ich war verflucht noch mal nicht ausgebrannt, ich war einfach nur etwas müde. Doch dann haben mich plötzlich alle bemitleidet, und mein Chef drängte auf eine »Aussprache« mit mir wegen »meines Arbeitsumfelds«. Dabei wollte ich einfach nur arbeiten, verstehen Sie? Ich bin schließlich ein Mann! Schon

das ganze letzte Jahr haben sie immer nur irgendwelche Aufgaben für mich erfunden, Projekte, die nicht mal existierten. Sie hatten keine Verwendung mehr für mich, und ich tat ihnen einfach nur leid. Sie glaubten natürlich, dass ich es nicht kapiere. Aber ich kapierte es, ich bin ja verflucht noch mal ein Mann. Verstehen Sie?

Jack: Ja natürlich.

Roger: Ein Mann will, dass man ihm in die Augen schaut und die Wahrheit sagt, wenn er nicht mehr gebraucht wird. Aber sie haben einfach alles gefakt. Und jetzt macht Anna-Lena es genauso. Ich war offenbar nie ein guter Verhandlungsführer, das hat nämlich die ganze Zeit dieses verflixte Kaninchen übernommen.

Jack: Ich verstehe.

Roger: Ich garantiere Ihnen, dass Sie das nicht tun, Sie Rotzlöffel.

Jack: Ich meine, ich verstehe, dass es Sie verletzt.

Roger: Wissen Sie, was mit der Firma passiert ist, nachdem ich aufgehört habe?

Jack: Nein.

Roger: Nichts. Nichts ist passiert. Alles lief einfach genauso weiter wie sonst auch.

Jack: Das tut mir leid.

Roger: Das bezweifle ich.

Jack: Können Sie mir jetzt vielleicht noch etwas mehr über diesen Wandzwischenraum erzählen? Zeigen Sie ihn mir bitte noch einmal auf dem Grundriss. Über was für eine Raumgröße sprechen wir genau? Reicht die Höhe aus, damit dort ein erwachsener Mann aufrecht stehen kann?

Roger: Hier. Der Zwischenraum misst mindestens einen Meter. Als die alte Wohnung in zwei separate Wohnungen aufgeteilt wurde, haben sie vermutlich eine zusätzliche Wand hochgezogen, anstatt die bestehende zu verstärken.

Jack: Und warum?

Roger: Weil sie Idioten waren.

Jack: Man hat also hier einen Zwischenraum geschaffen?

Roger: Ja.

Jack: Sie meinen also, dass wir es eventuell mit einem Täter zu tun haben, der durch die Wand gegangen ist?

Roger: Das ist nicht witzig.

Jack: Okay. Warten Sie hier.

Roger: Wohin gehen Sie?

Jack: Ich muss kurz mit meinem Kollegen sprechen!

Kapitel 39

Roger stand lange unmittelbar vor der Wohnungstür im Flur, die Finger der einen Hand gegen die Nasenwurzel gepresst, um den Blutfluss zu stoppen, die andere Hand auf der Klinke, bereit, jeden Augenblick die Wohnung zu verlassen. Der Geiselnehmer kam hinaus in den Flur und erblickte ihn, brachte es jedoch nicht übers Herz, ihn an der Flucht zu hindern. Stattdessen sagte er: »Gehen Sie, Roger, wenn Sie möchten. Ich verstehe das.«

Roger zögerte und drückte prüfend die Klinke herunter, öffnete die Tür aber nicht. Stattdessen trat er mit voller Wucht gegen eine Fußleiste, sodass sich diese löste.

»Sie haben mir gar nichts zu sagen!«

»Okay«, meinte der Geiselnehmer, unfähig ihn darauf hinzuweisen, dass ein Geiselnehmer normalerweise aber genau das tut.

Dann ging ihnen der Gesprächsstoff aus. Doch der Geiselnehmer kramte in seiner Jackentasche, fischte einen kleinen Beutel Wattebäusche heraus, reichte ihn seinem Gegenüber und erklärte leise: »Eine meiner Töchter hat auch oft Nasenbluten, deshalb hab ich immer …«

Roger nahm das Beutelchen skeptisch entgegen und schob sich einen Wattebausch in jedes Nasenloch. Danach griff er erneut nach der Türklinke, doch er konnte seine Füße nicht davon überzeugen, die Wohnung zu verlassen. Sie wussten einfach nicht, wohin sie ohne Anna-Lena gehen sollten.

Im Flur stand eine Bank, auf deren eine Seite sich der Geiselnehmer schließlich setzte. Kurz darauf ließ sich auch Roger am anderen Ende nieder. Irgendwann hörte das Nasenbluten auf, und er wischte sich mit dem Hemdsärmel sowohl die Nase als auch die Augen trocken. Beide schwiegen lange, dann brachte der Geiselnehmer hervor: »Es tut mir leid, dass ich Sie alle da mit reingezogen habe. Ich wollte niemandem wehtun. Ich brauchte nur dringend sechstausendfünfhundert Kronen, um meine Miete bezahlen zu können. Bloß deshalb wollte ich die Bank ausrauben. Aber ich hatte vor, das Geld sobald wie möglich zurückzuzahlen. Mit Zinsen!«

Roger entgegnete nichts. Stattdessen hob er eine Hand und klopfte gegen die Wand hinter sich. Behutsam, fast zärtlich, als hätte er Angst, dass sie nachgeben könnte. Klopf, klopf, klopf. Denn ihm fehlte die emotionale Ader, um auszusprechen, was er dachte, nämlich dass Anna-Lena seine tragende Wand war. Stattdessen fragte er: »Fest oder variabel?«

»Was?«, fragte der Geiselnehmer perplex.

»Sie sagten, dass Sie vorgehabt hätten, das Geld mit Zinsen zurückzuzahlen. Feste oder variable Zinsen?«

»Darüber habe ich gar nicht nachgedacht.«

»Das kann nämlich einen Riesenunterschied machen«, informierte ihn Roger.

Als hätte der Geiselnehmer nicht schon genügend andere Sorgen.

Unterdessen kam Julia von der Toilette zurück ins Wohnzimmer und warf Ro instinktiv einen vorwurfsvollen Blick zu.

»Wo ist denn Anna-Lena?«

Ro blickte genauso verwirrt drein wie neulich, als sie darüber belehrt wurde, dass man schmutziges Geschirr richtig oder falsch in die Spülmaschine stellen kann.

»Ich glaub, sie hat sich in den begehbaren Kleiderschrank verzogen.«

»Ganz allein?«

»Ja.«

»Und du bist nicht hinterhergegangen, um zu sehen, wie es ihr geht? Ihr dämlicher Genervte-Männer-Syndrom-Fuzzi hat sie gerade zur Sau gemacht, obwohl sie ALLES für ihn tut, und du gehst nicht mal hinterher? Offenbar steht sie kurz vor einer Scheidung, und du lässt sie einfach allein? Wie kannst du nur so UNSENSIBEL sein?«

Ro schob ihre Zunge zwischen den Zähnen hin und her.

»Nur, dass ich dich … richtig verstehe. Reden wir jetzt über Anna-Lena oder über … dich? Also, habe ich vielleicht irgendwas anderes verbrochen, worüber du eigentlich sauer bist? Und du tust gerade so, als wärest du über das hier sauer, nur damit ich checke, dass …«

»Manchmal checkst du aber auch wirklich rein gar nichts!«, murrte Julia und ging zum begehbaren Kleiderschrank.

»Ich meine ja nur, dass du manchmal nicht direkt sagst, weswegen du eigentlich sauer bist! Und ich will ja nur wissen, ob ich unsensibel bin, weil ich unsensibel bin, oder weil …«, rief Ro ihr hinterher, doch Julia signalisierte mit ihrer Körpersprache, dass sie allerhöchstens noch mit aufbrausenden Männern in teuren deutschen Autos zu kommunizieren bereit war. Ro ging ins Wohnzimmer, schnappte sich eine Limette aus der Schale und biss aus lauter Nervosität hinein, trotz Schale. Allerdings stand Zara am Fenster, und da Ro etwas Angst vor ihr hatte, verzog sie sich stattdessen klugerweise in den Flur.

Dort saßen der Geiselnehmer und Roger jeweils an einem Ende einer Bank. Ro war im Lauf ihrer Ehe zwar immer wieder eingetrichtert worden, doch bitte die persönlichen Grenzen der Leute zu respektieren, aber sie hatte dies noch nicht vollständig verinnerlicht und quetschte sich deshalb zwischen die beiden. »Quetschen« ist hier eher nicht der passende Begriff, aber so nannte ihr Vater es immer. Er litt ebenfalls unter einer gewissen Distanzlosigkeit, und zwar so stark, dass Julia behauptete, er und Ro würden, wenn sie einen Atlas aufschlügen, anstelle von Landesgrenzen überall nur Meer sehen. Ros Vater hatte seiner Tochter alles beigebracht, was sie wusste und konnte, Sinnvolles wie auch weniger Sinnvolles.

Der Geiselnehmer musterte sie unangenehm berührt von seinem Bankende aus, Roger genervt vom anderen Ende, denn Ro hatte beide so weit nach außen gedrängt, dass sie nur noch jeweils auf einer Pobacke saßen.

»Limette?«, bot Ro fröhlich an. Beide schüttelten den Kopf. Ro warf Roger einen entschuldigenden Blick zu und sagte: »Sorry, dass meine Frau Sie vorhin einen Genervte-Männer-Syndrom-Fuzzi genannt hat.«

»Wie hat sie mich genannt?«

»Ach, dann haben Sie es gar nicht gehört? Umso besser.«

»Was soll das denn bedeuten? Was zum Teufel ist ein Genervte-Männer-Syndrom-Fuzzi?«

»Nehmen Sie es nicht persönlich. Meistens versteht man Jullans Beleidigungen sowieso nicht. Sie verpackt sie immer so, dass man nur mitkriegt, dass es böse gemeint ist. Sie ist echt begabt darin. Aber ich bin mir sicher, dass Sie und Anna-Lena gar nicht kurz vor der Scheidung stehen.«

Roger riss die Augen auf, bis sie größer waren als seine Ohren: »Wer zum Teufel hat denn von *Scheidung* gesprochen?«

Ro musste plötzlich husten. Irgendwo in dem Teil ihres Gehirns, der die Logik und Rationalität steuert, hüpften Tausende winzig kleiner Nervenimpulse auf und ab und brüllten HALT JETZT ENDLICH DIE KLAPPE! Und dennoch hörte Ro sich selbst sagen: »Keiner, also keiner hat von Scheidung gesprochen! Aber ich bin mir sicher, dass sich alles wieder einrenken wird. Und falls *nicht*, macht es ja auch nichts. Ich finde es jedenfalls wahnsinnig romantisch, wenn ältere Paare sich scheiden lassen. Wenn sogar Rentner noch daran glauben, sich irgendwann neu verlieben zu können. Das ist doch wunderbar. Also mich stimmt das froh.«

Roger verschränkte die Arme vor der Brust, und sein Mund öffnete sich kaum, als er entgegnete: »Na, vielen Dank auch, Sie verfluchter Spaßvogel. Sie klingen ja wie ein Selbsthilfebuch, nur eben andersherum.«

Die Nervenimpulse in Ros Gehirn holten letztlich ihre Zunge ein, sodass sie nickte, heftig schluckte und sich entschuldigte: »Sorry. Ich rede wieder zu viel. Das sagt Jullan auch immer. Sie meint, dass ich so positiv drauf bin, dass es die Leute regelrecht deprimiert. Und dass für mich das Glas immer halbvoll ist, was letztlich gerade ausreicht, um sich zu ertränken, und …«

»Keine Ahnung, wie sie darauf kommt«, schnaubte Roger verächtlich.

Ro entgegnete niedergeschlagen: »Oder eigentlich *hat* sie immer gesagt, dass ich so positiv drauf bin. Aber seit sie schwanger ist, sind wir so furchtbar ernst geworden, weil alle anderen Eltern auch immer so ernst sind und wir irgendwie dazugehören wollen. Manchmal fühle ich mich dieser ganzen Verantwortung überhaupt nicht gewachsen. Es ist wie bei meinem Handy, ich werde andauernd aufgefordert, irgendwelche Updates hochzuladen, und irgendwann schreie ich dann: ›DU MACHST MICH NOCH MAL FERTIG!‹ Aber sein Kind kann man ja nicht einfach so anschreien. Und Kinder brauchen nämlich andauernd Updates. Die setzen ja schon ihr Leben aufs Spiel, wenn sie nur eine Straße überqueren oder eine Nuss essen! Allein heute hab ich schon mindestens dreimal mein Handy verlegt, und ich weiß wirklich nicht, ob ich der Verantwortung für einen Menschen gewachsen bin.«

Der Geiselnehmer fragte anteilnehmend: »Und wann ist es so weit? Bei Julia?«

Ros Miene hellte sich augenblicklich auf.

»Schon ganz bald! Es kann jeden Tag losgehen!«

Rogers Augenbrauen begannen spasmisch zu zucken. Dann sagte er fast ebenso anteilnehmend: »Aha. Also wenn Sie sich *gegen* einen Kauf entscheiden, kann ich Ihnen nur raten, dass Ihre Frau das Kind besser nicht hier zur Welt bringt. Denn dann bekommt diese Wohnung einen ideellen Wert für sie. Und das treibt den Quadratmeterpreis wahnsinnig in die Höhe.«

Ro hätte durchaus verärgert reagieren können, aber sie wirkte eher traurig.

»Ich werde darüber nachdenken.«

Der Geiselnehmer seufzte an seinem Ende der Bank und stieß resigniert aus: »Dann hab ich heute ja vielleicht doch etwas Gutes bewirkt, oder? Ein Geiseldrama senkt schließlich den Quadratmeterpreis, nicht wahr?«

Roger schnaubte verächtlich.

»Im Gegenteil. Diese Dilettantin von Maklerin wirbt im nächsten Inserat bestimmt mit den Worten ›Bekannt aus dem Fernsehen!‹, und das ist natürlich noch schlimmer.«

»Entschuldigung«, murmelte der Geiselnehmer.

Ro lehnte sich gegen die Wand und verspeiste den Rest ihrer Limette samt Schale. Der Geiselnehmer betrachtete sie fasziniert.

»Ich habe noch nie jemanden gesehen, der eine ganze Limette isst, noch dazu mit Schale. Schmeckt das denn?«

»Nee«, gab Ro zu.

»Das ist aber gut gegen Skorbut. Früher gab man sie Seeleuten immer zu essen«, informierte Roger.

»Sind Sie einmal Seemann gewesen?«, fragte Ro.

»Nein. Aber ich schaue viel Fernsehen«, antwortete Roger.

Ro nickte nachdenklich. Wahrscheinlich wartete sie darauf, etwas gefragt zu werden, doch als keiner Anstalten machte, sagte sie geradeheraus: »Wenn ich ehrlich bin, will ich diese Wohnung gar nicht. Jedenfalls nicht, bevor mein Vater sie nicht gesehen und sein Okay gegeben hat. Er hat immer alle Sachen begutachtet, die ich vorhatte zu kaufen, und sein Okay gegeben, bevor ich irgendwelche Entscheidungen getroffen habe. Mein Vater kann nämlich alles.«

»Und wann kommt er?«, fragte Roger misstrauisch, zückte Bleistift und einen Notizblock mit Ikea-Logo und begann diverse Quadratmeterpreishypothesen darauf zu kritzeln. In einer Tabelle auf seinem Block hatte er bereits die verschiedenen Risikofaktoren aufgelistet, die den Preis in die Höhe treiben konnten: Geburt, Mord (wenn er durchs Fernsehen bekannt wird), Stockholmer. In einer weiteren Tabelle standen Punkte, die den Preis senken müssten: Feuchtigkeit, Schimmel, Renovierungsbedarf.

»Er kommt nicht«, antwortete Ro und fügte leise hauchend hinzu: »Er ist krank. Dement. Und liegt mittlerweile in einem Heim. Ich hasse dieses Wort, also, dass er dort *liegt* und nicht dort *wohnt*. Und dieses Heim hätte ihm übrigens auch nicht gefallen, andauernd ist irgendwas kaputt, die Wasserhähne tropfen, die Lüftung klappert, die Fensterhaken sind locker, und niemand ist da, um es zu reparieren. Papa konnte immer alles reparieren. Er hatte immer auf alles eine Antwort. Ich hab mich ja nicht mal getraut, ein Paket Eier mit kurzem Verfallsdatum zu kaufen, ohne ihn vorher anzurufen und zu fragen, ob es okay ist.«

»Das tut mir wirklich sehr leid«, sagte der Geiselnehmer.

»Danke«, flüsterte Ro, »aber ist schon in Ordnung. Eier halten sich nämlich viel länger, als man glaubt, sagt Papa.«

Roger schrieb das Wort *dement* in seine Tabelle und wurde traurig, als er merkte, dass es ihn nicht froh stimmte. Jetzt spielte es wohl keine Rolle mehr, wer seine Konkurrenten beim Wohnungskauf waren, denn Roger hatte Anna-Lena nicht mehr an seiner Seite. Deshalb schob er Block und Stift wieder zurück in die Tasche und brummte: »Das stimmt. Die Politiker manipulieren einfach den Markt, damit wir die Eier schneller verbrauchen.«

Er hatte es in einer Dokumentation gesehen, die direkt nach einer Sendung über Haie im Fernsehen kam. Roger interessierte sich zwar nicht übermäßig für Eier, doch manchmal blieb er abends noch etwas länger vor dem Fernseher sitzen, wenn Anna-Lena an seiner Seite schon eingeschlafen war, denn er wollte sie nicht wecken, damit sie ihren Kopf nicht von seiner Schulter nahm.

Ro rieb ihre Fingerspitzen aneinander, denn dort saßen ihre Gefühle, und fuhr fort: »Die Heizkörper im Heim hätten Papa ganz sicher auch nicht gefallen. Das sind so moderne Dinger, die die Innentemperatur nach der Außentemperatur regulieren, sodass man es nicht selbst entscheiden kann.«

»So ein Mist!«, brummte Roger, denn er war schließlich ein Mann, und ein Mann musste die Innentemperatur in seiner Wohnung selbst bestimmen können.

Ro lächelte leicht.

»Aber Papa liebt Jullan, und *wie* er sie liebt. Er war so stolz, als wir heirateten, weil bei ihr Ordnung herrscht, wie er meinte«, erklärte sie, bevor es unvermittelt aus ihr herausbrach: »Ich werde bestimmt eine schlechte Mutter abgeben.«

»Aber nicht doch«, tröstete der Geiselnehmer.

Ro widersprach mit Nachdruck: »Doch, im Ernst. Ich hab nämlich keinen blassen Schimmer von Kindern. Einmal musste ich den Sohn meiner Cousine hüten. Er wollte partout nicht essen und hat die ganze Zeit nur rumgejammert und über irgendwelche ›Schmerzen‹ geklagt. Daraufhin hab ich zu ihm gesagt, dass es bestimmt nur deshalb wehtut, weil ihm gerade Flügel wachsen, da sich alle Kinder, die nicht essen wollen, in Schmetterlinge verwandeln.«

»Oh wie süß«, lächelte der Geiselnehmer.

»Später stellte sich allerdings heraus, dass er unter einer akuten Blinddarmentzündung litt«, fügte Ro hinzu.

»Oha«, jetzt lächelte der Geiselnehmer nicht mehr.

»Ich sag ja, ich kann nichts! Mein Papa wird sterben, und ich werde Mutter, und ich möchte es genauso gut machen wie er, aber ich konnte ihn nicht mehr fragen, wie man das anstellt. Als Eltern muss man so wahnsinnig viel können, und das schon gleich von Anfang an. Und Jullan verlangt andauernd irgendwelche ENTSCHEIDUNGEN von mir, aber ich weiß ja nicht mal … ich kann mich ja nicht mal beim Eierkaufen entscheiden. Ich krieg das bestimmt nicht hin. Jullan sagt übrigens, dass ich in allen Wohnungen immer absichtlich irgendwelche Mängel finde, nur weil ich Angst vor irgendwas hab. Angst vor … ach, ich weiß auch nicht.«

Roger lehnte seinen Oberkörper schwer gegen die Wand und kratzte mit der Spitze des Ikea-Bleistifts den Dreck unter seinem Daumennagel weg. Er begriff sehr wohl, wovor Ro Angst hatte: davor, eine Wohnung zu kaufen, keinen einzigen Makel daran zu entdecken und zwangsläufig zugeben zu müssen, dass man selbst der Makel ist. Roger hatte in den letzten Jahren keinerlei Schwierigkeiten gehabt, sich dies selbst einzugestehen, doch er brachte es einfach nicht über sich, es auszusprechen, weil er so unglaublich frustriert war. So etwas kommt vor, wenn das Alter einem Mann etwas wegnimmt, zum Beispiel die Fähigkeit, eine Funktion zu erfüllen, oder zumindest die Gabe, es der Frau, die man liebt, weiszumachen. Anna-Lena hatte ihn durchschaut, das wusste er jetzt. Sie wusste, dass er ihr nichts zu bieten hatte. Ihre Ehe war zu einer Farce aus vorgetäuschter Bewunderung und sich in der Toilette versteckenden verflixten Kaninchen verkommen, daran würde eine Wohnung mehr oder weniger jetzt auch nichts mehr ändern. Roger stocherte weiter mit dem Ikea-Bleistift unter seinem Fingernagel herum, bis die Spitze abbrach. Dann hustete er kurz und machte Ro das schönste Geschenk, das es in seiner Vorstellungswelt gab.

»Sie sollten diese Wohnung zusammen mit Ihrer Frau kaufen. Sie hat keinerlei Mängel. Nur einen unerheblichen Renovierungsbedarf. Keine Feuchtigkeit, keinen Schimmel,

Küche und Bad sind in ausgezeichnetem Zustand, und die Finanzen der Eigentümergesellschaft sind in bester Ordnung. Es gibt zwar ein paar lose Fußleisten, aber die kann man wieder festnageln«, erklärte er.

»Ich weiß nicht, wie man Fußleisten festnagelt«, flüsterte Ro.

Roger schwieg lange, bevor er, ohne sie anzuschauen, die vier schwierigsten Worte äußerte, die ein älterer Mann einer jüngeren Frau mitgeben kann.

»Sie schaffen das schon.«

Kapitel 40

Jim holt sich in der Küche des Reviers einen Kaffee, kommt aber nicht dazu, ihn zu trinken, als Jack nach seiner Vernehmung mit Roger hereinstürzt und aufgeregt ruft: »Wir müssen sofort zurück in die Wohnung! Ich weiß jetzt, wo sich der Täter versteckt! In der Wand!«

Jim hat keine Ahnung, was Jacks Worte zu bedeuten haben, doch er folgt ihm. Sie verlassen die Wache, steigen ins Auto und fahren mit himmelhohen Hoffnungen noch einmal zurück zum Tatort. Sie malen sich aus, dass alle Puzzleteile unverzüglich nach Betreten der Wohnung an ihren Platz fallen, weil sie vermutlich nur irgendetwas Offensichtliches übersehen haben, das all ihre Fragen auf einen Schlag beantwortet, lange bevor die Stockholmer eintreffen und die gesamten Lorbeeren einstreichen können.

Zu einem gewissen Teil haben sie auch recht, denn die beiden haben wirklich etwas Offensichtliches übersehen.

Im Treppenhaus steht ein junger Polizist Wache, der Journalisten und andere Neugierige davon abhalten soll, hereinzugelangen und herumzuschnüffeln. Jack und Jim kennen ihn natürlich. Die Stadt ist zu klein, um im Polizeikorps anonym bleiben zu können, und wenn man sich auf dem Revier über gewisse Neuzugänge lustig macht und herumwitzelt, sie seien »nicht gerade die schärfsten Messer in der Schublade«, gehört dieser Polizist noch nicht einmal in die

Schublade. Er merkt kaum, dass Jim und Jack an ihm vorbeigehen, und die beiden Fahnder tauschen missmutige Blicke aus.

»Also wenn ich das Sagen hätte, würde ich diesen Schwachkopf nicht unbedingt losschicken, um einen Tatort zu bewachen«, brummt Jack.

»Ich würde ihn noch nicht mal mein Bier bewachen lassen, wenn ich aufs Klo müsste«, brummt Jim zurück, ohne auszuführen, was für ihn Vorrang hätte. Doch die Unterbesetzung am Tag vor Silvester verwehrt ihnen den Luxus, auf einen anderen Kollegen zurückzugreifen.

Sie teilen sich bei der Suche auf. Jack benutzt erst seine Fingerknöchel und dann seine Taschenlampe, um damit gegen alle Wände zu klopfen, während Jim so tut, als verfolge er ebenfalls gewisse Ideen und Ziele, indem er das Sofa anhebt und nachschaut, ob sich darunter eventuell jemand versteckt hat. Und damit erschöpfen sich seine Ideen und Ziele auch schon. Auf dem Couchtisch stehen mehrere Pizzakartons, und Jim öffnet einen Deckel, um mögliche Reste darin in Augenschein zu nehmen. Jacks Nasenlöcher weiten sich bis zur doppelten Größe, als er dies sieht.

»Mensch Papa, hast du etwa vor, die Reste zu schnorren? Das Zeug steht hier doch schon den ganzen Tag rum!«

Der Vater lässt den Deckel beleidigt wieder zufallen.

»Aber Pizza hält sich doch.«

»Für 'ne Fliege auf 'ner Müllhalde vielleicht schon«, murmelt Jack und widmet sich wieder seinem sorgfältigen Klopfen. Er klopft mal laut, mal leise gegen alle Wände, anfänglich voller Hoffnung, dann zunehmend verzweifelt, und letztlich tasten seine Handflächen genauso fahrig über die Tapeten wie die eines Suchenden über die Wasseroberfläche eines Sees, in dem er gerade einen Schlüssel verloren hat. Seine selbstsichere Fassade bröckelt nach und nach, bis am Ende die mühsam zurückgehaltene Frustration eines ganzen Arbeitstages aus ihm herausbricht.

»Nein. Verdammt auch. Ich hab mich getäuscht. Keine Chance, dass er hier ist.«

Jack steht vor dem Teil der Wand, hinter der sich der Hohlraum befinden muss, von dem Roger sprach. Doch er findet keinerlei Zugang dorthin. Wenn sich der Geiselnehmer in diesem Hohlraum aufhält, muss irgendwer einen Teil der Wand vorher herausgestemmt und den Täter anschließend eingemauert haben. Aber dafür wirkt die Wand viel zu heil. Außerdem wäre dies in der kurzen Zeit kaum zu schaffen gewesen. Jack stößt eine Serie von Flüchen und Schimpfworten aus, und als er sich am Ende frustriert gegen die Wand lehnt, knackt es in seinem Rücken. Jim beobachtet, wie sich die Gesichtszüge seines Sohnes in die eines Gescheiterten verwandeln, wie der Abstand zwischen Ohren und Schultern geringer wird, und versucht ihn deshalb mit seinem vollen väterlichen Mitgefühl aufzumuntern: »Und dieses Ankleidezimmer?«

»Zu klein«, antwortet Jack prompt.

»Nur im Grundriss. Dieser Estelle zufolge ist es eigentlich ein größerer begehbarer Kleiderschrank …«

»Was?«

»Ja, das hat sie gesagt. Habe ich das nicht im Vernehmungsprotokoll vermerkt?«

»Aber warum hast du denn nichts *gesagt?*«, bringt Jack hervor, bereits auf dem Weg dorthin.

»Ich wusste ja nicht, dass es wichtig ist«, verteidigt sich Jim.

Als Jack den Kopf in den begehbaren Kleiderschrank steckt und nach dem Lichtschalter sucht, stößt er sich unversehens die Stirn an einem Bügel. Und zwar genau an der Stelle, wo bereits eine große Beule prangt. Es schmerzt so stark, dass er dem Bügel einen Fausthieb versetzt, woraufhin ihm auch die Faust wehtut. Doch Jim hatte recht, das Ankleidezimmer ist tatsächlich größer als im Grundriss verzeichnet.

Kapitel 41

Es klopfte an der Tür des begehbaren Kleiderschranks.

Klopf, klopf, klopf.

»Herein!«, rief Anna-Lena hoffnungsvoll, zerbrach jedoch innerlich, als sie sah, dass es nicht Roger war.

»Darf ich reinkommen?«, fragte Julia sanft.

»Und warum?«, erkundigte sich Anna-Lena mit abgewandtem Blick, da Weinen für sie etwas noch Privateres war als ein Toilettenbesuch.

Julia zuckte die Achseln.

»Die da draußen gehen mir alle ziemlich auf die Nerven. Aber Ihnen ja anscheinend auch. Dann haben wir ja vielleicht etwas gemeinsam.«

Anna-Lena musste im Stillen zugeben, dass sie schon seit Langem nichts mehr mit irgendwem außer mit Roger gemeinsam hatte, aber es klang gut. Deshalb nickte sie bedächtig von ihrem Hocker aus, der zur Hälfte unter einer dicht mit uralten Herrenanzügen behängten Reihe von Kleiderbügeln stand.

»Entschuldigen Sie meine Tränen. Ich weiß, dass ich einen Fehler gemacht habe«, flüsterte sie.

Julia schaute sich nach einer weiteren Sitzgelegenheit um. Sie entschied sich für eine Trittleiter, die ganz hinten im Raum stand, zog sie hervor und setzte sich auf die unterste

Stufe. Dann sagte sie: »Als ich schwanger wurde, sagte meine Mutter als Erstes: ›Jetzt musst du wohl oder übel lernen, im Kleiderschrank zu weinen, Jullan, Kinder bekommen nämlich Angst, wenn man vor ihnen heult.‹«

Anna-Lena trocknete sich die Tränen und streckte den Kopf unter den Anzügen hervor: »Das war das *Erste*, was Ihre Mutter zu Ihnen gesagt hat?«

»Ich war ein recht anstrengendes Kind, und deshalb hat sie einen ziemlich schrägen Humor entwickelt«, lächelte Julia.

Anna-Lena lächelte ebenfalls leicht und deutete mit einem freundlichen Nicken auf Julias Bauch.

»Alles in Ordnung? Ich meine, mit Ihnen und … dem Kleinen?«

»Ja, doch, danke. Ich muss zwar fünfunddreißig Mal am Tag pinkeln gehen, und ich habe Strümpfeanziehen schon immer gehasst, und allmählich fange ich auch an zu glauben, dass alle Terroristen, die im öffentlichen Nahverkehr Bomben legen, in Wirklichkeit schwangere Frauen sind, die die Nase gestrichen voll haben von den Fahrgästen in den Bussen, weil die so furchtbar STINKEN. Da drinnen stinkt es nämlich entsetzlich nach Furzen. Neulich hat sich ein Kerl neben mir doch tatsächlich ’ne Salami reingezogen. ’ne Salami! Aber danke, ansonsten geht es dem Kleinen und mir ganz gut.«

»Ich meine, dass es als Schwangere wirklich furchtbar sein muss, als Geisel genommen zu werden«, fügte Anna-Lena sanft hinzu.

»Na ja, für Sie ist es doch genauso schlimm. Ich hab einfach nur etwas mehr zu tragen.«

»Haben Sie denn große Angst vor dem Geiselnehmer?«

Julia schüttelte bedächtig den Kopf.

»Nein, eigentlich nicht. Ganz ehrlich, ich glaub nicht mal, dass die Pistole echt ist.«

»Ich auch nicht«, nickte Anna-Lena, obwohl sie eigentlich keine Ahnung hatte.

»Die Polizei befreit uns bestimmt jeden Moment, wenn wir uns ruhig verhalten«, versprach Julia.

»Ich hoffe es«, nickte Anna-Lena.

»Der Geiselnehmer hat ja offenbar mehr Angst als wir.«

»Ja, das sehe ich auch so.«

»Und wie geht es Ihnen?«

»Ich … ich weiß nicht recht. Ich habe Roger ziemlich wehgetan.«

»Ach wo. Irgendetwas sagt mir, dass Sie im Lauf der Jahre schon genügend Scheiße von ihm einstecken mussten, und jetzt sind Sie quitt.«

»Sie kennen Roger nicht. Er ist empfindsamer, als die Leute glauben. Er ist nur ziemlich prinzipientreu.«

»Empfindsam und prinzipientreu, das hab ich schon mal irgendwo gehört«, nickte Julia und hielt dies für eine Umschreibung des Charakters all jener Verbrecher, die im Lauf der gesamten Weltgeschichte Kriege angezettelt hatten.

»Einmal hat ein junger schwarzbärtiger Mann Roger in einer Tiefgarage angesprochen und gefragt, ob er vielleicht seinen frei werdenden Parkplatz bekommen könnte. Und Roger hat daraufhin ganze zwanzig Minuten gewartet, bevor er rausfuhr. Aus Prinzip!«

»Wie charmant«, sagte Julia.

»Sie kennen ihn nicht«, unterstrich Anna-Lena mit tränenfeuchtem Gesicht.

»Bei allem Respekt, Anna-Lena: Wenn Roger so empfindsam wäre, wie Sie es darstellen, müsste er doch jetzt eigentlich statt Ihrer hier sitzen und weinen.«

»Er ist … innerlich empfindsam. Ich kann nur einfach nicht verstehen, dass er … als er Lennart sah, glaubte er sofort, wir hätten eine … *Affäre*. Dass er so etwas von mir denkt …«

Julia suchte nach einer etwas bequemeren Sitzposition auf der Trittleiter und erblickte im Metallgestell ihr eigenes Spiegelbild. Es schmeichelte ihr nicht besonders.

»Aber wenn Roger glaubt, dass Sie untreu wären, ist er doch derjenige, der ein Problem hat, und nicht Sie.«

Anna-Lena presste ihre Hände fest gegen die Oberschenkel, damit ihre Finger aufhören würden zu zittern. Ihre Augen weiteten sich.

»Sie kennen Roger nicht.«

»Aber ich kenne genügend Männer wie ihn.«

Anna-Lenas Kinn bewegte sich von einer Seite zur anderen.

»Er hat zwanzig Minuten gewartet, bevor er mit dem Auto rausfuhr, aus Prinzip. Wir hatten nämlich morgens im Fernsehen Nachrichten geschaut, und dort trat ein Mann auf, ein Politiker, der davor warnte, den Einwanderern weiterhin zu helfen. Weil sie einfach herkämen und glaubten, hier alles umsonst zu bekommen, aber eine Gesellschaft so nun mal nicht funktioniert. Er benutzte ziemlich viele Schimpfworte und meinte auch, dass diese Ausländer sowieso alle gleich wären. Roger hat übrigens die Partei dieses Mannes gewählt, müssen Sie verstehen. Er hat nämlich ziemlich feste Vorstellungen, was Wirtschaftsfragen, Mineralölsteuer und dergleichen angeht. Und außerdem gefällt es ihm gar nicht, wenn die Stockholmer einfach so daherkommen und entscheiden, wie alle Leute außerhalb von Stockholm leben sollen. Aber er kann auch sehr gefühlvoll sein. Manchmal reagiert er zwar etwas schroff, das tut er, er hat nun mal seine Prinzipien. Niemand kann behaupten, dass er keine Prinzipien hätte. Und an dem Tag, als er die Worte dieses Politikers gehört hatte, fuhren wir also ins Einkaufszentrum. Es war kurz vor Weihnachten, und als wir wieder wegfahren wollten, war die Tiefgarage proppenvoll. Unendlich lange Schlangen, verstehen Sie? Und dann sah uns dieser junge Mann mit dem schwarzen Bart. Als wir zu unserem Auto gingen, ließ er die Seitenscheibe runter und fragte, ob wir wegfahren würden und ob er vielleicht Rogers Parklücke übernehmen könnte.«

Julia war zu diesem Zeitpunkt bereits im Begriff, aufzustehen und den begehbaren Kleiderschrank zu einem herausgehbaren Kleiderschrank zu machen.

»Wissen Sie was, Anna-Lena? Ich glaube nicht, dass ich den Schluss dieser Geschichte hören möchte …«

Anna-Lena nickte äußerst verständnisvoll, schließlich hatte sie diesen Kommentar nicht zum ersten Mal gehört. Doch sie hatte sich mittlerweile so daran gewöhnt, laut zu denken, dass sie ihre Geschichte dennoch zu Ende erzählte.

»Im Parkhaus standen so viele Autos Schlange, dass dieser Mann ganze zwanzig Minuten brauchte, um zu dem Teil zu gelangen, in dem wir geparkt hatten. Aber Roger weigerte sich wegzufahren, bevor er nicht bei uns angekommen war. Dieser Mann war übrigens mit zwei Kindern auf der Rückbank unterwegs, was allerdings nur Roger bemerkt hatte, und ich nicht. Und als wir wegfuhren, sagte ich zu Roger, dass ich stolz auf ihn wäre, worauf er entgegnete, dass dies zum Teufel aber noch lange nicht bedeutete, dass er seine Meinung zu Wirtschaftsfragen, Mineralölsteuer und Stockholmern geändert hätte. Er mutmaßte, dass dem bärtigen Mann die Ähnlichkeit zwischen diesem Politiker im Fernsehen und ihm selbst aufgefallen wäre, da sie unter anderem gleich alt waren und dieselbe Haarfarbe sowie denselben Dialekt hatten. Und Roger wollte unbedingt vermeiden, von dem Bärtigen mit diesem Politiker über einen Kamm geschoren zu werden.«

Sie trocknete sich die Nase mit dem Ärmel ihres Blazers und wünschte, es wäre Rogers gewesen.

Hier muss erwähnt werden, dass Julia während der Anekdote bereits im Begriff gewesen war, den Schrank zu verlassen. Ein etwas längeres Unterfangen, das seine Zeit brauchte. Deshalb dauerte es auch ebenso lange, bis sie ihre Sitzposition wieder eingenommen hatte. Erst danach öffnete sie den Mund, aus dem zunächst nur ein kurzatmiges Husten drang, dann jedoch ein überschwängliches Lachen.

»Das ist sowohl das Schönste als auch das Verrückteste, was ich seit Langem gehört habe, Anna-Lena.«

Die Nasenspitze der anderen Frau hüpfte verlegen auf und ab.

»Wir streiten uns viel über Politik, Roger und ich, da wir in dieser Sache äußerst unterschiedlicher Meinung sind, aber man kann … ich denke, dass man sich trotzdem einig sein kann, auch wenn man nicht derselben Meinung ist, verstehen Sie? Ich weiß, dass die Leute Roger manchmal für einen ungehobelten Kerl halten, doch er ist nicht unbedingt immer der ungehobelte Kerl, für den ihn die Leute halten.«

Julia räumte ein: »Ro und ich wählen auch unterschiedliche Parteien.«

Sie wollte eigentlich hinzufügen, dass dies an Ro lag, die einem ausgeflippten Hippie glich, wenn es um Politik ging, und dass einem so etwas leider meistens erst nach ein paar Monaten auffällt, aber sie ließ es bleiben. Denn man kann einander trotzdem lieben.

Anna-Lena trocknete sich jetzt das gesamte Gesicht mit dem Blazer-Ärmel.

»Ich hätte Roger nie hintergehen dürfen! Er hat seinen Job wirklich gut gemacht, und eigentlich hätte er Chef werden müssen, doch das wurde ihm leider verwehrt. Seitdem ist er immer ziemlich deprimiert, wenn er nicht … gewinnt. Ich wollte aber, dass er sich fühlt wie ein Gewinner. Deshalb rief ich bei diesem *Lennart Ohne Grenzen* an, und erst habe ich mir gesagt, dass es ja nur ein einziges Mal wäre, aber … mit jedem weiteren Mal wird es irgendwie leichter. Man redet sich ein, dass … na ja, Sie sind noch jung, und da versteht man das natürlich nicht, aber … das Lügen fällt einem mit jedem Mal leichter. Ich hab mir immer eingeredet, dass ich es nur für Roger tue, doch in Wahrheit hab ich es nur für mich getan. Inzwischen hab ich schon so viele Wohnungen eingerichtet, damit sie genau so aussehen, wie ein gemütliches Heim aussehen soll, und die Leute bei der Besichtigung reinkommen und denken ›Wow, hier möchte ich unbedingt wohnen!‹ Ich wünschte nur, dass ich irgendwann mal selbst zu diesen Leuten gehören könnte. Die sich irgendwo fest niederlassen. Roger und ich haben schon so lange nicht mehr irgendwo richtig gewohnt. Wir waren eigentlich immer nur … auf der Durchreise.«

»Wie lange sind Sie schon zusammen?«

»Seit ich neunzehn bin.«

Julia wog ihre nächste Frage genau ab, bevor sie sie stellte: »Und wie schafft man das?«

Anna-Lena antwortete, ohne nachzudenken: »Man liebt einander, bis man nicht mehr ohne den anderen leben kann. Nicht einmal dann, wenn man den anderen mal nicht mehr liebt, kann man … ohne ihn leben.«

Julia schwieg mehrere Minuten. Ihre Mutter lebte allein, aber Ros Eltern waren ganze vierzig Jahre verheiratet gewesen. Sosehr Julia Ro auch liebte, versetzte sie der Gedanke mitunter in Panik. Vierzig Jahre. Wie soll man es nur schaffen, jemanden so lange zu lieben? Mit einer flüchtigen Geste über die Wände des begehbaren Kleiderschranks sagte sie dann lächelnd zu Anna-Lena: »Meine Frau treibt mich ja jetzt schon in den Wahnsinn. Sie will hier drinnen nämlich Wein keltern und Käse herstellen.«

Anna-Lena streckte ihr vom Tränenfluss gestreiftes Gesicht zwischen zwei Anzughosen im selben Muster hervor und entgegnete, als lüftete sie ein äußerst delikates Geheimnis: »Manchmal treibt mich Roger auch in den Wahnsinn. Er benutzt doch tatsächlich einen Föhn, um … na ja, Sie wissen schon … er föhnt sich damit unter dem Handtuch. Aber einen Föhn benutzt man … dort ja wohl eher nicht. Also manchmal würde ich am liebsten einfach nur losschreien.«

Julia erschauderte.

»Brrr! Ro macht es genauso. Das ist dermaßen eklig, dass ich kotzen könnte.«

Anna-Lena biss sich auf die Lippe.

»Ich muss zugeben, noch nie darüber nachgedacht zu haben. Also, dass auch Sie solche Probleme haben könnten. Ich hab immer gedacht, dass es leichter wäre, wenn man mit einer … Frau zusammenlebt.«

Julia lachte laut auf.

»Man verliebt sich ja nicht in ein bestimmtes Geschlecht, Anna-Lena. Man verliebt sich wohl eher in einen Idioten.«

Anna-Lena lachte jetzt auch, und zwar viel lauter, als sie es gewohnt war. Dann tauschten sie einvernehmliche Blicke aus. Anna-Lena war doppelt so alt wie Julia, doch in diesem Moment verband die beiden Frauen nahezu alles. Beide waren mit Idioten verheiratet, die offenbar nicht einmal den Unterschied zwischen Schamhaar und Kopfhaar kannten. Anna-Lena deutete lächelnd auf Julias Babybauch.

»Wann ist es denn so weit?«

»Also ich bin längst bereit! Hörst du, mein kleiner Alien?«, antwortete Julia halb an Anna-Lena und halb an ihren Bauch gewandt.

Anna-Lena machte nicht gerade den Eindruck, als wüsste sie, was ein Alien ist, doch sie schloss die Augen und sagte: »Wir haben einen Sohn und eine Tochter. Die beiden sind ungefähr in Ihrem Alter. Aber sie wollen keine eigenen Kinder. Und das setzt Roger heftig zu. Wenn man ihn nicht kennt und ihm zum allerersten Mal begegnet, versteht man es vielleicht nicht, aber er hätte wahrlich einen äußerst liebevollen Opa abgegeben.«

»Na ja, das kann er doch immer noch werden, oder?«, fragte Julia hauptsächlich deswegen, weil sie sich nicht wie eine alte Schachtel vorkommen wollte, nur weil Anna-Lenas Kinder in ihrem eigenen Alter waren.

Anna-Lena schüttelte traurig den Kopf.

»Nein. Sie haben sich dagegen entschieden. Und das ist wohl auch das Beste … so ist das eben heutzutage. Meine Tochter meint, dass die Erde eh schon überbevölkert ist und sie unter Klimaangst leidet. Ich weiß zwar nicht, warum ganz gewöhnliche Angst da nicht ausreicht, aber nun ja. Braucht man denn unbedingt noch weitere Ängste?«

»Will sie deswegen keine Kinder?«

»Ja. Das sagt sie jedenfalls. Oder wahrscheinlich hab ich es auch missverstanden. Ganz bestimmt sogar. Aber vermutlich sind etwas weniger Menschen tatsächlich zuträglicher für die Umwelt, ich weiß es nicht. Ich wünschte nur, dass Roger wieder das Gefühl bekäme, gebraucht zu werden.«

Julia schien diese Logik nicht ganz einzuleuchten.

»Meinen Sie, dass Enkelkinder ihm das Gefühl geben könnten, gebraucht zu werden?«

Anna-Lena lächelte leicht.

»Haben Sie schon mal eine Dreijährige auf dem Rückweg von der Kita nach Hause an der Hand gehalten?«

»Nein.«

»Nie sonst hat man das Gefühl, mehr gebraucht zu werden als in diesem Moment.«

Sie blieben schweigend sitzen und fröstelten leicht wegen des Luftzugs, dessen Ursprung bislang noch keine von beiden hinterfragt hatte.

Kapitel 42

Estelle begab sich lautlos in den Flur, ihr betagter Körper war in den letzten Jahren so leicht geworden, dass sie eine hervorragende Jägerin abgegeben hätte, wenn sie nur nicht so viel reden würde. Sie betrachtete mit sanftem Blick die drei Leute auf der Bank, erst den Geiselnehmer, dann Roger und schließlich Ro, und als keiner der drei ihr Beachtung schenkte, räusperte sie sich dezent und fragte: »Dürfte ich erfahren, ob jemand von Ihnen zufällig Hunger hat? Im Kühlschrank gibt es genügend, ich kann uns irgendwas Schnelles zusammenrühren. Ich nehme jedenfalls an, dass es dort etwas Essbares gibt. In der Küche. Die Leute haben ja immer jede Menge Vorräte.«

Estelle fiel nichts Besseres ein, um diesen Menschen zu zeigen, dass sie ihr am Herzen lagen, als zu fragen, ob sie hungrig seien. Der Geiselnehmer lächelte dankbar, wenn auch traurig.

»Etwas zu essen täte jetzt wirklich gut, danke, aber ich möchte Ihnen auf keinen Fall zur Last fallen.«

Ro hingegen nickte überschwänglich, denn sie war so hungrig, dass sie noch eine Limette mit Schale und allem Drum und Dran hätte verspeisen können. Dann schlug sie vor: »Vielleicht können wir ja Pizza bestellen?«

Allein schon der Gedanke daran versetzte sie so in Begeisterung, dass sie Roger, der offenbar tief in Gedanken versunken gewesen war, einen Ellenbogen in die Seite rammte. Jetzt schaute er auf.

»Was?«

»Pizza!«, wiederholte Ro.

»Pizza? Jetzt?«, schnaubte Roger und warf einen Blick auf die Uhr.

Der Geiselnehmer, dem gerade wieder seine missliche Lage eingefallen war, seufzte verzweifelt: »Nein. Ich hab gar kein Geld, um die Pizzen zu bezahlen. Ich kann ja noch nicht mal Geiseln nehmen, ohne dass sie mir verhungern …«

Roger verschränkte die Arme vor der Brust und sah den Geiselnehmer an. Zum ersten Mal nicht verurteilend, sondern eher neugierig.

»Darf ich fragen, wie Ihr Plan aussieht? Wie gedenken Sie denn bloß, hier wieder rauszukommen?«

Der Geiselnehmer blinzelte resigniert und gab ohne Umschweife zu: »Ich weiß es nicht. So weit habe ich noch gar nicht gedacht. Ich hab bloß versucht … ich brauchte nur Geld für die Miete, weil ich gerade eine Scheidung hinter mir habe und der Anwalt meinte, dass sie mir sonst die Kinder wegnehmen. Meine Mädchen. Ach, es ist eine lange Geschichte, mit der ich Sie nicht weiter belasten möchte … Entschuldigung, vielleicht ist es sowieso besser, einfach aufzugeben. Ja, das ist wohl das Beste.«

»Wenn Sie jetzt aufgeben und auf die Straße runtergehen, kann es sein, dass die Polizei Sie auf der Stelle abknallt«, entgegnete Ro nicht besonders aufbauend.

»Sagen Sie doch nicht so was!«, wandte Estelle ein.

»Aber vermutlich stimmt es. Weil Sie bewaffnet sind, gelten Sie als gemeingefährlich, und solche Leute werden sofort erschossen«, informierte Roger.

Die Sturmhaube wurde um die Augenlöcher herum feucht.

»Die Pistole ist ja nicht mal echt.«

»Stimmt, und sie sieht noch nicht mal echt aus«, bestätigte Roger aufgrund seines unglaublich umfassenden absoluten Mangels an Erfahrung in dieser Sache.

Der Geiselnehmer flüsterte: »Ich bin wirklich ein Idiot. Ein absoluter Vollidiot. Ich hab ja noch nicht mal einen Plan. Wenn sie mich erschießen wollen, dann sollen sie es eben tun. Ich schaffe es ja sowieso nicht, irgendwas richtig zu machen.«

Der Geiselnehmer sprang auf und näherte sich mit ungewohnt entschlossenen Schritten der Wohnungstür.

Doch Ro stellte sich ihm in den Weg. Zum einen natürlich, weil der Geiselnehmer von seinen Kindern erzählt hatte, zum anderen aber auch, weil Ro gerade in dieser Phase ihres Lebens ziemlich gut nachvollziehen konnte, wie es sich anfühlte, wenn man immer alles falsch machte. (Zum dritten allerdings auch, weil Ro ein absoluter Pizza-Fan war.) Deshalb rief sie aus: »Hallo? Wollen Sie ausgerechnet jetzt einfach so AUFGEBEN? Wir können doch wenigstens noch Pizza bestellen, oder? Im Film lassen die Bullen bei Geiseldramen ja auch immer Pizza kommen. Und zwar umsonst!«

Estelle faltete die Hände vorm Bauch und räumte ein: »Ich habe eigentlich auch nichts gegen Pizza. Glauben Sie, dass man dazu vielleicht noch so einen leckeren Krautsalat bekommen kann?«

Roger brummte, ohne aufzuschauen: »Umsonst? Meinen Sie das ernst?«

»Todernst«, versprach Ro. »Im Film bekommen die Geiseln IMMER Pizza! Wenn wir doch nur wüssten, wie wir Kontakt mit den Bullen aufnehmen könnten, um unsere Bestellung aufzugeben!«

Roger starrte eine ganze Weile hinunter auf den Fußboden. Dann linste er zur geschlossenen Tür des begehbaren Kleiderschranks am anderen Ende der Wohnung hinüber und versuchte, die Nähe seiner Frau zu erspüren. In den Hautfalten unter seinen Augen zuckte es unregelmäßig. Doch dann schien er sich entschieden zu haben, denn seiner Erfahrung nach war noch nie etwas Gutes dabei herausgekommen, wenn man zu lange über gewisse Dinge nachgrübelte. Deshalb schlug er sich entschlossen mit beiden Handflächen auf die Oberschenkel, stand auf und ergriff die Initiative. Es vermittelte ihm ein unglaublich gutes Gefühl.

»Okay! Ich kümmere mich darum!«

Er marschierte hinaus auf den Balkon. Estelle entschwebte umgehend in die Küche, um Teller bereitzustellen. Ro steuerte eilends den begehbaren Kleiderschrank an, um Julia zu fragen, welche Pizza sie haben wollte. Der Geiselnehmer blieb mit der Pistole in der Hand allein im Flur zurück und murmelte vor sich hin: »Die schlechtesten Geiseln seit Menschengedenken. Dies sind die *schlechtesten* Geiseln seit Menschengedenken.«

Kapitel 43

Jack und Jim stellen den gesamten begehbaren Kleiderschrank auf den Kopf, können jedoch keinerlei Spuren des Geiselnehmers entdecken. Auch die Kiste im hintersten Winkel ist leer, abgesehen von einer Sammlung mehr oder weniger ausgetrunkener Weinflaschen, was sie zu der Frage verleitet, welcher Idiot von Säufer auf die Idee kommt, Weinflaschen in einem Kleiderschrank zu verstecken. Sie reißen sämtliche Kleidung heraus, lauter Herrenanzüge und Kleider, die aussehen, als seien sie noch vor der Erfindung des Farbfernsehens genäht worden. Ansonsten finden sie nichts. Jim schwitzt so stark, dass er den kalten Luftzug im Raum nicht bemerkt. Jack hingegen hält irgendwann inne und schnuppert so gestresst in die Luft wie ein Labrador auf einem Rockfestival.

»Hier drinnen riecht es nach Zigarettenrauch«, stellt er fest und massiert sich die Beule an der Stirn.

»Vermutlich hat sich einer der Kaufinteressenten heimlich eine Zigarette angesteckt, was im Hinblick auf die Umstände ja nur verständlich wäre«, überlegt Jim.

»Ja, aber dann müsste es STÄRKER riechen. Und außerdem riecht es sonst nirgendwo in der Wohnung. Es kommt mir eher so vor, als hätte hier jemand … gelüftet, oder?«

»Und wie sollte das in einem begehbaren Kleiderschrank funktionieren?«

Jack antwortet nicht, sondern sucht auf der Jagd nach dem Luftzug, den er anfänglich für Einbildung gehalten hat, methodisch den Raum ab. Kurz entschlossen schnappt er sich eine auf dem Boden liegende Trittleiter aus Metall, schiebt den Kleiderhaufen beiseite, stellt sie auf, klettert hinauf und beginnt mit der Handfläche gegen die Decke zu hämmern, bis sie unvermittelt an einer Stelle nachgibt.

»Hier ist eine Art alter Luftschacht!«

Jim kommt nicht dazu, in irgendeiner Form zu reagieren, denn Jack hat schon den Kopf durch die Luke geschoben. Stattdessen nutzt er die Gelegenheit, um die Weinflaschen, die er in der Kiste gefunden hat, prüfend zu schütteln, und genehmigt sich einen Schluck aus einer noch nicht ganz leeren. Denn Wein hält sich ebenfalls.

Jack ruft von der Trittleiter aus: »Hier oben über der Zimmerdecke befindet sich ein enger Schacht. Ich glaube, dass der Luftzug vom Dachboden her kommt.«

»Ein Schacht? Glaubst du, man kann hindurchkriechen und irgendwo anders wieder rauskommen?«, fragt Jim.

»Weiß der Teufel, er ist allerdings ziemlich eng, aber wenn man klein genug ist, könnte es vielleicht … warte …«

»Siehst du etwas?«

»Ich versuche gerade, bis zum Ende zu leuchten, um zu sehen, wo er weitergeht, aber irgendwas liegt im Weg, etwas … mit Fell.«

»Etwas mit Fell?«, fragt Jim beunruhigt und muss an alle möglichen toten Tiere denken, die Jack ganz sicher nicht in einem Luftschacht würde finden wollen. In den meisten Fällen mag Jack sie ja noch nicht mal lebend.

Jack flucht, zieht einen flauschigen Gegenstand zu sich heran und wirft ihn zu Jim hinunter. Es ist ein Kaninchenkopf.

Kapitel 44

Roger warf einen Blick über das Balkongeländer hinunter auf die Polizisten, holte Luft und rief: »Wir brauchen Proviant!«

»Krank? Ist jemand verletzt?«, rief einer der Polizisten zurück. Er hieß Jim, hörte nicht besonders gut und hatte nicht gerade viel Erfahrung mit Geiseldramen. Um genau zu sein, eigentlich gar keine.

»Nein! Wir haben Hunger!«, rief Roger.

»Kummer?«, rief der Polizist zurück.

Neben ihm stand ein zweiter, jüngerer Polizist. Er versuchte den älteren zum Schweigen zu bringen, um hören zu können, was Roger rief, aber der ältere hörte ihn natürlich nicht.

»NEIN! PIZZA!«, rief Roger, doch da in jedem seiner Nasenlöcher ein Wattebausch steckte, klang es eher wie »Pisser«.

»MELISSA? IST EINE FRAU NAMENS MELISSA VERLETZT?«, brüllte der ältere Polizist.

»SIE HÖREN MIR JA GAR NICHT ZU!«

»ME TOO?«

»STILL JETZT, PAPA, DAMIT ICH HÖREN KANN, WAS ER SAGT …«, rief der jüngere Polizist dem älteren zu, doch da hatte Roger den Balkon bereits aus lauter Frust wieder verlassen. So heftig hatte er seit einem Ereignis vor vielen Jahren nicht mehr geflucht, als irgendeine vermaledeite Lobbyorganisation den Namen seiner Lieblings-Schokoriegel geändert hatte, nachdem die ursprüngliche Bezeichnung als beleidigend eingestuft worden war. Wen auch immer er nun beleidigt haben sollte. Roger stapfte zurück in die Wohnung, wo er mit seinem Notizblock und dem Ikea-Bleistift auffordernd in der Luft herumwedelte.

»Wir müssen wohl oder übel eine Liste erstellen und sie runterwerfen«, informierte er. »Welche Pizza möchten Sie?«, wollte er wissen. »Sie zuerst!«, forderte er den Geiselnehmer auf und deutete auf ihn.

»Ich? Mir ist die Sorte nicht so wichtig. Egal«, piepste der Geiselnehmer kläglich.

»Haben Sie etwa Senf in den Synapsen, oder was? Jetzt treffen Sie doch endlich mal eine Entscheidung! Sonst wird Sie niemand respektieren!«, stieß Zara von ihrem Platz auf dem Sofa aus (sie hatte sich natürlich erst hingesetzt, nachdem sie ein frisches Handtuch aus dem Bad geholt und es auf die Sitzfläche gelegt hatte, denn wer weiß, welche Mittelschichtindividuen schon vor ihr darauf gesessen hatten, bestimmt tätowierte und alle möglichen anderen).

»Ich kann mich aber nicht entscheiden«, brachte der Geiselnehmer hervor, möglicherweise bislang die wahrsten Worte aus seinem Mund an diesem Tag. Wenn man ein Kind ist, sehnt man sich danach, erwachsen zu werden und alles selbst entscheiden zu können, doch wenn man dann erwachsen ist, begreift man, dass genau dies das Schwierigste ist. Dass man andauernd alles wissen, alles entscheiden muss: welche Partei man wählt und welche Tapeten man gut findet und welche sexuellen Vorlieben man hat und welcher Joghurt am besten die eigene Persönlichkeit widerspiegelt. Man muss alles selbst entscheiden und wird noch dazu jede Sekunde unablässig von anderen bewertet. Das ist das Schlimmste an der Scheidung, dachte der Geiselnehmer, dass man glaubt, all das bereits hinter sich gelassen zu haben, und dann muss man sich plötzlich aufs Neue entscheiden. Wir hatten doch bereits eine Tapete und ein Kaffeeservice, auch die Balkonmöbel waren noch fast neu, und die Kinder sollten gerade schwimmen lernen. Wir hatten ein gemeinsames Leben, genügte das etwa nicht? Der Geiselnehmer hatte einen Punkt im Leben erreicht, an dem man eigentlich hoffte, endlich mit allem … durch zu sein. Und da ist man nicht mehr darauf eingestellt, noch einmal ins kalte Wasser geworfen zu werden, um ein weiteres Mal herauszufinden, wer man ist. Der Geiselnehmer versuchte all diese Gedanken in seinem Kopf zu sortieren, kam jedoch nicht dazu, als Zara ein weiteres Mal dazwischenfuhr.

»Sie müssen Ihre Forderungen stellen!«

Roger pflichtete ihr bei: »Sie hat recht. Sonst werden die Polizisten da draußen nervös, und dann schießen sie. Ich hab irgendwann mal im Fernsehen eine Doku darüber gesehen. Wenn Sie Leute als Geiseln genommen haben, müssen Sie der Polizei sagen, was Sie wollen, damit die verhandeln können.«

Der Geiselnehmer antwortete unglücklich und ganz ehrlich: »Ich möchte nach Hause zu meinen Kindern.«

Roger dachte lange über diese Worte nach. Dann sagte er: »Ich schreibe Capricciosa bei Ihnen, alle mögen Capricciosa. Der Nächste! Welche Pizza wollen Sie?«

Jetzt schaute er Zara an. Doch diese wirkte völlig schockiert.

»Ich? Ich esse keine Pizza, Sie Neunmalkluger.«

Wenn Zara ein Restaurant besuchte, bestellte sie jedes Mal Meeresfrüchte, wobei sie immer entschieden darauf hinwies, dass diese mit intakter Schale serviert werden sollten, denn das garantierte ihr, dass niemand aus der Küche den Inhalt vorher hatte berühren können. Und wenn ein Restaurant keine Meeresfrüchte anbot, bestellte Zara gekochte Eier. Sie hasste Beeren, mochte aber Bananen und Kokosnüsse. In ihrer Vorstellung von der Hölle servierte der Teufel jede Mahlzeit als Buffet, und sie stand in der Schlange immer hinter jemandem, der erkältet war.

»Alle hier essen Pizza! Die gibt es umsonst!«, stellte Roger jetzt schniefend klar.

Zara rümpfte die Nase und legte dann das ganze Gesicht in Falten.

»Die Leute essen das Zeug ja sogar mit den Händen. Sie benutzen dieselben Hände, mit denen sie auch *renovieren*.«

Roger gab sich natürlich nicht geschlagen, sondern begutachtete zuerst ihre Handtasche, dann ihre Schuhe und die Armbanduhr, um danach etwas in seinen Block zu kritzeln.

»Ich schreibe einfach, dass Sie die teuerste haben möchten, in Ordnung? Vielleicht gibt es ja eine mit Trüffel oder Blattgold und irgendeiner vom Aussterben bedrohten Babyschildkröte drauf. So 'ne verfluchte Oberschicht-Marinara. Der Nächste!«

Estelle wirkte gestresst, weil sie sich so schnell entscheiden musste, deshalb sagte sie rasch: »Ich nehme die gleiche.«

Roger musterte sie mit zusammengekniffenen Augen und schrieb »Capricciosa« in seinen Block.

Anschließend kam Ro an die Reihe, was ihr eine Miene verlieh, die nur eine vernarrte Mutter oder einen Hersteller von Defibrillatoren glücklich machen könnte.

»Ich nehme eine Kebab-Pizza mit Knoblauchsoße! Und

eine Extraportion Soße. Und extra viel Kebab. Gerne kross gebraten.«

Dann klopfte sie an die Tür des begehbaren Kleiderschranks.

»WAS IST?«, rief Julia.

»Wir wollen Pizza bestellen!«, verkündete Ro.

»ICH NEHME EINE HAWAII OHNE ANANAS UND OHNE SCHINKEN, ABER DAFÜR MIT BANANE UND ERDNÜSSEN, UND SAG, DASS SIE NICHT DURCHGEBACKEN SEIN SOLL!«

Ro holte so tief Luft, dass es in ihrem Rücken knackte. Sie beugte sich etwas näher zur Tür.

»Kannst du nicht irgendwann einfach mal eine Pizza von der Speisekarte nehmen, Liebling? 'ne ganz normale Pizza? Soll ich denn jedes Mal anrufen und Anweisungen geben, als müsste ich 'nem blinden Piloten beim Landen eines Flugzeugs helfen?«

»UND MIT ZUSÄTZLICHEM KÄSE, WENN ES GUTER KÄSE IST! FRAG, OB SIE GUTEN KÄSE HABEN!«

»WARUM KANNST DU NICHT EINFACH WAS VON DER SPEISEKARTE NEHMEN WIE JEDER ANDERE MENSCH AUCH?«

Es war nicht ganz klar, ob Julia nicht hörte, was Ro sagte, oder ob es ihr schlicht und einfach egal war, sie rief nur aus dem begehbaren Kleiderschrank zurück: »UND OLIVEN! ABER KEINE GRÜNEN!«

»Das ist dann aber keine Hawaii mehr«, murmelte Ro ganz leise vor sich hin.

»IST ES DOCH!«

Roger notierte sich alles, so gut er konnte. Dann wurde plötzlich die Tür des begehbaren Kleiderschranks geöffnet.

Julia linste hinaus und fügte unerwartet freundlich hinzu: »Anna-Lena sagt, dass sie dieselbe nimmt wie Sie, Roger.«

Roger nickte leicht, den Blick auf seinen Block gerichtet. Er musste erst einmal in die Küche verschwinden, damit keiner sah, wie er eine neue Seite aufblätterte, weil die vorige ganz feucht und somit unbenutzbar geworden war. Als er wieder zurück ins Wohnzimmer kam, hob das Kaninchen bescheiden die Hand.

»Ich hätte gern eine ...«, kam es aus dem Kaninchenkopf.

»Capricciosa!«, unterbrach ihn Roger, blinzelte die Tränen weg und warf dem Kaninchen einen Blick zu, der besagte, dass es jetzt weiß Gott nicht angebracht sei, vegetarische Wünsche oder dergleichen anzumelden. Deshalb nickte das Kaninchen nur und brummte: »Ich kann ja den Schinken runternehmen, kein Problem, alles in Ordnung.«

Anschließend sah sich Roger nach einem passenden Gegenstand um, womit er den Zettel beschweren könnte, bis sein Blick schließlich auf etwas kleines Rundliches fiel, das die richtige Konsistenz zu haben schien. So kam es, dass die Polizisten oben vom Balkon aus erneut jemanden rufen hörten. Und als sie aufschauten, wurde Jack geradewegs an der Stirn von einer Limette getroffen.

Aufgrund der großen Entfernung bildete sich eine riesige Beule. Nicht zuletzt war das auch eine Art »aktives Zuhören«.

Kapitel 45

Jack schafft es im engen Schacht über der Zimmerdecke des begehbaren Kleiderschranks nur bis zur Hälfte. Dann muss Jim auf die Leiter steigen und mit voller Kraft an seinen beiden Füßen ziehen, um ihn wieder herauszubekommen. Als wäre sein Sohn eine Ratte, die in eine Limoflasche geschlüpft ist und, nachdem sie den Inhalt leergetrunken hat, zu dick ist, um wieder herauszugelangen. Als Jack schließlich freikommt, fallen beide ungebremst zu Boden, Jim landet mit einem Krachen, Jack mit einem Plumpsen. Sie liegen übereinander inmitten eines Wirrwarrs von Damenkonfektion aus dem vorigen Jahrhundert und einem umherrollenden Kaninchenkopf, der die zu Tode erschrockenen Wollmäuse am Boden aufstieben lässt. Jack ergeht sich erneut in einer verbalen Demonstration seiner Anatomiekenntnisse innerhalb der landwirtschaftlichen Fauna, bevor er wieder auf die Füße kommt und erklärt: »Also das da oben ist ein ehemaliger Luftschacht, doch der ist am anderen Ende abgedichtet. Mag sein, dass Zigarettenrauch darin abzieht, aber ein Mensch passt da nicht hindurch. Keine Chance.«

Jim blickt unglücklich drein, hauptsächlich weil Jack so unglücklich dreinblickt. Der Vater bleibt noch eine Weile im begehbaren Kleiderschrank stehen, weil er seinem Sohn, der bereits wieder hinausstürmt, Zeit geben will, um sich im Wohnzimmer in Ruhe abzureagieren. Als Jim ihm letzten Endes folgt, sieht er Jack nachdenklich vor dem Kamin stehen.

»Glaubst du, dass der Geiselnehmer hierdurch geflohen sein kann?«, fragt Jim.

»Glaubst du, dass er der Weihnachtsmann ist?«, fragt Jack unnötig verächtlich zurück und bereut es sofort. Doch auf dem Boden des Kamins liegt Asche, die sogar noch warm ist, also hat irgendwer erst kürzlich ein Feuer darin gemacht. Als Jack vorsichtig mit seiner Taschenlampe darin herumstochert, fischt er die Reste einer Sturmhaube heraus. Er hält sie gegen das Licht. Dann richtet er einen Seitenblick auf die Blutlache am Fußboden, inspiziert die Möbel um sich herum und versucht das Puzzle aus den verschiedenen Hinweisen zusammenzubringen.

Währenddessen wandert Jim scheinbar planlos umher, bevor er in der Küche landet und den Kühlschrank öffnet (was möglicherweise darauf hindeutet, dass es doch nicht ganz planlos war). Darin erblickt er ein sorgfältig mit Frischhaltefolie abgedecktes Porzellanschälchen mit Krautsalat. Wer macht denn so was mitten in einem Geiseldrama? Und noch bescheuerter, überlegt Jim, welcher Depp bewahrt denn einen Krautsalat auf? Welcher geschmacksnervenamputierte Blödmann glaubt, dass der morgen noch schmeckt? Jim schließt den Kühlschrank wieder und kehrt ins Wohnzimmer zurück. Jack steht resigniert und mit herabgesunkenen Schultern vor dem Kamin, die Sturmhaube in der Hand.

»Nein, ich begreife einfach nicht, wie er aus der Wohnung fliehen konnte, Papa. Ich hab das Ganze jetzt schon aus allen möglichen und unmöglichen Winkeln beleuchtet, aber ich kapiere verflucht noch mal immer noch nicht …«

Jack wirkt auf einmal so traurig, dass sein Vater augenblicklich versucht, ihn aufzumuntern, indem er ihm Fragen stellt.

»Und das Blut? Wie kann der Geiselnehmer nur so viel Blut verlieren und trotzdem …«, beginnt Jim, wird jedoch unerwartet von einer Stimme aus dem Flur unterbrochen. Der Wachposten. »Ach, das Blut kommt doch gar nicht vom Geiselnehmer«, ruft der unbekümmert aus und stochert in seinen Zähnen.

»Was sagen Sie da?«, fragt Jack.

»Gunschdbluuud«, antwortet der Wachmann, jetzt mit der ganzen Hand im Mund, als sei die Frage nach dem Blut keineswegs so wichtig wie das Lunchsouvenir, das vermutlich dort hängen geblieben ist. Die Hand kommt mit dem Fragment einer Cashewnuss wieder heraus. Der Mund lacht fröhlich.

»Wie bitte?«, fragt Jim, dem jetzt allmählich der Geduldsfaden reißt.

Der fröhliche Wachmann deutet auf das eingetrocknete Blut auf dem Teppich.

»Ich sagte: Das ist Kunstblut, Theaterblut. Sehen Sie hier, wie das trocknet, echtes Blut sieht ganz anders aus«, erklärt er, das Stückchen Cashewnuss noch immer in der Hand haltend, als könne er sich nicht entscheiden, ob er es wegwerfen oder als Erinnerung an seine persönliche Glanzleistung besser einrahmen soll.

»Und woher wissen Sie das?«, fragt Jim.

»Ich bin in meiner Freizeit manchmal als Zauberer unterwegs. Oder besser gesagt: Ich bin in meiner Freizeit manchmal als *Polizist* unterwegs!«

Seine Erwartung, dass Jim und Jack über den kleinen Scherz am Rande lachen würden, erweist sich als recht optimistisch, deshalb hustet er leicht verlegen und fügt hinzu: »Ich trete hin und wieder auf. In Altersheimen und so. Manchmal ziehe ich da auch 'ne kleine Show ab und tue so, als würde ich mich schneiden, und dafür benutze ich Theaterblut. Ich bin übrigens sogar ziemlich gut darin. Also wenn Sie ein Kartenspiel bei sich haben, dann kann ich …«

Jack, der nicht gerade so aussieht, als hätte er jemals in seinem Leben ein Kartenspiel bei sich gehabt, deutet auf das Blut.

»Und Sie sind ganz sicher, dass dies kein echtes Blut ist?«

Der Wachmann nickt. Bombensicher.

Jack und Jim werfen einander nachdenkliche Blicke zu. Dann schalten beide ihre Taschenlampen ein, obwohl das Deckenlicht bereits brennt, und gehen die Wohnung noch einmal Zentimeter für Zentimeter durch. Ein ums andere Mal. Sie nehmen alles peinlich genau unter die Lupe und sehen dennoch nichts. Auf dem Tisch im Wohnzimmer steht eine Schale Limetten, drumherum liegen mehrere leere Pizzakartons. Alle Trinkgläser stehen fein säuberlich auf Untersetzern. Auf dem Fußboden ist eine Markierung eingezeichnet, dort haben die Polizisten die Pistole des Geiselnehmers gefunden. Direkt neben der Markierung steht ein kleiner Tisch mit einer Lampe darauf.

»Papa? Das Handy, das wir für den Anruf beim Täter eingeschleust haben, wo lag das eigentlich, als wir die Wohnung gestürmt haben?«, fragt Jack plötzlich.

»Es lag dort auf dem kleinen Tisch«, antwortet Jim.

»Aha, das erklärt einiges«, seufzt Jack.

»Erklärt was?«

»Wir haben die ganze Zeit falsch gedacht.«

Kapitel 46

Zeugenvernehmung
Datum: 30. Dezember
Namen der Zeuginnen: »Jullan« und »Ro«

Jack: Da Sie beide Zeugen eines so ernsten Verbrechens sind, muss ich darauf bestehen, einzeln mit Ihnen zu sprechen anstatt gleichzeitig.
Jullan: Und warum?
Jack: Weil es nun mal so ist.
Jullan: Sorry, aber kann es sein, dass irgendein Dämon, der wie meine Mutter spricht, Besitz von Ihrem Körper ergriffen hat? Was heißt hier »Weil es nun mal so ist?«
Jack: Sie sind Zeugen in einem polizeilichen Ermittlungsverfahren. Es gibt gewisse Regeln.
Jullan: Wird etwa eine von UNS beiden eines Verbrechens verdächtigt?
Jack: Nein.
Jullan: Na also. Dann machen wir das hier gemeinsam. Und wissen Sie auch, warum?
Jack: Nein.
Jullan: Weil es nun mal so ist!
Jack: Mein Gott, wenn es je irgendwo eine Ansammlung aufmüpfigerer Zeugen gegeben hat, weiß ich wirklich nicht, wo das gewesen sein sollte.

Jullan: Wie bitte?
Jack: Ich hab nichts gesagt.
Jullan: Haben Sie wohl, ich hab doch gehört, dass Sie irgendwas vor sich hingemurmelt haben.
Jack: Aber nichts von Bedeutung. Okay, Sie haben gewonnen, Sie dürfen das hier zusammen machen!
Ro: Jullan hat ja nur Angst, dass ich irgendwas Dummes sage, wenn sie nicht dabei ist.
Jullan: Still jetzt, Liebling!
Ro: Sehen Sie?
Jack: Mein Gott, könnten Sie vielleicht endlich mal aufhören zu quatschen? Ich sagte doch, okay! Ich vernehme Sie beide gleichzeitig! Aber so funktioniert das nicht!
Ro: Müssen Sie denn gleich sauer sein?
Jack: Ich bin nicht sauer!
Ro: Okay.
Jullan: Mhm, sind Sie nicht …
Jack: Als Erstes bräuchte ich Ihre richtigen Namen.
Ro: Das sind unsere richtigen Namen.
Jack: Das sind ja wohl eher Ihre Spitznamen, oder?
Jullan: Ach, das spielt doch jetzt keine Rolle, oder? Kommen Sie lieber zur Sache. Ich muss nämlich aufs Klo.
Jack: Okay, okay, natürlich. »Wie heißen Sie?« ist ja auch eine äußerst komplizierte Frage.
Jullan: Jetzt hören Sie auf, vor sich hinzumurmeln, und stellen Sie endlich Ihre Fragen.
Jack: Natürlich. Ich bin ja hier nur der Polizist, da ist es nur verständlich, wenn Sie bestimmen, welchem Prozedere wir hier folgen.
Jullan: Was?
Jack: Ach nichts. Ich müsste als Erstes überprüfen, ob Sie

beide sich während der gesamten Geiselnahme auch tatsächlich in der Wohnung aufgehalten haben. War das der Fall?

Ro: Na ja, Geiselnahme klingt so hart.

Jullan: Bitte Ro, jetzt reiß dich zusammen. Was waren wir denn sonst, wenn wir keine Geiseln waren? Wurden wir etwa nur aus Versehen mit 'ner Knarre bedroht?

Ro: Na ja, wir waren wohl eher die Konsequenz einer unglücklichen Aneinanderreihung von Fehlentscheidungen.

Jullan: Weil irgendwer zufällig gestolpert und mit dem Gesicht in 'ne Sturmhaube reingerutscht ist?

Jack: Könnten Sie sich jetzt bitte auf meine Frage konzentrieren?

Jullan: Und welche?

Jack: Befanden Sie sich die ganze Zeit in der Wohnung?

Ro: Jullan saß ziemlich lange im Hobbyraum.

Jullan: Das ist kein Hobbyraum!

Ro: Dann eben ein begehbarer Kleiderschrank. Jetzt sei nicht so besserwisserisch.

Jullan: Du weißt ganz genau, wie das heißt.

Jack: Sie meinen also, dass Sie sich nicht rausgetraut haben? Und wie lange? Ich meine, bis Sie sich dann getraut haben?

Jullan: Was sagten Sie gerade?

Jack: Ich meinte, nein, so meinte ich das nicht.

Jullan: Nee. Und wie meinten Sie es dann?

Jack: Ach, schon gut. Ich meinte es jedenfalls nicht als Anspielung auf irgendwas, sondern nur, dass Sie sich rein physisch in diesem, na, Sie wissen schon, anderen Raum befanden.

Jullan: Wir waren die ganze Zeit in der Wohnung.

Ro: Und warum klingst du jetzt plötzlich so gereizt?

Julian: Tja, wahrscheinlich sind es ja wieder die HORMONE, oder, Ro? Wolltest du DAS zufällig gerade sagen?

Ro: Nee. Wollte ich nicht. Oder zumindest hab ich es nicht gesagt, und in dem Fall zählt es auch nicht.

Jack: Mir ist klar, dass Sie einen anstrengenden Tag hinter sich haben, aber ich versuche nur zu verstehen, wo sich die Geiseln zu den unterschiedlichen Zeitpunkten aufhielten. Zum Beispiel, als die Pizza geliefert wurde.

Ro: Und warum ist das wichtig?

Jack: Weil wir mit Sicherheit sagen können, dass sich der Täter da noch in der Wohnung befand.

Ro: Ich hab auf der Chaiselongue gesessen, als wir Pizza gegessen haben.

Jack: Und was soll das sein?

Julian: Ach, dieses Sofa ohne Lehne. So 'ne Art Diwan.

Ro: Nein, nein, wie oft soll ich dir noch sagen, dass es kein Diwan ist? Und weißt du auch, warum eine Chaiselongue kein Diwan ist? Weil sie sonst DIWAN hieße!

Julian: Oh Mann, ich kann nicht mehr. Müssen wir uns jetzt etwa schon wieder darüber streiten, wie letztens, als ich nicht wusste, was ein Futon ist? Wissen Sie, was ein Futon ist?

Jack: Ich? Eine Schlange, oder?

Julian: Siehst du? Hab ich doch gesagt.

Ro: DAS IST KEINE SCHLANGE!

Julian: Das ist offenbar dieses Sofa, auf dem man auch schlafen kann.

Jack: Ist mir völlig unbekannt.

Julian: Wie allen anderen ganz normalen Leuten auch.

Ro: Sagt mal, seid ihr in 'ner Grotte aufgewachsen, oder was? Ein Futon passt zum Beispiel perfekt in einen Alkoven.

Jack: In einen was?

Julian: Wie kannst du nur wissen, was ein Alkoven ist, und dann einen begehbaren Kleiderschrank als Hobbyraum bezeichnen?

Ro: Weil »begehbarer Kleiderschrank« ein Begriff ist, den irgendein Spacko-Blogger ohne Hirnsubstanz erfunden hat, aber Alkoven ist ein echtes Wort!

Julian: Jetzt sehen Sie, womit ich mich andauernd rumschlagen muss. Letztes Jahr war sie drei Monate besessen von Alkoven, weil sie unbedingt Innenarchitektin werden wollte. Übrigens kurz bevor sie Yogalehrerin werden wollte und unmittelbar nach ihrem Plan, Hedgefonds-Managerin zu werden.

Ro: Warum musst du eigentlich andauernd übertreiben? Ich wollte gar nicht Hedgefonds-Managerin werden.

Julian: Und was wolltest du dann werden?

Ro: Daytrader.

Julian: Und was ist der Unterschied?

Ro: Das hab ich ja dann nicht mehr rausfinden können. Genau zu dem Zeitpunkt hab ich ja angefangen, mich für Käse zu interessieren.

Jack: Ich würde jetzt gerne auf meine Frage zurückkommen.

Ro: Sie wirken irgendwie gestresst. Es ist nicht gesund, wenn Sie so auf Ihrer Zunge rumkauen.

Jack: Ich wäre weitaus weniger gestresst, wenn Sie endlich meine Frage beantworten würden.

Julian: Wir haben auf dem Sofa gesessen und Pizza gegessen. Das ist die Antwort auf Ihre Frage.

Jack: Danke! Und wer hielt sich zu diesem Zeitpunkt in der Wohnung auf?

Jullan: Wir beide. Estelle. Zara. Lennart. Anna-Lena und Roger. Und der Geiselnehmer.
Jack: Und die Maklerin?
Jullan: Ach ja, die.
Jack: Und wo befand sich die Maklerin?
Jullan: Sie meinen, wo genau?
Jack: Ja.
Jullan: Bin ich etwa Ihr GPS, oder was?
Jack: Ich möchte nur wissen, ob alle anderen auch mit am Tisch gesessen und Pizza gegessen haben.
Jullan: Ich nehme es an.
Jack: Ach, Sie nehmen es an?
Jullan: Haben Sie damit ein Problem? Ich bin schwanger und wurde mit einer Waffe bedroht. Da hatte ich weiß Gott an anderes zu denken. Ich bin ja wohl kein Kindermädchen, das im Schulbus die Rucksäcke zählt.
Ro: Ist das hier eigentlich eine Süßigkeit?
Jack: Das ist ein Radiergummi.
Jullan: Hör auf, alles in dich reinzustopfen!
Ro: Ich hab ja nur gefragt!
Jullan: Wissen Sie eigentlich, dass Ro bei allen Wohnungsbesichtigungen immer den Inhalt des Kühlschranks inspiziert? Finden Sie das etwa in Ordnung?
Jack: Das ist mir ehrlich gesagt egal.
Ro: Aber die wollen doch, dass man reinguckt, das ist ein Teil des »Homestyling«, alle wissen das. Einmal hab ich sogar sauleckere Tacos gefunden. Die gehören für mich übrigens heute noch zu den Top-drei-Tacos meines Lebens!
Jullan: Warte! Du hast sie gegessen?
Ro: Die wollen doch, dass man sie isst.
Jullan: Hast du etwa von den Lebensmitteln gegessen, die du

in einem Kühlschrank bei fremden Leuten gefunden hast? Machst du Witze?

Ro: Was ist denn daran so falsch? Die waren übrigens mit Hühnchen. Oder zumindest glaube ich, dass es Hühnchen war. Wenn sie schon eine Weile im Kühlschrank gestanden haben, schmecken ja alle irgendwie nach Hühnchen. Außer die mit Froschschenkeln. Hab ich dir eigentlich schon davon erzählt, dass ich mal Froschschenkel gegessen hab?

Jullan: Was? Nein! Hör jetzt auf, gleich muss ich wirklich kotzen.

Ro: Und wieso? Du betonst doch immer, wie wichtig du es findest, dass wir alles übereinander wissen!

Jullan: Ja, aber jetzt hab ich es mir anders überlegt. Ich denke, wir wissen inzwischen genug übereinander.

Ro: Finden Sie es etwa auch merkwürdig, Deko-Tacos zu essen?

Jack: Ich halte mich da lieber raus.

Jullan: Siehst du, er findet es auch ziemlich krank.

Ro: Das hat er nicht gesagt! Aber wissen Sie eigentlich, was wirklich krank ist? Jullan versteckt ihre Süßigkeiten vor mir. Benimmt man sich so, wenn man erwachsen ist?

Jullan: Ich verstecke TEURE Schokolade, ja, weil ich mit einem verfressenen Bandwurm verheiratet bin.

Ro: Sie lügt. Einmal hab ich gesehen, dass sie zuckerfreie Schokolade gekauft hat. Zuckerfreie! Und die hat sie auch versteckt, als wäre ich ein verdammter Soziopath und könnte mich noch nicht mal bei zuckerfreier Schokolade zurückhalten.

Jullan: Und dann hast du sie aufgegessen.

Ro: Um dir eine Lehre zu erteilen, ja. Aber nicht, weil sie gut geschmeckt hat.

Jullan: Ich glaub, jetzt bin ich definitiv bereit, Ihre Fragen zu beantworten!

Jack: Wow. Da kann ich mich ja glücklich schätzen.

Jullan: Also wollen Sie mir jetzt Ihre Fragen stellen, oder nicht?

Jack: Okay. Nachdem der Täter alle freigelassen hat und Sie aus der Wohnung gekommen sind, erinnern Sie sich noch daran, wer gemeinsam mit Ihnen die Treppen hinuntergegangen ist?

Jullan: Natürlich alle Geiseln.

Jack: Können Sie sie bitte aufzählen? Diejenigen, die mit Ihnen die Treppe hinuntergingen?

Jullan: Na klar. Das waren Ro und ich, Estelle, Lennart, Zara, Anna-Lena und Roger.

Jack: Und die Maklerin?

Jullan: Okay. Und die Maklerin.

Jack: Die Maklerin ist auch dabei gewesen, oder?

Jullan: Sind wir hier bald fertig?

Ro: Ich hab Hunger.

Kapitel 47

In allen Berufen gibt es irgendwelche technischen Besonderheiten, die einem Fachfremden nicht unbedingt geläufig sind. Das betrifft Spezialwerkzeuge, besondere Hilfsmittel oder auch komplizierte Fachtermini. In der Polizeiarbeit gibt es davon möglicherweise mehr als in anderen Berufen. Auch die Sprache verändert sich laufend, und den älteren Polizisten kommt sie genauso schnell abhanden, wie die jüngeren sie erfinden. Deshalb wusste Jim auch nicht, wie dieses verfluchte Handy genannt wurde. Er wusste nur so viel, dass es besondere Eigenschaften besaß und man damit telefonieren konnte, auch wenn es kaum Empfang gab, und dass Jack geradezu euphorisch reagierte, weil sie so eines auf dem Revier hatten. Jack reagierte etwas euphorischer wegen dieses verfluchten Handys, als es Jim angemessen erschien, aber da sie ebendieses Handy in der Endphase des Geiseldramas in die Wohnung schleusen konnten, erwies es sich dennoch als Glücksfall. Übrigens war Jim die Idee gekommen, wie sie dabei vorgehen könnten, worauf er nicht wenig stolz war. Unmittelbar nach der Freilassung der Geiseln hatte der Sonderermittler dieses Handy angerufen, um den Geiselnehmer zu einer freiwilligen Aufgabe zu bewegen. Doch genau in dem Augenblick hörten sie den Schuss.

Jack hatte Jim die Besonderheiten des Handys vorher ausführlich erklärt, aber Jim nannte es noch immer nur »dieses verfluchte Spezialhandy, mit dem man verflucht noch mal

Empfang hat, obwohl es eigentlich verflucht noch mal keinen gibt«. Bevor sie es zum Geiselnehmer in die Wohnung schleusten, hatte Jack seinen Vater noch mal nachdrücklich darauf hingewiesen, unbedingt den Klingelton einzuschalten. Doch er war natürlich ausgeschaltet.

Jetzt sieht sich Jack in der Wohnung um.

»Papa, hast du eigentlich dafür gesorgt, dass der Klingelton des Handys eingeschaltet war, bevor wir es in die Wohnung geschleust haben?«

»Ja, ja, ja, natürlich«, antwortet Jim.

»Also … nein?«

»Kann sein, dass ich es vergessen habe, kann schon sein.«

Jack massiert sich aus lauter Frust mit beiden Handflächen das gesamte Gesicht.

»Dann stand es also eher auf lautlos?«

»Kann sein, ja, kann sein.«

Jack ruckelt prüfend an dem kleinen Tischchen, auf dem das Handy lag, als sie die Wohnung stürmten. Es steht auf drei wackeligen Beinen, die reinste Herausforderung an die Schwerkraft. Dann nimmt er die Stelle auf dem Fußboden in Augenschein, an der sie die Pistole fanden. Sein Blick folgt irgendeinem unsichtbaren Ziel, dann steuert er auf die grüne Gardine zu. Die Patrone steckt daneben in der Wand.

»Der Täter hat sich nicht erschossen«, stellt Jack leise fest.

Dann wird ihm klar, dass dieser sich nicht einmal mehr in der Wohnung befand, als der Schuss fiel.

»Das kapiere ich nicht«, sagt Jim hinter ihm, allerdings nicht ungehalten wie manch andere Väter, sondern eher stolz, wie es nur wenigen Vätern gelingt. Jim gefällt es, wenn sein Sohn ihm Dinge erklärt, die er selbst nicht begreift. Und als er es nun tut, lässt Jacks Stimme jegliche Genugtuung vermissen: »Das Handy lag auf diesem wackligen kleinen Tisch, Papa. Und die Pistole muss direkt daneben gelegen haben. Als wir nach der Freilassung aller Geiseln auf dem Handy anriefen, fing es an zu vibrieren, der Tisch geriet ins Wanken, und die Pistole rutschte runter und fiel auf den Boden, wobei sich ein Schuss löste. Wir dachten ja, dass sich der Täter erschossen hat, aber er hielt sich nicht mal mehr in der Wohnung auf. Er war längst weg. Das Blut … das Theaterblut, oder was zum Teufel auch immer es ist … muss irgendwer schon vorher hier verteilt haben.«

Jim betrachtet seinen Sohn lange und kratzt sich am Bartansatz.

»Weißt du was? Einerseits sieht es aus wie das cleverste Verbrechen der Welt …«

Jack nickt, kratzt sich an der dicken Beule, die nach wie vor auf seiner Stirn prangt, und führt den Gedanken seines Vaters zu Ende: »… aber andererseits scheint es, als wäre ein Vollidiot am Werk gewesen.«

Zumindest einer von ihnen hat tatsächlich recht.

Jack lässt sich langsam aufs Sofa sinken, während Jim auf die Polster plumpst, als sei er gestoßen worden. Jack holt seine Tasche, klaubt sämtliche Vernehmungsprotokolle hervor und breitet sie um sich herum aus, ohne zu erklären, woran er gerade denkt. Er liest alles noch einmal durch. Als er das letzte Blatt Papier zur Seite legt, beißt er sich methodisch auf die Zunge, immer weiter hinten, denn dort sitzt bei Jack der Stress.

»Ich bin ein Trottel«, sagt er.

»Und warum?«, fragt Jim.

»Verdammt auch. Verfluchte, verfickte Schei… ich bin ein VOLLTROTTEL! Wie viele Personen befanden sich in der Wohnung, Papa?«

»Du meinst, wie viele Kaufinteressenten?«

»Nein, ich meine insgesamt, wie viele Personen befanden sich *insgesamt* in der Wohnung?«

Jim redet drauflos, in der Hoffnung, so zu klingen, als begreife er wenigstens irgendetwas: »Lass mal zählen … sieben Kaufinteressenten. Oder … also … eigentlich waren es ja nur diese Ro und Jullan und Roger und Anna-Lena und Estelle, die ein Interesse daran hatten, sie zu kaufen …«

»Ja, das sind fünf«, nickt Jack ungeduldig.

»Fünf, ja. Das sind fünf, ja. Und dann haben wir noch Zara, von der wir nicht genau wissen, warum sie da war. Und dann haben wir Lennart, der nur deswegen da war, weil Anna-Lena ihn angeheuert hat. Das sind dann also … eins, zwei, drei, vier, fü…«

»Insgesamt sieben Personen!«, nickt Jack.

»Plus der Täter«, fügt Jim hinzu.

»Genau. Und plus … die Maklerin.«

»Plus die Maklerin, ja, das sind dann neun, ja!«, sagt Jim, plötzlich ermutigt von seinen mathematischen Fähigkeiten.

»Bist du sicher, Papa?«, seufzt Jack.

Er schaut seinen Vater lange an und wartet darauf, dass bei ihm der Groschen fällt. Doch keinerlei Reaktion. Absolut gar nichts. Nur zwei Augen, die ihn genauso ungläubig anstarren wie damals vor vielen, vielen Jahren, nachdem sie sich gemeinsam einen Film im Fernsehen angeschaut hatten und Jack seinem Vater am Ende erklären musste: »Mensch, Papa, dieser Glatzkopf da war TOT. Deshalb konnte nur der kleine Junge ihn sehen!« Woraufhin der Vater ausrief: »Dann war er also ein Gespenst? Nein, das kann doch wohl nicht sein, oder? Man konnte ihn ja sehen!«

In diesem Augenblick lachte sie, Jims Frau und Jacks Mutter, sie schüttete sich fast aus vor Lachen. Großer Gott, wie sehr die beiden Männer sie vermissen. Noch immer vermag sie es, die beiden zu Nachsicht miteinander zu bewegen, sogar jetzt noch, wo sie nicht mehr da ist.

Nachdem sie gestorben war, alterte Jim rasch, er schrumpfte regelrecht, da es ihm nicht gelang, jegliche Luft, die aus seinem Körper entwichen war, vollends wieder einzuatmen. Als er in der Todesnacht im Krankenhaus saß, kam ihm das Leben vor wie eine Eisscholle, an die er sich klammerte. In dem Moment, als er den Halt verlor und in einer inneren Dunkelheit versank, flüsterte er Jack voller Zorn zu: »Ich habe versucht zu Gott zu beten, ich hab es wirklich versucht, aber was ist das nur für ein Gott, der eine Pfarrerin so schwer erkranken lässt? Sie hat doch immer nur Gutes für andere getan, welcher Gott straft ausgerechnet SIE mit einer solchen Krankheit!?«

Jack hatte damals keine Antwort darauf parat und hat es heute noch immer nicht. Er saß schweigend im Wartezimmer und hielt seinen Vater in den Armen, bis sich nicht mehr unterscheiden ließ, wessen Tränen an seinem Hals hinunterrannen. Am nächsten Morgen verfluchten beide die Sonne, die ein weiteres Mal aufging, denn sie konnten der Welt einfach nicht verzeihen, dass die sich ohne ihre Ehefrau und Mutter weiterdrehte.

Doch als es so weit war, stand Jack auf, erwachsen und mit durchgedrücktem Rücken, passierte eine Reihe von Türen und blieb vor ihrem Zimmer stehen. Er war ein stolzer junger Mann mit festen Überzeugungen. Er war nicht einmal religiös, aber seine Mutter hatte ihm gegenüber nie ein strenges Wort darüber verlauten lassen. Sie war die Art Pfarrerin, die von allen Seiten Kritik einstecken musste, von den Religiösen, weil sie ihnen nicht religiös genug war, und von allen anderen, weil sie überhaupt religiös war. Sie hatte Seeleute aufs Meer hinausbegleitet, Soldaten in der Wüste beigestanden, Verbrecher im Gefängnis aufgesucht und Sünder sowie Atheisten im Krankenhaus gesegnet. Sie konnte sich ordentlich einen hinter die Binde kippen und unanständige Witze reißen, ganz egal, mit wem. Und wenn jemand fragte, was Gott wohl dazu sagen würde, antwortete sie jedes Mal: »Wir sind uns zwar nicht immer in allem einig, aber ich glaube, er weiß, dass ich tue, was ich kann. Und ich glaub, er weiß auch, dass ich zwar für ihn arbeite, aber trotzdem den Menschen diene.« Wenn jemand sie darum bat, in kurzen Worten ihre Weltanschauung zusammenzufassen, zitierte sie Martin Luther: »Wenn ich wüsste, dass morgen die Welt unterginge, würde ich heute noch ein Apfelbäumchen pflanzen.« Ihren Apfelkuchen konnte sie ihrem Sohn durchaus schmackhaft machen, doch den Glauben an Gott konnte sie ihm nie nahebringen, denn eine Religion kann man den Leuten zwar vielleicht einbläuen, aber den Glauben kann man nicht lehren. Und dennoch, in dieser Nacht im Krankenhaus, ganz allein am Ende eines notdürftig beleuchteten Korridors, in dem sie selbst schon so vielen Sterbenden die Hand gehalten hatte, sank Jack auf die Knie und bat Gott darum, ihm seine Mutter nicht wegzunehmen.

Und als Gott sie ihm dann doch nahm, ging Jack zu ihr hinein, trat an ihr Bett und drückte krampfhaft ihre Hand, als hoffte er darauf, dass sie davon wieder aufwachen und sich bei ihm beschweren würde. Dann flüsterte er untröstlich: »Mach dir keine Sorgen, Mama, ich kümmere mich um Papa.«

Danach rief er seine Schwester an. Sie versprach natürlich, sofort zu kommen, wie immer. Sie bräuchte nur etwas Geld für den Flug. Natürlich. Jack schickte das Geld, aber sie kam trotzdem nicht zur Beerdigung. Jim hat seine Tochter niemals als »Drogensüchtige« oder »Drogenabhängige« bezeichnet, das können Väter nicht. Er bezeichnet seine Tochter stattdessen immer als »krank«, das kommt ihm leichter über die Lippen. Doch Jack nennt seine Schwester das, was sie tatsächlich ist: einen Junkie. Sie ist sieben Jahre älter als er, und als kleiner Junge sieht man seine ältere Schwester bei diesem Altersunterschied nicht nur als große Schwester an, sondern als Idol. Als sie von zu Hause auszog, konnte er nicht mitkommen. Als sie auf der verzweifelten Suche nach sich selbst war, konnte er ihr nicht helfen. Und als sie unterging, konnte er sie nicht retten.

Seitdem sind Jack und Jim alleine. Sie schicken ihr jedes Mal Geld, wenn sie anruft, jedes Mal, wenn sie verspricht heimzukommen, wobei sie allerdings nur noch etwas Geld fürs Flugticket benötigt, nur dieses eine letzte Mal. Oder vielleicht besser noch etwas mehr, um ihre allerletzten Schulden zu begleichen. Nicht viel, sie wird dann alles zurückzahlen, wenn sie nur … Die beiden Männer wissen natürlich, dass sie es nicht tun dürften. Man weiß es immer. Abhängige missbrauchen ihre Drogen, aber deren Angehörige missbrauchen ihre Hoffnung und klammern sich daran fest. Jedes Mal, wenn auf dem Display seines Handys eine ihm unbekannte Nummer erscheint, hofft der Vater, dass sie es ist, wohingegen ihr Bruder jedes Mal in Panik verfällt, weil er davon überzeugt ist, dass irgendwer anruft, um ihm ihre Todesnachricht zu überbringen. Doch in den Köpfen beider hallen ewig dieselben stummen Fragen wider: Was für ein Polizist bin ich nur, der es nicht mal schafft, sich um seine eigene Tochter/Schwester zu kümmern? Was für eine Familie sind wir nur, dass wir ihr nicht mal dabei helfen können, sich selbst zu helfen? Was für ein Gott lässt eine Pfarrerin sterbenskrank werden, und was für eine Tochter taucht nicht mal bei ihrer Beerdigung auf?

Als beide Kinder noch zu Hause wohnten und alle noch einigermaßen glücklich waren, fragte Jack seine Mutter eines Abends, wie sie es nur aushalten konnte, bei Sterbenden zu sitzen und sie in ihren letzten Stunden zu begleiten, ohne sie retten zu können. Die Mutter drückte ihm einen Kuss aufs Haar und antwortete: »Wie schafft man es, einen Elefanten zu verspeisen, mein Junge?« Er antwortete genau das, was Kinder sagen, die denselben Spruch schon zehntausend Mal gehört haben: »Stück für Stück, Mama.« Sie lachte genauso herzlich, zum zehntausendsten Mal, wie Eltern es eben tun. Dann umschloss sie seine Hand fest und erklärte: »Wir können die Welt nicht verändern, oftmals können wir nicht mal die Menschen verändern. Jedenfalls nicht mehr als Stück für Stück. Deshalb helfen wir, wenn wir die Möglichkeit dazu haben, mein Junge. Wir retten diejenigen, die wir retten können. Wir tun unser Bestes. Und dann versuchen wir uns einzureden, dass dies … ausreicht. Damit wir mit unseren Unzulänglichkeiten leben können, ohne darin zu ertrinken.«

Jack konnte seiner Schwester nicht helfen. Er konnte auch den Mann auf der Brücke nicht retten. Diejenigen, die springen … springen eben. Wir anderen müssen am nächsten Tag trotzdem wieder aus dem Bett steigen. Die Pfarrer verlassen das Haus, um ihrer Arbeit nachzugehen, die Polizisten ebenso.

Jetzt betrachtet Jack nacheinander das Theaterblut auf dem Fußboden, das Einschussloch in der Wand, das kleine Tischchen, auf dem das Handy lag, und den größeren Couchtisch, auf dem noch immer die leeren Pizzakartons stehen.

Er blickt Jim an, sein Vater breitet hilflos die Arme aus und lächelt schwach.

»Ich gebe auf. Du bist schließlich das Genie, mein Junge. Welcher Geistesblitz ist dir gekommen?«

Jack deutet mit einem Nicken auf die Pizzakartons. Er streicht sich eine Haarsträhne von der Beule an der Stirn und zählt noch einmal die Namen auf.

»Roger, Anna-Lena, Ro, Jullan, Estelle, Zara, Lennart, der Geiselnehmer, die Maklerin. Das sind neun Personen.«

»Das stimmt, ja.«

»Aber als sie mir die Limette an den Kopf geworfen haben, standen nur acht Pizzabestellungen auf dem Zettel.«

Jim denkt krampfhaft nach, sodass seine Nasenflügel beben.

»Vielleicht mochte der Geiselnehmer keine Pizza?«

»Kann schon sein.«

»Aber du glaubst nicht dran, oder?«

»Nein.«

»Und warum nicht?«

Jack steht auf, steckt die Vernehmungsprotokolle zurück in seine Tasche und beißt sich auf die Zunge.

»Ist die Maklerin noch auf dem Revier?«

»Ja, das ist sie, ja.«

»Ruf dort an und sorge dafür, dass niemand sie laufen lässt!«

Jims Stirn legt sich so tief in Falten, dass man darin locker mehrere Büroklammern hätte verstecken können.

»Aber … *warum*, mein Junge? Was ist der …«

Jack unterbricht seinen Vater: »Ich glaube nicht, dass neun Personen in der Wohnung waren. Ich glaube, es waren nur acht. Von einer Person haben wir nur angenommen, dass sie da war! Verdammt, Papa, kapierst du's nicht? Der Täter hat sich nicht versteckt und ist auch nicht geflohen, sondern sie ist direkt vor unseren Augen auf die Straße runterspaziert!«

Zum ersten Mal bezeichnet er den Täter als Frau.

Kapitel 48

Die Geiselnehmerin saß ganz allein im Flur. Sie hörte die Stimmen der Leute, die sie als Geiseln genommen hatte, doch die hätten genauso gut aus einer völlig anderen Zeit stammen können. Zwischen ihr und allen anderen, sogar zwischen ihr und der, die sie heute Morgen noch gewesen war, lagen jetzt Ewigkeiten. Sie war zwar nicht allein in der Wohnung, aber niemand auf der Welt interessierte sich noch für die Konsequenzen, die das Ganze für sie haben würde, und das empfand sie als die allerschlimmste Einsamkeit: Wenn keiner dir dorthin folgt, wohin du gehst. Wenn demnächst alle Geiseln die Wohnung verließen, würden sie zu Opfern werden, sobald sie einen Fuß unten auf den Gehweg setzten. Und sie würde zur Täterin werden. Wenn die Polizei sie nicht gleich erschoss, würde sie wohl ins Gefängnis wandern, sie wusste nicht einmal, für wie lange … vielleicht für Jahre? Jedenfalls würde sie in einer Zelle alt werden und versauern. Und sie würde nicht miterleben, wie ihre Töchter schwimmen lernten.

Die Mädchen. Ach, die Mädchen. Das Äffchen und das Fröschchen, die nun zwangsläufig zu guten Lügnern heranwachsen würden. Sie hoffte, dass ihr Vater zumindest schlau genug sein würde, es ihnen vernünftig beizubringen. Damit sie logen und behaupteten, dass ihre Mutter tot sei, anstatt die Wahrheit zu sagen. Sie zog sich ganz langsam die Sturmhaube vom Kopf, denn die erfüllte nun keine Funktion mehr, das begriff sie, alles andere wäre nur ein frommer Wunsch gewesen. Sie würde nie im Leben vor der Polizei fliehen können. Ihre verwuschelten Haare klebten feucht am Hals. Sie wog die Pistole in der Hand und umschloss sie dann fest, immer fester, merkte es selbst kaum. Nur die tiefer werdenden Falten in ihrer Haut und die sich weiß färbenden Fingerknöchel offenbarten es. Bis sich der Zeigefinger plötzlich um den Abzug schloss. Sie dachte im Stillen: »Wenn es eine echte Pistole wäre, hätte ich mich damit jetzt erschossen?«

Sie kam nicht dazu, den Gedanken zu Ende zu denken, denn unvermittelt legten sich fremde Finger auf ihre eigenen. Sie rissen ihr nicht die Pistole aus der Hand, sondern richteten diese nur zu Boden. Zara stand plötzlich neben ihr und sah sie an, weder mitleidig noch besorgt, jedoch ohne die Finger von der Hand der Geiselnehmerin zu lösen.

Zara hatte schon vom ersten Augenblick des Geiseldramas an verzweifelt versucht, an nichts Besonderes zu denken. Sie tat übrigens immer ihr Bestes, um alle Gedanken zu verdrängen, denn wenn man wie sie seit zehn Jahren unter so starken Schmerzen leidet, ist es überlebenswichtig, dies zu lernen. Doch als sie die Geiselnehmerin dort allein mit der Pistole sitzen sah, drang ein Gedanke durch ihren inneren Panzer. Eine kurze Erinnerung an eine Sitzung bei der Psychologin mit dem Bild von der Frau auf der Brücke. Die Psychologin hatte Zara angeschaut und gesagt: »Wissen Sie, Zara, das Merkwürdige an der Angst ist, dass wir versuchen, Chaos mit Chaos zu heilen. Ein Mensch, der sich selbst in eine katastrophale Situation manövriert hat, tritt nur selten den Rückzug an. Viel öfter reiten wir uns stattdessen noch tiefer ins Chaos hinein, und zwar mit noch höherer Geschwindigkeit. Sogar wenn wir andere dabei beobachten, wie sie mit dem Kopf gegen die Wand rennen, hoffen wir trotzdem, selbst unversehrt hindurchzugelangen. Und je näher wir der Wand kommen, desto überzeugter sind wir davon, dass uns immer absurdere Zufälle auf wundersame Weise helfen werden, während alle anderen, die uns sehen, nur auf den … Aufprall warten.«

Zara schaute sich daraufhin im Empfangszimmer um, doch an den Wänden hingen keine Zertifikate von renommierten Fortbildungen. Aus irgendeinem Grund verwahren die Leute mit den beeindruckendsten Diplomen ihre Urkunden immer in der Schreibtischschublade.

Deshalb fragte Zara ohne jede Spur von Verächtlichkeit: »Haben Sie irgendwelche Theorien darüber gelernt, warum der Mensch so funktioniert?«

»Hunderte«, lächelte die Psychologin.

»Und an welche glauben Sie?«

»Ich glaube an eine, die Folgendes besagt: Wenn man es oft genug praktiziert, spürt man am Ende nicht mehr den Unterschied zwischen Fliegen und Fallen.«

Zara wehrte sich gegen all ihre Gedanken, doch dieser eine brach sich Bahn. Als sie jetzt im Flur der Wohnung stand, legte sie ihre Finger auf die Hand der Geiselnehmerin und sagte das Netteste, was eine Frau in ihrer Position zu einer Geiselnehmerin in deren Situation sagen konnte.

»Tun Sie jetzt nichts Dummes.«

Die Geiselnehmerin sah sie mit leerem Blick und leerem Herzen an. Aber sie tat nichts Dummes. Sie lächelte sogar leicht. Für beide Frauen ein unerwarteter Augenblick. Dann wandte sich Zara abrupt um und zog sich rasch, fast erschrocken, auf den Balkon zurück. Dort nahm sie einen Kopfhörer aus ihrer Tasche, schob ihn über die Ohren und schloss die Augen.

Kurz darauf aß sie zum ersten Mal in ihrem Leben Pizza. Auch das war unerwartet. Eine Capricciosa. Sie schmeckte widerlich.

Kapitel 49

Jack springt schon aus dem Streifenwagen, noch bevor der zum Stehen kommt. Er stürmt ins Polizeigebäude und rennt so schnell zum Vernehmungsraum, in dem die Maklerin sitzt, dass er sich erneut seine Beule an der Tür stößt, bevor es ihm gelingt, sie ganz zu öffnen. Jim folgt seinem Sohn völlig außer Atem und versucht ihn zu beruhigen, jedoch ohne Erfolg.

»Hallo! Wie ist die LA…«, beginnt die Maklerin, doch Jack brüllt sofort los:

»ICH WEISS JETZT, WER SIE SIND!«

»Ich verstehe nicht ganz …«, japst die Maklerin.

»Jack, bitte beruhig dich doch«, keucht Jim vom Türrahmen aus.

»SIE SIND ES!«, brüllt Jack weiter, ohne sich auch nur ansatzweise beruhigen zu wollen.

»Ich?«, fragt die Maklerin, und als sie Jacks Blick begegnet, scheint sie wirklich froh und dankbar darüber zu sein, dass nicht zufällig irgendwelche Telefonbücher im Raum herumliegen.

Jacks Augen blitzen triumphierend auf, als er sich mit geballten Fäusten über den Tisch beugt und faucht: »Ich hätte es gleich kapieren müssen. In der Wohnung befand sich überhaupt keine Maklerin. SIE sind die Geiselnehmerin!«

Kapitel 50

Es war natürlich idiotisch, dass Jack nicht von Anfang an begriffen hatte, wer der Geiselnehmer war. Jetzt im Nachhinein erschien es ihm so selbstverständlich. Vielleicht lag es an seiner Mutter. Sie war es gewesen, die seinen Vater und ihn zusammenhielt, doch manchmal lenkte sie ihn auch von der Arbeit ab. Und heute hatte sie sich aus irgendeinem Grund immer wieder in seine Gedanken geschlichen. Diese Frau war selbst im Tod noch genauso kämpferisch wie im Leben. Schon möglich, dass irgendwo auf dem Globus eine noch streitbarere Pfarrerin existierte als sie, aber weiß der Teufel, ob es zwei gab. Als sie noch lebte, geriet sie mit allen Leuten in Konflikt, vermutlich sogar am häufigsten mit ihrem eigenen Sohn, und ihrer beider Konflikte endeten auch nach der Beerdigung nicht. Denn die heftigsten Streitereien fechten wir nicht mit denen aus, die sich am stärksten von uns unterscheiden, sondern mit jenen, die uns am ähnlichsten sind.

Manchmal, wenn irgendwo auf der Welt Katastrophen eingetreten waren und Hilfsorganisationen Freiwillige gesucht hatten, reiste sie ins Ausland, fortwährend begleitet von Kritik aus allen Richtungen, sowohl innerhalb als auch außerhalb der Kirche: Entweder war sie zu religiös oder zu wenig religiös. Entweder hätte sie gar nicht mithelfen dürfen oder es besser irgendwo anders tun sollen. Nichts ist leichter für Menschen, die sich selbst nie engagieren, als diejenigen zu kritisieren, die wenigstens versuchen, irgendwo anzufangen. Einmal geriet sie irgendwo auf der anderen Seite der Erdhalbkugel mitten in eine gewaltsame Auseinandersetzung und versuchte eine blutende Frau aus dem gröbsten Tumult zu geleiten, wurde dabei jedoch selbst mit einem Messer am Arm verletzt. Nachdem man sie ins Krankenhaus gebracht hatte, gelang es ihr, ein Telefon ausfindig zu machen und zu Hause anzurufen. Jim guckte gerade Nachrichten und wartete schon auf ihren Anruf. Er hörte ihr geduldig zu, wie immer einfach nur glücklich und erleichtert darüber, dass sie mit dem Leben davongekommen war. Als Jack hingegen erfuhr, was passiert war, riss er den Hörer an sich und schrie seine Mutter dermaßen an, dass es zu einer Rückkopplung im Lautsprecher kam: »Was hast du eigentlich da unten zu suchen? Warum musst du unbedingt dein Leben aufs Spiel setzen? WARUM DENKST DU NICHT EINMAL AN DEINE EIGENE FAMILIE?«

Die Mutter begriff natürlich, dass ihr Sohn vor Angst und Sorge schrie, deshalb antwortete sie wie so oft: »Schiffe im Hafen sind sicher, mein Junge, aber dafür sind Schiffe nicht gebaut.«

Jack entgegnete etwas, das er sofort bereute: »Glaubst du etwa, dass Gott dich vor Messern beschützt, nur weil du Pfarrerin bist?«

Obwohl sie in einem Krankenhaus am anderen Ende der Welt lag, spürte sie seine abgrundtiefe Angst. Deshalb klang ihr Flüstern tränenerstickt, als sie antwortete: »Gott beschützt die Menschen nicht vor Messern, mein Junge. Deshalb gab Gott uns Mitmenschen, damit wir einander beschützen können.«

Diesem verfluchten Dickschädel von Frau konnte man einfach nichts entgegensetzen, und Jack hasste es, wie sehr er sie manchmal dafür bewunderte. Jim hingegen liebte sie so sehr, dass ihm manchmal die Luft wegblieb. Doch danach verreiste sie nicht mehr so oft und auch nie mehr so weit. Letztlich wurde sie schwer krank, und die beiden Männer verloren sie, von da an musste die Welt mit einer Beschützerin weniger auskommen.

Als am Tag vor Silvester das Geiseldrama begann und Jack und Jim unten auf der Straße vor dem Mietshaus standen, von ihren Vorgesetzten dazu verdonnert, auf die Stockholmer zu warten, mussten beide intensiv an sie denken und daran, was sie wohl getan hätte, wenn sie dort gewesen wäre. Nachdem Jack besagte Limette gegen den Kopf bekommen und die beiden Polizisten begriffen hatten, dass der drumherum gewickelte Zettel eine Pizzabestellung beinhaltete, war beiden sofort klar, dass sich ihnen keine bessere Gelegenheit zur Kontaktaufnahme mit dem Geiselnehmer bieten würde. Deshalb rief Jack den Sonderermittler an, der, auch wenn er Stockholmer war, ihnen zustimmte.

»Ja natürlich, eine Pizzalieferung könnte als Möglichkeit für eine Kontaktaufnahme fungieren, schon möglich. Aber was ist mit der Bombe im Treppenhaus?«, fragte er.

»Das ist keine Bombe!«, antwortete Jack selbstsicher.

»Würden Sie Ihre Hand dafür ins Feuer legen?«

»Auf jeden Fall, meine Mutter hat es mir beigebracht. Dieser Täter ist nicht gefährlich. Er hat einfach nur Angst.«

»Und woher wissen Sie das?«

»Wenn er gefährlich wäre und genau wüsste, was er tut, hätte er bestimmt nicht für alle Geiseln Pizza bestellt und die Bestellung ausgerechnet mit einer Limette beschwert. Lassen Sie mich reingehen und mit ihm reden, ich kann …«,

Jack hielt inne. Er wollte gerade sagen *ich kann sie alle retten*. Doch er schluckte heftig und meinte stattdessen: »… das regeln. Ich krieg das schon hin.«

»Haben Sie denn schon mit allen Nachbarn gesprochen?«, fragte der Sonderermittler.

»Das gesamte Haus ist leer«, bestätigte Jack.

Der Sonderermittler stand noch immer im Stau hinter der Unfallstelle auf der Autobahn, viel zu viele Kilometer von ihnen entfernt, nicht einmal Streifenwagen kamen durch, deshalb stimmte er Jacks Plan letztendlich zu. Zugleich forderte er ihn auf, ein Handy in die Wohnung einzuschleusen, damit der Sonderermittler persönlich den Geiselnehmer anrufen und mit ihm über die Freilassung der Geiseln verhandeln könnte. Um am Ende die Lorbeeren selbst einzustreichen, dachte Jack verdrossen.

»Ich habe ein geeignetes Handy«, unterstrich Jack, denn das hatte er tatsächlich. Es war jenes, das Jim nur »dieses verfluchte Spezialhandy, mit dem man verflucht noch mal Empfang hat, obwohl es eigentlich verflucht noch mal keinen gibt« nannte.

»Ich rufe dort an, nachdem sie die Pizza gegessen haben. Die Verhandlungen gestalten sich immer leichter, wenn die Leute etwas im Magen haben«, erklärte der Sonderermittler, als lernte man so etwas heutzutage in der Sonderermittlerausbildung.

»Und was tun wir, wenn er uns nicht die Tür öffnet?«, fragte Jack.

»Dann müssen Sie die Pizzen und das Handy eben im Treppenhaus ablegen.«

»Und wie sollen wir dann gewährleisten, dass er das Handy in die Wohnung holt?«, erkundigte sich Jack weiter.

»Warum sollte er es nicht tun?«

»Finden Sie etwa, dass er bislang rationale und logische Entscheidungen getroffen hat? Vielleicht stresst ihn das nur noch mehr, und er vermutet hinter dem Handy eine Falle.«

In dem Augenblick kam Jim eine Idee. Was ihn selbst erstaunte.

»Wir können es ja in einen der Pizzakartons legen!«, schlug er vor.

Jack warf seinem Vater einen langen entsetzten Blick zu. Doch dann nickte er und sagte zum Sonderermittler: »Wir legen das Handy in einen der Pizzakartons.«

»Ja, ja, das ist eine gute Idee«, gab der Sonderermittler zu.

»Sie kam von meinem Vater«, sagte Jack stolz.

Jim wandte sich ab, damit sein Sohn nicht sehen würde, wie verlegen er wurde. Er schlug bei Google nach, welche Pizzerien es in der Nähe gab, rief bei der nächstbesten an und gab eine nicht gerade übliche Bestellung auf: acht Pizzen und eine Garnitur Pizzaboten-Kleidung. Jim beging jedoch den Fehler, dem Inhaber der Pizzeria am Telefon mitzuteilen, dass er Polizist war, woraufhin der Mann, durchaus imstande, die Lokalnachrichten in den sozialen Medien zu lesen, so schlau war, ihm für die Pizzen zwar Mengenrabatt zu gewähren, für die Kleidung aber das Doppelte zu berechnen. Jim fragte den Inhaber daraufhin erbost, ob er sich womöglich für eine Figur in einer englischen Weihnachtsgeschichte aus der Mitte des neunzehnten Jahrhunderts hielt, woraufhin der Inhaber gelassen zurückfragte, ob dem Polizisten vielleicht das Konzept von Angebot und Nachfrage etwas sagte. Als Jim mitsamt Pizzen und Kleidung schließlich am Wohnhaus eintraf, griff Jack nach den Kleidern, doch Jim weigerte sich, sie rauszurücken.

»Was ist denn los? Ich gehe rein!«, sagte Jack entschlossen.

Jim schüttelte den Kopf.

»Nein. Ich glaube noch immer, dass das Ding im Treppenhaus eine Bombe sein kann. Deshalb gehe ich rein.«

»Und warum willst unbedingt *du* reingehen, wenn du glaubst, dass es eine Bombe ist? *Ich* werde zum Teufel noch mal …«, konterte Jack, aber sein Vater blieb stur.

»Du bist dir doch sicher, dass es keine Bombe ist, mein Junge, oder?«

»Ja!«

»Also gut. Dann spielt es ja keine Rolle, wenn ich reingehe.«

»Bist du gerade mal elf Jahre alt, oder was?«

»Und DU?«

Jack suchte verzweifelt nach einem Gegenargument.

»Ich kann dich aber nicht …«

Jim wechselte bereits mitten auf der Straße die Kleidung, trotz der Minusgrade. Sie vermieden es, einander anzuschauen.

»Deine Mutter hätte es mir nie verziehen, wenn ich dich reingeschickt hätte«, sagte Jim, den Blick zu Boden gerichtet.

»Glaubst du etwa, dass sie mir verziehen hätte, wenn ich dich reingeschickt hätte? Du warst immerhin ihr Mann«, sagte Jack in Richtung Hauswand.

Jim nickte gen Himmel.

»Aber sie war immerhin deine Mutter.«

Manchmal konnte man diesem alten Besserwisser einfach nichts entgegensetzen.

Kapitel 51

Polizeirevier. Vernehmungsraum. Jetzt ist jegliches Blut aus dem Gesicht der Maklerin gewichen. Sie stammelt zu Tode erschrocken.

»GGGeiselnehmerin? IIch? WWWieso sssollte ich ...«

Jack marschiert äußerst selbstzufrieden durch den Raum und fuchtelt mit den Armen in der Luft herum wie vor einem unsichtbaren Symphonieorchester.

»Warum hab ich es nur nicht gleich von Anfang an gesehen? Sie *können* ja gar nichts. Alles, was Sie über die Wohnung gesagt haben, klang doch völlig unlogisch. Kein *echter* Makler macht seinen Job so schlecht!«

Die Maklerin sieht aus, als würde sie jeden Augenblick in Tränen ausbrechen.

»Also wirklich, ich mache meinen Job, so gut ich kann. Aber wissen Sie eigentlich, wie schwer es in Anbetracht der aktuellen Konjunktur ist, Makler zu sein?«

Jacks Blick durchbohrt sie fast.

»Aber Sie sind es ja gar nicht! Sie sind die GEISELNEHMERIN!«

Die Maklerin nimmt verzweifelt Blickkontakt zu Jim im Türrahmen auf und fleht ihn um Unterstützung an. Doch Jim guckt nur unglücklich zurück. Jack haut mit beiden Fäusten auf den Tisch und starrt die Maklerin wütend an.

»Ich hätte es von Anfang an wissen müssen. Bei den ausführlichen Vernehmungen erwähnten die Zeugen Sie nicht ein einziges Mal. Weil Sie nämlich gar nicht dort waren. Geben Sie es zu! Wir haben uns ablenken lassen, als Sie nach einem Feuerwerk verlangten, und dann sind Sie direkt vor unseren Augen einfach aus der Wohnung rausspaziert. Sagen Sie die Wahrheit!«

Kapitel 52

Die Wahrheit? Die ist nur selten so kompliziert, wie wir glauben. Wir hoffen allerdings oft, dass es so wäre, denn dann kämen wir uns schlauer vor, wenn wir sie schon im Voraus wüssten. Dies ist eine Geschichte über eine Brücke und über Idioten, über ein Geiseldrama und eine Wohnungsbesichtigung. Aber es ist auch eine Liebesgeschichte. Es sind sogar gleich mehrere.

Als Zara ihre Psychologin zum letzten Mal vor der Geiselnahme konsultierte, kam sie zu früh. Normalerweise kam sie zwar nie zu spät, aber nicht genau zum verabredeten Zeitpunkt zu erscheinen war dennoch ungewöhnlich für sie.

»Ist etwas passiert?«, fragte Nadia.

»Wie meinen Sie das?«, fragte Zara aufmüpfig zurück.

»Sie kommen sonst nie so früh. Stimmt etwas nicht?«

»Ist es nicht Ihr Job, das herauszufinden?«

Nadia seufzte.

»Ich hab ja nur gefragt.«

»Ist das da etwa Grünkohl?«

Nadia warf einen Blick in das Plastikschälchen auf ihrem Schreibtisch und nickte.

»Ich esse gerade zu Mittag.«

Andere Klienten hätten diese Aussage vielleicht als dezenten Hinweis aufgefasst, Zara jedoch nicht.

»Sie sind also Veganerin«, stellte sie fest.

Die Psychologin hustete, so wie man es tut, wenn einem der Bissen im Halse stecken bleibt, weil einen die eigene Vorhersehbarkeit verletzt.

»Das muss ja nicht zwangsläufig so sein, oder? Ich meine, ich *bin* zwar Veganerin, aber man kann doch auch unabhängig davon Grünkohl essen, oder?«

Zara rümpfte die Nase.

»Der hier kommt anscheinend aus einem Restaurant. Sie hätten also auch eine richtige Mahlzeit bestellen können. Aber Sie haben sich für Grünkohl entschieden.«

»Und das tun nur Veganer?«

»Ich gehe mal davon aus, dass Ihr ökonomisches Urteilsvermögen durch Ihren Vitaminmangel beeinträchtigt ist.«

Nadia lächelte.

»Sehen Sie auf mich herab, weil ich Veganerin bin oder weil ich auch noch Geld dafür ausgebe?«

»Es bietet sich förmlich an, aus mehreren Gründen gleichzeitig auf Sie herabzusehen.«

Nadia schluckte den Rest ihres Grünkohls inklusive ihres Selbstbewusstseins hinunter, schloss den Deckel des Plastikschälchens und fragte:

»Wie ist es Ihnen seit Ihrem letzten Besuch ergangen, Zara?«

Anstatt zu antworten, kehrte Zara der Psychologin den Rücken und zog ein kleines Fläschchen Desinfektionsmittel aus ihrer Handtasche. Sie rieb sich sorgfältig die Finger damit ein, inspizierte dabei das Bücherregal und stellte fest: »Dafür, dass Sie Psychologin sind, haben Sie aber viele Bücher, die nicht von Psychologie handeln.«

»Und wovon handeln sie Ihrer Auffassung nach dann?«

»Von Identität. Deswegen sind Sie auch Veganerin.«

»Man kann ja auch aus anderen Gründen Veganerin sein.«

»Die da wären?«

»Es ist gut für die Umwelt.«

»Mag sein. Aber ich glaube, dass Leute wie Sie Veganer sind, weil es ihnen ein gutes Gefühl verleiht. Deswegen ist auch Ihre Haltung so schlecht, Kalziummangel.«

Nadia setzte sich diskret auf ihrem Stuhl zurecht und versuchte nicht den Eindruck zu erwecken, als strecke sie ihren Rücken.

»Sie bezahlen für Ihre Stunden hier, Zara. Dafür, dass Sie das ökonomische Urteilsvermögen anderer Leute kritisieren, werfen Sie meiner Ansicht nach ziemlich viel Geld zum Fenster heraus, und das alles nur, um über … mich zu reden. Möchten Sie mir vielleicht sagen, warum?«

Zara schien darüber nachzudenken, jedoch ohne den Blick vom Bücherregal zu lösen.

»Eventuell nächstes Mal.«

»Das freut mich.«

»Was freut Sie?«

»Dass es ein nächstes Mal geben wird.«

Zara drehte sich um und sah Nadia mit zusammengekniffenen Augen an, um zu ergründen, ob dies möglicherweise ein Scherz sein sollte. Doch als es ihr nicht gelang, kehrte sie zurück zu ihrem Stuhl, desinfizierte sich erneut die Hände, schaute aus dem Fenster hinter Nadia und zählte die Fenster im gegenüberliegenden Gebäude. Dann stellte sie fest: »Sie haben mir übrigens gar keine Antidepressiva verschrieben. Die meisten anderen Psychologen hätten es getan.«

»Waren Sie denn schon bei vielen anderen Psychologen?«

»Nein.«

»Dann ist es also eine Selbstanalyse?«

Zara betrachtete das Bild an der Wand.

»Ich verstehe ja, dass Sie mir keine Schlaftabletten verschreiben wollen, weil Sie Angst haben, dass ich mir das Leben nehme. Aber sollten Sie mir nicht stattdessen Antidepressiva verschreiben?«

Nadia faltete zwei unbenutzte Papierservietten zusammen, legte sie in ihre Schreibtischschublade und nickte.

»Sie haben recht. Ich habe Ihnen diese Medikation nicht vorgeschlagen. Antidepressiva sind so beschaffen, dass sie die gefühlsmäßigen Hochs und Tiefs des Patienten abmildern. Wenn man sie richtig dosiert, nimmt oftmals die Traurigkeit ab, aber die Fröhlichkeit eben auch.« Sie hielt eine Handfläche waagerecht in die Luft, um es zu demonstrieren. »Der Patient wird dementsprechend … ausgeglichener. Man könnte also meinen, dass Menschen, die Antidepressiva einnehmen, weniger Glücksgefühle erleben, nicht wahr? Aber das Gegenteil ist der Fall. Das Gros der Patienten, die ihre Antidepressiva absetzen wollen, sagt, dass sie endlich mal wieder weinen möchten. Sie schauen sich einen traurigen Film mit ihrem Lieblingsdarsteller an und wollen … dasselbe empfinden können.«

»Ich mag keine Filme«, erklärte Zara.

Nadia lachte auf.

»Nein, natürlich nicht. Aber ich glaube nicht, dass Sie weniger empfinden sollten, Zara. Im Gegenteil, Sie sollten eher mehr empfinden. Ich glaube auch nicht, dass Sie deprimiert sind. Ich glaube vielmehr, dass Sie einsam sind.«

»Das klingt nach einer ziemlich laienhaften Analyse.«

»Mag sein.«

»Und wenn ich jetzt Ihre Praxis verlasse und mir das Leben nehme?«

»Das glaube ich nicht.«

»Und wieso nicht?«

»Sie sagten doch vorhin selbst, dass es ein ›nächstes Mal‹ geben wird.«

Zara richtete den Blick auf Nadias Kinn.

»Und Sie glauben mir?«

»Ja.«

»Und warum?«

»Weil ich sehe, dass Sie niemanden an sich heranlassen wollen. Es würde Ihnen ein Gefühl von Schwäche vermitteln. Ich glaube aber nicht, dass Sie Angst davor haben, verletzt zu werden, sondern eher, andere zu verletzen. Sie sind viel empathischer und moralischer, als Sie es selbst zugeben wollen.«

Diese Bemerkung verletzte Zara tief. Sie konnte nur schwer abschätzen, ob es daran lag, dass Nadia sie als schwach bezeichnet hatte, oder eher daran, dass sie sie als moralisch einstufte.

»Vielleicht ist mir aber auch einfach nur die Zeit zu schade, um mit Leuten zu reden, die mir am Ende sowieso nur auf den Geist gehen.«

»Und woher wissen Sie das, wenn Sie es nie versuchen?«

»Ich bin ja schließlich *hier*, und es hat nicht gerade lange gedauert, bis Sie anfingen, mir auf den Geist zu gehen!«

»Versuchen Sie bitte, meine Frage ernst zu nehmen«, bat Nadia, was natürlich zwecklos war. Zara wechselte wie gewöhnlich umgehend das Thema.

»Und warum sind Sie nun Veganerin?«

Nadia stöhnte ermattet.

»Müssen wir denn schon wieder davon anfangen? Okay: Ich bin Veganerin, weil ich mir Gedanken über den Klimawandel mache. Wenn alle Menschen Veganer wären, würden wir ...«

Zara unterbrach sie höhnisch: »... verhindern können, dass das Eis an den Polen schmilzt?«

Nadia versuchte Geduld aufzubringen, worin Veganer meist durch etliche Weihnachtsfeste im Kreis der älteren Verwandtschaft durchaus einige Übung haben.

»Nein, nicht unbedingt. Aber das ist ein Teil der Lösung. Und das schmelzende Polareis ist ...«

»Aber brauchen wir denn überhaupt Pinguine?«, fragte Zara ernst.

»Ich wollte sagen, dass das schmelzende Polareis eher ein Symptom ist und nicht das eigentliche Problem. Genauso wie Ihre Schlafstörungen.«

Zara zählte Fenster.

»Letztens habe ich von irgendwelchen vom Aussterben bedrohten Fröschen gehört. Forscher haben ausgerechnet, dass diese so viele Insekten fressen, dass wir vor lauter Mücken ersticken würden, wenn sie verschwänden. Aber Pinguine? Wen würde es schon stören, wenn die Pinguine verschwänden, außer natürlich die Hersteller von Daunenjacken?«

Jetzt verlor Nadia den Faden, was Zara womöglich sogar beabsichtigt hatte.

»Aber man stellt doch ... also ... wollen Sie mir etwa sagen, dass man Daunenjacken aus Pinguinen herstellt? Man füllt sie doch mit *Gänsedaunen!*«

»Gänse sind also weniger wichtig als Pinguine? Das klingt aber nicht gerade vegan.«

»Das habe ich auch nicht gesagt!«

»Aber es hörte sich so an.«

»Sie haben sich das zur Gewohnheit gemacht, wissen Sie das?«

»Was denn?«

»Das Gesprächsthema zu wechseln, sobald auch nur irgendwelche Gefühle ins Spiel kommen könnten.«

Zara schien ernsthaft darüber nachzudenken. Dann fragte sie: »Und Bären?«

»Wie bitte?«

»Wenn ein Bär Sie angreifen würde, könnten Sie ihn dann töten?«

»Warum sollte mich ein Bär angreifen?«

»Vielleicht werden Sie ja entführt und betäubt und wachen plötzlich in einem Bärenkäfig auf und müssen um Ihr Leben kämpfen.«

»Jetzt werden Sie aber wirklich boshaft. Und ich möchte betonen, dass ich nach meiner umfassenden Ausbildung zur Psychologin eine ziemlich hohe Hemmschwelle für dieses Wort habe.«

»Jetzt seien Sie doch nicht so empfindlich und antworten Sie auf meine Frage: Könnten Sie den Bären töten, auch wenn Sie ihn nicht verzehren müssten? Ich meine, also nicht mit einer Gabel, aber wenn Sie ein Messer hätten?«

Nadia stöhnte: »Jetzt tun Sie es schon wieder.«

»Was denn?«

Nadia warf einen Blick auf die Uhr. Zara bemerkte es. Sie zählte alle Fenster zum dritten Mal. Nadia bemerkte es. Sie schauten eine Weile aneinander vorbei, bevor Nadia sagte: »Lassen Sie mich Ihnen folgende Frage stellen: Glauben Sie, dass Sie die Umweltbewegung eventuell deswegen lächerlich machen, weil sie im Widerspruch zu den Zielen der Finanzbranche steht, in der Sie arbeiten?«

Zara konterte rascher, als sie es selbst für möglich gehalten hatte, denn manchmal weiß man gar nicht, wie stark man für eine Sache brennt, bevor man darauf gestoßen wird: »Also wirklich! Die Umweltbewegung braucht keine Hilfe, um sich lächerlich zu machen! Und außerdem verteidige ich nicht die Finanzbranche, sondern ich verteidige unser ökonomisches System.«

»Und worin besteht der Unterschied?«

»Das eine ist das Symptom, das andere das Problem.«

Nadia nickte, als begreife sie, was das bedeutete.

»Aber wir Menschen sind es doch, die das ökonomische System aufgebaut haben. Es handelt sich ja um eine Konstruktion, oder?«

Zaras Antwort war überraschenderweise befreit von Herablassung und klang fast eine Spur mitleidig.

»Das ist ja gerade das Problem. Wir haben es zu mächtig werden lassen und dabei vergessen, wie gierig wir sind. Besitzen Sie eine Wohnung?«

»Ja.«

»Haben Sie dafür einen Kredit aufgenommen?«

»Alle haben doch einen Kredit, oder nicht?«

»Nein. Bei einem Kredit rechnet die Bank damit, dass er zurückgezahlt wird. Aber wenn alle Familien mit kleinen Kindern und einem durchschnittlichen Jahreseinkommen Kredite über Beträge aufnehmen wollten, die sie nicht mal bis zu ihrem Lebensende zusammensparen können, würde ihnen die Bank keine Kredite bewilligen, sondern ihnen stattdessen eine Finanzierung anbieten. Und dann sind Wohnungen plötzlich keine Wohnungen mehr, sondern Investitionen.«

»Ich verstehe nicht ganz, was das bedeutet.«

»Das bedeutet, dass die Armen immer ärmer werden und die Reichen immer reicher und dass zwischen all jenen, denen ein Kredit bewilligt wird, und denen, die ihn nicht bekommen, die wahre Klassengrenze verläuft. Egal, wie viel Geld die Leute verdienen, zum Monatsende hin liegen alle nachts wegen Geldsorgen wach. Alle schauen immer nur auf das, was die Nachbarn haben, und fragen sich ›Wie können die sich das nur leisten?‹, denn alle leben über ihre Verhältnisse. Nicht einmal die wirklich Reichen fühlen sich reich, weil man letzten Endes immer eine noch teurere Version dessen kaufen kann, was man bereits besitzt. Und zwar auf Kredit.«

Nadia blickte wie eine Katze drein, die zum ersten Mal einen Menschen auf Schlittschuhen herumeiern sieht.

»Ich … lassen Sie mich nachdenken … ich habe irgendwann mal einen Mann, der als Croupier im Kasino arbeitete, sagen hören, dass niemand in den Ruin getrieben wird, weil er verliert, aber man sich durchaus ruinieren kann, wenn man versucht, das Geld zurückzugewinnen. Meinten Sie ungefähr das? Und führt so etwas denn unweigerlich zu einem Börsen- oder Immobiliencrash?«

Zara zuckte die Achseln.

»Ja. Wenn Sie es so sehen wollen.«

Dann stellte die Psychologin, ohne es selbst zu verstehen, eine unerwartete Frage, bei der ihrer Klientin die Luft wegblieb: »Und Sie? Haben Sie eher ein schlechtes Gewissen wegen all der Kunden, denen Sie *keinen* Kredit bewilligt haben, oder jenen, denen Sie *zu hohe* Kredite bewilligt haben?«

Zara gab sich äußerlich unberührt, doch sie krallte sich dermaßen an den Armlehnen ihres Stuhls fest, dass ihre Handflächen völlig blutleer waren, als sie sie wieder losließ.

Sie kaschierte es, indem sie erneut ihre Finger desinfizierte, wobei sie jeglichen Blickkontakt vermied und stattdessen Fenster zählte. Dann schnaubte sie verächtlich.

»Wissen Sie was? Wenn Tierfreunde echte Tierfreunde wären, würden sie die Leute nicht auffordern, glückliche Tiere zu essen.«

Nadia verdrehte die Augen. »Ich verstehe nicht ganz, was das mit meiner Frage zu tun hat.«

Zara zuckte die Achseln.

»All dieses Gerede über ökologische Landwirtschaft und die Werbung für freilaufende Hühner und glückliche Schweine … handele ich denn nicht viel unethischer, wenn ich ein glückliches Schwein esse? Es ist doch wohl besser, wenn ich ein Schwein esse, das ein schreckliches Leben gehabt hat, als ein Carpe-Diem-Schwein mit Familie und Freunden, oder? Die Bauern sagen immer, dass glückliche Schweine hochwertigeres Fleisch erzeugten, also kann ich doch nur voraussetzen, dass sie mit dem Schlachten warten, bis es am ALLERGLÜCKLICHSTEN ist. Zum Beispiel wenn sich das Schwein gerade verliebt oder Ferkel bekommen hat. Aber genau dann wird es mit einem Kopfschuss hingerichtet und vakuumverpackt. Wie ethisch ist das denn?«

Die Psychologin seufzte.

»Ich deute Ihre Aussage so, dass Sie nicht über Ihre Kunden und deren Kredite sprechen möchten.«

Zara grub ihre Daumennägel tief in die Handflächen.

»Haben Sie schon mal darüber nachgedacht, dass Veganer immer davon faseln, den Planeten retten zu wollen, als wäre der Planet unbedingt auf sie angewiesen? Der Planet wird auch ohne den Menschen noch Milliarden Jahre weiterexistieren. Eigentlich bringen wir uns doch nur selber um.«

Das war wie erwartet keine Antwort auf die Frage der Psychologin. Nadia schaute erneut auf die Uhr und bereute es sofort, denn Zara bemerkte es und stand auf, wie jedes Mal. Zara wollte nicht in die Situation kommen, zum Gehen aufgefordert zu werden, deshalb beobachtete sie die Armbanduhr der Psychologin und stand folglich bei deren zweitem Blick aufs Zifferblatt auf. Nadia brachte beschämt hervor: »Wir haben noch Zeit … also, wenn Sie wollen … ich habe nämlich unmittelbar nach Ihnen keinen Klienten.«

»Meine Liebe, ich habe noch einiges zu tun«, entgegnete Zara.

Nadia sammelte sich wieder und fragte geradeheraus: »Könnten Sie mir vielleicht eine einzige persönliche Sache über sich erzählen?«

»Wie bitte?«

Nadia stand ebenfalls auf und drehte den Kopf, um einen Blickkontakt mit Zara zu erzwingen.

»In all den Stunden, in denen wir jetzt schon miteinander gesprochen haben, hatte ich nicht den Eindruck, dass Sie mir je etwas Persönliches von sich erzählt haben. Es kann irgendwas sein. Welches ist Ihre Lieblingsfarbe? Mögen Sie Kunst? Waren Sie schon einmal verliebt?«

Zara zog die Augenbrauen fast bis zum Haaransatz hoch.

»Glauben Sie, dass ich besser schlafen würde, wenn ich verliebt wäre?«

Nadia musste lachen.

»Nein. Ich frag ja nur. Ich weiß wirklich nur sehr wenig über Sie.«

Von allen merkwürdigen Augenblicken zwischen ihnen beiden war dieser der merkwürdigste.

Zara stand abwartend mehrere Minuten lang hinter ihrem Stuhl. Dann holte sie tief Luft und erzählte Nadia etwas, das sie noch niemand anderem erzählt hatte: »Ich mag Musik. Sobald ich heimkomme, höre ich … Musik, und zwar ziemlich laut. Das hilft mir, meine Gedanken zu ordnen.«

»Nur wenn Sie nach Hause kommen?«

»Im Büro kann ich die Lautstärke nicht so weit aufdrehen. Und es funktioniert nur, wenn ich sie extrem laut höre.«

Bei diesen Worten tippte sich Zara an die Stirn. Als wollte sie damit erklären, was genau nicht funktionierte.

»Und welche Art von Musik?«, fragte Nadia vorsichtig.

»Death Metal.«

»Oha.«

»Sollte das eine professionelle Äußerung sein?«

Nadia kicherte beschämt und höchst unprofessionell, denn natürlich lernt man im Psychologiestudium, nicht zu kichern.

»Es kam nur völlig unerwartet. Und warum gerade Death Metal?«

»Weil es so laut ist, dass es in meinem Kopf ganz still wird.«

Zaras Fingerknöchel schlossen sich um die Griffe ihrer Handtasche und verfärbten sich weiß. Nadia sah es, holte einen Notizblock aus ihrer Schreibtischschublade, schrieb etwas auf den obersten Zettel und reichte ihn ihr.

»Ist das ein Rezept über Schlaftabletten?«, fragte Zara.

Nadia schüttelte den Kopf.

»Das ist der Name einer guten Kopfhörermarke. Gleich hier unten in der Straße gibt es einen Elektronik-Shop. Kaufen Sie sie, dann können Sie Ihre Musik hören, wo immer Sie wollen, sobald Ihnen der Kopf raucht. Vielleicht hilft es Ihnen ja, öfter rauszukommen und Menschen zu treffen, oder sogar … sich zu verlieben.«

Die Psychologin bereute ihre letzten Worte natürlich sofort. Zara blieb stumm und schob den Zettel in die Handtasche. Dabei erblickte sie ganz unten den Brief und schloss sie rasch wieder. Auf dem Weg hinaus rief Nadia ihr hinterher, beunruhigt darüber, ihre Klientin womöglich zu stark bedrängt zu haben.

»Sie brauchen sich natürlich nicht zu verlieben, Zara, so hab ich es nicht gemeint! Ich meinte nur, dass es guttun könnte, mal etwas Neues auszuprobieren. Ich finde, dass … geben Sie sich doch einfach mal eine Chance, jemandes überdrüssig zu werden!«

Zara stand im Aufzug. Als sich die Türen schlossen, musste sie an Kredite denken. Diejenigen, die sie bewilligt hatte, und jene, die sie nicht bewilligt hatte. Dann betätigte sie den Notschalter.

Kapitel 53

Als Jack während des Geiseldramas unten auf der Straße stand, dachte er fieberhaft über eine alternative Möglichkeit zur Kontaktaufnahme mit dem Geiselnehmer nach, damit Jim nicht mit den Pizzen hineingehen müsste. Er überlegte und überlegte, denn auch wenn sich junge Männer zwar fast immer in fast allem ganz sicher sind, wäre es für Jack doch leichter gewesen, hundertprozentig zu wissen, dass die Bombe keine Bombe war und er seinen Vater nicht ins Treppenhaus schicken müsste, um diese Theorie unter Beweis zu stellen.

»Warte, Papa, ich hab …«, begann er, hielt dann sein Handy ans Ohr und sagte zum Sonderermittler: »Bevor wir mit den Pizzen reingehen, will ich mir erst noch einen besseren Überblick verschaffen. Ich kann vom Haus auf der gegenüberliegenden Straßenseite aus versuchen, das Treppenhaus einzusehen.«

Der Sonderermittler klang skeptisch.

»Und was soll das bringen?«

»Vielleicht gar nichts«, gab Jack zu, »aber eventuell lässt sich durchs Fenster im Treppenhaus erkennen, ob in dem Karton eine Bombe liegt oder nicht, und bevor ich meinen Kollegen reinschicke, will ich zumindest sichergehen, alles versucht zu haben.«

Der Sonderermittler legte die Hand auf den Lautsprecher und sprach kurz mit einer anderen Person, wahrscheinlich irgendeinem verfluchten Chef. Dann war er wieder zu hören und gab sein Okay.

Auch wenn er Jack nicht auf die Nase band, wie sehr er ihn dafür bewunderte, dass er seinen Vater in dieser äußerst kritischen Situation einen Kollegen genannt hatte, war es der Fall.

Jack betrat das Haus auf der gegenüberliegenden Straßenseite. Der Sonderermittler war noch immer in der Leitung und fragte nach anderthalb Stockwerken: »Was … was machen Sie denn da?«

»Ich gehe die Treppen hoch«, antwortete Jack.

»Gibt es denn keinen Aufzug?«

»Ich mag keine Aufzüge.«

Es klang, als tippte sich der Sonderermittler mit dem Handy an die Stirn.

»Sie sind also bereit, ein Haus zu betreten, in dem sich eine Bombe und ein bewaffneter Geiselnehmer befinden, aber Sie haben Angst vor Aufzügen?«

Jack fauchte zurück: »Ich habe keine Angst vor Aufzügen! Ich habe Angst vor Schlangen und Krebs, aber ich *mag* einfach keine Aufzüge!«

Jetzt hatte er den Eindruck, als grinste der Sonderermittler.

»Können Sie denn keine Verstärkung anfordern?«

»Wir haben schon alles verfügbare Personal herbeordert. Die Kollegen kümmern sich gerade um die Absperrungen und die Evakuierung der umliegenden Gebäude. Und ich hab bereits weitere Leute angefordert, aber die beiden Männer warten noch auf ihre Ehefrauen.«

»Und warum das?«

»Sie haben was getrunken. Ihre Frauen müssen sie herfahren.«

»Getrunken? Um diese Uhrzeit? Am Tag vor Silvester?«, fragte der Sonderermittler.

»Ich weiß ja nicht, wie es in Stockholm ist, aber hier nehmen wir Silvester ziemlich ernst«, antwortete Jack.

Der Sonderermittler lachte.

»Wir Stockholmer nehmen nichts von all dem ernst, was wichtig ist, aber das wissen Sie ja.«

Jack grinste. Er zögerte noch ein paar Treppenstufen, bevor er die Frage stellte, die ihm schon lange unter den Nägeln brannte.

»Haben Sie eigentlich schon mal eine Geiselnahme miterlebt?«

Der Sonderermittler zögerte ebenfalls.

»Ja. Doch. Hab ich.«

»Und wie endete die?«

»Nachdem wir vier Stunden auf den Mann eingeredet hatten, ließ er die Geiseln laufen und kam endlich heraus.«

Jack nickte verbissen und blieb auf dem nächsten Treppenabsatz stehen, wo er durch ein kleines Fernglas aus dem Fenster schaute. Von dort sah er auf dem Fußboden im gegenüberliegenden Treppenhaus die Kabel aus einem Karton heraushängen, auf dem etwas mit Filzstift geschrieben stand. Was genau, konnte er von seinem Standort nicht ausmachen, doch es sah aus wie A-D-V-E-N-T.

»Es ist keine Bombe«, sagte er ins Handy.

»Und was ist es Ihrer Meinung nach dann?«

»Sieht aus wie Weihnachtsbeleuchtung.«

»Aha.«

Jack erklomm die Treppe ins Dachgeschoss. Falls der Geiselnehmer nicht ausgerechnet die Jalousien heruntergezogen hatte, könnte er von dort gegebenenfalls einen Blick in die Wohnung werfen.

»Und wie haben Sie ihn dazu gebracht?«, fragte er ins Handy.

»Wen?«

»Den Geiselnehmer. Beim letzten Mal.«

»Tja, das Übliche wohl. Eine Kombination aus all dem, was man so gelernt hat. Man soll ja keine Verneinungen benutzen, also nicht sagen, ›das geht nicht‹ oder ›kann nicht‹ oder ›will nicht‹, sondern stattdessen versuchen Gemeinsamkeiten zu finden und das Motiv für seine Tat zu ergründen.«

»Haben Sie es damit wirklich geschafft?«

»Nein, nein, ehrlich gesagt nicht. Das war eher ein Witz.«

»Und im Ernst?«

»Ja, also im Ernst. Wir haben vier Stunden geredet, und dann verstummte er plötzlich. Das ist ja das Allererste, was wir lernen …«

»Den Geiselnehmer ins Gespräch zu verwickeln? Damit es nicht still wird in der Leitung?«

»Ja, genau. Ich wusste nicht recht, was ich tun sollte, deshalb fragte ich ihn einfach, ob er vielleicht Lust auf 'nen Witz hätte. Er schwieg bestimmt eine Minute, bis er endlich fragte: ›Ja? Erzählen Sie ihn jetzt, oder nicht?‹ Und dann hab ich ihm die Geschichte von den beiden Iren im Ruderboot erzählt. Haben Sie die schon mal gehört?«

»Nein«, antwortete Jack.

Der Sonderermittler holte tief Luft.

»Also, zwei irische Brüder sind zum Fischen draußen auf dem Meer. Doch dann zieht auf einmal ein Sturm auf, und sie verlieren beide Ruder. Die Wellen schlagen gegens Boot, und sie treiben in der Dunkelheit ziellos umher. Beide sind überzeugt davon, dass ihr letztes Stündchen geschlagen hat. Dann sieht einer der Brüder plötzlich etwas im Wasser aufblitzen und schafft es, eine Flasche herauszufischen. Sie entkorken sie und SIMSALABIM! Ein Flaschengeist offenbart sich und gewährt ihnen einen Wunsch, was auch immer sie wollen. Die beiden Brüder blicken sich auf der stürmischen See um, kilometerweit vom Ufer entfernt und ohne Ruder in ihrem Boot kauernd. Der eine Bruder setzt gerade an, um den passenden Wunsch zu formulieren, als der andere fröhlich ausruft: ›Ja! Ich wünschte, das ganze Meer wäre voller Guinness!‹ Der Geist starrt ihn an, als wäre er nicht mehr ganz bei Trost, sagt dann aber, ›okay, natürlich, das sollt ihr bekommen‹. Und SIMSALABIM! Das gesamte Meer verwandelt sich in Guinness, und der Geist verschwindet. Der eine Bruder glotzt den anderen an und brüllt: ›Du verfluchter Idiot! Wir hatten doch nur einen einzigen Wunsch frei, und du hast dir ein ganzes Meer voller Guinness gewünscht! Begreifst du denn gar nicht, was du damit angestellt hast?‹ Der andere Bruder schüttelt beschämt den Kopf. Der eine Bruder breitet hilflos die Arme aus und klagt …«

Der Sonderermittler machte eine dramatische Kunstpause, kam jedoch nicht dazu, die Pointe hinterherzuschieben, weil Jack am anderen Ende der Leitung ihn unterbrach.

»Jetzt müssen wir notgedrungen ins Boot pissen!«

Der Sonderermittler schnaubte so beleidigt, dass es im Lautsprecher knarzte.

»Sie haben ihn also doch schon mal gehört?«

»Meine Mutter liebte Witze. Aber haben Sie den Geiselnehmer damit wirklich zur Aufgabe gebracht?«

In der Leitung blieb es still, etwas zu lange.

»Wahrscheinlich hat er befürchtet, dass ich noch einen erzählen würde.«

Der Sonderermittler klang, als würde er sich ein Lachen verkneifen, doch es wollte ihm nicht recht gelingen. Jack bemerkte es. Inzwischen hatte er das Dachgeschoss erreicht, durch dessen Fenster man den Balkon des gegenüberliegenden Hauses einsehen konnte, und er hielt erstaunt inne.

»Was zum Teufel … das ist ja eigenartig.«

»Was denn?«

»Ich kann den Balkon der Wohnung sehen, in der sich die Geiseln befinden. Dort steht eine ältere Frau.«

»Eine ältere Frau?«

»Ja. Mit Kopfhörern.«

»Mit Kopfhörern?«

»Ja.«

»Und was für Kopfhörer?«

»Wie, was für Kopfhörer? Was tut das denn zur Sache?«

Der Sonderermittler seufzte.

»Okay. Dumme Frage. Und wie alt ist sie?«

»In den Fünfzigern. Vielleicht auch älter.«

»Älter als fünfzig oder älter als in den Fünfzigern?«

»Äh … verflucht noch mal, ich weiß es nicht! Es ist jedenfalls eine ältere Frau. Eine ganz normale ältere Frau.«

»Ja, ja, beruhigen Sie sich. Wirkt sie verängstigt?«

»Nee. Sie wirkt eher … gelangweilt. Es sieht jedenfalls nicht so aus, als würde sie in Gefahr schweben.«

»Klingt ja nach einer merkwürdigen Geiselnahme.«

»In der Tat. Und das da im Treppenhaus ist definitiv keine Bombe. Außerdem hat der Geiselnehmer versucht, eine bargeldlose Bank auszurauben. Ich hab ja gleich von Anfang an gesagt, dass wir es hier nicht mit ’nem Profi zu tun haben.«

Der Sonderermittler erwog diese Möglichkeit einen Augenblick lang.

»Ja. Sie haben wahrscheinlich recht.«

Auch wenn er so tat, als sei er davon überzeugt, hörte Jack sein Zögern. Die beiden Männer schwiegen lange, bevor Jack ihn bat: »Jetzt sagen Sie endlich die Wahrheit. Wie endete die letzte Geiselnahme, die Sie miterlebt haben, nun wirklich?«

Der Sonderermittler seufzte.

»Der Mann hat die Geiseln freigelassen. Aber noch bevor wir die Wohnung stürmen konnten, hat er sich erschossen.«

Diese Worte gingen Jack unter die Haut. Sie würden ihn noch den ganzen Tag verfolgen.

Er war schon wieder auf dem Weg nach unten, als sich der Sonderermittler unvermittelt räusperte.

»Ach übrigens, Jack, darf ich Ihnen auch eine Frage stellen? Warum haben Sie damals eigentlich das Jobangebot aus Stockholm abgelehnt?«

Jack erwog zu lügen, doch ihm fehlte die Energie dazu.

»Woher wissen Sie das?«

»Bevor ich losgefahren bin, habe ich mit einer meiner Vorgesetzten gesprochen und gefragt, wer bei Ihnen vor Ort ist. Sie meinte, dass ich mit Jack reden sollte, weil der verdammt gut wäre. Dann sagte sie noch, dass sie Ihnen schon mehrfach einen Job angeboten hätte, aber Sie immer abgelehnt hätten.«

»Ich hab ja schließlich schon einen Job.«

»Aber nicht den, den sie Ihnen angeboten hat.«

Jack schnaubte abwehrend.

»Ach, ihr Stockholmer glaubt doch sowieso alle, dass sich die Welt nur um eure verfluchte Stadt dreht.«

Der Sonderermittler lachte.

»Also ich bin in einem Dorf aufgewachsen, von dem aus man vierzig Minuten mit dem Auto fahren musste, um Milch zu kaufen. Dort hielten wir Ihre Stadt für eine Großstadt. Für uns waren Leute wie Sie die Stockholmer.«

Jack musste ebenfalls lachen.

»Irgendwie sind wir für die anderen doch alle verfluchte Stockholmer.«

»Also worin besteht das Problem? Haben Sie Angst, den Job hier zu übernehmen und dann den Anforderungen nicht gewachsen zu sein?«

Jack rieb sich die Handflächen am Stoff seiner Hose.

»Sind Sie etwa mein Psychologe, oder was?«

»Klingt, als könnten Sie einen gebrauchen.«

»Können wir uns jetzt vielleicht wieder auf *diesen* Job hier konzentrieren?«

Der Sonderermittler zögerte kurz, bevor er hinterherschob: »Weiß Ihr Vater eigentlich von diesem Jobangebot?«

Jack wollte gerade etwas antworten, doch der Sonderermittler sollte nicht mehr erfahren, was, denn in dem Augenblick sah Jack, dass sein Vater nicht mehr unten auf der Straße stand und wartete, wie er es ihm befohlen hatte.

»Verflucht noch mal!«, brüllte Jack. Dann drückte er das Gespräch einfach weg und rannte los.

Kapitel 54

Zara war gerade erst auf den Balkon hinausgegangen, als Jack sie erblickte. Es geschah unmittelbar nachdem sie im Flur zur Geiselnehmerin gesagt hatte »Tun Sie jetzt nichts Dummes«, denn in dem Moment verspürte sie mehr denn je das Bedürfnis, frische Luft zu schnappen. Von hinten betrachtet hätte man Zara für ungeduldig halten können, als sie die Balkontür ansteuerte, doch ein Blick in ihr Gesicht hätte gezeigt, dass sie äußerst aufgewühlt war. Sie hatte sich dort drinnen selbst überrascht, die Kontrolle verloren, etwas empfunden. Anderen Leuten hätte dies wahrscheinlich nur leichtes Unbehagen bereitet, so als stellten sie gerade fest, dass sie denselben Musikgeschmack entwickelt hatten wie ihre eigenen Eltern oder dass sie in etwas hineingebissen hatten, von dem sie sicher gewesen waren, dass es Schokolade war, das sich dann aber als Leberpastete entpuppte. Doch Zara versetzte es in Panik. War sie etwa gerade dabei, an Empathie zu erkranken?

Sie rieb ihre Finger sorgfältig mit Desinfektionsmittel ein, zählte die Fenster im Gebäude auf der anderen Straßenseite ein ums andere Mal und zwang sich, tief Luft zu holen. Sie hatte sich einfach schon zu lange in der Wohnung aufgehalten, und die Menschen darin waren ihr ungewohnt nahegekommen. Sie drückte sich auf dem Balkon gegen die Hauswand, um von der Straße aus nicht gesehen zu werden. Presste die Kopfhörer fest auf die Ohren und drehte die

Lautstärke auf, bis das Kreischen und Grunzen der Musik das Kreischen und Grunzen in ihrem Kopf übertönte und die Bässe lauter schlugen als ihr Herz.

Eine zerbrechliche Sekunde lang erlebte sie sie. Die Waffenruhe mit sich selbst.

Sie sah, wie sich der Winter in der Stadt breitmachte. Diese Jahreszeit gefiel ihr eigentlich, aber deren Überheblichkeit hatte sie noch nie gemocht. Wenn der erste Schnee fällt, hat der Herbst bereits jegliche Arbeit erledigt, sämtliche Bäume entlaubt und den Sommer sorgfältig aus der Erinnerung der Menschen gelöscht. Dann braucht der Winter nur noch mit ein paar Minusgraden hereinzustiefeln und die Anerkennung einzuheimsen, wie ein Mann, der zwanzig Minuten am Grill gestanden, aber noch nie im Leben einen Tisch gedeckt hat.

Sie hörte nicht, wie die Balkontür geöffnet wurde, spürte jedoch ein flauschiges Ohr über ihre Haare hinwegstreichen, als Lennart hinaustrat und sich neben sie stellte. Er klopfte höflich an ihren Kopfhörer.

»Ja?«, fragte sie kurz angebunden.

»Rauchen Sie?«, fragte Lennart. Auch wenn es ihm noch immer nicht gelungen war, seine Kaninchenhaube abzusetzen, befand sich darin auf Höhe der Nase ein kleines Luftloch, durch das er mit Sicherheit einen Zug würde nehmen können, wie er dachte.

»Selbstverständlich nicht!«, antwortete Zara und setzte den Kopfhörer wieder richtig aufs Ohr.

Lennart war erstaunt, auch wenn man es durch die immergleiche, leicht lächelnde Kaninchenmaske hindurch nicht sah. Zara machte auf ihn den Eindruck, als wäre sie eine Raucherin, wenn auch nicht aus Überzeugung, so doch zumindest, um anderen die Luft zu verpesten. Das Kaninchen klopfte erneut an den Kopfhörer, und sie lupfte ihn äußerst widerwillig.

»Und was machen Sie dann auf dem Balkon?«, fragte er.

Zara beäugte ihn lange, angefangen von den weißen Tennissocken über die bloßen Beine und die Unterhose mit ausgeleiertem Saum bis hinauf zu seinem Oberkörper, dessen Brusthaar bereits ergraut war.

»Glauben Sie tatsächlich, dass Sie sich in Ihrem Aufzug herausnehmen können, die Lebensentscheidungen anderer zu hinterfragen?«, wollte sie wissen, doch es klang irritierenderweise weniger genervt als beabsichtigt.

Er wischte sich über die großen leeren Kaninchenaugen und entgegnete: »Ich rauche eigentlich auch nicht. Nur bei festlichen Anlässen. Und bei Geiselnahmen!«

Er lachte, sie jedoch nicht. Dann verstummte er. Sie setzte den Kopfhörer wieder aufs Ohr, aber er klopfte sofort ein weiteres Mal an.

»Dürfte ich kurz hier bei Ihnen stehen bleiben? Ich hab nämlich etwas Angst davor, dass Roger mich windelweich prügelt, wenn ich da drinnen bleibe.«

Zara antwortete nicht und ließ den Kopfhörer wieder übers Ohr gleiten, doch das Kaninchen klopfte erneut.

»Dann sind Sie hier also auf Safari?«

Sie starrte ihn überrascht an.

»Was soll denn das heißen?«

»Ich meine, nur zum Gucken. Bei allen Wohnungsbesichtigungen gibt es immer Leute wie Sie. Leute, die die Wohnung eigentlich gar nicht kaufen wollen, sondern einfach nur neugierig sind. Sozusagen auf Safari. Um den Lebensstil der

Bewohner zu erkunden. In meinem Job erkennt man solche Leute schnell.«

Zaras Blick war giftig, aber ihr Mund blieb geschlossen. Durchschaut zu werden ist nicht gerade angenehm. Man zieht den Mantel etwas enger um den Oberkörper, insbesondere wenn man normalerweise die Person ist, die andere durchschaut. Instinktiv wollte sie mit einer spitzen Bemerkung kontern, um sich Distanz zu verschaffen, doch zu ihrem eigenen Erstaunen fragte sie stattdessen: »Frieren Sie denn gar nicht?«

Er schüttelte den Kopf, sodass sie sich unter einem seiner langen Ohren wegducken musste. Dann tippte er sich ans flauschige Gesicht und gluckste: »Nee. Es heißt doch, dass man siebzig Prozent der Körperwärme über den Kopf verliert, und demnach verliere ich jetzt, wo ich ihn nicht mehr abkriege, ja nur dreißig!«

Idiot, dachte Zara, sagte jedoch nichts. Das Kaninchen wand sich nervös und schob hinterher: »Ach, war nur 'n Scherz. Ich bin, glaube ich, einfach nur nicht so kälteempfindlich.«

Halbnackten Männern in schlabbrigen Unterhosen stand es nicht besonders gut zu Gesicht, bei Minusgraden damit zu prahlen, fand Zara. Sie setzte ihre Kopfhörer wieder auf und hoffte, dass dies ausreichen würde, um ihn loszuwerden. Doch noch bevor er ein weiteres Mal anklopfte, wusste sie bereits, dass er gleich einen weiteren Satz mit *Ich* zum Besten geben würde.

»Ich bin eigentlich Schauspieler. Diese Sache mit dem Zerstören von Wohnungsbesichtigungen ist nur ein Nebenjob.«

»Wie interessant«, sagte Zara in einem Ton, den nur Kinder und Telefonanbieter als Einladung zum Weiterreden auffassen würden.

»Tja, sind harte Zeiten für Kulturschaffende«, nickte das Kaninchen.

Zara ließ resigniert ihre Kopfhörer zum Hals hinuntergleiten und stöhnte genervt.

»Das ist also Ihre Entschuldigung dafür, die ebenfalls harten Zeiten für Wohnungsanbieter schamlos auszunutzen? Wie kommt es nur, dass alle ›Kulturschaffenden‹ den Kapitalismus grundsätzlich verachten, nur eben dann nicht, wenn sie selbst daran verdienen?«

Es rutschte ihr einfach so heraus, sie wusste auch nicht genau, warum. Zwischen seinen Kaninchenohren, die nachdenklich im Dezemberwind flatterten, konnte sie noch immer die Brücke sehen.

»Sorry, aber Sie kommen mir nicht gerade so vor wie jemand, dem Wohnungsanbieter leidtun«, sagte er.

Zara stöhnte erneut, diesmal entrüsteter.

»Ob nun Wohnungsanbieter oder Wohnungssuchende, das ist mir völlig egal. Aber mir ist es nicht egal, dass Sie offenbar nicht begreifen, wie stark Ihr ›Nebenjob‹ unser Wirtschaftssystem manipuliert.«

Die Kaninchenmaske lächelte ungerührt, während Lennart darunter intensiv nachdachte. Dann sagte er das Dümmste, was je aus einem Mund, ob nun Kaninchen oder Mensch, kommen kann: »Was habe *ich* denn mit dem Wirtschaftssystem zu tun?«

Zara desinfizierte sich die Hände und zählte Fenster.

»Normalerweise reguliert sich der Markt von selbst, aber Leute wie Sie zerstören das Gleichgewicht von Angebot und Nachfrage«, erklärte sie eher resigniert als entrüstet.

Das Kaninchen wandte wie vorhersehbar sogleich ein: »Das stimmt nicht. Wenn ich es nicht mache, macht es irgendjemand anders. Ich verstoße nicht gegen das Gesetz. Eine Wohnung ist die größte Investition, die die Leute im Leben tätigen, und deshalb wollen sie den bestmöglichen Preis erzielen. Ich stelle nur einen Dienst zur Verfügung, der …«

»Wohnungen sollten aber keine Investitionen sein«, entgegnete Zara verdrossen.

»Was denn sonst?«

»Eben Wohnungen.«

»Sind Sie etwa Kommunistin?«, gluckste das Kaninchen.

Zara hätte ihm am liebsten einen Nasenstüber verpasst, doch stattdessen deutete sie mit dem Finger zwischen seinen Ohren hindurch und sagte: »Als vor zehn Jahren die Finanzkrise ausbrach und der Wohnungsmarkt am anderen Ende der Welt zusammenkrachte, sprang ein Mann von dieser Brücke. Die Unschuldigen wurden gefeuert, und die Schuldigen bekamen Boni. Und wissen Sie auch, warum?«

»Jetzt übertreiben Sie aber …«

»Weil Leuten wie Ihnen das Gleichgewicht innerhalb des Systems völlig schnuppe war.«

Lennart schnaubte unter seiner Kaninchenhaube leicht herablassend, denn er hatte offenbar noch nicht ganz begriffen, mit wem er sich auf diese Diskussion einließ.

»Jetzt machen Sie aber mal halblang, die Finanzkrise ist letztlich Schuld der Banken. Ich bin es schließlich nicht, der …«

»… die Regeln aufgestellt hat? Ist es das, was Sie sagen wollten? Sie haben die Regeln nicht aufgestellt, Sie spielen das Spiel nur mit?«, unterbrach ihn Zara matt. Viel lieber hätte sie Nitroglyzerin geschluckt und wäre dann Trampolin gesprungen, als sich das dumme Gewäsch eines weiteren

Mannes anzuhören, der meinte, sie über ökonomische Verantwortung aufklären zu müssen.

»Ja! Oder nein! Aber …«

Zara hatte genügend Jahre ihres Berufslebens in Chefetagen innerhalb der Zielgruppe für Manschettenknöpfe zugebracht, um sich den restlichen Monolog dieses Kerls zusammenreimen zu können. Deshalb beschloss sie, sich die Zeit zu sparen und seine Stimmbänder zu schonen, indem sie die Diskussion abkürzte: »Lassen Sie mich raten, worauf Sie hinauswollen: Der Anbieter dieser Wohnung ist Ihnen egal, Roger und Anna-Lena sind Ihnen auch egal, eigentlich geht es nur um Sie selbst. Als Erstes verteidigen Sie sich damit, dass man auf dem Wohnungsmarkt sowieso niemanden betrügen kann, weil es den *Markt* als solches gar nicht gibt. Er ist letztlich nur eine *Konstruktion*, die aus Zahlen auf Computerbildschirmen besteht. Deswegen tragen SIE auch keine Verantwortung, nicht wahr?«

»Nein …«, brachte Lennart hervor, kam jedoch nicht einmal dazu, Luft zu holen, bevor Zara weiterwetterte.

»Und anschließend geben Sie ein wenig Küchenpsychologie zum Besten, nämlich, dass Geld eigentlich gar keinen Wert besitzt, weil es ebenfalls nur eine Konstruktion ist. Und am Ende wird das Ganze mit der Geschichtsstunde gekrönt, in der Sie, der große Schlaumeier, mir, dem kleinen ungebildeten Ding, etwas über ökonomische Theorien und die Entstehung der Börse erklären wollen. Vielleicht werden Sie mir sogar von Hanoi 1902 erzählen, als die Stadt versucht hat, eine Invasion von Ratten zu bekämpfen, indem sie allen Einwohnern eine Belohnung für jede Ratte anbot, die sie töteten und deren Schwanz sie bei der Polizei abgaben. Und wozu führte das? Dass die Leute anfingen, Ratten zu züchten! Wissen Sie, wie viele Männer mir diese Geschichte schon aufgetischt haben, um zu untermauern, dass alle gewöhnlichen Menschen egoistisch und unzuverlässig sind? Wissen Sie auch, wie vielen Männern wie Ihnen jede Frau auf der Welt jeden Tag begegnet, die glauben, dass jeder Gedanke, der sich in ihren winzigen Männerhirnen regt, ein kleines Geschenk ist, das sie uns unbedingt machen möchten?«

Lennart war zu seiner Verteidigung inzwischen drei Schritte in Richtung Balkongeländer zurückgewichen. Zara hingegen war gerade erst richtig in Fahrt gekommen, sodass er nur hervorbringen konnte »Ich …«, bevor sie fauchte: »Sie? Sie, was denn? Nicht SIE sind gierig, sondern alle ANDEREN? War es das, was Sie sagen wollten?«

Das Kaninchen schüttelte die Ohren.

»Nein. Nein. Ich bitte um Entschuldigung. Ich wusste ja nicht, dass jemand von der Brücke gesprungen ist. Kannten Sie ihn …?«

Zaras Wangen pulsierten, und ihr Hals leuchtete unter den Kopfhörern blutrot. Sie sprach nicht mehr mit Lennart, aber mit wem sie statt seiner sprach, war ihr möglicherweise selbst nicht ganz klar. Jedenfalls kam es ihr vor, als hätte sie ganze zehn Jahre darauf gewartet, endlich jemanden beschimpfen zu können. Wen auch immer. Am allermeisten jedoch sich selbst. Deshalb schrie sie: »Genau solche Leute wie SIE und ICH sind das Problem, begreifen Sie das denn nicht? Wir verteidigen uns immer damit, dass wir doch nur unsere Dienste zur Verfügung stellen. Dass wir nur ein unbedeutender Teil des Marktes sind. Und dass die Leute letztendlich selbst schuld sind. Weil sie einfach zu gierig sind und uns nicht ihr Geld hätten anvertrauen dürfen. Und am Ende sind wir diejenigen, die sich fragen, warum die Börsen zusammenbrechen und die Stadt voller Ratten ist …«

Ihre Augen funkelten vor Wut, und aus ihrer Nase drangen in rascher Abfolge kleine Atemwölkchen. Das Kaninchen entgegnete nichts. Seine starren, niemals blinzelnden Knopfaugen blickten sie nur ausdruckslos an, während sie versuchte, ihren Puls wieder unter Kontrolle zu bringen. Auf einmal vernahm sie unter der Maske ein abgehacktes Geräusch. Anfänglich glaubte sie, dass der Kerl einen Schlaganfall erlitten hatte, doch dann stellte sie fest, dass Lennart einfach nur herzhaft und aus voller Kehle lachte. Er breitete hilflos die Arme aus.

»Jetzt weiß ich ehrlich gesagt nicht mehr genau, wovon Sie reden. Aber ich gebe auf, Sie haben gewonnen, Sie haben gewonnen!«

Zaras Augen zogen sich zu schmalen Schlitzen zusammen, aus Angst, aber mehr noch vor Wut. Mit dem Kaninchen zu reden fiel ihr leichter als mit anderen Menschen, da sie Lennart nicht in die Augen schauen musste. Dennoch war sie auf ihren eigenen Gefühlsausbruch nicht vorbereitet gewesen. Sie ballte die Fäuste auf Höhe der Oberschenkel, wieder und wieder. Dann fragte sie etwas leiser: »Habe ich wirklich gewonnen? Haben Anna-Lena und Roger gewonnen? Er will unbedingt reich werden, und sie versucht auf Teufel komm raus, ihn glücklich zu machen, doch das Einzige, was sie damit erreichen, ist, eine unausweichliche Scheidung hinauszuzögern. Aber die würde wiederum nur Sie glücklich machen, weil die beiden dann *zwei* Wohnungen kaufen müssten.«

In dem Augenblick passierte etwas. Lennart wurde zum ersten Mal laut.

»NEIN, JETZT REICHT'S ABER! Also daran … daran glaube ich NICHT!«

»Und woran glauben Sie *dann?*«, brüllte Zara zurück. Was auch immer dazu geführt hatte, in diesem Augenblick brach ihre Stimme. Sie kniff die Augen zusammen und ballte erneut die Fäuste, diesmal um ihre Kopfhörer herum. Geschlagene zehn Jahre hatte sie darauf gewartet, dass irgendjemand ihr diese Frage stellen würde. Deshalb haute es sie fast um, als er antwortete:

»An die Liebe.«

Lennart ließ das Wort so unbekümmert fallen, als hätte es keinerlei Bedeutung. Zara war nicht darauf vorbereitet, und das wurmte sie. Dann wurde Lennarts Stimme unter der Kaninchenhaube etwas dumpfer. Er klang geradezu beleidigt: »Sie tun ja gerade so, als würde es mich freuen, wenn sich die Leute scheiden lassen. Aber das Gegenteil ist der Fall. Nach mehr als tausend Wohnungsbesichtigungen begreift man unweigerlich, dass es mehr Liebe als Hass in der Welt gibt.«

Nicht einmal Zara konnte dem etwas entgegensetzen. Außerdem schien er noch immer nicht zu frieren, dieser Schafskopf im Kaninchenpelz, was sie nur noch stärker irritierte. *Hör endlich auf, von Liebe zu faseln, und fang verflucht noch mal an zu frieren wie jeder andere Blödmann auch,* dachte sie und legte sich im Kopf einen vernichtenden Kommentar zurecht. Doch am Ende hörte sie sich stattdessen nur fragen: »Und wie kommen Sie darauf?«

Die Kaninchenohren flatterten im Wind.

»Wegen all der Wohnungen, die nicht zum Verkauf stehen.«

Zaras Finger tasteten an ihrem Hals entlang. Seine Antwort war nicht völlig von der Hand zu weisen, was sie unweigerlich erzürnte. Lennart besaß also noch nicht einmal die Frechheit, ein echter Schafskopf zu sein. Ein Schafskopf, der noch dazu Romantiker ist, lässt sich kaum ertragen, und in diesem Fall reichte allein schon dieses »kaum« aus, um eine Frau mit Kopfhörern in den Wahnsinn zu treiben.

Deshalb schwieg sie und schaute zur Brücke hinüber. Dann seufzte sie resigniert und zog zwei Zigaretten aus ihrer Handtasche. Die eine schob sie in die Nase des Kaninchens, die andere in den eigenen Mundwinkel. Das Kaninchen war zumindest clever genug, um sich nicht darüber zu ereifern, dass Zara gerade eben noch behauptet hatte, Nichtraucherin zu sein. Worüber sie dankbar war. Als sie ihm die Feuerzeugflamme hinhielt, verbrannte er sich leicht die Nase und musste mit der flachen Hand draufschlagen, um die Flamme zu löschen. Das gefiel ihr.

Sie rauchten in Ruhe. Dann sagte Lennart entschieden, aber ohne jeden Vorwurf über die Hausdächer hinweg: »Sie können natürlich glauben, was Sie wollen, aber Anna-Lena ist eine meiner wenigen Kundinnen, die ich … bewundere. Sie will ihren Mann nicht reich machen, sondern ihm nur das Gefühl vermitteln, dass er gebraucht wird. Alle gehen davon aus, dass sie unterwürfig und unselbstständig ist, dass sie immer zurückstehen und sich für seine Karriere aufopfern musste, aber wissen Sie, was sie beruflich gemacht hat?«

»Nein«, gab Zara zu.

»Sie war Chefanalytikerin bei einem großen amerikanischen Industriekonzern. Erst wollte ich es selbst nicht glauben, das Frauenzimmer ist ja verwirrter als 'ne ganze Tüte voller Luftschlangen … aber einen clevereren und qualifizierteren Menschen als sie werden Sie in dieser Wohnung kaum finden, das kann ich Ihnen versprechen. Als ihre und Rogers Kinder klein waren, ließ sich seine Karriere ganz gut an, doch ihre lief noch besser, deshalb lehnte Roger einen Chefposten in seiner Firma ab. Er wollte sich mehr um die Kinder kümmern und ihr die Möglichkeit geben, all ihre Dienstreisen wahrzunehmen. Eigentlich sollte es nur für ein paar Jahre sein, doch dann nahm ihre Karriere Fahrt auf, während seine stagnierte, und je größer der Gehaltsunterschied zwischen beiden wurde, desto schwieriger wurde es auch, miteinander zu tauschen. Als die Kinder dann erwachsen wurden und Anna-Lena all ihre Träume verwirklicht hatte, sagte sie folgerichtig zu Roger: ›Jetzt bist du an der Reihe.‹ Nur dann wurde ihm leider kein weiterer Chefposten mehr angeboten, weil er mittlerweile zu alt dafür war. Die beiden können allerdings nicht darüber reden, weil sie das nie gelernt haben. Stattdessen versucht sich Anna-Lena jetzt erkenntlich zu zeigen. Sie zieht gemeinsam mit ihm von einer Wohnung in die nächste, um sie zu renovieren und um ein … gemeinsames Projekt zu haben. Roger kommt sich nämlich wertlos vor, weil er nun nicht mehr für die Kinder da sein muss. Und Anna-Lena möchte einfach nur irgendwo ankommen. Sie können viel Schlechtes über mich sagen, aber wagen Sie es ja nicht, mir zu unterstellen, dass ich die beiden nicht bewundere.«

Zara zündete sich eine weitere Zigarette an, hauptsächlich um den Blick auf die Glut richten und sich daran festhalten zu können.

»Hat Anna-Lena Ihnen all das erzählt?«

»Sie würden sich wundern, was die Leute einem so alles erzählen.«

»Nein, würde ich nicht«, flüsterte Zara.

Sie selbst würde ihm auch gerne erzählen, dass sie Distanz benötigt. Dass sie nicht aufhören kann, ihre Hände zu desinfizieren. Dass sie in allen Räumen immer alle möglichen Dinge zählt, weil es sie beruhigt. Dass sie Kalkulationstabellen und Prognoseberechnungen liebt, weil sie an Ordnung glaubt. Aber sie würde ihm auch gern erzählen, dass das ökonomische System, dem sie sich ein ganzes Berufsleben lang verschrieben hat, mittlerweile das größte Problem für diese Welt darstellt, weil wir diesem System zu viel Macht eingeräumt haben. Wir haben vergessen, wie gierig wir sind, aber vor allem haben wir vergessen, wie schwach wir sind. Und jetzt bringt es uns zu Fall.

All das würde sie ihm gerne sagen, doch inzwischen hatte sie sich daran gewöhnt, dass die Leute es sowieso nicht verstanden, oder nicht verstehen wollten. Deshalb schwieg sie. Insgeheim wünschte sie, die ganze Zeit geschwiegen zu haben.

Sie rauchten beide noch eine weitere Zigarette. Zara fand seine Gesellschaft nun weniger unangenehm, als sie befürchtet hatte. Dennoch, insgesamt waren an diesem Tag weitaus mehr neue Erfahrungen auf sie eingestürmt, als sie imstande gewesen wäre zu verarbeiten. Deshalb strichen ihre Finger abermals über die Kopfhörer, als sich die Kaninchenohren ihr erneut zuwandten. Sie sah Lennart an, dass er nach weiteren Gesprächsaufhängern suchte, um die Unterhaltung am Laufen zu halten. Aber genau das hasste Zara am meisten an den Männern. Am Ende fielen ihnen doch meistens nur die zwei immergleichen Fragen ein: »Was machen Sie eigentlich beruflich?« und »Sind Sie verheiratet?«

Doch dieser verfluchte Lennart holte Luft und fragte stattdessen: »Was hören Sie da eigentlich?«

Zum Teufel auch, dachte Zara. Du könntest doch zumindest mal leicht frösteln und das Interesse an mir verlieren. Sie öffnete den Mund, es gab unendlich viel, was sie sagen wollte, doch alles, was sie hervorbrachte, war: »Es kann nicht mehr lange dauern, bis die Geiselnehmerin aufgibt, und die Polizei wird jeden Moment die Wohnung stürmen. Sie sollten besser reingehen und sich eine Hose anziehen.«

Das Kaninchen nickte enttäuscht und ließ sie allein. Die Kopfhörer über den Ohren, die Musik auf voller Lautstärke, zählte Zara erneut ein ums andere Mal Fenster. Dies ist keine Liebesgeschichte, wie man sie aus Gedichten kennt, gewiss nicht. Aber dort auf dem Balkon haben die beiden einander dennoch ihr Innerstes offenbart.

Kapitel 55

Estelle klopfte zaghaft an die Tür des begehbaren Kleiderschranks. Julia öffnete.

»Ich wollte nur sagen, dass die Pizzen jeden Moment eintreffen. Und ich dachte, dass Sie Ärmste, die Sie ja jetzt für zwei essen müssen, doch bestimmt völlig ausgehungert sind, oder? Möchten Sie vielleicht irgendetwas Kleines vorweg essen? Im Kühlschrank steht genügend. Ich meine, die Leute haben ja fast immer etwas im Kühlschrank«, bot Estelle an.

»Nein danke, es geht schon noch«, lächelte Julia. Doch es gefiel ihr, dass Estelle fragte. Ihrer Meinung nach sollten viel mehr Menschen einen danach fragen, ob man Hunger hatte, anstatt danach, wie es einem ging.

»Ach so, ach so, nein, dann will ich auch nicht länger stören«, sagte Estelle und wollte die Tür gerade wieder schließen.

»Möchten Sie vielleicht reinkommen?«, fragte Julia in einem Ton, den man eigentlich nur benutzt, wenn man zumindest ansatzweise auf eine negative Antwort hofft.

»Ja, sehr gerne!«, zwitscherte Estelle und kam herein. Sie schloss die Tür hinter sich, zwängte sich an der Trittleiter vorbei und setzte sich auf den letzten freien Platz im begehbaren Kleiderschrank: eine Kiste in der hintersten Ecke. Sie faltete die Hände im Schoß, lächelte sanft und sagte: »Aha, aha, wie nett es trotz alledem noch geworden ist, oder? Ich hab übrigens schon seit Jahren keine Pizza mehr gegessen.

Natürlich kann ich nicht leugnen, dass diese Sache mit dem Bankraub und der Geiselnahme für keinen von uns besonders angenehm ist, aber ich für meinen Teil finde es zumindest ermutigend, dass die Geiselnehmerin eine Frau ist. Finden Sie nicht auch? Es ist doch großartig, wenn Frauen ihre Rechte einfordern!«

Julia presste ihren Daumen fest auf einen kleinen Punkt zwischen den Augen und musste sich beherrschen, als sie antwortete: »Mhm. Sie bedroht uns zwar mit 'ner Pistole, aber … trotzdem. Frauenpower!«

»Ich glaube nicht, dass die Pistole echt ist!«, warf Anna-Lena rasch ein.

Julia schloss die Augen, damit die anderen nicht sehen konnten, wie sie sie verdrehte. Estelle lächelte neugierig und meinte: »Ach so, ja, aber ich habe Sie bestimmt gerade unterbrochen, als ich reinkam, so alt und klapprig ist man schon. Worüber haben Sie denn gerade gesprochen?«

»Über die Ehe«, schluchzte Anna-Lena.

»Oh!«, rief Estelle aus, als hätte sie gerade in einer Quizsendung im Fernsehen gesehen, wie ihre Lieblingskategorie aufgerufen wurde.

Julia besänftigte dieser Enthusiasmus etwas, deshalb fragte sie: »Wie hieß noch mal Ihr Mann? Knut, oder? Und wie lange sind Sie schon verheiratet?«

Estelle zählte im Stillen die Jahre, bis ihr die Zahlen ausgingen. »Knut und ich sind schon seit Ewigkeiten verheiratet. Tja, so ist das, wenn man alt wird. Irgendwann hört die Zeit davor einfach auf zu existieren.«

Julia gefielen Estelles Worte zugegebenermaßen sehr.

»Und wie schafft man es, so lange verheiratet zu sein?«, fragte sie.

»Man kämpft«, antwortete Estelle aufrichtig.

Diese Worte gefielen Julia weniger gut.

»Klingt nicht besonders romantisch.«

Estelle lächelte verschmitzt.

»Man muss einander immer gut zuhören. Na ja, nicht unbedingt immer. Wenn man einander nämlich *immer* gut zuhört, besteht das Risiko, dass man dem anderen hinterher nicht mehr verzeihen kann.«

Julia schabte betreten mit den Fingernägeln über die Augenbrauen.

»Ro und ich haben uns eigentlich immer gut verstanden. Wir haben uns so gut verstanden, dass es nichts ausmachte, wenn wir uns mal nicht einig waren. Manchmal hab ich sogar absichtlich einfach ’ne andere Meinung vertreten, weil wir uns immer in allem einig waren. Aber jetzt, ach, ich weiß auch nicht. Manchmal bin ich mir nicht mehr so sicher.«

Estelle drehte ihren Ehering am Finger und befeuchtete nachdenklich die Lippen.

»Als Knut und ich frisch verliebt waren, haben wir eine Abmachung darüber getroffen, wie wir uns in Streitsituationen verhalten wollen. Knut sagte immer, dass sich die Verliebtheit früher oder später legt und man unweigerlich anfängt sich zu streiten, ob man will oder nicht. Deshalb trafen wir eine Absprache. So ähnlich wie die Genfer Konventionen, in denen die Länder Regeln für den Kriegsfall aufgestellt haben. Knut und ich haben uns geschworen, dass wir darauf verzichten, den anderen mit Worten bewusst zu verletzen, egal wie wütend wir sind. Also keine verbalen Attacken, nur um zu gewinnen. Denn sonst würde es früher oder später darauf hinauslaufen, dass einer von uns gewinnt. Und das überlebt selbst die beste Ehe nicht.«

»Und, hat es funktioniert?«, fragte Julia.

»Ich weiß es nicht«, gab Estelle zu.

»Nicht?«

»Die Verliebtheit hat nie aufgehört.«

Es war schier unmöglich, Estelle dafür nicht zu mögen. Estelle schaute sich kurz im Raum um, als wollte sie sich etwas in Erinnerung rufen. Dann stand sie auf und öffnete den Deckel der Kiste unter sich.

»Was machen Sie denn jetzt?«, fragte Julia.

»Ach, nur ein wenig schauen«, entschuldigte sich Estelle.

Anna-Lena gefiel das gar nicht, denn ihrer Meinung nach existierte ein ungeschriebenes Gesetz, welches besagte, dass man bei Wohnungsbesichtigungen nicht herumschnüffeln durfte.

»Das dürfen Sie aber nicht! Man darf nur in Kisten reinschauen, die bereits geöffnet sind! Ausgenommen Küchenschubladen. Küchenschubladen darf man öffnen, aber nur für ein paar Sekunden, um zu sehen, wie groß sie sind. Aber man darf nicht anfangen, das Besteck zu zählen oder die Menschen für ihren Lebensstil zu verurteilen und dergleichen. Schließlich gibt es gewisse … Regeln! Man darf die Spülmaschine öffnen, aber nicht die Waschmaschine!«

»Kann es sein, dass Sie schon ein paar Wohnungsbesichtigungen zu viel hinter sich haben …?«, meinte Julia.

»Ja, ich weiß«, seufzte Anna-Lena.

»Hier gibt es Wein!«, rief Estelle fröhlich aus und zog eine Flasche aus der Kiste.

»Wein?«, fragte Anna-Lena entzückt, denn offenbar war es für sie durchaus in Ordnung, in geschlossenen Kisten zu stöbern, wenn man darin Wein fand.

»Möchten Sie welchen?«, bot Estelle an.

»Ich bin schwanger«, unterstrich Julia.

»Und da darf man keinen Wein trinken?«

»Man darf überhaupt keinen Alkohol trinken.«

»Aber … Wein?«

Estelles Augen waren jetzt vor lauter Wohlwollen kugelrund. Wein besteht nämlich nur aus Trauben. Und Kinder mögen doch Trauben.

»Das gilt auch für Wein«, erklärte Julia geduldig und musste daran denken, wie sie bei der Mütterberatungsstelle gewesen waren und Ro auf die routinemäßige Frage der Hebamme, ob sie beide normalerweise regelmäßig Alkohol konsumierten, ausgerufen hatte: »Andauernd! Ich trinke ja jetzt für drei!« Die Hebamme begriff nicht, dass es nur ein Scherz war, was die Stimmung nicht gerade auflockerte. Julia lachte laut auf, als sie jetzt daran zurückdachte. Wenn man mit einer Idiotin verheiratet ist, kommt es durchaus vor, dass man mehr zu lachen hat.

»Habe ich etwas falsch gemacht?«, fragte Estelle ängstlich, bevor sie die Flasche ansetzte, um sie anschließend an Anna-Lena weiterzureichen, die ohne zu zögern zwei große Schlucke nahm, ein völlig ungewöhnliches Verhalten für Anna-Lena. Doch es war für sie alle ein ungewöhnlicher Tag.

»Nein, nein, mir ist nur gerade etwas eingefallen, was meine Frau letztens gesagt hat«, lächelte Julia und versuchte sich zu beherrschen, allerdings mit äußerst begrenztem Erfolg.

»Julias Frau ist eine Idiotin! Genau wie Roger!«, erklärte Anna-Lena hilfsbereit und genehmigte sich einen weiteren überdimensionalen Schluck, unweigerlich gefolgt von einer geprusteten Hustenattacke. Julia beugte sich vor und klopfte Anna-Lena auf den Rücken. Estelle nahm ihr hilfsbereit die

Flasche ab und verringerte den Inhalt unterdessen weiter. Dann sagte sie leise: »Knut ist kein Idiot. Das ist er wirklich nicht. Aber nun dauert es ja schon eine Ewigkeit, dass er den Wagen parkt. Ich wünschte, er wäre jetzt hier, damit ich … tja, ich war einfach nicht darauf vorbereitet, alleine in eine Geiselnahme zu geraten.«

Julia lächelte.

»Sie sind ja auch nicht alleine. Sie haben doch uns. Und die Geiselnehmerin scheint ja niemandem etwas antun zu wollen. Ich bin mir sicher, dass alles gut ausgehen wird. Aber … darf ich Sie etwas fragen?«

»Selbstverständlich, meine Liebe.«

»*Wussten* Sie eigentlich, dass in der Kiste Wein war? Oder warum haben Sie ausgerechnet dort reingeschaut?«

Estelle errötete. Nach langem Zögern gab sie zu: »Also ich verstecke meinen Wein zu Hause immer im Kleiderschrank. Knut fand das ziemlich lächerlich. Ich meine, er *findet* es lächerlich. Aber häufig schließt man ja von sich auf andere, und ich dachte, hier wohnt vielleicht jemand, der nicht möchte, dass man Weinflaschen bei ihm findet, weil die Leute ihn dann für einen Alkoholiker halten könnten.«

Anna-Lena trank zwei weitere Schlucke, hickste daraufhin vernehmlich und warf ein: »Alkoholiker haben keine vollen Weinflaschen zu Hause, sondern leere.«

Estelle lächelte ihr dankbar zu und sagte ohne nachzudenken: »Wirklich nett, dass Sie das sagen. Knut hätte Ihnen ganz sicher zugestimmt.«

Die Augen der alten Frau wurden ganz glasig, nicht nur vom Wein. Julias Stirn legte sich in so tiefe Falten, dass ihre Frisur völlig neue Konturen annahm. Sie beugte sich vor, legte sanft eine Hand auf Estelles Arm und flüsterte: »Estelle? Knut ist gar nicht da draußen, um den Wagen zu parken, oder?«

Estelle presste ihre ohnehin schon schmalen Lippen aufeinander, sodass sie kummervoll im Mund verschwanden. Ihre Antwort war kaum hörbar, als sie letztlich zugab:

»Nein.«

Kapitel 56

Zeugenvernehmung
Datum: 30. Dezember
Name des Zeugen: Lennart

Jack: Lassen Sie mich sehen, ob ich das Ganze richtig verstanden habe: Sie waren also nicht als Kaufinteressent bei der Wohnungsbesichtigung, sondern weil Sie von Anna-Lena angeheuert wurden, diese zu sprengen?
Lennart: Ja, genau. *Lennart Ohne Grenzen AG*, das bin ich. Möchten Sie meine Karte haben? Ich mache auch Junggesellenabschiede, zum Beispiel, wenn der Bräutigam Ihnen die Freundin ausgespannt hat.
Jack: Das ist also Ihr Beruf? Wohnungsbesichtigungssprenger?
Lennart: Nein, von Beruf bin ich Schauspieler. Nur im Augenblick herrscht gerade ziemliche Flaute. Aber ich habe am lokalen Theater im Kaufmann in Venedig mitgespielt.
Jack: *Von* Venedig.
Lennart: Nein, nein, hier am lokalen Theater!
Jack: Ich meinte, dass es der Kaufmann *von* Venedig heißt. Und nicht *in* Venedig. Aber ist ja auch egal. Können Sie mir noch mehr über den Täter erzählen?
Lennart: Ich glaube nicht. Ich habe eigentlich alles gesagt, woran ich mich erinnere.

Jack: Okay. Ich muss Sie leider dennoch bitten, noch ein wenig hierzubleiben, falls noch weitere Fragen auftauchen.
Lennart: Kein Problem!
Jack: Ach ja, genau, noch eine letzte Sache: Wissen Sie vielleicht, was es mit dem Feuerwerk auf sich hatte?
Lennart: Welches Feuerwerk?
Jack: Das Feuerwerk, um das der Täter gebeten hat.
Lennart: Was soll damit sein?
Jack: Es ist doch nicht normal, dass ein Geiselnehmer im Gegenzug für die Freilassung der Geiseln ein Feuerwerk fordert. Normal wäre eine Geldforderung.
Lennart: Bei allem Respekt: *Normal* wäre es wohl eher, gar nicht erst Geiseln zu nehmen, oder?
Jack: Da haben Sie natürlich recht, aber finden Sie nicht, dass ein Feuerwerk eine eigenartige Forderung ist? Das war übrigens das letzte Lebenszeichen des Täters vor Ihrer Freilassung.
Lennart: Ich weiß nicht. Schließlich haben wir Silvester. Und alle lieben doch Feuerwerke, oder?
Jack: Außer Hundebesitzer.
Lennart: Oh.
Jack: Was soll das bedeuten?
Lennart: Ich war nur überrascht. Ich dachte, dass alle Polizisten Hunde mögen.
Jack: Ich hab ja auch nicht gesagt, dass ich keine Hunde mag!
Lennart: Die meisten Leute hätten gesagt, dass *Hunde* kein Feuerwerk mögen. Aber Sie haben *Hundebesitzer* gesagt.
Jack: Ich bin kein großer Freund von Tieren im Allgemeinen.
Lennart: Sorry. Berufskrankheit. In meinem Job lernt man es, die Leute zu durchschauen.

Jack: Als Schauspieler?

Lennart: Nein, in dem anderen. Sind die anderen übrigens noch alle auf dem Revier?

Jack: Wen meinen Sie?

Lennart: Sie wissen schon, alle, die mit in der Wohnung waren.

Jack: Denken Sie dabei an jemanden im Besonderen?

Lennart: Ja, zum Beispiel an Zara.

Jack: Zum Beispiel?

Lennart: Sie brauchen nicht das Gesicht zu verziehen, als hätte ich etwas Unanständiges gefragt. Ich meine ja nur, man kann doch wohl mal fragen, oder?

Jack: Ja, Zara ist noch da. Warum?

Lennart: Ach, ich wollte es nur wissen. Manchmal geht die Neugier einfach mit einem durch. Sie ist nämlich seit Langem die erste Person, die ich nicht durchschauen konnte. Ich hab's versucht, aber bei ihr ist es mir einfach nicht gelungen. Warum lachen Sie?

Jack: Ich lache nicht.

Lennart: Und ob!

Jack: Ja, Entschuldigung, das war keine Absicht. Ich musste nur gerade an etwas denken, das mein Vater immer sagt.

Lennart: Das da wäre?

Jack: Er sagt immer, dass man die Frau, die man nicht durchschaut, heiratet. Und dann verbringt man sein ganzes Leben damit, es zu versuchen.

Kapitel 57

»Der Tod, der Tod. Der Tod«, dachte Estelle im begehbaren Kleiderschrank. Vor langer Zeit hatte sie einmal gelesen, dass ihre Lieblingsschriftstellerin jedes Telefonat mit diesen Worten begann. »Der Tod, der Tod. Der Tod.« Dann war das Thema ausdiskutiert, und man konnte über andere Dinge sprechen. Sonst tendierten alle Telefonate zwischen Personen ab einem gewissen Alter dazu, statt vom Leben nur noch vom Tod zu handeln. Mittlerweile konnte Estelle das verstehen. Dieselbe Schriftstellerin schrieb einmal »Man muss leben, damit man sich mit dem Tod anfreundet«, doch das fiel Estelle weitaus schwerer. Aus der Zeit, als sie ihren Kindern noch Gutenachtgeschichten über Peter Pan vorgelesen hatte, erinnerte sie sich noch daran, wie der ausrief: »Sterben ist sicher ein großes Abenteuer.« Vielleicht für den, der gerade stirbt, befand Estelle, aber nicht für diejenigen, die zurückbleiben. Auf sie selbst wartete nur eine Morgendämmerung nach der anderen, in denen sie das Leben immer wie ein schönes Gefängnis wahrnahm. Ihre Wangen zitterten und erinnerten sie daran, dass sie alt geworden war, denn ihre Haut war mittlerweile so dünn, dass diese in einem dauerhaften Luftzug, den sonst niemand spürte, leicht flatterte. Sie hatte nichts gegen das Alter, nur einiges gegen die Einsamkeit. Als sie Knut kennenlernte, erlebte sie mit ihm keine herkömmliche Liebesgeschichte, jedenfalls keine, wie sie sie in Romanen gelesen hatte. Es kam ihr eher so vor, als hätte ein Kind einen perfekten Spielkameraden gefunden. Wenn Knut Estelle berührte, auch ganz intim, fühlte es sich an, als würde sie auf Bäume klettern oder von einem Steg ins Wasser springen. Am meisten vermisste sie jedoch sein unbändiges Lachen, insbesondere wenn ihm dabei die Reste von seinem Frühstücksei aus den Mundwinkeln spritzten. Was mit zunehmendem Alter nur noch lustiger wurde, erst recht, als er ein Gebiss bekam.

»Knut ist tot«, sagte sie zum ersten Mal laut und musste heftig schlucken.

Julia schaute betreten zu Boden. Anna-Lena schien etwas sagen zu wollen, beugte sich stattdessen jedoch zu Estelle hinüber und tippte ihr behutsam mit der Weinflasche an die Schulter. Estelle griff danach und nahm zwei kleine Schlucke, bevor sie sie ihr zurückreichte und halb zu sich selbst sagte: »Aber er war unglaublich gut im Einparken, Knut. Er konnte den Wagen buchstäblich auf einem Fünf-Öre-Stück zurechtzirkeln. Und manchmal, wenn es am meisten wehtut, also, wenn ich irgendwas ziemlich Lustiges sehe und denke ›Darüber hätte er bestimmt so herzhaft gelacht, dass das Ei die ganze Tapete vollgespritzt hätte‹, … stelle ich mir einfach vor, dass er gerade unterwegs ist, um den Wagen zu parken. Er war kein perfekter Ehemann, wahrhaftig nicht, aber jedes Mal, wenn wir irgendwo hinfuhren und es regnete, setzte er mich immer direkt vorm Eingang ab. Damit ich drinnen im Warmen warten konnte, während er … den Wagen parkte.«

Eine Stille legte sich über die drei Frauen und beraubte sie nach und nach ihres Wortschatzes, bis keine von ihnen mehr wusste, was sie noch sagen sollte. Der Tod, der Tod. Der Tod, dachte Estelle.

Als Knut im Krankenbett lag, fragte sie ihn in einer seiner letzten Nächte: »Hast du Angst?« Worauf er antwortete: »Ja.« Dann strichen seine Finger über ihr Haar, und er fügte hinzu: »Aber ein bisschen Ruhe wäre jetzt auch nicht verkehrt. Das kannst du von mir aus auf den Grabstein schreiben.« Daraufhin musste Estelle so heftig lachen, dass sein ganzes Kopfkissen rotzdurchtränkt war. Als er sie letzten Endes verließ, weinte sie so heftig, dass sie kaum noch Luft bekam. Infolgedessen veränderte sich ihr Körper dauerhaft, er hatte sich zu stark gekrümmt, um sich wieder vollständig aufrichten zu können.

»Er war mein Echo. Alles, was ich jetzt tue, ist so still«, erklärte sie den anderen Frauen im begehbaren Kleiderschrank.

Anna-Lena wartete lange, bevor sie den Mund öffnete. Trotz ihrer zunehmenden Trunkenheit begriff sie, dass es sich nicht schickte, jetzt zu neugierig zu sein. Allerdings war das eher verlorene Liebesmüh, denn als sie ihre Gedanken laut aussprach, konnten weder ihr guter Wille noch ihre Vernunft ihre innersten Hoffnungen verhehlen.

»Also …, wenn es nicht stimmt, dass Ihr Mann gerade den Wagen parkt, darf ich Sie dann fragen, ob Sie sich diese Wohnung tatsächlich für Ihre Tochter anschauen, oder eher …?«

»Nein, nein, meine Tochter wohnt mit ihrem Mann und ihren Kindern in einem Reihenhaus«, antwortete Estelle beschämt.

In einem Vorort von Stockholm, doch das sagte Estelle nicht laut, da sie dieses Gespräch nicht unnötig verkomplizieren wollte.

»Das heißt also, dass Sie nur hier sind, um zu … schauen?«, fragte Anna-Lena.

»Jetzt aber mal im Ernst, Anna-Lena, sie konkurriert ja gar nicht mit Ihnen und Roger um den Kauf der Wohnung! Seien Sie doch nicht so unsensibel!«, rief Julia aus.

Anna-Lena starrte hinunter in die Flasche und murmelte: »Man kann doch wohl mal fragen.«

Estelle tätschelte beiden Frauen nacheinander dankbar den Arm und flüsterte: »Sie müssen sich doch wegen mir nicht streiten. Das ist es nun wirklich nicht wert. Dafür bin ich viel zu alt.«

Julia nickte verdrossen und hielt sich mit der Hand den Bauch. Anna-Lena tat ungefähr dasselbe mit der Weinflasche.

»Und wie alt sind Ihre Enkelkinder?«, fragte sie.

»Die sind im Teenageralter«, antwortete Estelle.

»Ach du meine Güte«, sagte Anna-Lena mitfühlend.

Estelle lächelte leicht. Alle, die je mit Teenagern zusammengelebt haben, wissen, dass sich deren Leben ausschließlich um sich selbst dreht und ihre Eltern mit den sich rasch ablösenden Entwicklungsphasen alle Hände voll zu tun haben. Sowohl mit denen der Teenager als auch ihren eigenen. Da gab es keinen Platz für Estelle, im Gegenteil, sie hätte nur gestört. Die Familie rechnete beim jährlichen Geburtstagsanruf zwar selbstverständlich damit, dass sie noch da war, doch für den Rest des Jahres schien sie vorauszusetzen, dass ihre Zeit stillstand. Estelle diente eher als dekorative Zierde, die man nur an Weihnachten und zu Mittsommer hervorholte. Die alte Frau suchte nach Worten, um es zu erklären, denn diese Gedanken auszusprechen war sie nicht gewohnt.

»Nein … ich bin nicht hier, um die Wohnung zu kaufen. Ich hatte nur einfach nichts Besseres zu tun. Manchmal schaue ich mir aus reiner Neugier Wohnungen an, um zu hören, was die Leute so reden und wovon sie träumen. Wenn Menschen nach einer Wohnung suchen, treten ihre Träume am deutlichsten zutage. Knut ist nämlich langsam gestorben, müssen Sie verstehen. Er hat viele Jahre im Pflegeheim gelegen, und ich konnte ja nicht einfach so tun, als wäre er tot, aber eigentlich war er ja auch nicht mehr … richtig am Leben. Deshalb habe ich ebenfalls eine Atempause eingelegt. Ich bin jeden Tag mit dem Bus zum Pflegeheim gefahren, wo ich an seinem Bett gesessen und ihm aus Büchern vorgelesen habe. Am Anfang laut, zum Ende hin leise. Ja, so war das. Aber ich hatte zumindest etwas zu tun. Als Mensch braucht man das.«

Anna-Lena stimmte ihr im Geiste zu. Ja, so ist das, man braucht ein Projekt.

»Das Leben geht so schnell vorbei. Jedenfalls das Berufsleben«, dachte sie laut und wirkte äußerst verlegen, als sie feststellte, dass Julia es gehört hatte.

»Und was waren Sie von Beruf?«, fragte die junge Frau.

Anna-Lena holte tief Luft und antwortete zögerlich und zugleich stolz:

»Ich war Analytikerin in einem Industriekonzern. Oder eigentlich Chefanalytikerin, aber ich hab immer versucht, es nicht nach außen zu kehren.«

»Chefanalytikerin?«, wiederholte Julia und schämte sich unmittelbar für ihren Tonfall.

Anna-Lena sah das Erstaunen in ihrem Blick, doch das war sie gewohnt. Sie nahm es ihr nicht übel. Normalerweise hätte sie einfach das Thema gewechselt, aber höchstwahrscheinlich wegen des Weins dachte sie stattdessen laut und sagte geradeheraus: »Ja, das war ich. Eigentlich wollte ich gar nicht Chefin werden. Aber der Geschäftsführer des Unternehmens meinte, mich genau aus diesem Grund zur Chefin ernennen zu wollen. Er erklärte, dass man seinen Mitarbeitern ja nicht unbedingt befehlen muss, was sie zu tun haben, sondern sie stattdessen das tun lässt, was sie am besten können. Deshalb versuchte ich eher eine Lehrerin als eine Chefin zu sein. Ich weiß, dass die Leute mich anders einschätzen, aber ich bin keine schlechte Lehrerin. Als ich in Rente ging, haben mir zwei von meinen Angestellten anvertraut, erst während meiner Dankesrede begriffen zu haben, dass ich mehrere Jahre lang ihre Chefin gewesen war. Manch anderer hätte das wahrscheinlich als Beleidigung aufgefasst, aber ich fand es … wunderbar. Wenn man den Leuten etwas beibringen kann und sie am Ende glauben, es ganz allein geschafft zu haben, dann hat man gute Arbeit geleistet.«

Julia lächelte.

»Sie stecken wirklich voller Überraschungen, Anna-Lena.«

Anna-Lena sah aus, als hätte sie gerade das schönste Kompliment ihres Lebens bekommen. Doch dann legten sich wieder Trauer und Scham über ihren Blick, und sie schloss die Augen rasch, bevor sie sie langsam wieder öffnete.

»Wahrscheinlich glauben alle, dass ich, also …, wenn man uns beide zusammen sieht, glaubt man bestimmt, dass ich immer in Rogers Schatten gestanden hätte. Aber so ist es gar nicht. Roger hätte eigentlich statt meiner einen Chefposten bekommen sollen. Doch meine Arbeit … für mich lief es so gut, dass er eine Beförderung in seiner Firma ablehnte, um sich mehr um die Kinder kümmern zu können. Ich konnte derweil herumreisen und Karriere machen, auch wenn ich immer dachte, dass er dann im nächsten Jahr dran sein sollte. Nur dazu kam es nie.«

Sie verstummte. Julia fehlten zum ersten Mal seit Langem die Worte. Estelle hingegen schien nicht zu wissen, wohin mit ihren Händen, weshalb sie erneut die Kiste öffnete und sie hineinschob. Kurz darauf beförderte sie eine Schachtel Zigaretten und Streichhölzer zutage.

»Schau mal einer an«, rief sie fröhlich aus.

»Wer wohnt eigentlich wirklich hier?«, fragte Julia.

»Möchte vielleicht jemand eine?«, fragte Estelle.

»Ich rauche nicht!«, erklärte Anna-Lena rasch.

»Ich auch nicht. Oder besser gesagt, ich habe aufgehört. Bis auf gewisse Ausnahmen. Rauchen Sie?«, fragte Estelle an Julia gewandt, fügte jedoch hinzu: »Aber wenn man schwanger ist, raucht man wahrscheinlich nicht. Zu meiner Zeit hat man das übrigens noch getan. Oder na ja, man hat es höchstens etwas eingeschränkt. Und Sie rauchen gar nicht, oder?«

»Nein, gar nicht«, erklärte Julia geduldig.

»Tja, die Mütter von heute. Sie gehen so achtsam mit allem um, was ihr Kind betrifft. Neulich habe ich im Fernsehen einen Kinderarzt sagen hören, dass die Eltern der vorherigen Generation damals zu ihm gekommen wären und gefragt hätten ›Unser Kind hat das Bett eingenässt, was stimmt nicht mit ihm?‹ Und jetzt, eine Generation später, kommen die Eltern zum Arzt und fragen ›Unser Kind hat das Bett eingenässt, was stimmt nicht mit *uns?*‹ Sie nehmen für alles die Schuld auf sich.«

Julia lehnte den Kopf an die Wand.

»Wir machen bestimmt genau dieselben Fehler wie Sie. Nur eben in anderer Form.«

Estelle schnurrte die Zigarettenschachtel in den Handflächen herum.

»Früher habe ich immer draußen auf dem Balkon geraucht, weil Knut den Geruch drinnen nicht ertrug und mir die Aussicht gefiel. Wir konnten bis rüber zur Brücke schauen. Ja, also genauso wie von dieser Wohnung aus. Das hat mir unglaublich gefallen. Aber dann … tja … vielleicht erinnern Sie sich noch daran, dass vor zehn Jahren ein Mann von dieser Brücke gesprungen ist. Es stand in allen Zeitungen. Und ich … na ja, damals hab ich gleich nachgeschaut, um welche Uhrzeit es passiert war, und stellte fest, dass er unmittelbar nachdem ich auf dem Balkon gewesen war, gesprungen sein muss. Knut rief gerade nach mir, weil irgendwas Interessantes im Fernsehen lief, und ich ging rein, die Zigarette lag noch brennend im Aschenbecher. Genau in dem Moment ist der Mann offenbar aufs Geländer geklettert und gesprungen. Von da an hab ich nie mehr auf dem Balkon geraucht.«

»Liebe Estelle, es ist aber doch nicht Ihre Schuld, dass jemand von der Brücke gesprungen ist«, versuchte Julia sie zu trösten.

»Und auch nicht die der Brücke«, warf Anna-Lena ein.

»Wie bitte?«

»Die Brücke kann ja schließlich nichts dafür, wenn jemand von ihr springt. Ich erinnere mich auch noch gut daran, müssen Sie wissen, weil Roger diese Sache damals ebenfalls ziemlich nahegegangen ist.«

»Kannten Sie denn den Mann, der gesprungen ist?«, fragte Estelle.

»Nein, nein, nein. Aber Roger wusste viel über diese Brücke. Roger ist Ingenieur und hat früher Brücken gebaut, verstehen Sie? Diese zwar nicht, nur wenn man sich so viele Gedanken über Brücken macht wie Roger, macht man sich letztlich Gedanken über alle Brücken. Und im Fernsehen sprachen sie über diesen Mann, als wäre die Brücke schuld an seinem Tod. Roger hat das ziemlich mitgenommen. Brücken sind doch eigentlich dazu da, Menschen näher zueinander zu bringen, meinte er.«

Das klang zwar ziemlich abstrus, aber zugleich auch ein wenig romantisch, dachte Julia im Stillen. Entweder war es dieser Gedanke oder vielleicht auch nur ihre Erschöpfung und der Hunger, die sie unvermittelt sagen ließen: »Meine Verlobte und ich waren vor ein paar Jahren gemeinsam in Australien. Wo sie unbedingt von einer Brücke aus Bungee-Jumping machen wollte.«

»Ihre Verlobte? Also Ro?«, nickte Estelle.

»Nein, meine vorherige Verlobte.«

Das war eine lange Geschichte. Doch letztlich sind alle Geschichten lang, wenn man sie von Anfang an erzählt. Auch diese Geschichte wäre entschieden kürzer gewesen, wenn sie nur von drei Frauen in einem begehbaren Kleiderschrank gehandelt hätte. Aber jetzt handelt sie noch dazu von zwei Polizisten, von denen einer gerade die Stufen im Treppenhaus erklimmt.

Kapitel 58

Unten auf der Straße hatte Jack, bevor er selbst das Haus gegenüber betrat, seinem Vater also aufgetragen, auf dem Gehweg zu warten und nirgends hinzugehen. Insbesondere nicht in das Haus, in dem gerade die Geiselnahme stattfand. Warte einfach hier, sagte der Sohn.

Was der Vater natürlich nicht tat.

Er schnappte sich stattdessen die Pizzen und ging hinauf in die Wohnung. Und als er wieder herunterkam, hatte er mit dem Geiselnehmer gesprochen.

Kapitel 59

Im begehbaren Kleiderschrank bereute Julia bereits, dass sie überhaupt angefangen hatte, von ihrer früheren Verlobten zu sprechen. Deshalb sagte sie: »Ich war verlobt, als ich Ro kennenlernte. Doch das ist eine lange Geschichte. Vergessen Sie's einfach.«

»Aber wir haben doch Zeit für lange Geschichten«, beteuerte Estelle, die gerade eine weitere Flasche Wein in der Kiste entdeckt hatte.

»Wollte Ihre Verlobte etwa von einer Brücke springen?«, wiederholte Anna-Lena empört.

»Ja. Bungee-Jumping. Mit so 'nem Gummiband um den Fuß.«

»Das klingt ja ziemlich verwegen.«

Julias Fingerspitzen bewegten sich kreisförmig über ihre Schläfen.

»Fand ich auch. Aber sie wollte ständig irgendwas Neues ausprobieren. Alles Mögliche erleben. Während dieser Reise ist mir dann auch klargeworden, dass ich nicht mit ihr zusammenleben konnte. Ich wollte einfach nicht andauernd aktiv sein. Ich sehnte mich zurück nach dem Alltag, nach meinem gewohnten Umfeld, aber sie fand das nur langweilig. Deshalb bin ich schon eine Woche früher aus Australien zurückgeflogen und hab einfach meine Arbeit vorgeschoben. Und in dieser Woche hab ich Ro zum ersten Mal geküsst.«

Bei diesen Worten musste Julia kichern. Zum einen aus Scham, zum anderen aber vielleicht auch, weil sie zum ersten Mal seit Langem daran zurückdachte, wie ihre gemeinsame Liebe anfing. So etwas vergisst man häufig, wenn das Leben in vollem Gange ist. Und wenn man dann eine Familie gründet, kann man sich auf einmal kaum noch daran erinnern, je einen anderen Partner vorher geliebt zu haben.

»Und wie haben Sie sich kennengelernt? Sie und Ro?«, fragte Estelle mit Weintropfen in den Mundwinkeln.

»Sie meinen, unsere erste Begegnung? Sie kam in meinen Laden. Ich bin Floristin, und sie wollte Tulpen kaufen. Das war ein paar Monate, bevor ich nach Australien flog. Ich hatte nicht mehr so oft daran gedacht, sie sah zwar … gut aus, klar, das finden bestimmt alle …«

Estelle nickte eifrig: »Ja, das war das Erste, was mir auffiel! Sie sieht wirklich hinreißend aus! Und so exotisch!«

Julia seufzte. »Exotisch? Nur weil sie eine andere Haarfarbe hat als Sie und ich?«

Estelle schaute betreten drein. »Darf man so etwas heutzutage nicht mehr sagen?«

Julia wusste nicht genau, wie sie erklären sollte, dass ihre Ehefrau keine Südfrucht war, deshalb holte sie kurz Luft und sagte: »Wie auch immer: Sie sah gut aus. Sehr gut. Sogar noch besser als jetzt. Nicht dass … sagen Sie ihr das bloß nicht … sie ist ja noch immer hübsch! Nun ja, ich wollte gern, also, Sie wissen schon … mit ihr. Aber ich war ja liiert. Doch sie kam weiterhin, um Tulpen zu kaufen. Manchmal sogar mehrmals die Woche. Und sie brachte mich zum Lachen, einfach so, lauthals. Solche Menschen trifft man nicht oft. Ich hab es meiner Mutter erzählt, und die meinte: ›Mit denen, die nur gut aussehen, kann man nicht lange zusammenleben, Jullan. Aber mit den Geistreichen, oh, oh, oh, da währt es eine Ewigkeit.‹«

»Kluge Mama«, sagte Estelle.

»Ja.«

»Ist sie Rentnerin?«

»Ja.«

»Und als was hat sie vorher gearbeitet?«

»Sie hat Büros geputzt.«

»Und was hat Ihr Vater gemacht?«

»Er hat Frauen geschlagen.«

Estelle war wie betäubt, Anna-Lena hingegen wirkte erbost. Julia blickte die beiden an und musste an ihre Mutter denken und daran, dass das Tollste an ihr war, dass sie dem Leben immer geradewegs in die Augen sah und unabhängig davon, was es ihr vor die Füße warf, daran festhielt, eine Romantikerin zu sein. Dafür braucht es ein großes Herz, das wohl nur wenige Menschen haben.

»Meine arme Kleine«, flüsterte Estelle.

»Was für ein verdammtes Schwein«, murmelte Anna-Lena.

Julia zuckte die Achseln, wie zu schnell erwachsen gewordene Kinder es oft tun, um ihre Gefühle abzuschütteln.

»Wir haben ihn verlassen. Er suchte auch nicht nach uns. Ich hab ihn noch nicht mal gehasst, das hat meine Mutter nicht zugelassen. Nach alldem, was er ihr angetan hatte, hat sie nicht mal zugelassen, dass ich ihn hasse. Ich wollte immer, dass sie einen neuen Mann trifft, einen, der nett zu ihr ist und sie zum Lachen bringt, aber sie sagte jedes Mal, dass ich ihr völlig ausreiche. Doch als … ich ihr von Ro erzählte, sah meine Mutter offenbar irgendwas in mir, was wiederum mich etwas in ihr erahnen ließ. Das klingt vielleicht … ich weiß auch nicht, wie ich es erklären soll … irgendwelche längst begrabenen Gefühle von früher. Verstehen Sie, was ich meine? Und da dachte ich … so fühlt es sich also an? Das, wovon alle sprechen. Die wahre Liebe.«

Anna-Lena wischte sich etwas Wein vom Kinn.

»Und was geschah dann?«

Julia blinzelte mehrfach hintereinander, erst rasch, dann langsamer.

»Meine Verlobte war noch in Australien. Und Ro kam erneut in meinen Laden. Ich hatte am Morgen gerade mit meiner Mutter telefoniert, und als ich meinte, dass ich ja gar nicht wüsste, was Ro für mich empfindet oder ob sie überhaupt irgendwas empfindet, lachte sie nur. Dann sagte sie ›Also wirklich, kein Mensch hat eine so leidenschaftliche Vorliebe für Tulpen, Jullan!‹ Ich glaub, ich hab versucht, es abzustreiten, aber meine Mutter meinte, dass es ja schon fast an Untreue grenzte, so oft, wie ich an sie dachte. Und dass Ro ›mein Blumenladen‹ wäre. Da hab ich erst mal losgeheult. Danach stand ich im Laden, und Ro kam rein, und ich, tja, ich hab über irgendeine Bemerkung von ihr so schallend lachen müssen, dass ich ihr aus Versehen ins Gesicht spuckte. Und da lachte sie auch. In dem Augenblick hat sie offenbar all ihren Mut zusammengenommen, mich hatte er natürlich längst verlassen, und gefragt, ob ich Lust hätte, mit ihr abends was trinken zu gehen. Ich sagte zu, aber in der Bar war ich dann so nervös, dass ich ruckzuck betrunken war. Ich ging raus, um eine zu rauchen, und legte mich mit 'nem Türsteher an, der mich nicht wieder reinließ. Deshalb zeigte ich durchs Fenster auf Ro, die gerade an der Bar stand, und erklärte ihm, dass wir zusammengehören. Daraufhin ging der Türsteher rein und sagte ihr Bescheid. Und als sie rauskam, waren wir zusammen. Ich rief sofort meine Ex an und löste die Verlobung. Seitdem hat sie bestimmt ununterbrochen Spaß. Und ich … ich liebe es verflucht noch mal, mich zusammen mit Ro zu langweilen. Klingt das sehr crazy? Ich liebe es sogar, mich mit ihr über Sofas und Haustiere zu streiten. Sie ist mein Alltag. Meine … ganze Welt.«

»Also ich finde den Alltag gut«, gab Anna-Lena zu.

»Ihre Mutter hat recht. Diejenigen, die einen zum Lachen bringen, reichen für ein ganzes Leben«, wiederholte Estelle und musste an einen englischen Schriftsteller denken, der einmal schrieb, dass nichts auf der Welt so dermaßen ansteckend sei wie gute Laune. Dann dachte sie an eine amerikanische Schriftstellerin, die einmal schrieb, dass Einsamkeit wie Hunger sei. Man merke gar nicht, wie ausgehungert man war, bevor man anfange zu essen.

Julia musste daran denken, wie ihre Mutter, nachdem Julia ihr erzählt hatte, dass sie schwanger war, erst auf Julias und dann auf Ros Bauch starrte und schließlich fragte: »Und, wie habt ihr entschieden, wer von euch beiden … das Kind austragen soll?« Julia war natürlich irritiert und antwortete ironisch: »Wir haben einfach Schere, Stein, Papier gespielt, Mama!« Daraufhin betrachtete die Mutter erst ihre Tochter und dann Ro eingehend und fragte mit todernster Miene: »Und wer hat gewonnen?«

Julia musste noch immer darüber lachen. Dann sagte sie zu den Frauen im begehbaren Kleiderschrank: »Ro wird eine fantastische Mutter abgeben. Sie kann alle Kinder zum Lachen bringen, genau wie meine Mutter auch. Die beiden haben sich nämlich vom Humor her kein bisschen weiterentwickelt, seit sie neun waren.«

»Aber Sie werden auch eine fantastische Mutter sein«, versprach Estelle.

Die Tränensäckchen unter Julias Augen bewegten sich sanft, als sie blinzelte.

»Ich weiß nicht. Mir kommt das alles wie ’ne Nummer zu groß vor. Alle anderen Eltern wirken immer so … wahnsinnig lustig. Sie lachen und scherzen, und alle sagen einem, dass man unbedingt mit seinen Kindern spielen soll, aber ich mag Spiele eigentlich gar nicht. Ich hab ja nicht mal als Kind gern gespielt. Deshalb hab ich total Schiss, das Kind zu enttäuschen. Früher meinten alle, dass es anders werden würde, wenn ich erst mal schwanger wäre, doch jetzt mag ich manche Kinder noch immer nicht. Ich dachte tatsächlich, dass es sich ändern würde, aber wenn ich die Kinder meiner Freunde sehe, finde ich sie noch immer einfach nur anstrengend und nervig.«

Jetzt ergriff Anna-Lena das Wort. Sie brachte es auf den Punkt.

»Aber Sie müssen ja nicht gleich alle Kinder mögen. Eins reicht doch völlig aus. Und Kinder brauchen auch nicht die besten Eltern der Welt, sondern nur ihre eigenen. Aber um ehrlich zu sein, benötigen sie oftmals nur einen Chauffeur.«

»Danke, dass Sie das sagen«, flüsterte Julia aufrichtig. »Ich hab nur wahnsinnige Angst davor, dass mein Kind nicht glücklich wird. Und sich all meine Ängste und meine Unsicherheit aufs Kind übertragen.«

Estelle tätschelte ihr sanft das Haar.

»Auch aus Ihrem Kind wird schon was Gescheites werden. Und haben nicht alle gescheiten Leute irgendwo eine Schraube locker?«

»Wie aufmunternd«, lächelte Julia.

Estelle fuhr fort, ihr das Haar zu tätscheln.

»Werden Sie alles tun, was in Ihrer Macht steht, Julia? Werden Sie Ihr Kind mit Ihrem Leben beschützen? Werden Sie ihm etwas vorsingen und Gutenachtgeschichten vorlesen und ihm versprechen, dass morgen alles wieder gut sein wird?«

»Ja.«

»Und werden Sie es auch so erziehen, dass es kein solcher Dummkopf wird, der vergisst, im Bus den Schulranzen abzusetzen?«

»Ich werde alles tun, was in meiner Macht steht«, versprach Julia.

Estelle musste an einen anderen Schriftsteller denken, der vor fast hundert Jahren einmal geschrieben hatte, dass einem die eigenen Kinder nicht gehörten, sondern Söhne und Töchter der Sehnsucht des Lebens nach sich selbst seien.

»Dann kriegen Sie es ganz sicher hin. Man muss seine Rolle als Mutter ja nicht immer lieben.«

Anna-Lena warf ein: »Also ich hab die vollgeschissenen Windeln nie geliebt, weiß Gott nicht. Am Anfang ging es ja noch, aber wenn die Kinder erst mal ein Jahr alt sind, gleicht ihre Kacke dem eines Labradors. Also der eines ausgewachsenen und nicht etwa der eines Welpen …«

»Okay«, nickte Julia, um sie zum Aufhören zu bewegen.

»Ab einem gewissen Alter ändert sich nämlich die Konsistenz. Dann ist sie wie Klebstoff und bleibt einem ständig unter den Fingernägeln hängen. Und wenn man unterwegs zum Büro ist und sich zufällig im Gesicht kratzt …«

»Danke! Danke, das reicht!«, beteuerte Julia, doch Anna-Lena ließ sich nicht bremsen.

»Am schlimmsten ist es allerdings, wenn sie später Freunde mit nach Hause bringen und plötzlich ein wildfremder Fünfjähriger auf Ihrer Toilette sitzt und ruft, dass er den Po abgewischt bekommen will. Mit den Ausscheidungen der eigenen Kinder kann man ja noch einigermaßen umgehen, aber mit denen von anderen …«

»DANKE!«, sagte Julia mit Nachdruck.

Anna-Lena presste die Lippen aufeinander, und Estelle kicherte.

»Sie werden eine fabelhafte Mutter abgeben. Und außerdem sind Sie eine gute Ehefrau«, fügte sie hinzu, auch wenn Julia ihre Ängste bezüglich Ro gar nicht erwähnt hatte. Julia schloss die Handflächen um ihren Bauch und starrte hinunter auf ihre Daumennägel.

»Glauben Sie? Manchmal hab ich den Eindruck, dass ich nur auf Ro rumhacke. Obwohl ich sie liebe.«

Estelle lächelte.

»Aber das weiß sie doch, glauben Sie mir. Bringt Ro Sie denn immer noch zum Lachen?«

»Ja. Mein Gott, ja.«

»Dann weiß sie es.«

»Ach, Sie ahnen ja nicht, wow, sie bringt mich andauernd zum Lachen. Beim ersten Mal, als Ro und ich … na, Sie wissen schon …«, lächelte Julia, hielt jedoch inne, als ihr keine passende Umschreibung für das einfiel, was die beiden älteren Frauen ihrer Einschätzung nach mit Entsetzen quittieren würden.

»Was denn?«, fragte Anna-Lena ahnungslos.

Estelle stupste sie in die Seite und zwinkerte ihr zu.

»Ach, Sie wissen schon. Das erste Mal, als die beiden ›nach Stockholm fahren‹ wollten.«

»AHA!«, rief Anna-Lena aus und errötete bis zu den Fußknöcheln.

Julia schien gar nicht mehr zuzuhören. Ihr Blick richtete sich nach innen, denn sie musste an einen Witz zurückdenken, den Ro damals nach ihrem ersten Treffen im Taxi gerissen hatte und den Julia gerade zum Besten geben wollte. Doch dann blieben ihr unvermittelt die Worte im Halse stecken.

»Ich … ach, das ist echt verrückt, ich hatte es schon völlig vergessen. Ich hatte gerade gewaschen, und die weißen Laken hingen zum Trocknen über der Schlafzimmertür. Als Ro sie öffnete und ihr der Stoff ins Gesicht wehte, zuckte sie unweigerlich zusammen. Sie tat zwar so, als wäre nichts gewesen, aber ich spürte, dass sie zurückwich. Deshalb fragte ich, was los wäre, aber sie druckste nur herum. Offenbar wollte sie mich nicht schon so früh damit belasten und hatte Angst, dass ich Schluss machen würde, noch bevor wir richtig zusammen wären. Doch ich drängte sie, es mir zu erzählen. Ich bin nämlich ziemlich gut darin, die Leute zu beknien, und am Ende saßen wir dann die ganze Nacht zusammen, und Ro erzählte mir von der Flucht ihrer Familie nach Schweden. Damals mussten sie mitten im Winter zu Fuß die Berge überqueren. Die Kinder bekamen jeder ein weißes Laken, um sich darunter zu verstecken, falls sie das herannahende Knattern von Hubschraubern hören sollten und sich in den Schnee werfen müssten. Falls die Männer in den Hubschraubern das Feuer eröffneten, würden beide Eltern in entgegengesetzte Richtungen laufen, weil sie auf alle beweglichen Ziele schossen. Und nicht auf … ich hatte ja keine Ahnung …«

Völlig unvermittelt zerbrach ihre Fassade wie die Eisschicht auf einer Pfütze. Erst bildeten sich nur hauchdünne Fältchen um ihre Augen herum, doch dann folgte alles auf einmal, und die Haut oberhalb ihres Kragens färbte sich dunkel. Julia musste unversehens an all das zurückdenken, was Ro ihr in dieser Nacht erzählt hatte, an all die unfassbaren Grausamkeiten, die böswillige Menschen bereit sind, anderen anzutun, sowie an den völlig absurden und irrwitzigen Wahnsinn des Krieges. Und dann fragte sie sich, wie Ro es nach all diesen Erfahrungen dennoch geschafft hatte, zu einem Menschen heranzuwachsen, der andere zum Lachen brachte. Ihre Eltern hatten ihr auf dem Weg über die Berge beigebracht, dass Humor der letzte Schutzwall der Seele ist und sie alle am Leben waren, solange sie noch lachen konnten. Mit Kalauern und unanständigen Witzen begehrten sie auf gegen die Hoffnungslosigkeit. All das erzählte Ro gleich an ihrem ersten gemeinsamen Abend, und anschließend konnte Julia den ganz gewöhnlichen Alltag mit ihr zusammen genießen.

Danach lernt man es auch irgendwie, mit Vögeln zu leben.

»Eine Blumenladen-Affäre«, nickte Estelle leise. »Das gefällt mir.« Dann schwieg sie für ein paar Minuten. Doch irgendwann platzte es aus ihr heraus: »Ich hatte auch mal eine Affäre! Aber Knut hat nie etwas davon erfahren.«

»Oje!«, japste Anna-Lena, die offenbar Bedenken hatte, dass das Ganze allmählich ausarten könnte.

»Ja, in der Tat, und das ist noch gar nicht so lange her. Damals war ich auch schon alt. Aber selbst spät im Leben kann man noch in Versuchung geraten«, kicherte Estelle.

»Und wer war der Glückliche?«, fragte Julia.

»Ein Nachbar aus dem Haus. Er hat viel gelesen, genau wie ich. Knut hat nie gelesen. Für ihn waren Schriftsteller ungefähr dasselbe wie Musiker, weil sie irgendwie nie zum Ende kamen. Aber dieser Mann, unser Nachbar, trug immer ein Buch unterm Arm, wenn wir uns im Aufzug begegneten. Ich übrigens auch. Eines Tages reichte er mir das, was er gerade bei sich hatte, und sagte ›Ich habe es gerade ausgelesen und finde, dass Sie unbedingt mal einen Blick reinwerfen sollten.‹ So haben wir angefangen, Bücher auszutauschen. Er hatte so fantastische Bücher. Es war … ich fürchte, ich kann es nicht besser beschreiben, aber es war so, als würde man mit jemandem verreisen, wohin auch immer. Bis ins Weltall. Das ging ziemlich lange so. Ich begann, die Seiten mit Eselsohren zu spicken, wenn mir etwas besonders gut gefiel, und er schrieb kleine Kommentare an den Rand. Nur vereinzelte Worte. ›Schön.‹ ›Stimmt.‹ Das ist die wundersame Kraft der Literatur, verstehen Sie? Manchmal birgt sie kurze Liebesbriefe, die dann zwischen Menschen kursieren, die ihre eigenen Gefühle besser erklären können, indem sie auf die anderer verweisen. In einem Sommer schlug ich mal ein Buch auf, aus dem Sand rieselte. Offenbar hatte es ihm so gut gefallen, dass er sich nicht davon losreißen konnte. Dann und wann bekam ich auch ein Buch mit welligen Seiten, und da wusste ich, dass er geweint hatte. Eines Tages sprach ich ihn im Aufzug darauf an, und er sagte, dass nur ich so viel über ihn wüsste.«

»Und dann wurden Sie beide …«, nickte Julia mit einem sündigen Lächeln.

»Nein, nein, oh nein …«, flötete Estelle und schien hinzufügen zu wollen, dass sie es sich möglicherweise sogar gewünscht hätte. Doch sie tat es nicht. »Wir waren nie … daraus wurde nichts … ich würde nie …«

»Und warum nicht?«, fragte Julia.

Estelle lächelte stolz und zugleich sehnsüchtig, dafür bedurfte es allem Anschein nach erst eines fortgeschrittenen Alters und einer gewissen Lebenserfahrung.

»Weil man mit dem Mann tanzt, mit dem man auch zum Fest gegangen ist. Und ich bin mit Knut hingegangen.«

»Und … was ist dann passiert?«, fragte Anna-Lena.

Estelle atmete in Ruhe mehrfach tief durch. Sie hatte keine Eile, denn allzu viele Geheimnisse hütete sie nicht mehr, nach diesem letzten höchstwahrscheinlich sogar gar keines.

»Eines Tages steckte er mir im Aufzug ein Buch zu, in dem ein Schlüssel zu seiner Wohnung lag. Er hätte nicht mehr viele Angehörige in der näheren Umgebung, wie er sagte, und wolle jemandem aus dem Haus einen Reserveschlüssel überlassen, ›falls irgendetwas passieren sollte‹. Ich entgegnete nichts, tat aber auch nichts, auch wenn ich das Gefühl hatte, dass er es vielleicht … gewollt hätte. Also, dass zwischen uns etwas passiert.«

Sie lächelte. Julia lächelte ebenfalls.

»Die ganze Zeit über haben Sie also nie …«

»Nein, nein, nein. Wir haben nur Bücher ausgetauscht. Bis er dann ein paar Jahre später starb. Es war irgendwas mit dem Herzen. Seine Geschwister boten die Wohnung schließlich zum Verkauf an, doch bei der Wohnungsbesichtigung standen noch all seine Möbel drin. Ich ging nämlich hin und gab mich als Kaufinteressentin aus. So konnte ich mich in seinen vier Wänden umschauen, mit den Fingern über die Bügel an seiner Garderobe und seine Küchenanrichte streichen. Irgendwann ertappte ich mich dabei, wie ich vor seinem Bücherregal stand. Es ist schon erstaunlich, wie gut man einen Menschen allein durch die Bücher kennenlernt, die er gelesen hat. Uns gefielen dieselben Stimmen. In dem Moment gab ich mich für ein paar Minuten dem Gedanken hin, was wohl aus uns hätte werden können, wenn alles im Leben anders gekommen wäre.«

»Und dann?«, flüsterte Julia.

Estelle lächelte. Trotzig und glücklich.

»Und dann bin ich in meine eigene Wohnung zurückgekehrt. Aber den Schlüssel zu seiner habe ich behalten. Ich hab es Knut nie erzählt. Tja, das war meine Affäre.«

Im begehbaren Kleiderschrank wurde es für eine Weile still. Letztlich nahm Anna-Lena ihren ganzen Mut zusammen und sagte: »Ich hatte nie eine Affäre. Aber einmal hab ich den Friseur gewechselt und mich danach jahrelang nicht mehr getraut, am vorherigen Salon vorbeizugehen.«

Diese Anekdote hatte keine besonders starke Pointe, weiß Gott nicht, aber Anna-Lena wollte sich zugehörig fühlen. Sie hatte nie Zeit für eine Affäre gehabt und sich immer gefragt, wie die Leute das überhaupt schafften. Was für ein Stress, dachte Anna-Lena, noch einen zweiten Kerl. Sie selbst war jeden Morgen in die Firma gehastet und abends immer so schnell wie möglich nach Hause geeilt, ständig mit einem schlechten Gewissen, weil sie an beiden Orten nie genügte. Deshalb konnte sie es anderen auch nachfühlen, die sich ebenfalls unzulänglich vorkamen. Aus diesem Grund war sie wohl von allen Anwesenden in der Wohnung, die auch schon mit dem Gedanken gespielt hatten, die Erste, die es laut aussprach: »Ich finde, wir sollten versuchen, der Geiselnehmerin zu helfen.«

Julia sah auf, und ihre Blicke begegneten sich mit völlig neuem Respekt.

»Ja, ich auch! Ich hab auch gerade daran gedacht. Mir scheint es nämlich so, als wäre diese Sache hier nicht mal absichtlich geschehen«, nickte Julia.

»Allerdings habe ich keinen blassen Schimmer, *wie* wir ihr helfen könnten«, gestand Anna-Lena.

»Nein, ich auch nicht. Die Polizei hat das Gebäude bestimmt längst umstellt, und ich glaub leider nicht, dass sie irgendeine Chance hat zu fliehen«, seufzte Julia.

Estelle trank noch etwas Wein und schnurrte erneut die Zigarettenschachtel in der Hand, denn in Gegenwart von Schwangeren darf man schließlich nicht rauchen. Das ist unanständig, zumindest bevor man betrunken genug ist, um guten Gewissens behaupten zu können, dass man von einer Schwangeren in der Nähe gar keine Ahnung gehabt hat.

»Vielleicht kann sie sich ja verkleiden«, sagte sie unvermittelt und lallte dabei nur ein kleines bisschen.

Julia schüttelte verwirrt den Kopf.

»Was? Wer kann sich verkleiden?«

»Die Geiselnehmerin«, antwortete Estelle und gönnte sich einen weiteren Schluck.

»Und als was?«

Estelle zuckte die Achseln.

»Als Maklerin.«

»Als Maklerin?«

Estelle nickte.

»Haben Sie etwa irgendeine Maklerin hier in der Wohnung gesehen, bevor die Geiselnehmerin auftauchte?«

»Nein … nein, jetzt, wo Sie es sagen …«

Estelle trank noch mehr Wein und nickte aufs Neue.

»Aber ich bin mir ziemlich sicher, dass alle Polizisten unten auf der Straße davon ausgehen, dass bei einer Wohnungsbesichtigung selbstverständlich auch ein Makler anwesend ist. Also wenn …«

Julia starrte sie an. Dann fing sie an zu lachen.

»Wenn die Geiselnehmerin also aufgibt und alle Geiseln freilässt, kann sie so tun, als wäre sie die Maklerin, und einfach gemeinsam mit uns anderen die Wohnung verlassen! Estelle, Sie sind ein GENIE!«

»Danke, danke«, sagte Estelle und linste mit einem Auge hinunter in die Flasche, um auszumachen, wie viel noch drin war, bevor sie endlich rauchen könnte.

Julia beeilte sich, von ihrem Platz auf der Trittleiter aufzustehen, und bewegte sich mühsam auf die Tür zu, um nach Ro zu rufen und ihr diesen neuen Plan schleunigst zu unterbreiten. Doch genau in dem Moment, als sie die Tür öffnen wollte, klopfte es. Nicht besonders laut, aber laut genug, um alle drei Frauen im Raum so dermaßen zusammenzucken zu lassen, als hätte jemand einen Arm voller Hundewelpen und jede Menge brennende Wunderkerzen hereingeworfen. Julia öffnete die Tür einen Spaltbreit und erblickte das Kaninchen, das beschämt dreinblickte, jedenfalls soweit es sich ausmachen ließ.

»Entschuldigung, ich störe nur ungern. Aber ich wurde darum gebeten, mir eine Hose anzuziehen.«

»Haben Sie Ihre Hose etwa hier drinnen abgelegt?«, fragte Julia.

Das Kaninchen kratzte sich am Hals.

»Nein, nein, ich hatte sie im Bad liegen, bevor die Besichtigung anfing. Doch beim Händewaschen spritzte leider etwas Wasser drauf. Dann sah ich die Duftkerze auf dem Waschbeckenrand und dachte, dass ich den Stoff vielleicht mit der Flamme trocknen könnte. Aber aus Versehen hab ich … also ich hab den Stoff versehentlich angesengt. Deshalb musste ich Wasser drübergießen, um das Feuer zu löschen. Dabei wurde die Hose dann vollends nass. Doch dann fing die Besichtigung auch schon an, und ich hörte, wie Sie alle in die Wohnung kamen. Kurz darauf hörte ich auch Anna-Lenas Ausruf, und dann war einfach keine Zeit mehr … na ja, kurzum, meine Hose ist noch immer nass. Deshalb dachte ich …«

Der Kaninchenkopf beugte sich in Richtung der Anzüge auf den Bügeln, als hegte sein Träger die Hoffnung, sich eine der Hosen ausleihen zu können. Dabei schlugen die Kaninchenohren aus Versehen gegen Julias Stirn, woraufhin sie instinktiv nach hinten auswich, was das Kaninchen offenbar als Einladung zum Eintreten auffasste.

»Na dann, kommen Sie schon rein …«, brummelte Julia.

Das Kaninchen blickte sich interessiert um.

»Wie gemütlich!«

Anna-Lena verschwand unter den Jacketts und trocknete ihre Tränen. Estelle zündete sich eine Zigarette an, denn jetzt war es ihr ehrlich gesagt auch egal. Als Anna-Lena ihr einen vorwurfsvollen Blick zuwarf, verteidigte sie sich mit den Worten: »Ach! Das wird doch durch die Lüftung rausgeblasen!«

Der Kaninchenkopf legte sich leicht schräg, bevor Lennart von innen nachfragte: »Welche Lüftung denn?«

Estelle begann zu husten, wobei nicht ganz klar war, ob vom Rauchen oder wegen der Frage. »Also, ich meine … hier scheint es doch eine Lüftung zu geben, denke ich zumindest. Von der Decke her spürt man jedenfalls einen Luftzug!«

»Wovon reden Sie da?«, fragte Julia.

Estelle hustete erneut. Dann hörte sie auf zu husten. Doch von irgendwo oberhalb der Zimmerdecke vernahm man noch immer ein Hüsteln.

Das Kaninchen und die drei Frauen, eine gelinde ausgedrückt illustre Ansammlung von Individuen in einem begehbaren Kleiderschrank, die bei einer Wohnungsbesichtigung als Geiseln genommen worden waren, starrten einander an. In dieser Stadt waren bestimmt schon viele merkwürdige Dinge passiert, aber ganz sicher noch keine merkwürdigeren. Estelle stellte sich vor, wie sehr Knut gelacht hätte, wenn er jetzt die Tür des begehbaren Kleiderschranks geöffnet hätte. Bestimmt hätte er sämtliche Oberflächen mit Ei bespritzt, was ihr unglaublich gut gefallen hätte. Das Husten über ihnen hörte gar nicht wieder auf. Es klang, als versuchte jemand, es krampfhaft zu unterdrücken, wodurch es nur noch schlimmer wurde. Wie im Kino.

Julia schleppte die Trittleiter zum hinteren Ende des Raums, Estelle stand von ihrer Kiste auf, und Anna-Lena half dem Kaninchen die Sprossen hinauf. Lennart drückte prüfend mit beiden Handflächen gegen die Decke, bis sie an einer Stelle nachgab. Dort befand sich eine Luke und darüber ein enger schmaler Schacht.

Darin hockte die Maklerin.

Kapitel 60

Auf dem Polizeirevier versagt Jack unterdessen vor Wut fast die Stimme.

»Sagen Sie die Wahrheit! Warum haben Sie um ein Feuerwerk gebeten? Und wo ist die echte Maklerin? GIBT ES ÜBERHAUPT EINE ECHTE MAKLERIN?«

Die Maklerin, deren Blazer nach all den Stunden in dem engen Schacht oberhalb des begehbaren Kleiderschranks noch immer genauso zerknittert aussieht wie die Nase einer Bulldogge, unternimmt einen Versuch nach dem anderen, es ihm zu erklären. Doch wenn uns die gegenwärtige Zeit und das Internet irgendetwas gelehrt haben, dann ganz sicher Folgendes: Man kann nicht erwarten, eine Diskussion für sich zu entscheiden, nur weil man recht hat. Die Maklerin kann nicht beweisen, dass sie nicht die Geiselnehmerin ist, denn das könnte sie nur, indem sie Jack verraten würde, wo sich die wahre Geiselnehmerin gerade aufhält. Was die Maklerin wiederum nicht weiß. Jack weigert sich im Gegenzug, daran zu glauben, dass die Maklerin tatsächlich Maklerin ist, denn das würde bedeuten, dass er etwas ganz Offensichtliches übersehen hat, was eventuell wiederum darauf hindeuten könnte, dass er doch nicht besonders clever ist, und darauf ist er schlicht und einfach nicht vorbereitet.

Jim, der während der gesamten Vernehmung (soweit man Jacks ununterbrochenes Geschrei überhaupt als Vernehmung bezeichnen kann) schweigend dagesessen hat, legt seinem Sohn jetzt behutsam eine Hand auf die Schulter und fragt: »Sollten wir nicht vielleicht besser eine Pause einlegen, Junge?«

Jacks Blick durchbohrt ihn fast, als er entgegnet: »Sie hat dich total reingelegt, Papa, kapierst du das denn nicht? Du bist mit den Pizzen hochgegangen und hast dich komplett von ihr VERARSCHEN lassen!«

Jim sackt gekränkt und zum Narren gehalten in sich zusammen.

»Können wir nicht erst mal eine Pause machen? Nur ganz kurz? Für eine Tasse Kaffee … ein Glas Wasser …«

»Nicht, bevor ich nicht erfahren habe, was zum Teufel hier eigentlich passiert ist!«, faucht Jack.

Doch es wird ihm nicht gelingen.

Kapitel 61

Folgendes war passiert: Jack hatte das Telefonat mit dem Sonderermittler überstürzt beendet und war aus dem Gebäude auf der anderen Straßenseite herausgerannt. Folglich stand er schon eine ganze Weile auf der Straße und wartete auf Jim, als der das Haus verließ, in dem das Geiseldrama stattfand. Jack war natürlich außer sich vor Wut, weil Jim doch hineingegangen war, obwohl er ihn angewiesen hatte, draußen auf der Straße zu warten, aber Jim versuchte ihn zu besänftigen.

»Ganz ruhig, mein Junge. Ganz ruhig. Im Treppenhaus war tatsächlich keine Bombe, das war nur ein Karton mit Weihnachtsbeleuchtung.«

»ICH WEISS! ABER WARUM BIST DU REINGEGANGEN, BEVOR ICH WIEDER RUNTERGEKOMMEN BIN?«

»Weil ich wusste, dass du mich nie hättest reingehen lassen, wenn ich auf dich gewartet hätte. Ich hab übrigens mit dem Geiselnehmer gesprochen.«

»Ist doch verflucht noch mal klar, dass ich dich nicht hätte rein… warte, was sagst du da?«

»Ich sagte, dass ich mit dem Geiselnehmer gesprochen habe.«

Dann berichtete Jim ihm genau, was passiert war. Oder eben zumindest so genau, wie es ihm möglich war. Denn eigentlich liegt Jims große Stärke nicht gerade darin, Sachverhalte wiederzugeben. Seine Frau hat sich immer darüber amüsiert, dass er bei allen Witzen die Pointe vorwegnimmt, um kurz darauf erst einmal innezuhalten und zu rufen »Nein, warte, vorher ist noch irgendwas anderes passiert. Schatz, was war das noch gleich, was vor dieser lustigen Sache passiert ist?« Dann versucht er es noch einmal, allerdings mit ähnlich geringem Erfolg. Bei Filmen gelingt es ihm nie, sich an das Ende zu erinnern, deshalb kann er sie auch beliebig oft ansehen, insbesondere Krimis, und ist dann jedes Mal aufs Neue überrascht, wenn sich herausstellt, wer der Mörder war. Er ist auch kein großer Held, was Gesellschaftsspiele oder Quizsendungen im Fernsehen angeht. Schon gar nicht bei einer, für die sich sowohl seine Frau als auch sein Sohn begeisterten und bei der irgendwelche Promis im Zug sitzen und irgendwohin fahren, wobei sie ihr Ziel erraten müssen, nachdem sie diverse Hinweise erhalten haben. Jims Frau ahmte ihn jedes Mal nach, wenn er innerhalb einer einzigen Runde vom Sofa aus alle möglichen Ziele vorschlug, angefangen von spanischen Großstädten über afrikanische Republiken bis hin zu winzigen norwegischen Fischerdörfern, um am Ende jedes Mal jubelnd auszurufen »Ich hatte recht!« Woraufhin Jack fauchte: »Wie kann man denn recht haben, wenn man auf alle Ziele gleichzeitig tippt?« Und sie? Sie lachte nur. Wie sehr Jim dieses Lachen vermisste. Über ihn oder mit ihm, das war ihm egal, Hauptsache, sie lachte.

Jim nutzte also die Gelegenheit, ins Haus zu gehen, als Jack es nicht sah, denn Jim wusste, dass seine Frau es genauso gemacht hätte. Als er das Stockwerk mit dem Karton erreichte und feststellte, dass sich darin tatsächlich Weihnachtsbeleuchtung befand, kam er sich in der Tat ziemlich dumm vor. Doch sie hätte auch darüber nur gelacht. Deshalb ging er weiter.

Im Dachgeschoss gab es zwei Wohnungen. In der linken fand gerade das Geiseldrama statt, und in der rechten wohnte das junge Paar, das sich weder über Koriander noch über Saftpressen einigen konnte und bei dem Jim vor Kurzem hatte anrufen müssen (er wusste mehr über dessen Scheidung, als irgendein wohlwollender Mensch je hätte erfahren sollen). Zur Sicherheit öffnete er kurz den Briefschlitz, doch drinnen war es dunkel, und der große Haufen an Post auf der Fußmatte kündete davon, dass schon lange keiner mehr in der Wohnung gewesen war. Erst danach klingelte Jim an der Wohnungstür, hinter der sich der Geiselnehmer mit seinen Geiseln verschanzt hatte.

Niemand öffnete, obgleich er immer wieder aufs Neue klingelte, bis er feststellte, dass die Klingel nicht funktionierte, und stattdessen anklopfte. Und selbst das musste er mehrfach tun, bis die Tür endlich einen winzigen Spaltbreit geöffnet wurde und ein Mann im Anzug und mit Sturmhaube über dem Gesicht hinauslinste. Er nahm erst die Pizzakartons in Augenschein, dann Jim.

»Ich habe aber kein Bargeld«, erklärte der Mann mit der Sturmhaube.

»Ist schon in Ordnung«, entgegnete Jim und reichte ihm die Pizzen.

Der Mann mit der Sturmhaube kniff misstrauisch die Augen zusammen.

»Sind Sie etwa ein Bulle?«

»Nein.«

»Doch, Sie sind ein Bulle.«

Jim fiel auf, dass der Mann mehrfach den Dialekt wechselte, als könne er sich nicht recht für einen entscheiden. Auch sein Aussehen ließ sich nicht genau beschreiben, nicht einmal, ob er groß oder eher klein war, da er die Tür nicht weiter öffnete.

»Und warum glauben Sie, dass ich Polizist bin?«, fragte Jim unschuldig.

»Weil Pizzaboten einem die Pizzen nicht umsonst geben.«

Jim sah zu diesem Zeitpunkt keinen großen Sinn mehr darin, sich zu verleugnen, deshalb gestand er: »Sie haben recht. Ich bin Polizist, aber ich bin allein und unbewaffnet. Ist irgendwer von den Geiseln da drinnen verletzt?«

»Nein. Jedenfalls nicht schwerer, als sie es waren, bevor sie herkamen«, antwortete der Geiselnehmer.

Jim nickte freundlich.

»Meine Kollegen unten auf der Straße werden langsam nervös, müssen Sie verstehen, weil Sie noch keine Forderungen gestellt haben.«

Der Mann mit der Sturmhaube blinzelte verdutzt.

»Ich hab doch die Pizzen angefordert.«

»Ich meine … Forderungen, um die Geiseln freizulassen. Wir wollen natürlich unter allen Umständen verhindern, dass jemand verletzt wird.«

Der Mann mit der Sturmhaube nahm die Pizzakartons entgegen, streckte einen Finger in die Luft (ganz bewusst nicht den Stinkefinger) und sagte: »Geben Sie mir eine Minute!«

Er schloss die Tür und verschwand wieder in der Wohnung. Eine Minute verging, dann eine weitere, doch als Jim gerade erneut an die Tür klopfen wollte, wurde sie von innen ein paar Zentimeter weit geöffnet. Der Mann mit der Sturmhaube linste heraus und sagte: »Ein Feuerwerk.«

»Ich verstehe nicht ganz«, sagte Jim.

»Ich will ein Feuerwerk, das man vom Balkon aus sieht. Dann lasse ich die Geiseln frei.«

»Meinen Sie das ernst?«

»Aber nicht nur so ’n paar lächerliche Knallfrösche oder Wunderkerzen. Kommen Sie ja nicht auf die Idee, mich reinzulegen! Ich meine ein richtiges Feuerwerk! Ordentlich schön bunt und mit Goldregen, die ganze Palette eben!«

»Und dann lassen Sie die Geiseln frei?«

»Dann lasse ich die Geiseln frei.«

»Das ist Ihre einzige Forderung?«

»Ja.«

Danach ging Jim die Treppe wieder hinunter und trat auf die Straße hinaus zu Jack, um ihm alles zu berichten.

Hier muss allerdings noch einmal betont werden, dass Jim wirklich nicht besonders gut darin ist, Sachverhalte wiederzugeben. Um es genau zu sagen, sogar grottenschlecht. Deshalb gab er auch nicht unbedingt alles exakt wieder.

Kapitel 62

Roger hatte recht, als er während der Vernehmung den Grundriss der Wohnung inspizierte und feststellte, dass sich im obersten Stockwerk des Hauses vermutlich einmal eine einzige große Wohnung befunden hatte. Als später dann der Aufzug eingebaut wurde, teilte man die Wohnung in zwei separate Appartements, musste dafür allerdings diverse kreative Baulösungen in Kauf nehmen: unter anderem die doppelte Wand im Wohnzimmer, aber vor allem den außer Funktion gesetzten Luftschacht oberhalb des begehbaren Kleiderschranks. Dieser lag ungenutzt und vergessen da, bis er sich nach Jahren auf eine bestimmte Weise wieder bemerkbar machte, vergleichbar mit gewissen älteren Menschen, die von ihren Kindern bereits abgeschrieben waren. Im Winter befördert er nämlich kalte Luft ins betagte Gebäude, und weil der Dachboden schlecht isoliert ist, gelangt die Luft mühelos hinunter in den begehbaren Kleiderschrank, wo sie einen Luftzug verursacht. Um diesen wahrzunehmen, muss man allerdings ganz hinten auf der Kiste mit den Weinflaschen sitzen. Übrigens nicht der schlechteste Ort, um heimlich zu rauchen, wenn man denn so veranlagt ist. Aber ansonsten erfüllte dieser Luftschacht schon seit vielen Jahren keine Funktion mehr. Jedenfalls nicht, bevor der Maklerin auffiel, dass er gerade groß genug war für eine kleingewachsene Maklerin, um hinaufzuklettern und sich darin zu verstecken, damit sie nicht von einem bewaffneten Geiselnehmer erschossen werden würde.

Die Luke in der Decke war so schmal, dass sie es gerade so schaffte, sich hindurchzuzwängen, was natürlich bedeutete, dass sie für Lennart viel zu eng war, der folglich darin hängen blieb und dessen Körper sich so verkeilte, dass sich bei dem Versuch, wieder freizukommen, sogar endlich seine Kaninchenhaube löste. Er stürzte rücklings durch die Luke, fiel von der Leiter und landete unsanft auf dem Fußboden. Die Maklerin schob erschrocken den Kopf an der Kaninchenhaube vorbei und linste durch die Luke hinunter, um festzustellen, ob der Mann womöglich zu Tode gestürzt sei, woraufhin auch sie das Gleichgewicht verlor, ebenfalls geradewegs durch die Luke hinabrauschte und unmittelbar auf ihm landete. Anna-Lena blieb mit dem Fuß unter den Körpern der beiden hängen und schlug der Länge nach hin. Dabei geriet die Leiter ins Wanken und stieß gegen die Luke, die sich mit einem Knall schloss. Der Kaninchenkopf blieb oben im Schacht liegen.

Roger, Ro und die Geiselnehmerin hörten den Lärm natürlich und kamen voller Sorge angelaufen, um zu sehen, was passiert war. Alle Anwesenden im begehbaren Kleiderschrank versuchten ihre Gliedmaßen irgendwie zu entwirren, während all jene, die draußen standen, herauszufinden versuchten, an welchen Körperteilen sie ziehen mussten. Diese Herausforderung beschwor eine Zukunftsvision jener Situation herauf, die das Entwirren des Kabelsalats der Weihnachtsbeleuchtung im kommenden Advent mit sich bringen würde, den besagter Mann nach besagtem Weihnachtsfest verursacht hatte. Jener Mann, der nach dem Streit mit seiner Ehefrau über Bordelle den Wirrwarr aus Strippen kurzerhand in einen Karton gestopft und gedacht hatte:

»Diese verdammten Kabel kann ich auch nächstes Weihnachten noch auseinanderdröseln.«

Als die Beteiligten zu guter Letzt wieder auf die Beine gekommen waren, richteten sich unweigerlich alle Augenpaare erschrocken auf Lennarts Unterhose. Lennart selbst kapierte gar nichts, bis Anna-Lena jammerte: »Aber Sie BLUTEN ja!«

Lennart, nun endlich von seinem Kaninchenkopf befreit, beugte sich ziemlich weit vor, um über seinen Bauchnabel hinweg am eigenen Körper hinunterschauen zu können, bis er feststellte, dass aus seiner Unterhose tatsächlich Blut tropfte.

»Oh nein«, stieß er hervor und schob eine Hand unter den Gummizug, bis er kurz darauf einen kleinen tropfenden Beutel hervorzog, der so aussah wie etwas, von dem man immer hofft, dass die eigenen Kinder es möglichst nicht erblicken, wenn man mit ihnen auf der Autobahn an einer Unfallstelle vorbeifährt. Lennart lief zur Toilette, doch wie es der Zufall wollte, stolperte er über die Teppichkante im Wohnzimmer und legte eine Bauchlandung hin. Der Blutbeutel fiel ihm aus den Händen, und sein Inhalt ergoss sich über den gesamten Fußboden.

»Was zum Teufel …«, rief Roger aus.

Die anderen waren ihm aus dem begehbaren Kleiderschrank heraus gefolgt, und Lennart keuchte eilfertig: »Machen Sie sich keine Sorgen! Das ist nur Theaterblut! Ich hatte einen Beutel davon in der Unterhose, das verleiht dem ›Scheißenden Kaninchen‹-Paket nämlich manchmal etwas mehr Schwung, weil sich die Leute tatsächlich zu Tode erschrecken.«

»Aber das habe ich NICHT bestellt!«, erklärte Anna-Lena entschieden.

»Nein, das ist auch optional«, beteuerte Lennart, dem es unterdessen gelang, wieder auf die Füße zu kommen.

»Jetzt gehen Sie aber endlich und ziehen Sie sich eine Hose an«, sagte Julia streng.

»Ja, aber wirklich«, forderte Anna-Lena.

Lennart gehorchte und steuerte wieder den begehbaren Kleiderschrank an. Als er zurückkehrte, kam Zara gerade wieder vom Balkon herein. Es war das erste Mal, dass sie ihn angezogen und ohne Kaninchenkopf sah. Durchaus eine Verbesserung, wie sie zugeben musste. Und sie hasste ihn nicht.

Die restlichen Anwesenden betrachteten das Blut auf Teppich und Boden und wussten nicht recht, was sie tun sollten.

»Coole Farbe«, meinte Ro.

»Ultramodern!«, nickte Estelle, denn sie hatte gerade erst vor Kurzem im Radio gehört, dass das »Phänomen Mord« innerhalb der Popkultur absolut angesagt war.

Rogers Bedürfnis nach Informationen hatte in der Zwischenzeit noch weiter zugenommen, deshalb wandte er sich an die Maklerin und wollte wissen: »Wo zum Teufel haben Sie eigentlich die ganze Zeit gesteckt?«

Die Maklerin zupfte verlegen an ihrem etwas zu groß geratenen und ziemlich zerknitterten Blazer.

»Na ja, also, als die Wohnungsbesichtigung anfing, war ich im begehbaren Kleiderschrank.«

»Und warum?«, fragte Roger nach.

»Ich war ziemlich nervös. Das bin ich immer vor einer wichtigen Wohnungsbesichtigung. Deshalb schließe ich mich normalerweise für ein paar Minuten in der Toilette ein, um mir etwas Mut zu machen. Nach dem Motto ›Du schaffst das schon! Du bist eine selbstbewusste und engagierte Maklerin, und diese Wohnung möchte UNBEDINGT von DIR verkauft werden!‹ Doch die Toilette war gerade besetzt, deshalb bin ich in den begehbaren Kleiderschrank ausgewichen. Und dann hörte ich …«

Sie deutete höflich, aber angsterfüllt auf die Frau, die mit der Sturmhaube in der einen Hand und der Pistole in der anderen in der Mitte des Raums stand. Estelle unterbrach sie sofort hilfsbereit und erklärte: »Ja, das hier ist die Geiselnehmerin, aber sie ist nicht gefährlich! Sie hat uns nur kurz als Geiseln genommen, aber wirklich äußerst zuvorkommend behandelt. Und außerdem bekommen wir gleich Pizza!«

Die Geiselnehmerin nickte der Maklerin entschuldigend zu und sagte: »Sorry. Aber machen Sie sich keine Sorgen, die Pistole ist nicht echt.«

Die Maklerin lächelte erleichtert und fuhr fort: »Ich war also im begehbaren Kleiderschrank, und dann hörte ich plötzlich, wie jemand rief ›WIR WERDEN AUSGERAUBT‹. Und dann hab ich ganz intuitiv reagiert.«

»Und was meinen Sie mit intuitiv?«, wollte Roger wissen.

Die Maklerin wischte sich den Staub vom Blazer.

»Nächste Woche habe ich noch drei wichtige Besichtigungen. Und das ›Immobilienbüro Beste Lage‹ hat schließlich eine gewisse Verantwortung gegenüber seinen Kunden. Deshalb kann ich es mir einfach nicht leisten zu sterben, so dachte ich. Es wäre höchst verantwortungslos gewesen. Und dann hab ich zufällig die Luke an der Decke entdeckt, bin raufgeklettert und hab mich im Schacht versteckt.«

»Waren Sie etwa die ganze Zeit dort oben?«, fragte Roger.

Die Maklerin nickte so entschieden, dass es in ihren Halswirbeln knackte. »Ich hatte gehofft, dass ich vielleicht auf der anderen Seite wieder rauskriechen könnte, aber das ging nicht.« Bei diesen Worten schien ihr jedoch etwas äußerst Wichtiges einzufallen, sodass sie unvermittelt in die Hände klatschte und ausrief: »Nein, also wirklich, jetzt stehe ich hier und halte ein Schwätzchen, anstatt ... Also, zuallererst möchte ich Sie alle herzlich begrüßen und fragen: Wie ist die LAGE? Wie schön, dass so viele zu dieser Besichtigung kommen konnten. Gibt es denn schon jemanden, der jetzt gleich ein Gebot abgeben möchte?«

Auf die Anwesenden im Raum schien ihre Frage keinen besonders großen Eindruck zu machen. Deshalb breitete die Maklerin beschwingt die Arme aus.

»Oder möchten Sie gern noch ein wenig schauen? Kein Stress! Ich habe heute keine weiteren Besichtigungstermine mehr!«

Rogers Augenbrauen senkten sich wieder.

»Warum beraumen Sie eigentlich ausgerechnet am Tag vor Silvester eine Wohnungsbesichtigung an? Das habe ich wirklich noch nie erlebt. Und ich kann Ihnen sagen, ich hab schon so einiges erlebt.«

Die Maklerin wirkte so enthusiastisch, wie nur eine Maklerin wirken kann, die sich gerade aus einem engen Luftschacht befreit hat.

»Ich habe es auf besonderen Wunsch der Wohnungseigentümerin getan. Und mir selbst war es ehrlich gesagt egal. Für das ›Immobilienbüro Beste Lage‹ sind nämlich ALLE Tage Arbeitstage!«

Die Anwesenden verdrehten die Augen. Außer Estelle, die sich leicht fröstelnd schüttelte und ausrief: »Wie klamm es hier drinnen doch ist, oder?«

»Tja, nicht wahr? Noch klammer als in Rogers Portemonnaie!«, rief Ro aus, um die Stimmung etwas aufzuheitern. Was sie allerdings sofort bereute, da Roger keineswegs erheitert wirkte.

Julia, der inzwischen fast alle Körperteile wehtaten und deren Geduld längst überstrapaziert war, schob sich mit ausgefahrenen Ellenbogen an allen vorbei zur Balkontür und schloss diese. Dann ging sie zum Kamin und griff sich ein paar Holzscheite.

»Man könnte ja vielleicht ein Feuer machen, solange wir auf die Pizza warten.«

Die Geiselnehmerin stand noch immer tatenlos mit der Pistole in der Hand mitten im Raum. Sie blickte auf die Gruppe der Geiseln, die jetzt um eine weitere Person angewachsen war, was sie zu der Befürchtung veranlasste, dass sich ihre Gefängnisstrafe entsprechend verlängern würde. Deshalb seufzte sie: »Sie brauchen nicht auf die Pizza zu warten. Sie können jetzt allesamt gehen. Ich gebe auf und lasse die Polizei … tja, ihre Arbeit machen. Am besten verlassen Sie zuerst die Wohnung, und ich warte hier, damit keiner von Ihnen verletzt wird. Ich hatte schließlich nie vor, Sie als … Geiseln zu nehmen. Ich brauchte eigentlich nur etwas Geld, um meine Miete zusammenzukriegen, damit der Anwalt meines Ex-Mannes mir nicht meine Töchter wegnimmt. Das war … Entschuldigung. Ich bin wirklich ein Idiot, und Sie haben das hier definitiv nicht verdient … Entschuldigung.«

Tränen strömten über ihre Wangen, doch sie unternahm nichts dagegen. Jetzt wirkte sie ganz klein und schutzlos. Mag sein, dass dies einen gewissen Einfluss auf alle anderen ausübte, aber höchstwahrscheinlich wurde allen in diesem

Augenblick einfach nur bewusst, was sie am heutigen Tag durchgemacht hatten. Denn plötzlich protestierten alle auf einmal und fielen sich gegenseitig ins Wort:

»Aber Sie können doch nicht einfach …«, begann Estelle.

»Sie haben doch niemandem etwas angetan!«, meinte Anna-Lena.

»Es muss doch wohl irgendeine Lösung geben«, beteuerte Julia.

»Vielleicht finden wir ja doch noch einen Fluchtweg«, mutmaßte Lennart.

»Geben Sie uns doch wenigstens noch etwas Zeit, um alle nötigen Informationen einzuholen, bevor Sie uns freilassen!«, bat Roger.

»Die Auktion hat ja noch nicht mal begonnen«, unterstrich die Maklerin.

»Wir können doch zumindest warten, bis die Pizzen da sind, oder?«, schlug Ro vor.

»Ja, lassen Sie uns wenigstens noch zusammen essen. Es war doch trotz alledem unglaublich nett, dass wir uns begegnet sind, oder? Und das ist nicht zuletzt Ihr Verdienst!«, befand Estelle.

»Ich bin mir sicher, dass die Polizei nicht auf Sie schießen wird, jedenfalls nicht mit letzter Konsequenz«, tröstete Anna-Lena.

»Aber dann lassen Sie uns wenigstens gemeinsam die Wohnung verlassen! Wenn wir nämlich alle auf einmal gehen, werden die Bullen nicht schießen!«, beharrte Julia.

»Es muss doch irgendeinen Fluchtweg geben. Wenn man sich in eine Besichtigung reinschleichen kann, dann muss man sich schließlich auch wieder rausschleichen können«, erinnerte Lennart.

»Jetzt setzen wir uns alle gemeinsam hin und erstellen einen Plan!«, forderte Roger.

»Und beginnen mit der Auktion!«, hoffte die Maklerin.

»Und essen Pizza!«, fügte Ro hinzu.

Die Geiselnehmerin schaute alle Anwesenden nacheinander lange an. Dann flüsterte sie dankbar: »Die schlechtesten Geiseln seit Menschengedenken.«

»Helfen Sie mir bitte, den Tisch zu decken«, bat Estelle und zog sie am Arm.

Die Geiselnehmerin wehrte sich nicht, sondern folgte Estelle in die Küche und kam mit Tellern und Gläsern zurück. Julia schickte sich an, im Kamin Feuerholz aufzuschichten. Zara rang einen Augenblick lang mit sich und reichte Julia dann ihr Feuerzeug, ohne dass diese darum gebeten hätte.

Roger stand neben dem Kamin, ohne irgendeine wichtige Funktion auszufüllen, deshalb fragte er Julia: »Wissen Sie, wie man Feuer macht?«

Julia warf ihm einen missbilligenden Blick zu und wollte gerade antworten, dass ihre Mutter ihr selbstverständlich beigebracht hatte, wie man ein Kaminfeuer entfachte. Am liebsten hätte sie es so formuliert, dass Roger im Unklaren darüber geblieben wäre, ob dies auch bedeutete, dass Julia und ihre Mutter am Ende womöglich sogar Julias Vater in Flammen hatten aufgehen lassen. Doch es war für alle ein langer Tag gewesen, in dessen Verlauf sie nicht zuletzt auch die Lebensgeschichten ihrer Leidensgenossen erfahren hatten, sodass sie am Ende gar nicht mehr imstande waren, die anderen zu hassen. Deshalb sagte Julia stattdessen etwas unglaublich Großzügiges.

»Nein. Könnten Sie es mir vielleicht zeigen?«

Roger nickte bedächtig, ging in die Hocke und stocherte mit einem Scheit Holz in der Asche herum.

»Wir können ... also ich nehme an, dass wir es ... also wenn Sie nichts dagegen ... wir können es ja gemeinsam machen«, murmelte er.

Sie schluckte und nickte.

»Ja gern.«

»Danke«, sagte er leise.

Dann zeigte er ihr, wie er normalerweise Feuer machte.

»Raucht das immer so stark?«, fragte Julia.

»Irgendetwas stimmt nicht mit dem Holz«, brummte Roger.

»Wirklich?«

»Wie ich schon sagte, irgendwas stimmt verflucht noch mal nicht mit dem vermaledeiten Holz!«

»Haben Sie eigentlich die Lüftungsklappe geöffnet?«

»Ist doch klar, dass ich die Lüftungsklappe geöffnet habe!«

Julia öffnete die Lüftungsklappe. Roger brummte jetzt etwas leiser, und sie musste auf einmal lachen. Dann lachte auch er. Allerdings ohne sie anzuschauen. Der Rauch stach ihnen in die Augen, sodass Tränen über ihre Wangen liefen. Julia linste zu ihm hinüber.

»Ihre Frau ist übrigens sehr nett«, sagte sie.

»Ihre ist auch schwer in Ordnung«, entgegnete er.

Jetzt stocherten beide mit einem Scheit Holz in der Asche herum.

»Wenn Sie und Anna-Lena die Wohnung wirklich haben wollen, dann ...«, begann Julia, doch Roger unterbrach sie.

»Nein. Nein. Diese Wohnung ist geradezu ideal für Kinder. Sie und Ro sollten sie kaufen.«

»Ich glaube nicht, dass Ro sie haben will. Sie hat ja an allem etwas auszusetzen«, seufzte Julia.

Roger stocherte immer beflissener in der langsam aufglimmenden Glut herum.

»Ro hat doch verflucht noch mal nur Angst, Ihnen und dem Kind nicht gerecht zu werden. Sie müssen ihr sagen, dass das Blödsinn ist. Außerdem befürchtet sie, die Fußleisten nicht selbst festnageln zu können, aber Sie müssen ihr unbedingt klarmachen, dass niemand Fußleisten festnageln kann, bevor er es nicht selbst versucht hat. So etwas kann man lernen!«

Julia dachte darüber nach und starrte auf die wenige Glut und die starke Rauchentwicklung im Kamin. Roger ebenfalls. Jeder mit einem Holzscheit in der Hand.

»Darf ich Ihnen etwas Persönliches sagen, Roger?«, flüsterte Julia nach einer Weile.

»Mhm.«

»Sie brauchen Anna-Lena nichts mehr zu beweisen. Sie brauchen niemandem mehr etwas zu beweisen. Sie sind okay, so wie Sie sind.«

Beide stocherten weiter in der Glut herum und bekamen jede Menge Rauch in die Augen. Sie schwiegen.

Plötzlich klopfte es an der Wohnungstür. Der Polizist davor hatte endlich herausgefunden, dass die Klingel nicht funktionierte.

Kapitel 63

»Ich gehe und öffne«, bot die Geiselnehmerin an.

»Nein! Es könnten ja die Bullen sein!«, rief Ro aus.

»Das ist bestimmt nur der Pizzabote«, vermutete die Geiselnehmerin.

»Sind Sie nicht ganz bei Trost? Die Polizei wird nie und nimmer einen Pizzaboten mitten in eine Geiselnahme schicken! Sie sind doch bewaffnet und damit lebensgefährlich!«, meinte Ro.

»Ich bin nicht gefährlich«, murmelte die Geiselnehmerin gekränkt.

»Sorry, so hab ich das nicht gemeint«, entschuldigte sich Ro.

Roger richtete sich vor dem Kamin auf, der jetzt wesentlich weniger rauchte, und deutete mit einem Holzscheit auf die Geiselnehmerin, als wäre es seine Hand.

»Ro hat recht. Wenn Sie die Tür öffnen, erschießt die Polizei Sie unter Umständen. Es ist besser, wenn ich gehe!«

Julia stimmte ihm etwas zu überschwänglich zu, was Roger nicht besonders gefiel: »Ja! Lassen Sie Roger gehen! Denn wer weiß? Vielleicht kommt uns ja trotzdem noch irgendeine Idee, wie wir Ihnen zur Flucht verhelfen können. Dann wird die Polizei nämlich gar nicht erst erfahren, dass Sie eine Frau sind. Alle werden wie selbstverständlich davon ausgehen, dass der Geiselnehmer natürlich ein Mann war!«

»Und warum?«, fragte Roger.

»Weil Frauen normalerweise nicht so dämlich sind«, warf Zara ein, hilfsbereit wie immer.

Die Geiselnehmerin seufzte unsicher. Doch Anna-Lena machte einen winzigen Schritt in die Mitte des Raumes und flüsterte: »Bitte Roger, öffne nicht die Tür. Falls sie nun wirklich schießen …«

Roger bekam Rauch in die Augen, obwohl der Kamin gar nicht mehr rauchte. Aber er blieb stumm. Dann trat Lennart vor und meinte: »Ach was! Lassen Sie mich öffnen! Geben Sie mir die Sturmhaube, dann sehe ich halbwegs aus wie ein Geiselnehmer. Ich bin schließlich Schauspieler und hab hier im lokalen Theater schon im Kaufmann von Venedig mitgespielt.«

»Heißt es nicht der Kaufmann *in* Venedig?«, fragte Anna-Lena.

»Tut es das?«, fragte Lennart zurück.

»Oh, dieses Stück liebe ich. Darin gibt es übrigens ein wunderschönes Zitat! Über ein Licht!«, rief Estelle entzückt aus, aber sie konnte sich im Leben nicht an den genauen Wortlaut erinnern.

»Mein Gott, jetzt hören Sie doch endlich auf zu quatschen und KONZENTRIEREN Sie sich ein wenig!«, brüllte Julia, weil es gerade erneut an der Tür geklopft hatte.

Lennart nickte und streckte der Geiselnehmerin die Hand hin. »Geben Sie mir die Sturmhaube und die Pistole.«

»Nein, geben Sie sie mir, ich gehe!«, fauchte Roger mit wiedergewonnenem Geltungsdrang.

Die beiden Männer brüsteten sich voreinander, soweit es nun möglich war. Roger hätte Lennart nur allzu gern einen weiteren Fausthieb verpasst, zumal der jetzt keine Kaninchenhaube mehr trug. Doch Lennart schien zu ahnen, wie sehr Roger mit seinem Schmerz zu kämpfen hatte, sodass er, noch bevor Roger die Fäuste ballen konnte, sagte: »Seien Sie Ihrer Frau nicht böse, Roger. Lassen Sie Ihre Wut lieber an mir aus.«

Roger sah in der Tat noch immer wütend aus, doch Lennarts Worte schienen in gewisser Weise bei ihm angekommen zu sein und ließen seiner Wut ein wenig die Luft ausgehen.

»Ich …«, brummte er und vermied es dabei, Anna-Lena anzusehen.

»Lassen Sie mich das tun«, bat Lennart.

»Bitte, Schatz«, flüsterte Anna-Lena.

Roger hob den Blick, allerdings nur bis zu ihrem Kinn, und sah, dass es zitterte. In dem Moment machte er einen Rückzieher. Dieser kurze Augenblick hätte ein sehr romantischer werden können, wenn Roger sich nur verkniffen hätte zu brummen: »Falls es Ihnen hilft, Lennart, kann ich nur hoffen, dass die sich mit einem Schuss ins Bein begnügen.«

Es war netter gemeint, als es klang.

Genau in dem Moment kam Estelle unverhofft das vollständige Zitat aus dem Stück wieder in den Sinn. Deshalb führte sie es an: »Das Licht, das wir da sehen, brennt im Saal; Wie weit die kleine Kerze Schimmer wirft! So scheint die gute Tat in arger Welt.«

Ihr fiel gleich noch ein weiteres Zitat ein. Es handelte von Schwermut, die Dummköpfe hervorbringt. Doch sie sagte es nicht laut, um die Stimmung nicht zu zerstören. Die Geiselnehmerin betrachtete die kleine alte Dame.

»Sorry, aber gerade fällt mir wieder ein, dass Sie ja auf Ihren Mann gewartet haben. Hieß er nicht Knut? Sie meinten, dass er gerade den Wagen parkte, als ich … er muss sich ja unglaubliche Sorgen machen!«, sagte sie, am Boden zerstört vor lauter schlechtem Gewissen.

Estelle tätschelte der Geiselnehmerin den Arm.

»Nein, nein, machen Sie sich darüber keine Sorgen. Knut ist bereits gestorben.«

Die Geiselnehmerin erbleichte.

»Während Sie hier waren? Starb er etwa, während Sie hier drinnen … oh mein Gott …«

Estelle schüttelte den Kopf.

»Nein, nein, nein. Er ist leider schon eine Weile tot. Glauben Sie ja nicht, dass sich die ganze Welt nur um Sie dreht, meine Kleine.«

»Ich …«, brachte die Geiselnehmerin hervor.

Estelle tätschelte ihr erneut den Arm.

»Ich habe nur gesagt, dass Knut gerade den Wagen parkt, weil ich mich manchmal so furchtbar einsam fühle. Und wenn ich so tue, als wäre er gerade zu mir unterwegs, geht es mir gleich besser. Insbesondere um Silvester herum. Er mochte Silvester nämlich sehr, wir haben immer am Küchenfenster gestanden und uns das Feuerwerk angeschaut. Ja … lange Zeit standen wir sogar draußen auf dem Balkon … doch nach einem Vorfall unten an der Brücke vor zehn Jahren brachte ich es nicht mehr über mich, auf den Balkon zu gehen. Aber das ist eine lange Geschichte. Knut und ich standen jedenfalls immer in der Küche und haben uns das Feuerwerk vom Fenster aus angeschaut und … ach, man vermisst wirklich die verrücktesten Dinge. Ich vermisse fast alles an ihm. Knut liebte Feuerwerke geradezu, deswegen fühle ich mich an Silvester wohl auch besonders einsam. Ach, ich bin wirklich ’ne sentimentale alte Schachtel.«

Alle anderen waren verstummt und lauschten ihren Worten. Es hätte ein äußerst rührender Moment werden können, wenn Zara sich am anderen Ende des Raumes nicht geräuspert hätte.

»Alle gehen immer davon aus, dass sich die meisten Menschen an Weihnachten das Leben nehmen. Aber das ist eine Mär. Viel mehr Leute bringen sich an Silvester um.«

Das dämpfte die Stimmung ein wenig. In der Tat.

Lennart blickte Roger an, woraufhin Roger die Geiselnehmerin anblickte und die Geiselnehmerin die anderen Anwesenden anblickte. Dann nickte sie entschlossen. Als die Wohnungstür letztlich geöffnet wurde, stand Jim, der Polizist, davor. Etwas später ging er wieder auf die Straße hinunter und berichtete seinem Sohn, dass er gerade mit dem Geiselnehmer gesprochen hätte.

Kapitel 64

Jack verlässt wutentbrannt den Vernehmungsraum. Er ist total am Ende. Die Maklerin sitzt noch immer völlig verängstigt da drinnen und folgt dem jungen Polizisten mit dem Blick, der wie ein Tiger im Käfig den Korridor auf und abläuft. Dann wendet sie sich hoffnungsvoll an den älteren, irgendwie traurig wirkenden Polizisten, der noch immer im Raum steht. Jim scheint nicht zu wissen, wohin mit seinen Händen oder auch mit dem Rest seines Körpers, deshalb reicht er ihr kurzerhand ein Wasserglas. Und obwohl sie es mit allen zehn Fingern ergreift, zittert es.

»Sie müssen mir glauben, ich schwöre, ich bin nicht die Geiselnehmerin ...«, versichert sie ihm.

Jim blinzelt hinaus in den Korridor, wo sein Sohn mit den Füßen aufstampfend die Fäuste gegen die Wände hämmert. Dann nickt Jim der Maklerin zu, zögert, nickt erneut, hält wieder inne, legt ihr am Ende flüchtig die Hand auf die Schulter und gesteht: »Ich weiß.«

Sie wirkt erstaunt. Er beschämt.

Der alte Polizist, älter als jetzt hat er sich nie gefühlt, entfernt seine Hand wieder und dreht nervös an seinem Ehering. Alte Gewohnheit, schwacher Trost. Das Schwierigste am Tod ist für ihn noch immer die Grammatik. Er verspricht sich oft, doch Jack berichtigt ihn fast nie, denn das bringen

Söhne meistens nicht übers Herz. Ungefähr zweimal im Jahr erwähnt Jack den Ring und fragt: »Papa, ist es nicht allmählich an der Zeit, ihn abzunehmen?« Woraufhin der Vater jedes Mal nickt, als hätte er es einfach nur vergessen, und dann leicht daran zieht, als säße dieser weitaus fester, als es eigentlich der Fall ist, bevor er schließlich murmelt »Ich werde es gleich tun, ich werde es gleich tun«. Aber er tut es nicht.

Das Schlimmste am Tod ist die Grammatik, die Zeitform. Dass sie nicht wütend wird, als sie sieht, dass die beiden ein neues Sofa angeschafft haben, ohne sie vorher zu fragen. Sie wird nicht wütend, denn sie kommt gar nicht. Sie ist nicht unterwegs nach Hause. Sie *war*. Damals *wurde* sie tatsächlich wütend, als Jim und Jack ein neues Sofa gekauft hatten, ohne sie vorher zu fragen. Himmel noch mal, wie wütend sie wurde. Sie reiste um den halben Erdball, um dem Chaos in der Welt Einhalt zu gebieten, doch bei ihrer Rückkehr nach Hause sollte alles genauso sein wie immer, sonst wurde sie ärgerlich. Aber das war natürlich nur eine ihrer vielen verrückten Angewohnheiten und Macken: Zum Frühstück aß sie statt Müsli geröstete Zwiebeln, und auf ihr Popcorn gab sie Sauce béarnaise. Und wenn zufällig jemand in ihrer Nähe gähnte, sprang sie auf und schob rasch ihren Zeigefinger in dessen Mund, nur um zu sehen, ob sie es schaffen würde, ihn wieder herauszuziehen, bevor er den Mund wieder schloss. Manchmal schüttete sie sogar Frühstücksflocken in Jims Schuhe, mitunter füllte sie Jacks Jackentaschen auch mit einem halben gekochten Ei und ein paar Anchovis, nur weil die Miene, die beide aufsetzten, wenn sie es merkten, sie amüsierte, und zwar jedes Mal mehr. Genau diese Verrücktheiten vermisst er jetzt. Ihre unkonventionelle Art. Sie *war*, sie *ist*. Sie war Jims Ehefrau. Jacks Mutter ist tot.

Die Grammatik. Das ist das Schlimmste von allem, denkt Jim. Deshalb hat er sich so sehr gewünscht, dass es seinem Sohn gelingen würde, diesen Fall zu lösen und alle Beteiligten zu retten. Doch das war nicht ganz so einfach.

Jim geht hinaus in den Korridor und schaut Jack an. Die beiden sind allein dort, und keiner kann ihre Gespräche mithören. Der Sohn wendet sich ihm voller Verzweiflung zu.

»Es MUSS ganz einfach die Maklerin sein, Papa, sie MUSS es sein …«, bringt er hervor, doch seine Worte verlieren zum Satzende hin an Überzeugungskraft.

Jim schüttelt den Kopf, gequält langsam.

»Nein. Sie ist es nicht. Die Geiselnehmerin befand sich nicht in der Wohnung, als du sie gestürmt hast, mein Junge, damit hast du recht. Aber sie ist den Geiseln auch nicht nach draußen gefolgt.«

Jetzt flackert Jacks Blick wild. Er ballt die Fäuste und sucht augenscheinlich erneut nach einem Gegenstand, an dem er sich abreagieren kann.

»Und woher weißt du das, Papa? Woher zum Teufel WEISST du das!?«, ruft er jetzt, als stünde er am Meer und brüllte die Wellen an.

Jim blinzelt so stark, als wollte er damit den Gezeiten Einhalt gebieten.

»Weil ich dir nicht die Wahrheit gesagt habe, mein Junge.«

Und dann tut er genau das.

Kapitel 65

Alle Zeugen des Geiseldramas dürfen gemeinsam die Wache verlassen. Für sie endet diese Geschichte in gewisser Weise genauso abrupt, wie sie angefangen hat. Sie sammeln ihre Sachen zusammen und werden freundlich bis zur kleinen Treppe an der Rückseite des Polizeigebäudes geleitet. Als sich die Tür hinter ihnen schließt, schauen sie einander leicht verwirrt an. Die Maklerin, Zara, Lennart, Anna-Lena, Roger, Ro, Julia und Estelle.

»Und, was haben die Polizisten zu Ihnen gesagt?«, fragt Roger die anderen sofort.

»Sie haben uns jede Menge gefragt, aber Jullan und ich haben uns einfach dumm gestellt!«, erklärt Ro zufrieden.

»Super Leistung«, lobt Zara.

»Also hat keiner der beiden Ihnen noch irgendwelche Informationen gegeben, jetzt, wo Sie gehen durften?«, vergewissert sich Roger.

Alle schütteln den Kopf. Der junge Polizist namens Jack war von Raum zu Raum gegangen und hatte allen lediglich mitgeteilt, dass sie jetzt gehen könnten. Und wie leid es den Beamten täte, dass das Ganze so lange gedauert hatte. Dann wies er sie ausdrücklich darauf hin, dass sie das Gebäude keinesfalls auf der Vorderseite verlassen sollten, weil dort bereits eine Horde Journalisten wartete.

Jetzt steht die kleine Gruppe also auf der Rückseite des Gebäudes, und alle schauen einander nervös an. Letztlich spricht Anna-Lena das aus, was allen durch den Kopf geht: »Ist sie … okay? Als wir die Wohnung verließen, sah ich einen Polizisten im Treppenhaus stehen, den älteren der beiden, und fragte mich nur: Wie in Gottes Namen soll sie jetzt nur in die andere Wohnung rübergelangen?«

»Genau! Als die Polizisten mir erklärten, dass die Pistole echt ist und sie noch dazu aus der Wohnung einen Schuss gehört hatten, dachte ich nur … oh mein Gott …«, nickt die Maklerin, ohne ihren Gedanken auch nur benennen zu wollen.

»Aber wer hat ihr dann hinausgeholfen, wenn nicht wir?«, will Roger wissen.

Darauf hat keiner eine Antwort, doch Estelle wirft einen Blick auf ihr Handy, liest eine neue SMS und nickt stumm. Dann lächelt sie erleichtert.

»Sie schreibt, dass sie okay ist.«

Anna-Lena lächelt ebenfalls.

»Grüßen Sie sie von uns.«

Estelle verspricht es.

Hinter ihnen verlässt gerade eine Zwanzigjährige ganz allein das Polizeirevier. Sie gibt sich nach außen hin selbstsicher, doch ihr Blick flackert wild umher, auf der Suche nach irgendeinem Ort, den sie aufsuchen, und Menschen, mit denen sie dies gemeinsam tun könnte.

»Alles in Ordnung, meine Liebe?«, fragt Estelle.

»Was? Warum fragen Sie?«, zischt London.

Julia beäugt das Namensschild auf ihrer Bluse, das sie noch nicht abgenommen hat, seit sie von der Arbeit direkt zur Vernehmung gefahren ist.

»Waren Sie etwa diejenige, die an der Kasse gesessen hat, als die Bank ausgeraubt wurde?«

London nickt zögerlich.

»Oh meine Liebe, da hatten Sie bestimmt große Angst, oder?«, fragt Estelle.

London nickt, allerdings unbewusst, weil ihr Körper rein instinktiv antwortet, als sich ihr Gehirn weigert, es zu tun.

»Ganz zu Anfang nicht. Jedenfalls nicht ... als es passierte. Aber danach schon. Als ich ... na ja, Sie wissen schon, als mir aufging, dass die Pistole vielleicht doch echt war.«

Alle Anwesenden auf der Treppe nicken verständnisvoll. Ro schiebt ihre Hände unter dem Mantel in die Taschen ihres Kleides, deutet mit einem Nicken in Richtung eines kleinen Cafés auf der anderen Straßenseite und fragt: »Lust auf 'nen Kaffee?«

London hätte am liebsten gelogen und gesagt: »Lassen Sie's gut sein, Omi, ich hab weiß Gott was Besseres zu tun, und außerdem ist morgen Silvester.« Doch stattdessen antwortet sie: »Ich steh nicht so auf Kaffee.«

»Wir werden schon irgendwas anderes für dich finden«, verspricht Ro.

Das Versprechen klingt verlockend, deshalb nickt London sachte. Ro wird ihre erste Freundin seit Langem. Höchstwahrscheinlich sogar ihre allererste.

»Wartet auf mich«, bittet Julia.

»Was denn? Hast du etwa Angst, dass ich als GEISEL genommen werde, wenn ich allein gehe, oder was?«, grinst Ro.

Julia grinst nicht. Ro räuspert sich und murmelt »Okay, okay, besser erst mal keine Witze darüber, schon kapiert.«

Als sie die Straße überqueren, flüstert London ihr zu: »Also dieser Witz war wirklich nicht besonders lustig.«

»Spielst du hier etwa den Moralapostel, oder was?«, brummt Ro.

»Liebling! Wenn du erschossen wirst, gebe ich als Erstes deine Vögel weg!«, ruft Julia hinter ihnen.

»Aber DER war lustig!«, grinst London, die schon lange nicht mehr gemeinsam mit jemandem gelacht hat. Wenn überhaupt.

Ein paar Tage später erhält sie einen Brief von der Geiselnehmerin, die sich entschuldigen möchte. Dieser bedeutet der Zwanzigjährigen weitaus mehr, als sie viele Jahre lang zugeben will. Bis sie sich eines Tages verliebt. Doch das ist wieder eine ganz andere Geschichte.

Julia umarmt alle auf der Treppe, die sich umarmen lassen. Als sie zu Estelle kommt, schauen sich die junge Frau und die weitaus ältere lange in die Augen. Dann sagt Estelle: »Ich würde Ihnen gerne ein Buch geben. Von meinem Lieblingsdichter.«

Julia lächelt.

»Ich könnte mir vorstellen, dass wir uns in Zukunft vielleicht öfter sehen, Sie und ich. Und dann sollten wir im Aufzug Bücher austauschen.«

»Wie meinen Sie das?«, fragt Estelle.

Julia wendet sich an die Maklerin.

»Regeln Sie das mit den Unterlagen?«

Die Maklerin nickt höchst erfreut und macht unerwartet einen Luftsprung. Roger, der plötzlich ganz aufgekratzt ist, muss unvermittelt grinsen.

»Sie und Ro haben die Wohnung also doch gekauft? Haben Sie einen guten Preis erzielt?«

Julia schüttelt den Kopf.

»Nein. Nicht diese Wohnung. Wir haben die andere genommen.«

Jetzt muss Roger laut lachen. Das letzte Mal liegt schon eine ganze Weile zurück. Sein Lachen stimmt Anna-Lena so glücklich, dass sie sich erst einmal hinsetzen muss. Mitten auf die Treppe, mitten im tiefsten Winter.

Kapitel 66

Die Wahrheit, die Wahrheit. Die Wahrheit.

Jim kam also die Treppen wieder herunter und berichtete Jack draußen auf der Straße genau, was im Haus geschehen war, nachdem er mit dem Geiselnehmer gesprochen hatte. Doch das entsprach nicht dem tatsächlichen Geschehen. Ganz und gar nicht. Was zum einen daran lag, dass Jim schlecht darin war, Sachverhalte wiederzugeben, zum anderen aber auch daran, dass er äußerst gut darin war zu lügen.

Denn es war gar nicht Lennart gewesen, der ihm die Tür geöffnet hatte, als Jim mit den Pizzen hinaufkam. Es war die Geiselnehmerin, die echte Geiselnehmerin. Sowohl Roger als auch Lennart hatten darauf bestanden, die Sturmhaube aufzusetzen, doch nach langem Zögern hatte sie es abgelehnt. Sie hatte die beiden angeschaut, entschlossen den Kopf geschüttelt und voller Anerkennung mit sanfter Stimme gesagt:

»Ich schaffe es zwar nicht, meinen Töchtern ein gutes Vorbild zu sein und sie davon abzuhalten, verrückte Dinge zu tun. Aber ich kann ihnen zumindest vorleben, dass man Verantwortung für sein Handeln übernehmen muss.«

Als Jim also an der Wohnungstür klingelte, öffnete sie. Ohne Sturmhaube. Das Haar fiel ihr über die Schultern, es hatte dieselbe Farbe wie das von Jims Tochter. Manchmal braucht es unter Fremden nur eine einzige Gemeinsamkeit, um Sympathie füreinander zu empfinden. Sie betrachtete den Ehering an seinem Ringfinger, einen alten abgenutzten aus verkratztem Silber. Dann beäugte sie ihren eigenen, einen schlichten schmalen und unauffälligen Goldring ohne Edelsteine. Keiner von beiden hatte ihn bislang abgezogen.

»Sind Sie Polizist?«, fragte sie so unvermittelt, dass Jim die Fassung verlor.

»Woher wussten Sie …«

»Ich glaube nicht, dass die Polizei einen echten Pizzaboten geschickt hätte, wenn sie ernsthaft glauben würde, dass ich bewaffnet und somit gefährlich bin«, lächelte sie, allerdings eher so, als würde sie jeden Moment in Tränen ausbrechen.

»Nein, nein … oder ja, ja … ich bin Polizist, bin ich«, nickte Jim und hielt ihr die Pizzakartons hin.

»Danke«, sagte sie und nahm sie mit einer Hand entgegen, während die Pistole in der anderen baumelte. Jim ließ die Waffe nicht aus den Augen.

»Wie geht es Ihnen?«, fragte er, was er wahrscheinlich nicht getan hätte, wenn sie maskiert gewesen wäre.

»Na ja, ich habe heute nicht gerade meinen besten Tag«, gab sie zu.

»Ist jemand da drinnen verletzt?«

Sie schüttelte bestürzt den Kopf.

»Nein, ich würde nie …«

Jim blickte sie an. Er registrierte ihre zitternden Finger und die Zahnabdrücke auf ihrer Unterlippe. Als er die Ohren spitzte und horchte, konnte er aus der Wohnung weder Weinen noch irgendwelche Hilferufe und auch keine ängstlichen oder entrüsteten Stimmen vernehmen.

»Es wäre gut, wenn Sie die Pistole für einen Augenblick ablegen würden«, bat er.

Die Geiselnehmerin nickte entschuldigend, warf einen Blick in Richtung Wohnzimmer und fragte dann: »Dürfte ich den Leuten erst ihre Pizzen geben? Sie kommen nämlich alle fast um vor Hunger. Es war ein ziemlich langer Tag … und ich …«

Jim nickte. Sie drehte sich um und verschwand für einen Augenblick, bis sie ohne die Pizzakartons und die Pistole wieder zurückkehrte. Aus dem Wohnzimmer rief irgendwer »Das ist aber KEINE Hawaii«, und jemand anderes entgegnete lachend »Du hast doch KEINEN BLASSEN SCHIMMER, wie 'ne Hawaii aussieht!« *Lachend.* Gefolgt von der Geräuschkulisse eines Small Talks zwischen ehemals Fremden, die einander schon ein wenig vertraut waren. Jim fiel es nicht ganz leicht zu sagen, wie sich ein normales Geiseldrama darstellt, doch dieses schien ganz und gar nicht der Norm zu entsprechen. Er musterte die Geiselnehmerin eingehend.

»Darf ich fragen, wie diese Situation hier überhaupt zustande gekommen ist?«

Die Geiselnehmerin, jetzt unbewaffnet, atmete tief ein, bis sie fast doppelt so groß wirkte wie vorher, und ließ dann die Luft wieder heraus, sodass sie kleiner wirkte als je zuvor.

»Ich weiß ja nicht mal, wo ich anfangen soll zu erzählen.«

In dem Augenblick tat Jim etwas absolut Unprofessionelles. Er streckte seine Hand aus und wischte ein paar Tränen von ihrer Wange.

»Meine Frau hatte früher immer einen Lieblingsspruch. Er lautete: Wie schafft man es, einen Elefanten zu verspeisen?«

»Keine Ahnung.«

»Stück für Stück.«

Sie lächelte.

»Das hätte meinen Kindern gefallen. Die haben nämlich einen ziemlich schrägen Humor.«

Jim schob die Hände in die Taschen und ließ sich schwerfällig auf dem Treppenabsatz neben der Tür nieder. Die Geiselnehmerin zögerte, setzte sich dann jedoch im Schneidersitz daneben. Jim lächelte ebenfalls.

»Meine Frau hatte auch einen ziemlich schrägen Humor. Sie lachte unheimlich gern und liebte es geradezu, einen Streit vom Zaun zu brechen. Je älter sie wurde, desto streitsüchtiger wurde sie. Zu mir meinte sie immer, dass ich viel zu nett wäre. Schon kurios, sich das von einer Pfarrerin anhören zu müssen, oder?«

Die Geiselnehmerin lachte leise und nickte.

»Und mit wem hat sie sich gestritten?«

»Mit allen. Mit ihren Vorgesetzten innerhalb der Kirche, mit der Gemeinde, den Politikern, den Gläubigen, den Ungläubigen … Sie hatte sich zum Ziel gesetzt, die Schwächsten zu verteidigen: Obdachlose und Flüchtlinge, sogar Verbrecher. In der Bibel sagt Jesus nämlich irgendwas in der Art: ›Ich war hungrig und ihr habt mir zu essen gegeben; ich war fremd und ihr habt mich bei euch aufgenommen; ich war krank und ihr habt mich versorgt; ich war im Gefängnis und ihr habt mich besucht.‹ Und dann sagt er noch so was wie: ›Was ihr für einen meiner geringsten Brüder oder für eine meiner geringsten Schwestern getan habt, das habt ihr für mich getan.‹ Meine Frau nahm all das ganz wörtlich. Deshalb ist sie auch mit allen aneinandergeraten.«

»Ist sie tot?«

»Ja.«

»Mein Beileid.«

Er nickte dankbar. Merkwürdig, dachte er, wie unbegreiflich es einem nach all dieser Zeit noch immer vorkommt, dass sie nicht mehr unter uns ist. Dass sich das eigene Herz noch immer nicht daran gewöhnt hat, wenn einem beim Gähnen kein kicherndes Weibsbild mehr den Finger in den Mund steckt oder Mehl ins Kopfkissen rieselt, kurz bevor man sich abends ins Bett fallen lässt. Keine, die einen mehr beschimpft. Keine, die mehr mit einem Liebe macht. An diese verfluchte Grammatik konnte er sich einfach nicht gewöhnen. Er lächelte traurig und sagte: »Jetzt sind Sie an der Reihe.«

»Und womit?«, fragte die Geiselnehmerin.

»Erzählen Sie mir Ihre Geschichte. Wie sind Sie hier gelandet?«

»Und wie lang darf die Geschichte sein?«

»So lang, wie Sie wollen. Erzählen Sie sie mir Stück für Stück.«

Das gefiel der Geiselnehmerin. Also erzählte sie.

»Mein Mann hat mich verlassen. Oder besser gesagt, er hat mich rausgeschmissen. Er hatte eine Affäre mit meiner Chefin, die beiden haben sich ineinander verliebt. Und dann ist sie in unsere Wohnung eingezogen, der Mietvertrag war nämlich nur auf seinen Namen ausgestellt. Alles ging ziemlich schnell, und ich wollte keinen Ärger machen und auch kein … Chaos anrichten. Den Kindern zuliebe.«

Jim nickte bedächtig. Er betrachtete ihren Ehering und drehte seinen eigenen am Finger. Es gibt nichts Schwierigeres im Leben, als diesen Ring abzustreifen.

»Mädchen oder Jungen?«, fragte er.

»Mädchen.«

»Ich habe ein Mädchen und einen Jungen.«

»Ich … irgendwer muss jetzt … ich will nicht, dass sie …«

»Und wo sind sie jetzt?«

»Bei ihrem Vater. Eigentlich hätte ich sie heute Abend holen sollen. Wir wollten zusammen Silvester feiern. Aber jetzt … ich …«

Sie verstummte. Jim nickte nachdenklich.

»Und wofür benötigten Sie das Geld von dem Banküberfall?«

Die Verzweiflung in ihrer Miene spiegelte das Chaos in ihrem Herzen wider, als sie gestand: »Um die Miete zu bezahlen. Ich brauchte sechstausendfünfhundert Kronen. Der Anwalt meines Mannes drohte damit, mir die Kinder wegzunehmen, wenn ich keine Wohnung hätte.«

Jim hielt sich am Treppengeländer fest, um nicht zusammenzusacken, falls ihm sein Herz plötzlich den Dienst versagen sollte. Mitgefühl ist ein schwindelerregendes Gefühl. Sechstausendfünfhundert, nur weil sie glaubte, sonst ihre Kinder zu verlieren. Ihre *eigenen* Kinder.

»Aber es gibt doch Gesetze, rein juristisch gesehen kann Ihnen gar niemand die Kinder wegnehmen, nur weil Sie …«, begann er, bereute seine Worte jedoch und sagte stattdessen: »Na ja, JETZT könnten sie natürlich schon … jetzt, wo Sie eine STRAFTAT begangen haben und …« Seine Stimmbänder versagten fast, als er flüsterte: »Mein liebes kleines Mädchen, worauf haben Sie sich da nur eingelassen!«

Die Geiselnehmerin musste sich zwingen, ihre Zunge zu bewegen und die Lippen zu öffnen, da ihr selbst die kleinsten Gesichtsmuskeln zu versagen drohten.

»Ich … ich bin ein Idiot. Ich weiß, ich weiß, ich weiß. Ich wollte keinen Ärger mit meinem Mann und wollte auch den Mädchen das nicht antun, und ich dachte, alles schon irgendwie regeln zu können. Doch stattdessen verursache ich nur Chaos. Das alles ist meine Schuld und nur meine. Aber jetzt gebe ich auf, jetzt lasse ich alle Geiseln frei, Ehrenwort, die Pistole liegt da drinnen, aber die ist ja nicht mal echt ...«

Jim fand es äußerst verwerflich, eine Bank auszurauben, nur weil man konfliktscheu war. Er unternahm einen Versuch, die Geiselnehmerin als Kriminelle zu betrachten, ohne dabei seine Tochter vor Augen zu haben, doch es gelang ihm nicht.

»Selbst wenn Sie jetzt die Geiseln freilassen und aufgeben, werden Sie dennoch ins Gefängnis kommen. Selbst, wenn die Pistole nicht echt ist«, erklärte er bedauernd, und natürlich war er schon lange genug Polizist, um sofort zu erkennen, dass die Waffe durchaus echt war. Er wusste, dass die Frau keine Chance haben würde, unabhängig davon, wie groß das Verständnis irgendwelcher wohlmeinenden Richter für sie und ihre Situation wäre. Man darf keine Banken ausrauben, man darf nicht mit einer Schusswaffe auf offener Straße herumlaufen, und die Polizei darf Verbrecher wie sie nicht einfach wieder laufen lassen, nachdem sie sie einmal festgenommen hat. Deshalb kam Jim zu dem Schluss, dass ihre einzige Möglichkeit, einer Strafe zu entgehen, darin bestand, es nicht zu tun. Sie nicht festzunehmen.

Er schaute sich im Treppenhaus um. An der Wohnungstür, vor der die Geiselnehmerin saß, hing ein Hinweisschild von einem Immobilienbüro mit der Aufschrift: ZU VERKAUFEN! »IMMOBILIENBÜRO BESTE LAGE.« WIE IST DIE LAGE? Jim betrachtete es lange und wühlte in seiner Erinnerung.

»Merkwürdig«, sagte er schließlich.

»Was denn?«, fragte die Geiselnehmerin.

»›Immobilienbüro Beste Lage‹. Das ist doch ein … total abgedroschener Name.«

»Kann schon sein«, nickte die Geiselnehmerin. Sie hatte sich noch keine Gedanken darüber gemacht.

Jim kratzte sich an der Nase.

»Vielleicht ist das nur ein dummer Zufall, aber ich habe vorhin mit den Nachbarn telefoniert, denen die Wohnung gegenüber gehört. Sie leben in Scheidung. Tja, beide mögen Koriander, aber eben nicht gleich gern, und das reicht offenbar als Grund, wenn man jung ist und einen Internetanschluss hat.«

Die Mundwinkel der Geiselnehmerin versuchten, ein Lächeln zustande zu bringen.

»Mhm, heutzutage ist Langeweile wohl nicht mehr angesagt.«

Für sie selbst war das Schlimmste an allem, dass sie ihren Mann noch immer liebte. Was völlig inakzeptabel war. Und dennoch, jedes Mal, wenn es ihr bewusst wurde, fühlte es sich wie eine kleine Explosion in ihren Blutgefäßen an. Sie konnte nicht aufhören, ihn zu lieben, nicht einmal nach alldem, was er ihr angetan hatte. Nicht einmal jetzt konnte sie umhin, sich zu fragen, ob nicht doch alles ihre Schuld gewesen war. Anscheinend war sie einfach nur nicht mehr interessant genug für ihn, und dann kann man offenbar nicht verlangen, dass der Partner bei einem bleibt.

»Ja. Ja, genau! Die Jugend von heute möchte am liebsten für immer frischverliebt sein, nichts darf alltäglich werden. Und die Konzentrationsfähigkeit dieser jungen Hüpfer ist vergleichbar mit der von Katzenbabys, die einen Glitzerball erblicken«, nickte Jim unerwartet euphorisch und fuhr fort:

»Wie auch immer, die beiden lassen sich jedenfalls scheiden und verkaufen die Wohnung. Der Mann konnte sich nur nicht mehr genau an den Namen des Immobilienbüros erinnern und wusste bloß noch, dass er ›total abgedroschen‹ war, wie er sagte. Und wissen Sie was? ›Immobilienbüro Beste Lage‹ ist doch ein total abgedroschener Name!«

Er deutete erst auf das Schild an der Wohnungstür, hinter der sich die Maklerin gerade aufhielt, und dann auf die Wohnung gegenüber. Diese Stadt war zu klein für massenweise Immobilienbüros mit abgedroschenen Namen. Die Stadt war ja nicht einmal groß genug für mehr als einen einzigen Friseursalon namens Schnipp-Schnapp.

»Sorry, aber ich verstehe nicht ganz, was Sie damit sagen wollen«, meinte die Geiselnehmerin.

Jim kratzte sich am Dreitagebart.

»Ich dachte nur … befindet sich die Maklerin da drinnen in der Wohnung?«

Die Geiselnehmerin nickte.

»Ja, sie treibt gerade alle in den Wahnsinn. Als ich eben die Pizzen reinbrachte, verdonnerte sie Roger gerade dazu, sich vor die Balkontür zu stellen. Dann ging sie zum anderen Ende der Wohnung und warf ihm ihr Schlüsselbund zu, wegen der offenen Raumgestaltung, damit er sehen könnte, wie weit man drinnen etwas werfen kann.«

»Und wie endete es?«

»Roger hat sich geduckt, und die Scheibe hinter ihm ist um ein Haar zu Bruch gegangen«, lächelte die Geiselnehmerin. Es war ein freundliches Lächeln, wie Jim fand. Weiß Gott kein böswilliges. Er betrachtete erneut das Maklerschild.

»Ich weiß nicht … das ist vielleicht … aber wenn es dieselbe Maklerin ist, die auch die Wohnung gegenüber zum

Verkauf anbietet, dann hat sie möglicherweise die Schlüssel bei sich und kann …«

Er brachte es nicht über die Lippen.

»Was meinen Sie genau?«, fragte die Geiselnehmerin.

Jim riss sich zusammen, stand auf und räusperte sich.

»Ich meine, wenn die Maklerin auch die Wohnung gegenüber verkauft und die Schlüssel bei sich hat, könnten Sie sich womöglich darin verstecken. Wenn meine Kollegen das Treppenhaus stürmen, werden sie ganz bestimmt nicht alle Wohnungstüren auf einmal aufbrechen, um nach Ihnen zu suchen.«

»Und warum nicht?«

Jim zuckte die Achseln. »So wahnsinnig schlau sind wir Polizisten nun auch wieder nicht. Alle werden sich erst mal darauf konzentrieren, die Geiseln in Sicherheit zu bringen, und wenn Sie die anderen vorm Verlassen der Wohnung bitten, die Tür hinter sich zu schließen, werden alle voraussetzen, dass sich der Geiselnehmer … also Sie … noch immer in der Wohnung aufhält. Also in dieser Wohnung. Und wenn wir dann die Tür aufbrechen und feststellen, dass Sie nicht mehr da sind, dürfen wir nicht einfach in die anderen Wohnungen eindringen. Da würden wir von unseren Vorgesetzten einen Riesenärger bekommen. Die Bürokratie, Sie wissen schon. Wir müssen nämlich erst die Geiseln aufs Revier fahren und sie als Zeugen vernehmen. Ich weiß nicht … aber eventuell können Sie sich ja währenddessen heimlich rausschleichen. Und wissen Sie was? Falls jemand Sie dort in der anderen Wohnung finden sollte, könnten Sie immer noch so tun, als wohnten Sie dort! Wir sind nämlich die ganze Zeit davon ausgegangen, dass der Geiselnehmer ein Mann ist.«

Die Geiselnehmerin blickte ihn noch immer verständnislos und mit großen Augen an.

»Und warum?«, wiederholte sie.

»Weil Frauen ... so etwas normalerweise nicht tun«, antwortete Jim so diplomatisch wie möglich.

Sie schüttelte den Kopf.

»Nein, ich meine, warum? Warum tun Sie das für mich? Sie sind schließlich Polizist! Normalerweise, also, Sie wissen schon, normalerweise dürften Sie das doch gar nicht.«

Jim nickte verlegen. Er strich die feuchten Handflächen an den Hosenbeinen ab und fuhr sich dann mit dem Handrücken über die Stirn.

»Meine Frau zitierte früher immer gern einen Mann, der sagte, dass ... also es ging so ... er sagte ungefähr, auch wenn er wüsste, dass morgen die Welt unterginge, würde er heute noch einen Apfelbaum pflanzen.«

»Klingt schön«, flüsterte die Geiselnehmerin.

Jim nickte. Er fuhr sich mit dem Handrücken über die Augenlider.

»Ich möchte es vermeiden ... Sie festzunehmen. Mir ist schon klar, dass Sie einen Fehler begangen haben, aber ... das kann jedem mal passieren.«

»Danke.«

»Aber dann müssen Sie jetzt sofort reingehen und die Maklerin fragen, ob sie zufällig einen Schlüssel für die Wohnung gegenüber dabeihat. Es dauert nämlich bestimmt nicht mehr lange, bis mein Sohn die Geduld verliert und hier reingestürmt kommt, und dann ...«

Die Geiselnehmerin blinzelte verunsichert.

»Wie? Ihr Sohn?«

»Er ist auch Polizist. Er wird die Wohnung als Erster betreten.«

Der Geiselnehmerin schnürte es die Kehle zu, und ihr versagte die Stimme.

»Er scheint ja sehr mutig zu sein.«

»Er hatte eine mutige Mutter. Sie hätte für ihn ebenfalls eine Bank ausgeraubt, wenn es nötig gewesen wäre. Damals, als wir uns kennenlernten, habe ich ja nicht mal an Gott geglaubt. Sie war gutaussehend. Ich hingegen nicht. Sie konnte tanzen, und ich konnte mich kaum auf den Beinen halten. Am Anfang unserer Beziehung war wohl unsere Arbeitseinstellung das Einzige, was wir gemeinsam hatten. Nämlich alle retten zu wollen, die wir retten können.«

»Ich weiß nicht, ob ich es verdient habe, gerettet zu werden«, flüsterte die Geiselnehmerin.

Jim nickte rasch und schaute ihr in die Augen. Er war ein aufrichtiger rechtschaffener Mann, der gerade im Begriff war, etwas zu tun, das gegen alle Prinzipien seines Berufes verstieß, den er schon sein Leben lang ausübte.

»Kommen Sie in zehn Jahren mal bei mir vorbei und lassen Sie mich wissen, ob ich falschlag.«

Er drehte sich zum Gehen um. Sie zögerte, schluckte und rief schließlich: »Warten Sie!«

»Ja?«

»Dürfte ich … ist es schon zu spät, um noch eine Forderung für die Freilassung der Geiseln zu stellen?«

»Was zum Teufel …«

Sein Haaransatz wippte auf und ab, erst erstaunt, dann nahezu entrüstet. Die Geiselnehmerin zögerte.

»Ein Feuerwerk«, brachte sie letztlich hervor. »Da drinnen befindet sich eine alte Frau, die jedes Jahr gemeinsam mit ihrem Mann das Silvesterfeuerwerk bewundert hat. Aber jetzt ist er tot. Und ich hab sie den ganzen Tag als Geisel gehalten. Ich würde ihr gern ein Feuerwerk schenken.«

Jim musste grinsen. Er nickte.

Dann ging er die Treppen wieder hinunter und log seinen Sohn an.

Kapitel 67

Die Geiselnehmerin ging zurück in die Wohnung. Der Teppich im Wohnzimmer war blutverschmiert, doch im Kamin brannte ein heimeliges Feuer. Ro saß Pizza essend auf dem Sofa und brachte Julia zum Lachen. Roger und die Maklerin stritten sich über die Quadratmeterangaben im Grundriss, nicht weil Roger noch immer vorgehabt hätte, die Wohnung zu kaufen, sondern eher, weil es ihm zufolge »verflucht noch mal wichtig« sei, »verlässliche Informationen zu bekommen«. Zara und Lennart standen am Fenster, wo Zara auf einem Stück Pizza herumkaute und Lennart von ihrer angeekelten Miene verzückt war. Sie schien ihn nicht sonderlich zu mögen, ganz und gar nicht, aber sie schien ihn auch nicht zu hassen. Er hingegen schien sie anzuhimmeln.

Anna-Lena stand etwas abseits. Auf dem Teller in ihrer Hand erkaltete die Pizza unangerührt. Julia sah es und stand vom Sofa auf. Sie stellte sich neben sie und fragte: »Alles in Ordnung, Anna-Lena?«

Anna-Lena schaute zu Roger hinüber. Die beiden hatten noch immer kein Wort miteinander gewechselt, seit das Kaninchen sich geoutet hatte.

»Ja«, log sie.

Julia ergriff ihren Arm, eher auffordernd als tröstend.

»Ich weiß zwar nicht genau, was Sie glauben, falsch gemacht zu haben, aber dass Sie Lennart all die Male angeheuert haben, nur um Roger das Gefühl zu geben, ein Sieger zu sein, ist das Idiotischste, Abgefahrenste und zugleich Romantischste, was ich je gehört habe!«

Anna-Lena stocherte prüfend in der Pizza auf ihrem Teller herum.

»Roger hätte eigentlich Chef werden sollen. Er hätte die Chance dazu bekommen müssen. Ich dachte immer, nächstes Jahr ist es so weit. Doch die Jahre vergehen schneller, als man glaubt. Manchmal kam mir das Leben so vor, als würde man gemeinsam auf Bäume klettern, jedenfalls wenn man schon sehr lange zusammenlebt und Kinder hat. Hoch und wieder runter, hoch und runter. Man versucht, allen gerecht zu werden und alles irgendwie zu meistern, man klettert und klettert und bekommt einander dabei kaum je zu sehen. Das verstehen die Jüngeren vielleicht nicht, aber das Leben verändert sich vollständig, wenn man Kinder bekommt. Manchmal ist es, als würde man den Mann, mit dem man verheiratet ist, überhaupt nicht mehr zu Gesicht bekommen. Beide Eheleute sind in erster Linie auf ihre Rolle als Eltern fixiert und bilden ein Team, die Rolle als Partner ist eher zweitrangig. Aber man … tja, man klettert den Baum hoch und wieder runter … und sieht einander unterwegs nur ab und an. Ich habe immer geglaubt, das Leben ist nun mal so, es muss sogar so sein. Irgendwann würden wir schon mit allem fertig sein, dachte ich. Das Wichtigste war doch wohl, das bildete ich mir jedenfalls ein, dass wir im selben Baum kletterten. Denn dann würden wir, so nahm ich es zumindest an, früher oder später doch … ach das klingt so hochtrabend … aber ich glaubte, dass wir früher oder später schon auf demselben Ast landen würden. Wo wir händchenhaltend sitzen und die Aussicht genießen könnten. Das würden wir tun, wenn wir einmal alt wären, dachte ich. Aber man wird schneller alt, als man glaubt. Und Roger kam dementsprechend nie zum Zug.«

Julia hielt noch immer ihren Arm. Jetzt allerdings weniger auffordernd als tröstend.

»Meine Mutter meint immer, dass ich mich nicht dafür entschuldigen muss, wie ich bin. Und dass ich mich auch nie dafür rechtfertigen muss, wenn ich in einer Sache gut bin.«

Anna-Lena biss zögerlich in ihre Pizza und sagte mit vollem Mund: »Kluge Mutter.«

Dann schwiegen sie.

Und kurz darauf knallte es unvermittelt.

Einmal. Zweimal. Sekunden später ertönten das Knattern und die nachfolgenden Explosionen, so viele und so dicht hintereinander, dass man sie kaum zählen konnte. Lennart, der am Fenster stand, rief als Erster: »Wow! Ein Feuerwerk!«

Jim hatte einen jungen Polizeianwärter auf dem Revier beauftragt, die Silvesterraketen zu kaufen. Der schoss sie von der Brücke aus ab. Lennart, Zara, Julia, Ro, Anna-Lena, Roger und die Maklerin gingen hinaus auf den Balkon, von wo aus sie staunend das Spektakel bewunderten. Das Feuerwerk bestand keineswegs aus irgendwelchen lächerlichen Knallfröschen oder Wunderkerzen, sondern aus richtigen Böllern. Es war schön bunt und sogar mit Goldregen, die ganze Palette eben. Jim liebte Feuerwerke nämlich auch.

Die Geiselnehmerin und Estelle schauten es Arm in Arm vom Küchenfenster aus an.

»Das hätte Knut auch gefallen«, nickte Estelle.

»Ich hoffe, dass es Ihnen auch gefällt«, brachte die Geiselnehmerin hervor.

»Ja, sehr, mein liebes Mädchen, mir gefällt es wirklich sehr. Danke!«

»Es tut mir so leid, was ich Ihnen alles angetan habe«, schluchzte die Geiselnehmerin.

Estelle schürzte unglücklich die Lippen.

»Aber vielleicht können wir der Polizei ja alles erklären? Also, dass es ein Irrtum war, nicht wahr?«

»Nein, das glaube ich nicht.«

»Aber Sie können doch zumindest versuchen zu fliehen? Oder sich irgendwo verstecken?«

Estelle roch nach Wein, und ihre Pupillen drifteten ein wenig ab. Die Geiselnehmerin wollte gerade antworten, doch dann fiel ihr ein, dass es besser wäre, wenn Estelle so wenig wie möglich erführe. Dann bräuchte die alte Frau während der polizeilichen Vernehmung nicht wegen ihr zu lügen. Deshalb entgegnete die Geiselnehmerin: »Nein. Das wird wohl nicht möglich sein.«

Estelle ergriff ihre Hand. Viel mehr konnte sie nicht für sie tun. Das Feuerwerk war wirklich hübsch anzusehen, und Knut hätte es ebenfalls gut gefallen.

Als es vorbei war, ging die Geiselnehmerin ins Wohnzimmer, wo sich die vom Balkon Hereinkommenden gerade wieder versammelten. Die Geiselnehmerin versuchte der Maklerin diskret zu signalisieren, dass sie gern kurz mit ihr unter vier Augen reden würde, doch das war leider nicht möglich, weil sich diese gerade heftig mit Roger über den Preis der Wohnung stritt, den Julia und Ro bekommen sollten, wenn sie sich nun dafür entschieden.

»Okay! OKAY!«, zischte die Maklerin schließlich. »Ich kann Ihnen möglicherweise ein wenig Preisnachlass geben, aber wirklich nur, weil ich die andere Wohnung in zwei Wochen auch zum Verkauf ausschreiben muss und vermeiden möchte, dass sie mit dieser hier in Konkurrenz tritt!«

Roger, Julia und Ro legten die Köpfe schräg, sodass sie gegeneinanderstießen.

»Welche … andere Wohnung?«, fragte Roger.

Die Maklerin schnaubte irritiert wegen ihres eigenen Fauxpas.

»Die Wohnung gegenüber, auf der anderen Seite des Aufzugs. Ich habe die Annonce allerdings noch nicht mal online gestellt, denn wenn man zwei Wohnungen gleichzeitig verkauft, erzielt man meist einen geringeren Preis für beide. Das wissen alle versierten Makler. Also, die andere Wohnung sieht eigentlich genauso aus wie diese, nur der begehbare Kleiderschrank ist etwas kleiner, aber aus irgendeinem Grund hat man dort weitaus besseren Handyempfang, und das ist ja für die Leute heutzutage wahnsinnig wichtig. Das Paar, dem sie zurzeit gehört, lebt in Scheidung. Sie sind übrigens letztens bei mir im Büro in einen fürchterlichen Streit geraten, aber inzwischen haben sie alle Möbel ausgeräumt, und da drinnen steht nur noch eine Saftpresse. Verständlich, dass keiner von beiden sie mitnehmen wollte, die Farbe ist nämlich wirklich grauenhaft …«

Die Maklerin erging sich noch eine Weile in ihrem Monolog, doch keiner hörte mehr zu. Roger und Julia blickten erst einander an, danach die Geiselnehmerin und zuletzt die Maklerin.

»Warten Sie, Sie meinen also, dass die Wohnung gegenüber ebenfalls zum Verkauf steht? Auf der anderen Seite des

Aufzugs? Und dass … im Augenblick keiner darin wohnt?«, vergewisserte sich Julia.

Die Maklerin beendete ihren Monolog und nickte. Julia sah die Geiselnehmerin an, und natürlich dachten beide genau dasselbe, nämlich, dass sich das Problem der Geiselnehmerin womöglich lösen ließe.

»Haben Sie die Schlüssel zu dieser Wohnung dabei?«, fragte Julia mit einem hoffnungsvollen Lächeln, überzeugt davon, dass dies das perfekte Ende der Geiselnahme bedeuten würde.

Aber die Maklerin bedachte Julia mit einem Blick, der ihre Frage als geradezu absurd abtat. »Warum sollte ich? Ich biete die Wohnung doch erst in zwei Wochen zum Verkauf an. Glauben Sie etwa, dass ich immerzu alle Wohnungsschlüssel mit mir rumtrage? Was denken Sie eigentlich von mir?«

Roger seufzte. Julia seufzte noch tiefer. Die Geiselnehmerin hielt die Luft an und stürzte innerlich geradewegs in die Hoffnungslosigkeit.

»Ich hatte einmal eine Affäre!«, zwitscherte Estelle fröhlich vom anderen Ende der Wohnung her, denn sie hatte gerade eine weitere Flasche Wein in der Küche aufgetan.

»Nicht jetzt, Estelle«, warf Julia ein, doch die alte Frau scherte sich nicht darum. Sie war mittlerweile ziemlich angeheitert, das ließ sich nicht leugnen, denn für eine alte Frau hatte sie im begehbaren Kleiderschrank schon eine nicht ganz unerhebliche Menge gepichelt.

»Ich hatte einmal eine *Affäre!*«, wiederholte sie, den Blick starr auf die Geiselnehmerin gerichtet, die angesichts der eventuellen Details, die nun folgen könnten, ziemlich nervös wirkte. Estelle wedelte mit der Weinflasche und fuhr fort: »Er liebte Bücher und ich auch, mein Mann jedoch nicht. Knut war eher für die Musik. Musik ist natürlich auch etwas Schönes, aber es ist schließlich nicht dasselbe, das ist es doch wohl nicht, oder? IST es das etwa?«

Die Geiselnehmerin schüttelte höflich den Kopf.

»Nein. Ich mag Bücher ebenfalls.«

»Ja, das dachte ich mir. Genauso sehen Sie auch aus, wirklich genau so! Als würden Sie sofort begreifen, dass Leute auch Märchen brauchen und nicht nur Geschichten! Sie habe ich übrigens schon gleich gemocht, als Sie hier reinkamen, müssen Sie wissen. Sie haben es uns zwar nicht ganz leicht gemacht, mit der Pistole und alldem, aber wer hat denn nicht irgendwann schon mal einen Fehler begangen? Alle interessanten Menschen haben bei irgendeiner Gelegenheit schon mal was richtig Dummes angestellt! Ich zum Beispiel hatte eine Affäre, hinter Knuts Rücken, mit einem Mann, der Bücher genauso liebte wie ich. Und jedes Mal, wenn ich jetzt ein Buch lese, muss ich automatisch an beide denken. Dieser Mann gab mir nämlich einen Schlüssel, und ich habe Knut nie verraten, dass ich ihn die ganze Zeit behalten habe.«

»Bitte, Estelle, wir müssen …«, warf Julia erneut ein, doch Estelle ignorierte ihre Worte. Sie fuhr mit der Hand über das Bücherregal im Wohnzimmer. Bei einer ihrer letzten Begegnungen im Aufzug hatte der Nachbar ihr ein ziemlich dickes Buch überreicht, geschrieben von einem Mann. Nach mehreren hundert Seiten hatte er darin einen Satz unterstrichen: *Wir schlafen, bis wir uns verlieben.* Estelle überreichte ihm daraufhin ebenfalls eines von ihren Büchern, geschrieben von einer Frau, die allerdings nicht Hunderte von Seiten benötigte, um die Sache auf den Punkt zu bringen. Schon gleich am Anfang hatte Estelle folgenden Satz unterstrichen: *Liebe ist, dass ich möchte, dass es dich gibt.*

Jetzt strichen ihre Finger über die Buchrücken im Regal, eher träumend als suchend. Kurz darauf fiel mitten aus der Reihe ein Buch heraus, als seien ihre Fingernägel daran hängen geblieben. Es landete auf dem Fußboden, und als sich die Buchdeckel öffneten, fiel ein Schlüssel heraus, der sanft über die Seiten hüpfte und mit einem leisen Klirren auf dem Parkett liegen blieb.

Estelles Brustkorb hob sich atemlos und etwas berauscht, und obwohl sie leicht lallte, war ihr Blick glasklar, als sie sagte: »Damals, als Knut krank wurde, überschrieben wir die Wohnung unserer Tochter. Ich stellte mir vor, dass sie eventuell mit den Kindern herziehen könnte, was natürlich Blödsinn war. Sie wollten gar nicht hier wohnen. Sie führen ja ihr eigenes Leben in ihrer eigenen Stadt. Seitdem wohne ich alleine hier und … wie Sie sehen … ist die Wohnung viel zu groß für mich. Diese Wohnung eignet sich nicht für eine alleinlebende Person. Letztendlich schlug meine Tochter vor, sie zu verkaufen und stattdessen eine kleinere für mich zu suchen, eine, die pflegeleichter wäre, wie sie es nannte. Aber wahrscheinlich meinte sie eher, dass *ich* pflegeleichter werden sollte. Deshalb rief sie bei mehreren Maklern an, doch alle sagten, dass sie zum Jahreswechsel normalerweise keine Wohnungsbesichtigungen durchführten. Aber ich wollte es gerade um Silvester herum. Na ja, ich dachte, dass ein wenig Gesellschaft vielleicht ganz nett wäre. Deshalb verließ ich die Wohnung, bevor die Maklerin kam, und als die Besichtigung anfing, kehrte ich wieder zurück und gab mich als ganz gewöhnliche Kaufinteressentin aus. Ich wollte die

Wohnung nämlich nicht einfach verkaufen, ohne zu erfahren, wer sie bekommt. Das hier ist schließlich nicht einfach nur eine Wohnung, sondern mein Zuhause. Und ich möchte sie auch nicht irgendwem überlassen, um nur Kapital draus zu schlagen. Ich will vielmehr, dass hier jemand wohnt, dem sie gefällt, so wie sie mir gefallen hat. Aber anscheinend versteht man das als junger Mensch nicht.«

Das stimmte nicht. In der Wohnung gab es keinen einzigen Menschen, der das nicht voll und ganz verstanden hätte. Doch dann räusperte sich die Maklerin.

»Also … als Ihre Tochter mich mit dem Verkauf beauftragte, war ich demnach nicht die Erste, bei der sie anrief?«

»Oh nein, oh nein, sie kontaktierte erst alle anderen Makler, bevor sie sich gezwungen sah, bei Ihnen anzurufen. Aber schauen Sie doch, wie nett es noch geworden ist!«, lächelte Estelle.

Die Maklerin schnippte den allerletzten Rest Staub und Selbstwertgefühl von ihrem Blazer.

»Dies ist also der Schlüssel zu …?«, begann die Geiselnehmerin. Sie starrte darauf und konnte es noch immer nicht glauben.

Estelle nickte.

»Zu meiner Affäre. Er wohnte in der Wohnung gegenüber auf der anderen Seite des Aufzugs. Dort starb er auch. Als die Wohnung verkauft werden sollte und die Wohnungsbesichtigung stattfand, stand ich vorm Bücherregal und dachte, was wohl geschehen wäre, wenn ich ihm zuerst begegnet wäre, also noch vor Knut. Wenn man erst mal alt ist, kann man sich derlei Spaziergänge in die Fantasie erlauben. Ein junges Paar hat übrigens die Wohnung gekauft. Aber das Türschloss haben sie nie ausgetauscht.«

Julia räusperte sich leicht betreten.

»Aber woher … sorry, Estelle, woher wissen Sie das?«

Estelle lächelte verlegen.

»Gelegentlich habe ich … ich hab die Tür natürlich nie *geöffnet*, ich bin ja nicht kriminell, aber … mitunter hab ich ausprobiert, ob der Schlüssel noch passt. Und er passte. Übrigens wundert es mich nicht, dass sich dieses Paar scheiden lässt, das kann ich Ihnen sagen. Ich hab sie nämlich oft miteinander streiten hören, wenn ich im begehbaren Kleiderschrank geraucht habe. Da drinnen ist es ziemlich hellhörig, und man bekommt durchaus das eine oder andere mit. Das hätte selbst einen Stockholmer schockiert, das kann ich Ihnen sagen.«

Die Geiselnehmerin stellte das Buch zurück ins Regal und hielt den Schlüssel fest umschlossen. Dann wandte sie sich an die anderen in der Wohnung und flüsterte: »Ich weiß wirklich nicht, was ich sagen soll.«

»Sie müssen gar nichts sagen. Verstecken Sie sich in der anderen Wohnung, bis das Ganze hier vorbei ist. Und dann können Sie nach Hause zu Ihren Töchtern gehen«, erklärte Estelle.

Als die Geiselnehmerin ihre Faust wieder öffnete, hüpfte der Schlüssel in ihrer Handfläche auf und ab. Sie konnte ihre Hände einfach nicht still halten.

»Ich habe leider kein Zuhause. Ich kann die Miete nicht mehr aufbringen, und außerdem wäre es zu viel verlangt, wenn Sie vor der Polizei wegen mir lügen müssten. Die werden Sie doch bestimmt fragen, wer ich bin und ob Sie wissen, wo ich mich versteckt halte. Also, ich möchte auf keinen Fall, dass Sie wegen mir lügen!«

»Ist doch klar, dass wir für Sie lügen«, rief Ro aus.

»Machen Sie sich bloß keine Gedanken wegen uns«, bat Julia.

»Aber wir müssen ja nicht mal lügen«, wandte Roger ein. »Wir brauchen uns doch nur allesamt dumm zu stellen.«

»Ja, das sollte wohl kein Problem sein. Das fällt Ihnen bestimmt nicht weiter schwer!«, nickte Zara. Ihre Worte sollten ausnahmsweise einmal keine Verunglimpfung darstellen, auch wenn es danach klang.

Anna-Lena schaute die Geiselnehmerin nachdenklich an und nickte.

»Roger hat recht. Wir brauchen uns nur dumm zu stellen. Wir können ja einfach behaupten, dass Sie Ihre Sturmhaube nie abgenommen hätten und wir deshalb keine Personenbeschreibung abgeben können.«

Die Geiselnehmerin wollte protestieren, aber die anderen ließen ihr keine Chance. Plötzlich klopfte es an der Tür. Roger ging in den Flur, warf rasch einen Blick durch den Spion und sah Jim draußen vor der Wohnungstür stehen. Erst da schien Roger das eigentliche Problem aufzugehen.

»Verdammt. Der Polizist steht im Treppenhaus, wie sollen Sie denn jetzt an ihm vorbei in die andere Wohnung gelangen, ohne dass er Sie sieht? Daran haben wir überhaupt nicht gedacht!«, rief er aus.

»Aber vielleicht können wir ihn ja irgendwie ablenken?«, schlug Julia vor.

»Ich könnte ihm Limettensaft in die Augen spritzen!«, nickte Ro.

»Sollten wir es ihm nicht besser einfach nur vernünftig erklären?«, hoffte Estelle.

»Oder wir rennen einfach alle auf einmal raus und überrumpeln ihn!«, dachte Anna-Lena laut.

»Nackt! Die Leute fühlen sich immer völlig überrumpelt, wenn man nackt ist!«, erklärte Lennart in seiner Eigenschaft als Experte.

Zara stand neben ihm, und er wartete regelrecht darauf, jeden Moment von ihr als absoluter Versager verhöhnt zu werden, doch stattdessen regte sie an: »Wir könnten ihn bestechen. Also den Polizisten. Die meisten Männer sind doch käuflich.«

Lennart missfiel ihre Wortwahl natürlich. Anstatt »die meisten Männer« hätte sie auch »die meisten Menschen« sagen können, aber allein ihre Geste, sich als Teil der Gruppe einzubringen, gefiel ihm.

Die Geiselnehmerin stand lange vor ihnen, den Schlüssel in der Hand wiegend, kurz davor, die Wahrheit über Jim kundzutun, doch stattdessen sagte sie nachdenklich: »Nein. Wenn ich Ihnen erzähle, wie ich vorhabe zu entkommen, müssen Sie bei den polizeilichen Vernehmungen lügen. Aber wenn Sie jetzt einfach die Wohnung verlassen und die Treppen runtergehen, können Sie guten Gewissens die Wahrheit sagen: Als Sie die Tür hinter sich geschlossen haben, war ich noch drinnen. Und Sie haben keine Ahnung, wo ich abgeblieben sein könnte.«

Alle (außer Zara) sahen aus, als wollten sie protestieren, nickten jedoch schließlich (sogar Zara). Estelle deckte den restlichen Krautsalat mit Frischhaltefolie ab und stellte ihn in den Kühlschrank. Dann schrieb sie ihre Telefonnummer auf einen kleinen Zettel, schob ihn der Geiselnehmerin in die Jackentasche und flüsterte: »Schicken Sie mir eine SMS, wenn Sie in Sicherheit sind, sonst mache ich mir Sorgen.«

Die Geiselnehmerin versprach es. Dann verließen alle Geiseln die Wohnung. Roger als Letzter, er zog die Tür sorgfältig hinter sich zu, sodass sie ins Schloss fiel. Dann verschwanden alle die Treppen hinunter und traten auf die Straße hinaus, wo sie in bereits wartende Polizeiwagen stiegen und umgehend zur Vernehmung aufs Revier gefahren wurden.

Jim befand sich für kurze Zeit allein im Treppenhaus und wartete, bis Jack die Stufen hinaufgerannt kam.

»Ist der Geiselnehmer noch da drinnen? Bist du dir wirklich sicher, Papa?«, fragte Jack.

»Hundertprozentig«, antwortete Jim.

»Gut! Der Sonderermittler müsste jeden Moment das Handy da drinnen anrufen, um den Geiselnehmer aufzufordern, freiwillig rauszukommen. Sonst brechen wir die Tür auf.«

Jim nickte. Jack sah sich auf dem Treppenabsatz um und erblickte auf dem Boden vor dem Aufzug ein zusammengefaltetes Blatt Papier. Er hob es auf.

»Was ist das denn?«

»Sieht aus wie ’ne Zeichnung«, meinte Jim.

Jack schob das Blatt in seine Jackentasche und schaute auf die Uhr. In diesem Moment klingelte drinnen in der Wohnung das Handy.

Das Spezialhandy hatte in einem der Pizzakartons gelegen. Ro hatte es entdeckt. Doch da sie ziemlich hungrig war, wunderte sie sich nur kurz darüber, was ein Handy in einem Pizzakarton zu suchen hatte, und legte es zur Seite. Sie beschloss, erst zu essen, bevor sie weiter darüber nachdachte. Und als sie fertig gegessen hatte, hatte sie es schlicht und einfach vergessen. Um sie herum herrschte so viel Trubel wegen des Feuerwerks und allem anderen. Um Ros Gedankenlosigkeit verstehen zu können, muss man sie eigentlich etwas besser kennen, doch in diesem Fall reicht es aus zu wissen, dass sie nach dem Vertilgen ihrer eigenen Pizza auch die Kartons aller anderen öffnete und die Ränder aufaß, die diese liegen gelassen hatten. Unterdessen wandte sich Roger an sie und meinte, dass sie sich ganz bestimmt keine Sorgen darüber zu machen bräuchte, ob sie eine gute Mutter abgeben würde, denn jetzt sei er sich sicher. Schließlich würden nur gute Mütter die Pizzaränder aus den Kartons anderer mit solchem Genuss verspeisen. Seine Worte bedeuteten Ro so viel, dass sie unerwartet zusammenbrach.

Das Handy lag noch immer auf dem dreibeinigen Tischchen neben dem Sofa, ein ähnlich wackeliges Arrangement wie das einer Spinne auf einem Eiswürfel. Als alle Geiseln gegangen waren, legte die Geiselnehmerin ihre Pistole direkt neben das Handy. Allerdings wischte sie sie vorher noch ab, denn Roger hatte letztens eine Doku über das Sicherstellen von Fingerabdrücken an Tatorten durch die Kriminaltechniker gesehen. Sogar ihre Sturmhaube warf sie ins Kaminfeuer, denn Roger hatte ihr erklärt, dass die Beamten sonst Haare und alle möglichen anderen Spuren von ihr finden und anhand derer ihre DNA feststellen könnten.

Kurz darauf verließ die Geiselnehmerin die Wohnung. Jim stand allein im Treppenhaus. Sie tauschten rasch einen Blick aus, ihrer war dankbar, seiner gestresst. Dann zeigte sie ihm den Schlüssel. Er atmete erleichtert auf.

»Beeilen Sie sich«, forderte er sie auf.

»Ich wollte nur sagen … ich hab es nicht weitererzählt, was Sie für mich getan haben. Ich möchte nämlich auf keinen Fall, dass irgendwer wegen mir bei der Vernehmung lügen muss«, erklärte sie.

»Gut«, nickte er.

Sie versuchte vergeblich, den feuchten Film auf ihren Augen wegzublinzeln, denn sie wusste natürlich, dass nun trotz allem eine Person wegen ihr lügen müsste, vielleicht sogar mit weitreichenderen Folgen als bei den anderen. Doch Jim ließ keine Entschuldigung ihrerseits zu, sondern schob sie sanft an der Aufzugtür vorbei und flüsterte nur: »Viel Glück!«

Sie betrat die Wohnung gegenüber und schloss die Tür hinter sich ab. Jim stand für einen kurzen Moment allein im Treppenhaus und musste an seine Frau denken. Er hoffte, dass sie stolz auf ihn gewesen wäre. Oder zumindest nicht so wahnsinnig böse. Wenig später kam Jack die Treppen hinaufgerannt, und kurz darauf rief auch der Sonderermittler an, wobei die Pistole zu Boden fiel.

Kapitel 68

Auf dem Revier hat Jim seinem Sohn Jack gerade die Wahrheit erzählt, und zwar die ganze Wahrheit. Der Sohn wäre vor Wut am liebsten aufgesprungen und wünschte, die Zeit gehabt zu haben, sie an irgendwem auszulassen, doch weil er ein guter Sohn ist, grübelt er stattdessen über sein weiteres Vorgehen. Nachdem sie die Geiseln gemeinschaftlich durch den Hintereingang des Gebäudes hinausgeleitet haben, begibt er sich zum Haupteingang auf der Vorderseite.

»Du musst es nicht tun, mein Junge, ich kann doch hingehen«, schlägt Jim verzweifelt vor. Die Worte »Es tut mir leid, dass ich dich angelogen habe, aber tief im Inneren wirst du wissen, dass ich richtig gehandelt hab«, behält er lieber für sich.

Jack schüttelt verbissen den Kopf.

»Nein, Papa. Bleib lieber hier.«

Die Worte »Du hast schon genügend Mist gebaut« behält er ebenfalls lieber für sich. Dann tritt Jack auf den Treppenabsatz an der Vorderseite des Gebäudes hinaus und übermittelt den Journalisten alle nötigen Informationen. Unter anderem, dass er selbst die alleinige Verantwortung für den gesamten Polizeieinsatz trägt und der Täter ihnen leider entwischt ist. Und dass außerdem niemand weiß, wo er sich gerade aufhält.

Mehrere Journalisten überschütten ihn mit vorwurfsvollen Fragen und schimpfen auf die »Inkompetenz der Polizei«, während sich andere höhnisch grinsend Notizen machen, bereit, ihn in wenigen Stunden in ihren Kolumnen und Blogposts fertigzumachen. Zurück bleiben nur die Scham und das Gefühl des Versagens. Beides muss er ganz allein tragen, denn letzten Endes kann er die Schuld niemand anderem in die Schuhe schieben. Drinnen sitzt sein Vater, das Gesicht in den Händen vergraben.

Die Ermittler aus Stockholm werden früh am nächsten Morgen, also am Silvestertag, eintreffen. Sie werden sich alle Zeugenaussagen genau durchlesen, Jack und Jim ins Kreuzverhör nehmen und nicht zuletzt alle Beweismittel kontrollieren. Danach werden die Stockholmer verächtlich schnaubend und in einem noch arroganteren Tonfall als dem, den man von den Versprechen aus der Spülmittelwerbung kennt, erklären, dass sie nun wirklich nicht genügend Ressourcen hätten, um in diesem Fall weiter ermitteln zu können. Bei der Geiselnahme wurde niemand verletzt, beim Banküberfall wurde nichts gestohlen, dementsprechend gibt es auch keine Opfer. Die Stockholmer müssen ihre Ressourcen dringend für wichtigere Ermittlungen schonen. Und außerdem, wer will denn schon in einem so abgelegenen Kaff Silvester feiern?

Sie werden es eilig haben, wieder nach Hause zurückzukehren, Jack und Jim werden sie wegfahren sehen. Die Journalisten werden sich zu diesem Zeitpunkt längst aus dem Staub gemacht haben, unterwegs zur nächsten wichtigen Story, denn es gibt schließlich immer irgendeinen Promi, der sich möglicherweise scheiden lassen wird.

»Du bist ein guter Polizist, mein Junge«, wird Jim, den Blick zu Boden gerichtet, sagen. Er würde gern hinzufügen, »aber ein noch besserer Mensch«, bringt es jedoch nicht über die Lippen.

»Du hingegen bist nicht immer ein so wahnsinnig guter Polizist, Papa«, wird Jack grinsend entgegnen, den Blick nach oben in die Wolken gerichtet. Er würde gern hinzufügen, »aber alles andere hab ich von dir gelernt«, doch er lässt es bleiben.

Danach werden die beiden nach Hause fahren. Fernsehen gucken. Ein Bier zusammen trinken.

Damit lassen sie es bewenden.

Kapitel 69

Auf der Treppe an der Rückseite des Polizeigebäudes umarmt Estelle alle zum Abschied. (Außer Zara, die schützend ihre Handtasche an den Körper presst und zurückweicht, als Estelle es versucht.)

»Ich muss sagen, dass ich trotz der Geiselnahme noch nie eine so nette Gesellschaft genossen habe wie die Ihre«, lächelt Estelle an alle gewandt. Auch an Zara.

»Wollen Sie nicht mit uns kommen und einen Kaffee trinken?«, fragt Julia.

»Nein, nein, ich muss nach Hause«, lächelt Estelle, doch dann wird sie auf einmal sehr ernst und wendet sich an die Maklerin: »Entschuldigen Sie bitte, es tut mir wirklich leid, dass ich meine Meinung geändert habe und vom Verkauf zurücktrete. Aber die Wohnung ist nun mal … mein Zuhause.«

Die Maklerin zuckt die Achseln.

»Ich finde das wirklich völlig in Ordnung. Die Leute glauben immer, dass wir Makler ständig nur verkaufen wollen, aber der Gedanke an … ich weiß nicht, wie ich es ausdrücken soll, aber …«

Lennart hilft ihr auf die Sprünge, indem er ergänzt: »… der Gedanke an alle Wohnungen, die nicht zum Verkauf stehen, hat doch auch etwas Romantisches.«

Die Maklerin nickt. Estelle atmet gleich mehrmals hintereinander erleichtert auf. Sie wird Julia und Ro als Nachbarn bekommen, in der gegenüberliegenden Wohnung, und Julia und sie werden im Aufzug Bücher austauschen. Das erste, das Estelle ihr geben wird, stammt von ihrer Lieblingsdichterin. Sie hat die betreffende Seite mit einem Eselsohr gekennzeichnet und mehrere Sätze unterstrichen, die schönsten, die es für sie gibt.

»Nichts darf dir passieren
Nein was sage ich
Alles muss dir passieren
Und es muss wunderbar sein«

Julia wird Estelle im Gegenzug eine ganz andere Art von Lektüre geben. Einen Reiseführer über Stockholm.

Ro wird ihren Vater vermissen, auch wenn sie ihn jede Woche besuchen wird. Er weilt zwar noch auf der Erde, gehört aber schon dem Himmel. Ros Mutter wird seinen Verlust nur verkraften, weil ihr ein anderes männliches Wesen zeigt, dass das Leben weitergeht. Julia wird es gebären, die Hand so fest um Ros Finger geklammert, dass die Krankenschwestern beiden Müttern schmerzstillende Medikamente verabreichen müssen, der einen vor der Entbindung und der anderen danach.

Ro wird ganz ruhig und ohne Angst neben ihm auf weißen Laken schlafen. Schließlich hat sie wegen ihm schon ein Gebirge überquert und auch sonst einiges im Leben riskiert. Wenn es nötig gewesen wäre, hätte sie auch eine Bank ausgeraubt. Sie und Julia werden gute Eltern werden. Oder zumindest keine allzu schlechten.

Julia wird noch immer Süßigkeiten vor Ro verstecken,

doch Ro darf ihre Vögel behalten. Das Äffchen und das Fröschchen werden sie lieben und jeden Tag besuchen, und nicht einmal, als Julia den beiden eine große Geldsumme bietet, werden sie den Käfig offen stehen lassen. Julia und Ro werden sich streiten und anschließend wieder versöhnen. Im Grunde genommen braucht man Letzteres nur besser zu machen als Ersteres. Deshalb werden sie sich anschreien, aber hinterher umso lauter lachen und sich wieder versöhnen, sodass die Wände wackeln und Estelle in ihrem begehbaren Kleiderschrank ganz verlegen wird. Ihre Liebe wird immer an einen Blumenladen erinnern.

Draußen auf der Treppe hinter dem Polizeirevier springt Zara rasch die Stufen zur Straße hinunter, aus Angst, dass sonst noch irgendwer versuchen könnte, sie zu umarmen. Lennart eilt hinterher.

»Sollen wir uns ein Taxi teilen?«, fragt er, als sei dies verflucht noch mal nicht die reinste Anmache.

Zara macht nicht gerade den Eindruck, als hätte sie sich schon jemals in ihrem Leben mit irgendwem ein Taxi geteilt, oder auch sonst irgendetwas anderes. Doch nach langem Zögern murmelt sie: »Aber dann sitzen Sie vorne. Und wir fahren auch nicht mit jemandem, der lauter Nippes am Rückspiegel hängen hat. Diese Leute können ja nur ein Missverständnis der Evolution sein.«

Anna-Lena sitzt noch immer auf der Treppe. Roger lässt sich schwerfällig neben ihr nieder, allerdings so, dass sie sich nur fast berühren. Anna-Lena streckt ihre Finger aus und ergreift seine Hand. Sie möchte ihn um Entschuldigung bitten. Er sie ebenfalls. Doch dieses Wort kommt einem am Ende weitaus schwerer über die Lippen, als man glaubt, wenn man schon so lange auf Bäumen herumgeklettert ist.

Sie schaut hinauf in den bereits dunklen Himmel. Der Dezember ist schonungslos. Doch sie weiß, dass Ikea noch immer geöffnet hat. Ein Licht irgendwo da draußen in der Dunkelheit.

»Wir könnten losfahren und uns diese Arbeitsplatte ansehen, von der du letztens gesprochen hast«, flüstert sie.

Als er den Kopf schüttelt, zerbricht sie innerlich. Roger schweigt lange. Er bereut es und bereut dann wiederum, dass er es bereut.

»Ich dachte, dass wir eher irgendwas anderes machen könnten«, murmelt er schließlich.

»Und an was hast du gedacht?«

»Kino. Vielleicht. Wenn du willst.«

Zum Glück sitzt Anna-Lena schon, denn sonst hätte sie sich erst einmal hinsetzen müssen.

Sie schauen sich einen Fantasyfilm an. Denn manchmal brauchen die Menschen auch Märchen. In der Dunkelheit des Saals halten die beiden Händchen. Für Anna-Lena fühlt es sich an, als käme sie nach Hause, für Roger, als sei er endlich gut genug für sie.

Estelle beeilt sich, in ihre Wohnung zurückzukehren. Unterwegs ruft sie bei ihrer Tochter an und versichert ihr, dass sie sich keine Sorgen zu machen braucht, weder wegen der Geiselnahme noch darüber, dass ihre Mutter noch immer ganz allein in der großen Wohnung wohnt. Denn das tut sie nicht mehr. Estelle wird allerdings das Rauchen aufgeben müssen, denn die jüngere Frau, die ein Zimmer bei ihr gemietet hat, lässt dies nicht einmal mehr im begehbaren Kleiderschrank zu.

Wenn man es ganz genau nimmt, mietet diese Frau zwar die gesamte Wohnung von Estelles Tochter, doch Estelle bewohnt darin zur Untermiete ein Zimmer für denselben Preis: sechstausendfünfhundert Kronen. Am Kühlschrank in der Küche hängt eine zerknitterte Zeichnung, die einen Affen, einen Frosch und einen Elch darstellt. Estelle hat sie im Vernehmungsraum mitgehen lassen, als Jim gerade Kaffee geholt hat. Jede zweite Woche werden das Äffchen und das Fröschchen morgens gemeinsam mit ihrer Mutter in Estelles Küche frühstücken. Und jedes Jahr werden sie in der Silvesternacht gemeinsam das Feuerwerk vom Fenster aus bewundern. Bis irgendwann eine letzte Nacht kommen wird, Estelles letzte ohne Knut und auch die letzte aller anderen mit Estelle.

Bei ihrer Beerdigung macht Ro den Vorschlag, Folgendes auf den Grabstein zu schreiben: HIER RUHT ESTELLE: DIE ALTE DAME WAR EIN ZIEMLICHER SCHLUCKSPECHT! Julia tritt Ro daraufhin gegens Schienbein, allerdings eher im Spaß. Die beiden verlassen mit ihrem Sohn an der Hand das Grab. Julia hebt die Bücher der alten Frau und auch ihre Weinflaschen ein Leben lang auf. Als das Äffchen und das Fröschchen ins Teenageralter kommen, rauchen sie heimlich im begehbaren Kleiderschrank.

Irgendwo im Himmel hört Estelle gemeinsam mit einem Mann Musik und unterhält sich mit einem anderen über Literatur. Das kann sie sich jetzt leisten.

Ach, und übrigens: In einem Kellerabteil eines etwas entfernt liegenden Mehrfamilienhauses, in dem die Mutter zweier Kinder, die zu einer Bankräuberin wurde, eine einsame und angstvolle Nacht verbracht hat, steht am Tag nach dem Geiseldrama noch immer ein Karton mit Wolldecken. An einem völlig anderen Ort wird nach Neujahr eine Bank nicht ausgeraubt, denn derjenige, der seine Pistole unter diesen Wolldecken versteckt hatte, stellt heftig fluchend und schimpfend das ganze Kellerabteil auf den Kopf, weil sie verschwunden ist. Welches hundsmiserable Arschloch kommt nur auf die Idee, einem unbescholtenen Bürger die Pistole zu klauen?

Es kann sich nur um einen Idioten handeln.

Kapitel 70

Draußen auf der Fensterbank vor dem Büro türmt sich der Schnee auf. Die Psychologin telefoniert gerade mit ihrem Vater. »Nadia, Liebling, mein Vögelchen«, sagt er in seiner Heimatsprache, in der das Wort Vogel viel hübscher klingt. »Ich hab dich auch lieb, Papa«, versichert Nadia ihm geduldig. Früher hat er nie so mit ihr gesprochen, doch im Alter werden selbst Programmierer zu Poeten. Nadia beteuert ein ums andere Mal, dass sie vorsichtig fahren wird, wenn sie am nächsten Tag zu ihm kommt, denn am liebsten wäre er hergekommen, um sie abzuholen. Väter sind nun einmal Väter, und Töchter sind Töchter, nicht einmal Psychologinnen können dem etwas entgegensetzen.

Nadia legt auf. Kurz darauf klopft es unvermittelt an der Tür. Es hört sich an, als wollte jemand das Türblatt nicht mit der Hand berühren und würde stattdessen einen Schirm benutzen. Zara steht draußen. Sie hält einen Brief in der Hand.

»Hallo? Entschuldigung, ich dachte ... Haben wir jetzt einen Termin?«, fragt Nadia und sucht erst nach ihrem Terminkalender und dann nach ihrem Handy, um zu sehen, wie spät es ist.

»Nein, ich wollte nur ...«, antwortet Zara leise. Ein leichtes Zittern der dünnen Metallstäbe ihres Regenschirms entlarvt sie. Nadia sieht es.

»Kommen Sie rein, kommen Sie rein«, bittet sie Zara beunruhigt.

Die Haut unter Zaras Augen ist von lauter kleinen Fältchen durchzogen, ein Ausdruck der Erschöpfung angesichts all dessen, was sie mühsam und bis zur Grenze der Belastbarkeit zurückgehalten hat. Sie betrachtet das Bild von der Frau auf der Brücke mehrere Minuten lang, bevor sie Nadia fragt: »Gefällt Ihnen Ihr Job eigentlich?«

»Ja«, nickt Nadia besorgt.

»Sind Sie glücklich?«

Nadia will ihr eine Hand auf die Schulter legen, lässt es jedoch bleiben.

»Ja, ich bin glücklich, Zara. Nicht immer, aber ich habe gelernt, dass man es auch nicht immer sein muss. Dennoch, ich bin … weitestgehend glücklich. Sind Sie hergekommen, um das zu fragen?«

Zara schaut an ihr vorbei.

»Sie fragten mich letztens, warum ich meinen Job mag, und ich habe nur geantwortet, warum ich gut darin bin. Aber in den letzten Tagen hatte ich unerwartet viel Zeit zum Nachdenken, und ich vermute, dass mir mein Job gefällt, weil ich an ihn glaube.«

»Wie meinen Sie das?«, fragt die Psychologin routiniert, obwohl sie Zara lieber ganz unroutiniert zu verstehen gegeben hätte, wie sehr ihr unangemeldeter Besuch sie freut. Und wie oft sie an sie gedacht hat. Welch große Sorge sie gehabt hat, dass Zara sich etwas antun könnte.

Zara streckt ihre Hand so weit aus, dass sie die Frau auf dem Bild fast berührt.

»Ich glaube, dass die Banken eine tragende Rolle in unserer Gesellschaft spielen. Ich glaube an Ordnung. Und mich hat es nie gestört, dass manche Kunden, die Medien oder auch Politiker uns hassen. Es ist schließlich unsere Aufgabe.

Die Banken bilden das Fundament unseres Wirtschaftssystems. Verlangsamen die Abläufe, erhöhen die Bürokratie, machen es statischer. Damit sich die Welt nicht zu schnell dreht. Die Leute brauchen eine gewisse Bürokratie, damit sie nachdenken, bevor sie etwas Unüberlegtes tun.«

Sie verstummt. Die Psychologin gleitet lautlos auf ihren Bürostuhl hinunter.

»Sorry, wenn ich spekuliere, Zara, aber … das klingt, als hätte sich irgendetwas verändert. In Ihrem Leben.«

Jetzt schaut Zara ihr zum ersten Mal direkt in die Augen.

»Der Wohnungsmarkt wird erneut zusammenbrechen. Nicht unbedingt morgen, aber irgendwann. Das wissen wir genau. Und dennoch bewilligen wir weiterhin Kredite. Und wenn die Menschen dann alles verlieren, weisen wir einfach jegliche Schuld von uns und behaupten, dass die Spielregeln nun mal so sind und sie selbst schuld wären, weil sie so gierig waren. Aber das stimmt gar nicht. Die meisten sind nämlich gar nicht gierig, sie sind nur … genau so, wie Sie es sagten, als wir über das Bild sprachen: Sie suchen nur nach etwas, woran sie sich festhalten können. Etwas, wofür es sich lohnt zu kämpfen. Sie sehnen sich letztlich nur nach einem Dach über dem Kopf und wollen ihre Kinder großziehen sowie ihr Leben leben.«

»Ist seit unserer letzten Begegnung irgendetwas passiert?«, fragt die Psychologin.

Zara lächelt gequält. Was soll sie darauf antworten? Deshalb antwortet sie auf eine Frage, die ihr gar nicht gestellt wurde: »Inzwischen ist alles dynamischer geworden, Nadia. Die Banken sind nicht mehr das Fundament. Noch vor hundert Jahren wussten fast alle Beschäftigten einer Bank, wie diese ihr Geld verdiente. Doch inzwischen gibt es nur noch maximal drei Personen in jedem Geldinstitut, die wirklich begreifen, wo die Gewinne herkommen.«

»Und Sie stellen Ihren Arbeitsplatz dort jetzt infrage, weil Sie den Eindruck haben, es nicht mehr zu begreifen?«, mutmaßt die Psychologin.

Zaras Kinn bewegt sich unglücklich von einer Seite zur anderen.

»Nein. Ich habe gekündigt. Weil ich festgestellt habe, dass ich eine von diesen dreien war.«

»Und was haben Sie jetzt vor?«

»Ich weiß es nicht.«

Darauf hat die Psychologin endlich eine qualifizierte Bemerkung parat. Keine, die sie sich im Studium angeeignet hätte, sondern eine, von der sie weiß, dass alle sie hin und wieder zu hören bekommen sollten.

»Etwas nicht zu wissen ist ein guter Ausgangspunkt.«

Zara schweigt. Sie desinfiziert ihre Hände und zählt Fenster. Der Schreibtisch ist schmal, und die beiden Frauen hätten sich bestimmt äußerst unwohl gefühlt, wenn er nicht zwischen ihnen gestanden hätte. Manchmal benötigen wir keinen Abstand, sondern Barrieren. Zaras Bewegungen sind wachsam, Nadias sind achtsam. Erst nach einer ganzen Weile öffnet die Psychologin wieder den Mund.

»Erinnern Sie sich noch daran, dass Sie mich in einer unserer ersten Sitzungen gefragt haben, ob ich den Begriff Panikattacken für Sie definieren könne? Ich glaube übrigens nicht, dass ich Ihnen eine gute Antwort darauf gegeben habe.«

»Haben Sie jetzt eine bessere?«, fragt Zara.

Die Psychologin schüttelt den Kopf. Zara kann nicht umhin zu lächeln. Dann sagt Nadia ganz unverfälscht, weder mit der Ausbildung einer Psychologin im Rücken noch in deren Fachsprache, sondern mit ihren eigenen Worten: »Aber wissen Sie was, Zara? Ich habe gelernt, dass es hilft, darüber zu reden. Leider glaube ich, dass den meisten Menschen noch immer mehr Sympathie von ihren Kollegen und Vorgesetzten am Arbeitsplatz entgegengebracht wird, wenn sie morgens übernächtigt ins Büro kommen und klagen »Oh Mann, hab ich 'nen Kater«, als wenn sie klipp und klar sagen würden, dass sie einfach nur unter Angst litten. Aber ich glaube auch, dass wir jeden Tag irgendwelchen Menschen auf der Straße begegnen, die genau dasselbe empfinden wie Sie und ich, nur viele von ihnen wissen nicht, wo es herkommt. Frauen und Männer, die seit Monaten unter Atemnot leiden und von Arzt zu Arzt rennen, weil sie glauben, etwas an der Lunge zu haben. Und das nur, weil es ihnen so verdammt schwerfällt zuzugeben, dass sie unter etwas ganz anderem leiden. Unter einem seelischen Schmerz, einer bleiernen Schwere im Blut, einem unbeschreiblich starken Druck auf der Brust. Unsere Gehirne führen uns in die Irre und suggerieren uns, dass wir jeden Moment sterben werden. Doch mit unseren Lungen ist alles in Ordnung, Zara. Wir werden nicht sterben, Sie und ich.«

Die Worte bleiben in der Luft hängen und hallen sanft zwischen den Ohrmuscheln der beiden Frauen wider, bevor sie in der Stille verklingen. Wir werden nicht sterben. Wir werden nicht sterben. Wir werden nicht sterben, Sie und ich.

»Jedenfalls noch nicht!«, bemerkt Zara schließlich, und die Psychologin lacht laut auf.

»Wissen Sie was, Zara? Vielleicht können Sie sich ja um einen Job als Verfasserin von diesen Botschaften bewerben, die man in Glückskeksen findet«, lächelt sie.

»Die einzige Botschaft, die ein Glückskeksesser finden sollte, lautet meiner Meinung nach: ›Dieser Keks ist der Grund dafür, dass Sie dick sind‹«, entgegnet Zara. Jetzt muss auch sie lachen, doch das Zittern ihrer Nasenspitze entlarvt sie. Ihr Blick flieht erst durchs Fenster hinaus, bis er irgendwann flüchtig an Nadias Händen hängenbleibt, um dann sachte über ihren Hals bis zum Kinn hinaufzuwandern, jedoch ohne direkten Augenkontakt aufzunehmen. Die Stille, die dann folgt, ist die längste, die je zwischen ihnen geherrscht hat. Zara kneift die Augenlider zusammen und presst die Lippen aufeinander. Bis die Haut unter ihren Augen unvermittelt nachgibt und sich ihre Angst in unzähligen Tropfen Bahn bricht, die auf die Schreibtischkante hinunterregnen.

Langsam lässt sie das Kuvert aus ihrer Hand gleiten. Die Psychologin nimmt es zögerlich entgegen. Zara möchte ihr zuflüstern, dass sie eigentlich nur wegen des Briefes hergekommen ist, schon das allererste Mal, als genau zehn Jahre vergangen waren, seit der Mann gesprungen war. Und dass sie eigentlich nur eine Person braucht, die ihr vorliest, was er geschrieben hat, und die sie dann, wenn ihre Brust Feuer fängt, daran hindert, selbst zu springen.

All das möchte sie ihr zuflüstern, alles, angefangen vom Beobachten der Brücke über Nadias Hinaufklettern bis zur Rettungsaktion durch den Jungen. Und dass seitdem kein Tag vergeht, an dem sie nicht über die Unterschiede zwischen den Menschen nachdenkt. Doch das Einzige, was sie hervorbringt, ist: »Nadia … Sie, ich …«

Nadia würde die ältere Frau auf der anderen Seite des Schreibtisches gerne in den Arm nehmen und trösten, traut sich jedoch nicht. Stattdessen schiebt die Psychologin vorsichtig ihren kleinen Finger in den Schlitz des Kuverts und öffnet es. Zaras Augen sind noch immer geschlossen, als die Psychologin kurz darauf einen zehn Jahre alten handgeschriebenen Briefbogen herauszieht, auf dem nur fünf Worte stehen.

Kapitel 71

Die Brücke ist mit Eis bedeckt und glitzert im Licht der letzten noch verbliebenen Sterne am Himmel, während sich am Horizont bereits die Morgendämmerung abzeichnet. Die Stadt atmet tief, ihre Bewohner schlafen noch, eingehüllt in Daunendecken und Träume, die Beine ineinander verschlungen mit Kinderfüßen, die zu Herzen gehören, ohne die ihre eigenen nicht schlagen können.

Zara steht am Geländer. Sie beugt sich vor und wirft einen Blick über den Rand hinunter. Einen einsamen Augenblick lang sieht es tatsächlich so aus, als hätte sie vor zu springen. Doch alle Leute, die ihre Lebensgeschichte gekannt hätten, einschließlich der Ereignisse der letzten Tage … hätten selbstverständlich gewusst, dass sie es mitnichten vorhat. Denn keiner macht all das durch, nur um seinem Leben auf diese Weise ein Ende zu setzen. Zara gehört nicht zu jenen Menschen, die springen.

Und dann?

Dann lässt sie los.

Der Fall ist tiefer, als man meinen könnte, selbst wenn man gerade dort oben gestanden hat. Bis zum Aufprall auf der Wasserfläche dauert es länger, als man glaubt. Ein leiser Windhauch, der das Papier mit sich fortträgt und die Buchstaben flatternd und raschelnd übers Wasser hinausschweben lässt. Die Fingerspitzen, die das Kuvert bestimmt schon zehntausendmal umschlossen hielten, seit sie es von der Fußmatte im Flur aufgehoben hatten, geben ihren Kampf auf und lassen den Brief in die Ewigkeit hinabsegeln.

Der Mann, der ihn ihr vor zehn Jahren geschickt hat, hatte alles niedergeschrieben, was sie seiner Auffassung nach erfahren musste. Es waren die allerletzten Worte, die er jemandem zukommen ließ. Nur fünf Worte, mehr gab es nicht zu sagen. Die fünf großzügigsten kurzen Worte, die ein Mensch einem anderen überhaupt mitteilen kann:

Es war nicht Ihre Schuld.

Als der Brief die Wasseroberfläche erreicht, ist Zara schon wieder gegangen. Sie ist unterwegs zum anderen Ende der Brücke. Dort steht ein wartendes Auto, in dem Lennart sitzt. Als sie die Beifahrertür öffnet, begegnen sich ihre Blicke. Er lässt sie die Musik so weit aufdrehen, wie sie möchte. Und sie gibt ihr Allerbestes, um seiner überdrüssig zu werden.

Kapitel 72

Man sagt, dass die Persönlichkeit eines Menschen die Summe seiner Erfahrungen ist. Doch das stimmt nicht, jedenfalls nicht ganz. Wenn unsere Vergangenheit alles wäre, was uns ausmacht, würden wir es nie und nimmer mit uns selbst aushalten. Deshalb brauchen wir die Gewissheit, mehr zu verkörpern als nur die Fehler, die wir gestern gemacht haben. Die Gewissheit, uns auch über unsere zukünftigen Entscheidungen definieren zu können.

Am meisten befremdete das Mädchen die Tatsache, dass es seiner Mutter nicht böse sein konnte. Die Mutterliebe ließ sich einfach nicht abschütteln. Nach der Beerdigung räumte sie die Wohnung auf und entfernte alle leeren Flaschen aus sämtlichen Verstecken, die sie natürlich längst kannte. Auch wenn sie es nie übers Herz gebracht hatte, es ihrer Mutter zu gestehen. Die Annahme alkoholabhängiger Eltern, ihre Sucht vor ihren Kindern geheim halten zu können, ist vermutlich der allerletzte Rettungsanker, an den sie sich klammern. Als ließe sich das augenfällige Chaos verheimlichen. Es lässt sich ja nicht mal begraben, dachte die Tochter. Es vererbt sich sogar.

Einmal hatte ihr die Mutter lallend ins Ohr geflüstert: »Unsere Persönlichkeit ist bloß die Summe all unserer Erfahrungen. Alles andere ist Blödsinn. Also mach dir keine Sorgen darüber, dass dir irgendwann mal ein Mann das Herz brechen wird, meine kleine Prinzessin. Das wird nicht passieren, weil du nämlich ein Scheidungskind bist. Aus dir wird niemals eine Romantikerin, weil Scheidungskinder nun mal nicht an die ewige Liebe glauben.« Dann nickte sie an der Schulter ihrer Tochter auf dem Sofa ein. Die Tochter breitete eine Decke über ihren Körper und wischte den verschütteten Gin auf dem Fußboden auf. »Du hast dich getäuscht, Mama«, flüsterte sie in die Dunkelheit, und damit sollte sie recht behalten. Kein Mensch kommt auf die Idee, seinen Kindern zuliebe eine Bank auszurauben, ohne ein Romantiker zu sein.

Das Mädchen wuchs heran und bekam eigene Kinder, ebenfalls Mädchen. Ein Äffchen und ein Fröschchen. Sie bemühte sich, eine gute Mutter zu sein, auch wenn ihr das Handbuch dazu fehlte, und darüber hinaus eine liebende Ehefrau und eine zuverlässige Angestellte, ein guter Mensch eben. Auch wenn in jeder Sekunde eines jeden Tages eine höllische Angst lauerte, es nicht zu schaffen, glaubte sie dennoch, dass es schon seit einer Weile ganz gut funktionierte. Oder zumindest einigermaßen. Deshalb entspannte sie sich ein wenig. Die Untreue ihres Mannes und sein Scheidungswunsch trafen sie dementsprechend wie ein Schlag auf den Hinterkopf. Sie war einfach nicht darauf vorbereitet gewesen. Das Leben hatte sie buchstäblich umgehauen. So etwas passiert den meisten von uns irgendwann einmal. Dir ja vielleicht auch.

Vor ein paar Wochen waren der Elch, das Äffchen und das Fröschchen auf dem Heimweg von der Schule aus dem Bus gestiegen und hatten die Brücke überquert. Auf halber Höhe blieben die Mädchen stehen, was die Mutter nicht gleich merkte. Erst als sie sich umdrehte, sah sie, dass die beiden zehn Meter hinter ihr standen. Das Äffchen und das Fröschchen hatten kürzlich ein Vorhängeschloss gekauft, weil sie im Internet gesehen hatten, wie Menschen in anderen Städten Schlösser an Brückengeländer hängten. Nach dem Motto: »Wenn man das tut, kann man die Liebe für immer und ewig festhalten, und dann hört man nie auf, einander zu lieben!«

Die Mutter war am Boden zerstört. Sie nahm an, dass ihre Mädchen befürchteten, sie würde sie nach der Scheidung nicht mehr lieben und nicht mehr für die beiden da sein. Und dass sich von nun an alles ändern würde. Nach fast zehnminütigem verzweifeltem Weinen und wirren Beteuerungen schlossen das Äffchen und das Fröschchen geduldig ihre Handflächen um die Wangen der Mutter und flüsterten: »Wir haben keine Angst, dich zu verlieren, Mama. Wir wollen dir doch nur zeigen, dass *du* uns nie verlieren wirst.«

Das Schloss klickte, als sie es zuschnappen ließen. Das Äffchen warf den Schlüssel übers Geländer, und während sie ihn ins Wasser hinuntersegeln sahen, weinten alle drei. »Für immer und ewig«, flüsterte die Mutter. »Für immer und ewig«, stimmten die Mädchen ein. Als sie die Brücke verließen, gestand die jüngere Tochter, dass sie anfänglich geglaubt hatte, die Leute befestigten die Liebesschlösser am Geländer, weil sie Angst hatten, dass jemand die Brücke rauben könnte. Aber dann hatte sie es doch eher auf deren Angst geschoben, dass jemand ihre Schlösser klauen würde. Ihre große Schwester hatte ihr daraufhin den wirklichen Grund erklärt, und zwar so, dass sich die kleine Schwester nicht dumm vorkam. Woraufhin die Mutter zu der Überzeugung gelangte, dass der Kindsvater und sie selbst offenbar doch etwas richtig gemacht hatten. Schließlich konnten ihre Töchter es zugeben, wenn sie einen Fehler gemacht hatten, und anderen ihre Fehler verzeihen.

Abends aßen sie Pizza, das Leibgericht der Mädchen. Nachdem die beiden in der kleinen Wohnung für sechstausendfünfhundert Kronen Monatsmiete auf ihren Matratzen auf dem Fußboden eingeschlafen waren, saß die Mutter noch lange allein in der Dunkelheit und zerbrach sich den Kopf darüber, wie sie die Miete für den nächsten Monat aufbringen sollte. Es war nicht mehr lange hin bis Weihnachten, und dann käme Silvester. Sie wusste genau, wie sehr sich die Mädchen auf das Feuerwerk freuten. Der Gedanke daran, dass die beiden ihr noch immer vertrauten, weil sie noch nicht wussten, was sie selbst alles falsch gemacht hatte, zerriss sie innerlich. Als der Morgen dämmerte, packte sie die Schulranzen der beiden, wobei aus dem der älteren Tochter ein Schreibheft herausfiel. Die Mutter wollte es gerade wieder hineinschieben, als ihr Blick auf die aufgeschlagene Doppelseite fiel und sie folgende Überschrift las: *Die Prinzessin mit zwei Königreichen.* Zuerst war die Mutter irritiert, denn sie hatte ihren Töchtern den Wunsch, Prinzessinnen zu sein, immer ausgeredet und sie stattdessen darin bestärkt, Krieger zu sein. Und da die Mädchen ihre Mutter liebten, taten sie ihr natürlich den Gefallen, oder gaben es zumindest vor. In Wirklichkeit machten sie aber das genaue Gegenteil, weil es nun mal die Aufgabe von Kindern ist, kein bisschen auf ihre Eltern zu hören. Die ältere Tochter sollte als Hausaufgabe ein selbst erdachtes Märchen schreiben, deshalb ersann sie *Die Prinzessin mit zwei Königreichen.* Es handelte von einer Prinzessin in einem großen prunkvollen Schloss, die eines Nachts im Fußboden unter ihrem Bett ein Loch entdeckte. Unter diesem Loch tat sich eine geheime Zauberwelt voller sonderbarer fantastischer Geschöpfe auf. Drachen und Trolle und auch verschiedene andere Figuren, die die Tochter offenbar selbst erfunden hatte. Überaus märchenhafte Geschöpfe, die die Mutter angesichts der blühenden Fantasie und Wirklichkeitsflucht ihrer Tochter zu der verzweifelten Frage verleitete: »Wie schrecklich muss sich deine Wirklichkeit nur anfühlen, wenn du dir dieses … Fluchtszenario ausdenkst?« Alle waren glücklich und lebten zufrieden und sorglos in ihrer kleinen Welt. Doch bald darauf kam die Prinzessin einer entsetzlichen Wahrheit auf die Spur: dass der magische Ort, den sie entdeckt hatte und an dem all ihre neuen Freunde lebten, in Wirklichkeit genau zwischen zwei Schlössern in zwei verschiedenen Königreichen lag. Im einen regierte ein König, im anderen eine Königin, und beide bekämpften einander bis aufs Messer. Beide schickten ihre Armeen in die Schlacht, wo sie furchteinflößende Waffen in Richtung ihrer Gegner abfeuerten. Aber die Mauern der Königreiche waren zu hoch und zu kompakt, um nachzugeben, und das Mädchen musste feststellen, dass der Krieg keines von beiden würde auslöschen können. Er würde nur alles, was dazwischenlag, verwüsten und vernichten. Erst in dem Moment erfuhr sie die Wahrheit: dass der König und die Königin ihre Eltern waren. Sie war deren Prinzessin, und der Krieg wurde nur wegen ihr ausgefochten, denn beide versuchten sich gegenseitig zu besiegen, nur um ihre Tochter zurückzugewinnen.

Als die Mutter die letzten Worte des Märchens las, begannen sich ihre Töchter bereits auf den Matratzen zu räkeln, und in dem Moment brachen in ihrem Inneren alle Dämme. Das Märchen endete damit, dass sich die Prinzessin von all ihren neuen Freunden verabschiedete und ganz allein fortging. Eines Nachts verschwand sie einfach in der Dunkelheit und kam nie wieder zurück. Denn sie wusste, dass es keinen Grund für einen Krieg mehr geben würde, wenn sie nicht mehr da wäre. Auf diese Weise würde sie sowohl beide Königreiche als auch die Welt dazwischen retten.

Nachdem ihre Töchter aufgewacht waren, frühstückte die Mutter gemeinsam mit ihnen und versuchte so zu tun, als sei alles in Ordnung. Sie brachte die beiden zur Schule und ging dann den ganzen Weg wieder zurück bis zur Brücke, auf deren Scheitelpunkt sie stehen blieb und das Liebesschloss verzweifelt an sich presste.

Sie stritt sich nicht mit ihrem Ex-Mann wegen ihrer ehemaligen gemeinsamen Wohnung, legte sich wegen ihres verlorenen Jobs nicht mit ihrer Ex-Chefin an, führte keinen Krieg mit dem Anwalt und richtete auch sonst kein Chaos an. Ihren Kindern zuliebe. Sie tat alles, was sie irgend konnte, um ihr Scheitern als Erwachsene nicht an den eigenen Kindern auszulassen. Was allerdings keine Erklärung dafür ist, dass sie versucht hat, eine Bank auszurauben. Und auch keine Rechtfertigung. Aber weißt du was? Vielleicht hast du ja auch irgendwann schon einmal eine richtig schlechte Idee gehabt. Und daraufhin eine zweite Chance verdient. Offenbar geht es nicht nur dir so.

Am Morgen vor dem Silvestertag verließ sie folglich das Haus mit einer Pistole. Und am selben Abend, also gerade jetzt, kehrt sie wieder zurück. Wenige Stunden nach dem Geiseldrama, von dem man in der Stadt noch viele Jahre reden wird, holt eine Mutter ihre beiden Töchter beim Vater ab und fragt: »Na, wie war es bei Papa?«

»Gut, Mama! Und wie war es bei dir?«, fragt die jüngere Tochter zurück.

Die Mutter lächelt, denkt nach und antwortet schließlich achselzuckend: »Ach, du weißt ja, bei mir ist … nichts Besonderes passiert. Alles wie immer.«

Doch als sie gemeinsam die Brücke überqueren, umfasst die Mutter zärtlich die Schulter der älteren Tochter und flüstert ihr rasch ins Ohr: »Du bist meine Prinzessin und meine Kriegerin, du kannst ja beides zugleich sein, versprich mir, das nie zu vergessen. Ich weiß, dass ich nicht immer eine so wahnsinnig gute Mutter bin, aber die Scheidung von deinem Vater und mir ist nicht deine … glaub bitte nicht auch nur für eine Sekunde, dass das hier … *deine* …« Die ältere Tochter nickt und blinzelt die Tränen weg. Dann mahnt die jüngere Tochter zur Eile. Sie rennen hinter ihr her, die Mutter wischt sich das Gesicht trocken und fragt die beiden, ob sie Lust auf Pizza hätten, woraufhin die jüngere brüllt: »SCHEISSEN BÄREN ETWA IN DEN WALD, ODER WAS!?«

Kurz vor dem Einschlafen in dieser Nacht im neuen Zuhause der Mutter bei einer ziemlich verrückten, aber liebenswürdigen alten Dame namens Estelle ergreift die ältere Tochter die Hand der Mutter und flüstert: »Du bist eine gute Mutter, Mama. Mach dir nicht so viele Sorgen. Ist schon alles in Ordnung.«

In diesem Augenblick offenbart er sich letztlich: der Frieden in der Welt zwischen zwei Königreichen. Alle wunderbaren erfundenen Geschöpfe, die aus dem Märchen und die anderen, schlafen ruhig und geborgen. Affen, Frösche, Elche, alte Damen, allesamt.

Kapitel 73

Das neue Jahr beginnt, was letztlich nicht immer so viel zu bedeuten hat, wie mancher sich das erhofft, außer man ist Kalenderverkäufer. Ein neuer Tag löst nur einen anderen ab, und die Gegenwart wird Vergangenheit. Der Winter breitet sich in der Stadt aus wie ein selbstgefälliger Verwandter, und das Haus gegenüber der Bank ändert im Zuge der fallenden Temperaturen seine Farbe. Es ist ziemlich unauffällig, ein tristes graues Gebäude unter einer einstweilig weißen Haube, noch dazu an einem Ort, an dem offenbar niemand ernsthaft wohnen will, sondern man eher gezwungenermaßen sein Dasein fristet. In ein paar Jahren wird bestimmt irgendein Einheimischer einen Besucher auf den Hauseingang hinweisen und erklären: »Da drinnen hat übrigens mal ein Geiseldrama stattgefunden.« Woraufhin der Besucher die Augen zusammenkneifen und hochnäsig schnauben wird: »Da drinnen? Ja, wer's glaubt, wird selig!« Mit so etwas kann eine Stadt wie diese wohl kaum aufwarten. Das begreift doch jedes Kind.

Wenige Tage nach Neujahr tritt eine Frau aus ebendiesem Hauseingang heraus. Sie hat ihre beiden Töchter bei sich und lacht, da eine von ihnen gerade einen Witz zum Besten gegeben hat. Alle drei müssen so heftig kichern, dass sich Rotz unter die Schneeflocken mischt. Sie steuern auf die Mülltonnen zu und werfen einen Pizzakarton hinein, doch dann schaut die Frau unvermittelt auf und bleibt wie angewurzelt stehen. Eine der Töchter klettert an ihr hoch, die andere hüpft neben ihr auf der Stelle.

Es ist schon später Abend, der Januarhimmel ist tiefschwarz, und der Schneefall schränkt die Sicht noch weiter ein, und trotzdem erblickt sie die Polizeistreife auf der anderen Straßenseite. Darin sitzen ein älterer und ein jüngerer Polizist. Sie starrt die beiden an, die Töchter haben ihre Panik noch nicht bemerkt. Sie denkt nur: »Bloß nicht vor den Mädchen.« Alles spielt sich innerhalb weniger Augenblicke ab, doch in dieser Zeit durchlebt sie ganze zwei Leben. Die ihrer Töchter.

Der Polizeiwagen kommt langsam auf sie zugefahren.

Und rollt an ihr vorbei.

Er fährt weiter, blinkt, biegt rechts ab und verschwindet wenig später.

»Wenn du sie festnehmen willst, kann ich es verstehen«, sagt Jim auf dem Beifahrersitz leise, obwohl ihm davor graut, dass sein Sohn es sich womöglich anders überlegt hat.

»Nein, ich will sie nur sehen. Damit wir zu zweit sind«, entgegnet der Sohn hinterm Steuer.

»Zu zweit?«

»Die sie laufen lassen.«

Dann reden sie nicht mehr über die Frau. Weder über die vor der Haustür noch über jene, die sie beide vermissen. Jim hat eine Geiselnehmerin gerettet und damit seinen Sohn hintergangen, was ihm Jack vermutlich nie vollständig verzeihen kann. Dennoch schaffen sie es irgendwie, gemeinsam weiterzumachen.

Sie fahren noch einige Minuten schweigend durch ihre Stadt, bis der Vater irgendwann mit abgewandtem Blick zu seinem Sohn sagt: »Ich weiß übrigens, dass man dir einen Job in Stockholm angeboten hat.«

Jack fährt erstaunt herum.

»Und woher, zum Teufel noch mal?«

»Ich bin ja schließlich nicht dumm, stell dir vor. Jedenfalls nicht immer. Manchmal hat es eben nur den Anschein.«

Jack lächelt beschämt.

»Ich weiß, Papa.«

»Du solltest ihn annehmen. Also den Job.«

Jack setzt den Blinker und biegt ab. Er sucht lange nach einer passenden Antwort.

»Einen Job in Stockholm? Weißt du, was zum Teufel es kostet, da zu wohnen?«

Der Vater klopft traurig mit seinem Ehering gegen das Armaturenbrett.

»Bleib nicht wegen mir hier, Junge.«

»Das mache ich ja auch nicht«, lügt Jack.

Er weiß genau, dass seine Mutter, wenn sie dabei gewesen wäre, jetzt eingeworfen hätte: »Ach mein Junge, es gibt durchaus schlechtere Gründe, um irgendwo zu bleiben.«

»Unsere Schicht ist übrigens zu Ende«, bemerkt Jim.

»Willst du ’nen Kaffee?«, fragt Jack.

»Jetzt? Es ist schon ziemlich spät«, gähnt der Vater.

»Wir halten an und besorgen uns einen Kaffee«, beharrt Jack.

»Und warum?«

»Ich dachte, wir holen auf dem Revier meinen Wagen und machen einen kleinen Ausflug.«

»Und wohin?«

Jack antwortet, als sei es das Selbstverständlichste der Welt.

»Zu meiner Schwester.«

Jims Blick gleitet von seinem Sohn durch die Windschutzscheibe hinaus auf die Straße.

»Was? Jetzt?«

»Ja.«

»Und warum … ausgerechnet jetzt?«

»Sie hat bald Geburtstag. Du hast auch bald Geburtstag. Und es sind nur noch elf Monate bis Weihnachten. Es spielt doch verdammt noch mal keine Rolle, warum, oder? Ich dachte nur, dass sie ja vielleicht mit nach Hause kommen will.«

Jim starrt geradewegs durch die Frontscheibe auf die Fahrbahn, den Blick auf den Mittelstreifen gerichtet, um seine Stimme unter Kontrolle zu bringen.

»Aber das dauert doch mindestens einen ganzen Tag, oder?«

Jack verdreht die Augen.

»Ja und? Ich hab doch gesagt, dass wir anhalten und Kaffee kaufen!«

Genau das tun sie. Sie fahren die ganze Nacht und den ganzen nächsten Tag, bis sie letztlich an ihre Tür klopfen. Schon möglich, dass sie ihnen nach Hause folgt, oder aber auch nicht. Unter Umständen ist sie auch bereit, einen Weg zu finden, um von den Drogen loszukommen, und schätzungsweise ist ihr mittlerweile sogar der Unterschied zwischen dem Gefühl zu fliegen und zu fallen klar. Oder auch nicht. So etwas lässt sich nicht kontrollieren, genauso wenig wie die Liebe. Denn es ist nicht ausgeschlossen, dass Kinder bis zu einem gewissen Alter ihre Eltern bedingungslos und besinnungslos lieben, und das nur aus einem Grund: weil es ihre Eltern sind. Deine Eltern und deine Geschwister lieben dich höchstwahrscheinlich aus genau demselben Grund auch für den Rest ihres Lebens.

Die Wahrheit? Es gibt keine. Alles, was wir bislang über die Grenzen des Universums herausgefunden haben, ist, dass es keine gibt. Und das Einzige, was wir über Gott wissen, ist, dass wir nichts wissen. Deshalb hat eine Mutter, die einmal Pfarrerin war, von ihrer Familie schlicht und einfach nur eines gefordert: ihr Bestes zu geben. Und heute noch einen Apfelbaum zu pflanzen, auch wenn man weiß, dass schon morgen die Welt untergeht.

Diejenigen zu retten, die wir retten können.

Kapitel 74

Es wird Frühling. Irgendwann ist es schließlich so weit. Der Wind fegt den Winter weg, in den Baumkronen rauschen die Blätter, die Vögel zwitschern, und überall dort, wo der Schnee monatelang alle Geräusche verschluckt hat, bricht sich die Natur plötzlich ohrenbetäubend Bahn.

Jack tritt leicht desorientiert aus dem Aufzug eines Bürogebäudes und blickt sich suchend um. Er hält einen Brief in der Hand. Diesen Brief hat er eines Morgens unfrankiert auf der Fußmatte in seinem Flur gefunden. Er enthielt einen Zettel mit der Adresse, die er gerade aufgesucht hat, inklusive Etage und Büronummer. Im Umschlag lagen außerdem ein Foto von der Brücke und ein kleineres versiegeltes Kuvert mit einem anderen Namen darauf.

Zara hat Jack auf dem Polizeirevier gesehen und trotz der Jahre, die mittlerweile vergangen waren, wiedererkannt. Denn nicht nur sie hat die Sekunden von damals seitdem wieder und wieder durchlebt, sondern er ebenfalls, das wusste sie.

Jack findet am Ende das entsprechende Büro und klopft an die Tür. Es ist etwas mehr als zehn Jahre her, dass ein Mann von einer Brücke sprang, und fast genauso lange, dass eine junge Frau es nicht tat. Sie öffnet, ohne zu begreifen, wer er ist. Doch als er sie erblickt, macht sein Herz einen Sprung. Er hat sie nie vergessen. Auch wenn er sie seit damals auf dem Brückengeländer nicht mehr gesehen hat, hätte er sie selbst im Dunkeln erkannt.

»Also … ich …«, stammelt Jack.

»Hallo. Suchen Sie jemanden?«, fragt Nadia freundlich, aber leicht irritiert.

Er muss sich am Türrahmen festhalten, wobei ihre Fingerspitzen zufällig seine berühren. Noch wissen die beiden nicht, welch starken Einfluss sie aufeinander ausüben können. Er reicht ihr den großen Briefumschlag, auf dessen Vorderseite in nachlässiger Handschrift sein Name geschrieben steht und der das Foto von der Brücke sowie einen Zettel mit ihrer Büroadresse enthält. Darunter liegt das kleinere Kuvert mit der Aufschrift *Für Nadia*, das ebenfalls einen kleinen Zettel beinhaltet, auf den Zara mit sorgfältiger Handschrift lediglich zehn Worte geschrieben hat.

Sie haben sich selbst gerettet. Er war nur zufällig dort.

Als Nadia für einen Augenblick das Gleichgewicht verliert, ergreift Jack ihren Arm. Ihre Blicke begegnen sich und kreisen umeinander. Sie hält den Zettel mit den zehn Worten darauf fest umklammert, bringt aber selbst kaum eines über die Lippen: »Sie waren das also damals auf der Brücke, als ich … das waren Sie?«

Er nickt stumm. Sie sucht weiter nach Formulierungen.

»Ich weiß nicht, was ich … geben Sie mir nur einen Augenblick. Ich muss mich kurz … sammeln.«

Sie geht zu ihrem Schreibtisch und sinkt hinunter auf ihren Bürostuhl. Zehn Jahre lang hat sie sich gefragt, wer er wohl ist, und jetzt hat sie plötzlich keine Ahnung, was sie sagen soll. Wie sie anfangen soll. Jack folgt ihr zögerlich ins Büro und erblickt das Foto im Bücherregal, das Zara bei jedem ihrer Besuche zurechtgerückt hat. Es zeigt Nadia inmitten einer Kindergruppe während eines großen Sommerlagers, das vor einem halben Jahr in einem Feriendorf stattgefunden hat. Nadia und die Kinder lachen und necken einander. Alle tragen die gleichen T-Shirts mit dem Logo der Wohltätigkeitsorganisation, die das Ferienlager finanziert hat. Die Organisation trägt sich größtenteils durch Spenden und arbeitet mit Kindern wie jenen auf dem Bild, allesamt Angehörige von Selbstmordopfern. Nadia unterstützt die Betroffenen, damit diese weder ihre Einsamkeit noch die Schuldgefühle und die Scham wegen der unbegreiflichen Stille ganz alleine aushalten müssen. Sie nimmt jedes Jahr an diesem Sommerlager teil. Dabei hört sie den Kindern hauptsächlich zu, redet selbst nur wenig und sorgt stattdessen dafür, dass sie so viel Spaß wie nur möglich haben.

Auf dem Bankkonto der Organisation ist gerade eine umfangreiche Geldspende eingegangen, was Nadia allerdings noch nicht weiß. Sie stammt von einer Frau mit Kopfhörern, die gerade ihren Job gekündigt, ihr gesamtes Vermögen gestiftet und eine Brücke überquert hat. Infolgedessen kann dieses Sommerlager auch in Zukunft noch viele Jahre finanziert werden.

Jack und Nadia sitzen sich am schmalen Schreibtisch gegenüber und blicken einander an. Er lächelt zaghaft, und sie schließlich auch, beide erst äußerst befangen, um dann jedoch in befreiendes Gelächter auszubrechen. Eines Tages, in zehn Jahren, werden sie vielleicht irgendwem davon erzählen, wie sich dieses erste Mal angefühlt hat.

Höchstwahrscheinlich sogar ihren Kindern.

Kapitel 75

Die Wahrheit? Die Wahrheit über diese Geschichte? Die Wahrheit lautet, dass dies eine Geschichte über viele verschiedene Dinge ist, aber vor allem über Idioten. Denn wir können nur versuchen, unser Bestes zu geben, auch wir. Wir versuchen, erwachsen zu werden und einander zu lieben und nicht zuletzt zu begreifen, wie man verflucht noch mal ein USB-Kabel vernünftig anschließt. Wir suchen nach einem Halt im Leben, nach etwas, wofür es sich zu kämpfen lohnt, und nicht zuletzt nach etwas, auf das wir uns freuen können. Wir tun alles, was in unserer Macht steht, um unseren Kindern das Schwimmen beizubringen. All das haben wir miteinander gemeinsam. Und dennoch bleiben die meisten von uns Fremde füreinander, da wir nie erfahren, inwieweit wir einander beeinflussen, wie dein Leben von meinem beeinflusst wird.

Vielleicht sind wir sogar heute irgendwo im Gedränge aneinander vorbeigeeilt, und keiner von uns hat es gemerkt. Die Stofffasern unserer Mäntel haben sich für einen kurzen Augenblick berührt, und dann sind wir auch schon wieder weitergehastet. Ich weiß nicht, wer du bist.

Doch wenn du heute Abend nach Hause kommst, wenn dieser Tag vorüber ist und die Nacht hereinbricht, nimm dir Zeit für einen tiefen Atemzug. Denn auch diesen Tag haben wir überstanden.

Und morgen kommt ein neuer Tag.

WENN DU JEMANDEN BRAUCHST …

Für Informationen und Hilfe zum Thema Suizid oder Depression gibt es zahlreiche Angebote. Ein Überblick findet sich zum Beispiel bei der

Deutschen Gesellschaft für Suizidprävention (DGS),
www.suizidprophylaxe.de,
Tel.: 0671-202 78 566.

Hier eine kleine Auswahl:

Telefonseelsorge
www.telefonseelsorge.de
Tel.: 0800-11 10 111 oder 0800-11 10 222 (rund um die Uhr)

Nummer gegen Kummer
(speziell für Kinder und Jugendliche)
www.nummergegenkummer.de
Tel.: 0800-111 0 333

U25-Suizidprävention
(Mailberatung der Caritas für unter 25-Jährige)
www.u25-deutschland.de

Youth-Life-Line (Onlineberatung für Jugendliche)
www.youth-life-line.de

DANKSAGUNG

J. *Nur wenige Menschen haben mein Leben so stark beeinflusst wie du. Der liebenswerteste, sonderbarste, witzigste, chaotischste und komplizierteste Freund, den ich je hatte. Jetzt sind schon fast zwanzig Jahre vergangen, und ich denke noch immer fast jeden Tag an dich. Es macht mich unglaublich traurig, dass du keine Kraft mehr hattest. Und ich hasse mich dafür, dass ich dich nicht retten konnte.*

Neda. *Zwölf Jahre zusammen, zehn davon verheiratet, zwei Kinder und eine Million Streitereien über auf dem Boden herumliegende feuchte Handtücher und Gefühle, die wir noch immer nicht benennen können. Keine Ahnung, wie du es geschafft hast, zwei Karrieren voranzutreiben, deine eigene und meine, doch ohne dich stünde ich jetzt nicht hier. Ich weiß, dass ich dich manchmal in den Wahnsinn treibe, aber ich bin verrückt nach dir. Ducks fly together.*

Das Äffchen und das Fröschchen. *Ich gebe mir große Mühe, ein guter Vater zu sein. Ich versuche es wirklich. Aber als ihr letztens ins Auto gestiegen seid und gefragt habt »Warum riecht es hier eigentlich so nach Lakritz? Isst du etwa Lakritz?«, da hab ich gelogen. Sorry.*

Niklas Natt och Dag. *Ich weiß nicht, wie lange wir uns jetzt schon ein Büro teilen. Acht Jahre? Neun? Um ehrlich zu sein,* *habe ich noch nie das Glück gehabt, ein Genie kennenzulernen, aber du kommst dem schon verdammt nahe. Und außerdem hatte ich nie einen Bruder.*

Riad Haddouche, **Junes Jaddid** *und* **Erik Edlund.** *Leider sage ich es nicht so oft, wie ich es eigentlich müsste. Aber ich hoffe, dass ihr es wisst.*

Mama *und* **Papa**. **Schwesterherz** *und* **Paul**. **Houshang**, **Parham** *und* **Meri.**

Vanja Vinter. *Die einzige Person, die schon seit 2013, also fast meine gesamte Schriftstellerlaufbahn hindurch, mit mir zusammenarbeitet. Lektorin, Korrektorin, Adlerauge, ein echter Wirbelwind und eine üble Nervensäge, aber eine verlässliche Freundin all meiner Geschichten. Danke dafür, dass du immer hundert Prozent gibst.*

Salomonsson Agency. *Vor allem natürlich mein Agent* **Tor Jonasson**, *der meine spinnerten Ideen zwar nicht immer ganz nachvollziehen kann, mir aber bedingungslos den Rücken stärkt.* **Marie Gyllenhammar**, *die mich wie ein zusätzliches Familienmitglied aufgenommen hat, als der ganze Zirkus überhandnahm und sich das Karussell rasend schnell drehte, während ich vor allem damit beschäftigt war, mich selbst zu finden.* **Cecilia Imberg**, *die zum Ende dieses Projekts als zusätzliche Korrektorin und Sprachpolizei fungiert hat. (In all den Fällen, wo wir uns in grammatikalischer Hinsicht uneinig waren, hattest du natürlich recht, nur manchmal macht es mir einfach so viel Spaß, bewusst Fehler einzustreuen, dass es die Sache wert ist.)*

Bokförlaget Forum. *Insbesondere* **John Häggblom**, **Maria Burlin**, **Adam Dahlin** *und* **Sara Lindegren**.

Alex Schulman, *der mich während meiner Versuche, dieses Buch zustande zu bringen, immer wieder daran erinnert hat, wie ein Text aussehen kann, der einen wirklich umhaut.* **Christoffer Carlsson**, *der das Manuskript gelesen, verbessert und dabei ziemlich oft laut gelacht hat. Ich bin dir noch ein Bier schuldig. Oder wohl besser zwei.* **Marcus Leifby**, *meine absolut erste Wahl, wenn ich dringend einen Kaffee brauche. Oder wenn wir wie letztens an einem Dienstag sechs Stunden lang über die Division 2 und über Vietnamkrieg-Dokus diskutieren.*

Alle ausländischen Verlage, die meine Bücher herausgeben, von Skandinavien bis nach Südkorea. Insbesondere möchte ich **Peter Borland**, **Kevin Hanson**, **Ariele Fredman**, **Rita Silva** *und allen anderen bei* **Atria/Simon & Schuster** *in den USA und Kanada danken, die immer an mich geglaubt haben, sowie* **Judith Curr**, *die mich dorthin vermittelt hat. Ihr seid mein zweiter Heimatmarkt geworden.*

Alle ÜbersetzerInnen meiner Bücher, insbesondere **Neil Smith**. *Der Gestalter meiner Buchcover* **Nils Olsson**. *Mein Lieblingsbuchhändler* **Johan Zillén**.

Die Psychologen und anderen Therapeuten, die mich in den vergangenen Jahren betreut haben. Insbesondere **Bengt**, *der mir half, meine Panikattacken zu überwinden.*

Du. *Meine Leserin/mein Leser. Danke für deine Zeit.*

Und zu guter Letzt: *Die SchriftstellerInnen, auf die Estelle in verschiedenen Passagen dieser Geschichte verweist, sind Astrid Lindgren (Seite 336), J. M. Barrie (Seite 336), Charles Dickens (Seite 350), Joyce Carol Oates (Seite 350), Khalil Gibran (Seite 352), William Shakespeare (Seite 383), Leo Tolstoi (Seite 413) und Bodil Malmsten (Seite 414 und Seite 426). Falls jemand von ihnen falsch zitiert wurde, ist dies ausschließlich meine Schuld und nicht Estelles.*

AUTOR

Fredrik Backman ist mit über 16 Millionen verkauften Büchern einer der erfolgreichsten Schriftsteller Schwedens. Sein erster Roman »Ein Mann namens Ove« wurde zu einem internationalen Phänomen; die Verfilmung mit Rolf Lassgård war für zwei Oscars nominiert, darüber hinaus gibt es ein Remake mit Tom Hanks. Auch Fredrik Backmans folgende Romane eroberten stets die obersten Ränge der Bestsellerlisten in Deutschland, Schweden, den USA und vielen anderen Ländern. Sein Werk wurde bisher in 46 Sprachen übersetzt und zu großen Teilen verfilmt. Der Autor lebt mit seiner Frau und seinen beiden Kindern in Solna bei Stockholm.

Fredrik Backman im Goldmann Verlag:

Ein Mann namens Ove. Roman
Oma lässt grüßen und sagt, es tut ihr leid. Roman
Britt-Marie war hier. Roman
Und jeden Tag wird der Weg nach Hause länger und länger. Novelle
Alles, was mein kleiner Sohn über die Welt wissen muss
Eine ganz dumme Idee. Roman

Die Björnstadt-Trilogie:
Björnstadt. Roman
Wir gegen euch. Roman
Die Gewinner. Roman